ro
ro
ro

Michael Böckler hat sich als Autor besonderer Kriminalromane einen Namen gemacht. In seinen Büchern verknüpft er spannende Fälle mit touristischen und kulinarischen Informationen. Er hat Kommunikationswissenschaft studiert, arbeitet als Journalist und lebt in München. Südtirol kennt er seit seiner Kindheit, bereist die Region bis heute regelmäßig – und natürlich liebt er die Südtiroler Weine.

MICHAEL BÖCKLER

Mörderischer Jahrgang

Ein Wein-Krimi
aus Südtirol

Rowohlt Taschenbuch Verlag

5. Auflage August 2019

Originalausgabe
Veröffentlicht im Rowohlt Taschenbuch Verlag, Reinbek
bei Hamburg, September 2016
Copyright © 2016 by Rowohlt Verlag GmbH,
Reinbek bei Hamburg
Redaktion Heike Brillmann-Ede
Umschlaggestaltung yellowfarm gmbh, Stefanie Freischem
Umschlagabbildungen go-images,
imageBROKER/Christian GUY/mauritius images
Satz DTL Dorian Postscript, InDesign,
bei Pinkuin Satz und Datentechnik, Berlin
Druck und Bindung CPI books GmbH, Leck, Germany
ISBN 978 3 499 27177 9

Prolog

Auch Flaschen haben es gerne ruhig. Vor allem dann, wenn sie in einem alten Gewölbekeller lagern und zuvor mit einem vortrefflichen Lagrein befüllt wurden. Der Rotwein benötigt Zeit und Muße, um bei idealen Bedingungen seinem Riserva-Status entgegenzureifen.

Dem mitternächtlichen Besucher musste man zubilligen, dass er ausgesprochen leise zu Werke ging. Aber ganz bestimmt nicht aus Rücksichtnahme – im Gegenteil, es sollte sich bald zeigen, dass er dem Wein übel gesinnt war. Dem Lichtkegel seiner Taschenlampe folgend, schlich er entlang großer Gitterboxen, von denen jede einzelne unzählige Flaschen enthielt.

Plötzlich ein Scheppern. Erschrocken machte er das Licht aus. Jetzt war es zappenduster. Das blecherne Geräusch schwappte hin und her, verstummte schließlich. Er knipste die Taschenlampe wieder an. Eine Katze starrte ihn mit gelb-grün leuchtenden Augen an, fauchte, sprang über einen umgeworfenen Blecheimer und verschwand hinter einem Weinregal.

«Blödes Vieh», murmelte die Gestalt, wobei weder die geflüsterte Stimme noch die schattenhafte Figur verrieten, ob es sich um einen Mann oder eine Frau handelte.

Wenige Schritte später blieb der Besucher vor einer Box stehen und richtete die Taschenlampe auf eine Tafel mit Nummern und Buchstaben. Mit dem Smartphone machte er ein

Foto. Er hatte Handschuhe an, solche aus Latex. Dann zog er aus der Mitte eine Flasche etwas nach vorne. Sie trug kein Etikett und hatte wie alle anderen auch keine Kapsel über Flaschenhals und Korken. Als Nächstes zählte er von oben und von der Seite die genaue Position der markierten Flasche ab. Er klemmte sich die Taschenlampe unter den Arm, zog ein Papier aus der Hosentasche und notierte sich die Stelle. Zur Sicherheit machte er erneut ein Foto.

Mit der Kanüle einer Spritze stach er in einen kleinen Glasbehälter, um eine leicht rötlich schimmernde Flüssigkeit aufzuziehen. Vorsichtig führte er die spitz zulaufende Hohlnadel zwischen Korken und Flaschenhals – und injizierte die Flüssigkeit. Anschließend nahm er den Korken in Augenschein. Es war nichts zu sehen. Er schob die Flasche behutsam zurück in ihre Ausgangsposition und achtete darauf, dass sie von all den anderen nicht zu unterscheiden war. Er lächelte zufrieden. Er oder sie. Zu erkennen war das nicht. Aber es gab ohnehin keinen Beobachter – bis auf die Katze. Und die Flaschen hatten keine Augen.

1

Baron Emilio von Ritzfeld-Hechenstein entstammte einem Geschlecht, das über viele Generationen im Rheingau ein Schloss besessen hatte und renommierte Weinlagen, die vorzugsweise mit Riesling bestockt waren. «*Tempi passati*», murmelte Emilio, der seinen alten, verbeulten Landrover, von Bozen kommend, über die Serpentinen hinauf nach Signat steuerte. Eigentlich widerstrebte es ihm, an die vergangenen Zeiten zu denken, aber gelegentlich passierte es doch. Dem entschwundenen Wohlstand trauerte er nicht nach. Auch vermisste er den familieneigenen Riesling nur in seltenen Momenten der Melancholie. Nach dem Bankrott seines Vaters, der sich darüber das Leben genommen hatte, und dem leidvollen Tod seiner Mutter hatte er allerdings zunächst einige Jahre gebraucht, um den Kummer zu überwinden und sich an die Mittellosigkeit zu gewöhnen. Später hatte er sich glücklos in verschiedenen Berufen versucht, um schließlich eine wundersame Metamorphose zu vollziehen: Er wandelte sich zum Privatdetektiv.

Die Tätigkeit gefiel ihm – schon alleine deshalb, weil man sich nach Belieben Auszeiten gönnen konnte. Nach Belieben? Nun, halt so lange, bis sich die Notwendigkeit des schnöden Gelderwerbs bemerkbar machte, weil die Rücklagen aufgezehrt waren. Aber noch war es nicht so weit. Weshalb am heutigen Tag nichts dagegensprach, eine seiner bevorzugten

Buschenschänken anzusteuern. Denn das war das Beste an seiner aktuellen Lebenslage: Ihn hatte es nach Südtirol verschlagen! Manche hielten dieses Fleckchen Erde für das gelobte Land. Ganz so weit würde er nicht gehen – aber es gab Momente, da fehlte nicht viel.

Noch eine Kurve, ein Stück geradeaus, dann kam die Abzweigung, die nach links zum Patscheiderhof führte. Es gab Gäste, die legten einen Teil des Weges auf Schusters Rappen zurück. Emilio erschien das widersinnig zu sein. Entweder gab es eine Straße, oder es gab keine. Das Auto stehen lassen, um zu Fuß zu gehen? Einverstanden, aber nur wenn der Tank leer war.

Er brachte den Landrover direkt neben einigen Stufen zum Halten, die hinunter zur Wirtschaft führten. Beim Aussteigen stützte er sich auf seinen Gehstock, den schon sein Großvater im Gebrauch hatte. Der Knauf war aus massivem Silber, mit dem eingravierten Wappen derer von Ritzfeld-Hechenstein. Emilio, der aufgrund einer ominösen Schussverletzung mal hinkte, dann aber auch wieder nicht, hatte sich an den Stock gewöhnt. Er war ein Mann in den besten Jahren und machte einen fitten Eindruck. Da war ein antiker und auf Hochglanz polierter Gehstock ein extravagantes Accessoire. Sein Stock hatte darüber hinaus eine Besonderheit: Der Griff ließ sich entriegeln. Mit dem verborgenen Degen hatte sein Großvater einmal die Unschuld einer Weinprinzessin verteidigt. So ging die Legende. Stockdegen waren heutzutage verboten; Emilio hielt das für eine vernünftige Regelung. Es reichte völlig, wenn nur er einen im Gebrauch hatte. In seinem nicht immer gefahrlosen Beruf musste das kein Nachteil sein.

Kopfschüttelnd sah er zwei Wandersleuten hinterher. Warum war diese Spezies Mensch oft so hässlich angezogen? Das würde er nie begreifen. Er selbst trug rahmengenähte Budapester, die ihn nach seiner festen Überzeugung überleben würden. Sein Sakko war schon etwas abgeschabt, aber von bestem schottischem Tweed. Und seine Hornbrille war so aus der Mode geraten, dass sie schon wieder schick war.

Emilio nahm ein Buch aus dem Auto, ließ kurz den Blick vom markanten Dolomitengipfel des Schlern über den Bozener Talkessel schweifen, dann ging er leicht hinkend zur Treppe, klemmte den Stock unter den Arm und bewältigte anschließend die Stufen dynamisch und geschmeidig. Unten angelangt, stützte er sich wieder auf den Stock, diesmal auf der anderen Seite.

Dass die Terrasse bis auf den letzten Platz belegt war, störte ihn nicht. Er saß ohnehin lieber alleine in der alten, holzgetäfelten Bauernstube. Er bestellte vorneweg etwas Speck, danach einen Tris aus Spinat-, Speck- und Rohnenknödel und natürlich ein Glas Vernatsch vom hauseigenen Weinberg.

Emilio las im mitgebrachten, antiquarischen Buch über die Geographie und Geschichte Südtirols, vom «Land im Gebirg» zwischen dem Alpenhauptkamm und dem Gardasee, von den Pässen und Engstellen, die Klausen genannt wurden und wo die jeweiligen Landesherren ihre Zollstellen errichtet hatten.

Mit den Fingern nahm er den Speck vom Holzbrett. Dazu einen Schluck vom Vernatsch. So ließ es sich leben.

Er blätterte gerade zurück zu einem Kapitel, das das Ende der römischen Herrschaft im heutigen Südtirol beschrieb und vom Germanenführer Odoaker und den Ostgoten handelte, als ihm eine willkommene Unterbrechung serviert wurde: nämlich die sehnsüchtig erwarteten Knödel.

Emilio legte das Buch zur Seite und schaute schmunzelnd auf seinen Teller. Es amüsierte ihn immer wieder, dass es sich beim Tris um vier Knödel handelte. Der Topfenknödel wurde offenbar nicht mitgezählt.

Ob es bei ihm einen Trauerfall gäbe, fragte die junge Bedienung teilnahmsvoll. Dabei deutete sie auf seine schwarze Krawatte.

Emilio hatte vergessen, sie abzunehmen. Er zog sie aus dem Kragen und öffnete den obersten Knopf.

«Hast recht, ich komme gerade von einer Beerdigung in Meran. Eine Tante von mir ist gestorben und heute beigesetzt worden.»

«Mein Beileid.»

Er rollte den Schlips zusammen und steckte ihn in die Sakkotasche.

«Danke. Aber Tante Theresa war schon alt und eigentlich gar keine richtige Tante, doch wir haben sie immer so genannt. Tante Theresa war die beste Freundin meiner Mutter. Sie hat sie um fast zwei Jahrzehnte überlebt.»

«Trotzdem traurig.»

Er nickte. «Das stimmt. Aber sie hat ihr Leben gelebt, bis zum Schluss. Dann ist sie einfach eingeschlafen und nicht mehr aufgewacht.»

«Der Herrgott hat's gut mit ihr gemeint.»

*

Später dachte er noch etwas über Theresa nach und über die Tatsache, dass ursprünglich sie es gewesen war, die ihn mit einem Auftrag nach Südtirol gelockt hatte. Vor zwei Wochen hatte er sie das letzte Mal in ihrer Villa in Meran besucht. Da war sie zwar schon etwas verwirrt gewesen und hatte ihn mit seinem Vater verwechselt, aber der Eierlikör hatte ihr geschmeckt wie eh und je. Die Bedienung hatte wohl recht: Der Herrgott, an den er nicht glaubte, hatte es mit Tante Theresa gut gemeint.

2

Phina stand im Weinberg und sah mit Stolz auf die Reben, die voller noch unreifer Trauben hingen. Sie musste lächeln. Denn damit hing auch der sprichwörtliche Himmel voll praller Trauben. Es versprach, ein gutes Weinjahr zu werden. Allerdings hatte sie gelernt, sich nicht zu früh zu freuen. Bis zur Ernte konnte noch viel geschehen: Es könnten Schädlinge auftauchen, es könnte zur unrechten Zeit wie aus Eimern regnen, oder, noch schlimmer, es könnte hageln. Alles schon da gewesen.

Sie hatte die Rebschere in der Hand und tat etwas, was ihr eigentlich schwerfiel, von dem sie aber wusste, dass es der Weinqualität zugutekam: Sie schnitt gezielt Trauben heraus, in der Absicht, den Ertrag zu reduzieren. Umso mehr Kraft und Leidenschaft würden in die verbleibenden Trauben schießen – und damit auch in den Wein, der später aus ihnen gekeltert wurde. Mit geschultem Blick entfernte sie gelegentlich auch Blätter, die zu viel Schatten spendeten. Das war eine Gratwanderung, denn ein Zuviel an Sonne war ebenso verkehrt. Auch Trauben konnten einen Sonnenbrand bekommen, da waren sie den Menschen ähnlich. Außerdem bot das Blattwerk Schutz vor Unwetter und Hagel.

Während ihrer Arbeit dachte sie an Theresa und an die Beerdigung von heute Morgen. Sie hatte die alte Dame gemocht. Sie war so etwas wie eine ältere, sehr viel ältere Freundin für sie gewesen. Jetzt war sie nicht mehr da. An den Gedanken musste sie sich erst gewöhnen.

Phina sah auf, als sie ein Motorengeräusch hörte. Emilios Auto erkannte sie schon von weitem. Sie steckte die Rebschere in die Ledertasche an ihrem Gürtel und lief zum nahe gelegenen Gutshaus, vor dem Emilios rechtsgesteuerter Uralt-Landrover gerade zum Stehen kam. Er stieg aus und ging mit einem leicht abwesend wirkenden Blick auf sie zu.

«Na, du Rumtreiber», begrüßte sie ihn. «Ich hätt deine Hilfe in der Vinothek gebraucht.»

«*Mea culpa*, tut mir leid, aber ich war anderweitig beschäftigt. Du weißt ja, es gibt Termine, die ziehen sich unerwartet in die Länge.»

«Du bist nach der Trauerfeier gleich gefahren.»

«War besser so.»

Phina gab ihm einem Kuss auf den Mund.

«Du schmeckst nach Blauburgunder», stellte sie fest.

Er zog belustigt eine Augenbraue nach oben. «Falsch, du Angeberin. Vernatsch. Als ob du beim Küssen den zuvor getrunkenen Wein erkennen könntest. Das kann ja nicht mal ich.»

Sie sah ihn keck an. «War ein Spaß, hätte ja klappen können. Dann wäre ich in deinem Ansehen gewaltig gestiegen. Trotzdem brauche ich dich in der Vinothek. Für später haben sich einige Besucher angesagt.»

«Ich hab's befürchtet.»

Sie drohte ihm mit dem Finger. «Immer freundlich sein. Auch wenn's dir schwerfällt.»

«Natürlich, ich bin ja ein Meister der Verstellung.»

«Warum schaust du dann so griesgrämig? Denkst du an Theresa?»

«Nur ein bisschen. Aber wegen ihr schaue ich nicht griesgrämig aus der Wäsche. Was ist das eigentlich für ein Wort? Ein Griesgram ist notorisch schlecht gelaunt. Das bin ich nun wirklich nicht.»

«Na ja, ich weiß nicht. Ein kleines bisschen doch, jedenfalls in letzter Zeit. Könnte es sein, dass du etwas Abwechslung brauchst? Wie wäre es mit einem klitzekleinen Kriminalfall? Der würde dir guttun.»

Emilio winkte dankend ab. «Mir geht's doch gut, sehr gut sogar. Außerdem, was soll ich mit einem kleinen Kriminalfall? Wenn schon, dann ein großer.»

3

Im Unterschied zu Phinas Weingut, das südlich von Bozen an der Weinstraße gelegen und voller Charme war sowie im positiven Sinne Südtiroler Einfachheit ausstrahlte, präsentierte sich die Kellerei Pletzerhof im Meraner Burggrafenamt schon von außen als moderner, fast avantgardistischer Betrieb. Die Gestaltung stammte von einem renommierten Südtiroler Architekten, der traditionelle Materialien gegen spiegelnde Glasflächen und rostige Stahlträger gesetzt hatte. Hieronymus Pletzer, der Eigentümer, war stolz auf sein Kellereigebäude. Nicht minder stolz war er auf seine Weine, bei denen er in gleicher Weise versuchte, Tradition und Moderne miteinander zu vereinen.

Aber heute war kein Tag, an dem er positive Gefühle hatte. Ganz im Gegenteil, er war niedergeschlagen, gleichzeitig wütend und ratlos. Im großen Verkostungsraum, von dem man durch eine schräge Glasfront auf die umliegenden Weinberge sehen konnte, saß er mit aufgestütztem Ellbogen an einem langen Tisch und stierte auf eine geöffnete Weinflasche. Sie war insofern bemerkenswert, als dass sie kein Etikett hatte. Aber das war nicht das Problem.

Er sah nicht auf, als es klopfte. Auch nicht, als Franz Egger zu ihm an den Tisch kam. Hieronymus starrte unablässig auf die Flasche, wie ein Kaninchen auf die Schlange, gebannt, regungslos.

«Was gibt's?», fragte der Kellermeister, der seinen Chef noch nie so gesehen hatte.

«Wir haben ein Riesenproblem», antwortete Hieronymus mit kratziger Stimme.

«Hat der Wein Kork?»

Hieronymus lachte hysterisch. «Kork? Schön wär's.»

«Was dann? Hat er einen Böckser, tut er mäuseln?»

«Franz, du musst mir hoch und heilig versprechen, dass du mit niemandem darüber sprichst. Kein Sterbenswort. Haben wir uns verstanden?»

«So dramatisch? Versprochen, kannst dich auf mich verlassen. Also, was ist?»

«Wir werden erpresst.»

«Wie bitte?»

«Hast richtig gehört. Irgendein Saukopf will dreihunderttausend Euro von mir.»

Hieronymus deutete auf ein Schreiben, das neben der Weinflasche, einem halbvoll eingegossenen Glas und dem Flaschenöffner mit dem Korken auf dem Tisch lag.

«Da steht drin, dass in unserem Lager mit dem Riserva vier Flaschen vergiftet wurden. Der Giftstoff sei geruchlos, schwer nachweisbar und schon in kleinen Dosen tödlich.»

Egger blieb der Mund offen stehen.

«Zum Beweis», fuhr Hieronymus fort, «hat uns der Wahnsinnige die Position eine der Flaschen verraten. Ich hab sie vorhin aus dem Weinlager geholt. Jetzt steht sie hier.»

«Und? Ist der Wein vergiftet?»

«Woher soll ich das wissen? Willst du probieren?»

Hieronymus schob ihm das Glas hin.

Egger sah ihn entsetzt an. «Probieren? Ich denk nicht dran.»

«Der Erpresser sagt, dass er uns gegen Bezahlung die Position der anderen drei Flaschen verraten würde. Wenn nicht, könnten wir alles wegschütten.»

«Scheiße.»

«Der Lagrein soll Ende des Monats etikettiert werden und in die Auslieferung gehen. Für den ganzen Jahrgang liegen Bestellungen vor.»

«Ich weiß. Der beste Riserva, den wir je auf der Flasche hatten.»

Hieronymus nickte. «So ist es. Der Lagrein ist ein Kracher.»

Egger nahm zögernd das Glas mit dem Wein und schnüffelte daran.

«Mir fällt nichts auf. Aromen von Bitterschokolade, Veilchen, ein bissel Tabak und ein Hauch von Pilzen. Eine wunderbare Harmonie. Einfach perfekt.»

«Der Erpresser schreibt ja, dass das Gift geruchlos sei.»

«Wenn's so ist, dann stimmt's.»

Hieronymus knetete seine Hände. «Was machen wir jetzt?»

«Da darf keiner was davon erfahren», stellte Egger nach kurzer Überlegung fest. «Sonst traut sich niemand mehr, auch nur ein Glas von unserem Lagrein zu trinken. Selbst wenn nichts dran sein sollte an der Geschichte.»

«Sag ich doch. Darum hast du mir ja dein Schweigen versprechen müssen.»

«Wir könnten den Wein unserem Kater zum Schlabbern geben, der mag Lagrein.»

«Spinnst du? Du kannst doch nicht unseren Kater vergiften. Was ist mit deinem Labor?»

Egger schüttelte den Kopf. «Kannst du vergessen. Ich kann das Mostgewicht bestimmen oder den biologischen Säureabbau, aber keinen Giftstoff nachweisen, dafür sind wir nicht eingerichtet.»

«Bleibt nur das Versuchszentrum Laimburg. Da könnten wir den Wein hingeben.»

«Ich denk, wir wollen es geheim halten.»

Hieronymus raufte sich die Haare. «Stimmt, damit würde es offiziell, die Polizei, die Presse. Ich darf gar nicht daran denken.»

«Die Polizei würde erst mal den ganzen Jahrgang beschlagnahmen.»

Hieronymus bekam Atembeschwerden. «Dann bin ich pleite», presste er hervor. «Ich brauch das Geld von dem Riserva.»

Der Kellermeister dachte angestrengt nach. «Dann wirst du zahlen müssen, eine andere Möglichkeit sehe ich nicht.»

«Dreihunderttausend Euro? Die bring ich nicht zusammen. Weißt ja selber, wie viel Geld ich in die Kellerei gesteckt habe.»

Egger roch erneut am Glas.

«Ich geb ihn doch unserem Kater.»

«Dann schmeiß ich dich raus.»

Egger erhob sich und ging auf und ab.

«Mir fällt nichts ein. Aber den Brief, den musst du ernst nehmen. Wir wollen ja niemanden umbringen mit unserem Lagrein.»

Hieronymus lehnte sich zurück und verschränkte die Hände über dem Kopf.

«Sag mal, du kennst doch die Phina Perchtinger aus Eppan?»

«Klar, wir waren zusammen auf der Weinbauschule. Warum?»

«Dann kennst auch ihren Freund, den Baron?»

«Den Baron Emilio? Ich kenn ihn nicht, aber ich weiß, dass es ihn gibt. Warum?»

«Der arbeitet als Privatdetektiv.»

«Richtig», bestätigte Egger, «aber er soll ein wenig g'spinnert sein.»

«Halb so schlimm. Wir waren einige Male zusammen beim Essen. Ich mag ihn.»

Egger wog zweifelnd den Kopf hin und her. «Ich weiß nicht.»

«Außerdem versteht er viel von Wein. Und er hat vom Landeshauptmann einen Orden bekommen für die Überführung eines Serienmörders.»

«Mag ja sein. Aber wie soll er uns helfen?»

«Hast du etwa eine bessere Idee?»

«Nein.»

«Ich denke, den Emilio können wir ins Vertrauen ziehen, der plaudert nichts aus. Vielleicht kann er uns einen Rat geben. Wir haben keine Erfahrung mit Erpressern, er wahrscheinlich schon.»

«Wenn du meinst.»

«Ich ruf die Phina an.»

«Hoffentlich hat der Baron Zeit.»

«Ich glaub, der hat ganz viel Zeit. Die Frage ist eher, ob er Lust hat.»

4

Schlutzkrapfen, oft nur Schlutzer genannt, zählten zu Emilios Favoriten der Südtiroler Küche. Dabei gab es sie in Variationen auch woanders. Sie waren den Ravioli nicht unähnlich. Er kannte die italienische Bezeichnung *ravioli tirolesi* für Schlutzkrapfen, oder auch *mezzelune*, wegen ihrer halbmondartigen Form. Es gab sie natürlich auch in Nordtirol, in Kärnten oder im Friaul. Oft unterschieden sie sich durch ihre Füllung. Im Schwäbischen gab es die Maultaschen. Wobei Emilio eine eigene Theorie hatte, wie die Maultaschen ins Schwabenland gelangt waren. Denn im 14. Jahrhundert lebte in Südtirol die legendäre Herzogin Margarethe von Maultasch, die das Ursprungsrezept von einer Reise mitgebracht haben könnte. Ähnlich hatte es sich nachgewiesenermaßen beim Trollinger zugetragen. Die Württemberger Traube war mit dem Südtiroler Vernatsch identisch. Im Namen war sogar die Herkunft versteckt: Trollinger hieß wohl ursprünglich «Tirolinger».

Am liebsten mochte Emilio die Schlutzer mit einer Füllung aus Spinat und Topfen – mit darüber gehobeltem Parmesan und mit zerlassener, hellbrauner Butter abgeschmälzt. Genau solche Schlutzkrapfen bereitete Phina gerade in ihrer großen Bauernküche vor.

Unvorsichtigerweise ließ er sich dazu hinreißen, ihr allzu neugierig über die Schulter zu blicken. Sie stach aus dem ausgerollten Teig runde Formen aus, bestrich sie mit Ei, gab mit einem kleinen Löffel die Füllung drauf, faltete sie zusammen und drückte die Ränder mit den Fingern fest.

«Alles klar?», fragte Phina.

Er nickte. «Absolut, die Vorgehensweise ist nicht so schwer zu verstehen.»

Im selben Moment wusste er, dass er einen folgenschweren Fehler begangen hatte.

«Na wunderbar», meinte Phina, «dann kannst du ja weitermachen.»

Er sah sie entgeistert an. «Wie bitte? Du meinst, ich soll jetzt mit meinen eigenen Händen Schlutzer anfertigen?»

«Ganz genau. Du hast ja gesagt, das sei einfach. Das ist es auch, außerdem ist alles vorbereitet.»

«In meiner Kindheit hatten wir eine Köchin.»

«Ihr hattet auch ein Schloss. Ist aber eine Weile her. Das Schloss ist weg, und du hast auch keine Köchin mehr. Ich koch zwar gern für dich, aber nur, weil ich mag, nicht, weil ich muss.»

«Dessen bin ich mir bewusst, das weiß ich auch sehr zu schätzen. Außerdem bin ich ein grenzenloser Bewunderer deiner …»

«Spar dir deine fadenscheinigen Komplimente», unterbrach sie ihn lachend. «Hier, nimm den Ausstecher und fang einfach an!»

«Stattdessen könnte ich eine Flasche Wein aufmachen.»

«Gute Idee, aber erst die Schlutzer.»

«Ich gebe mich geschlagen. Aber ob das Ergebnis meinen eigenen Qualitätskriterien genügt, wage ich zu bezweifeln.»

*

Emilio, der nach anfänglichem Zögern zunehmend Spaß an der Tätigkeit fand, war fast fertig, als das Telefon läutete.

Phina nahm das Gespräch entgegen.

«Ah, du bist's», sagte sie.

Und nach kurzem Zuhören. «Ja, er ist hier.»

Sie hielt Emilio das Telefon hin.

Er zog die Augenbrauen nach oben und sah sie fragend an.

«Der Hieronymus Pletzer ist dran», sagte sie und verdeckte den Hörer mit der Schürze. «Er will dich ganz dringend sprechen.»

«Hieronymus wer?»

«Hieronymus Pletzer, der mit dem guten Lagrein, aus dem Burggrafenamt.»

«Ach so, der.» Emilio machte eine abwehrende Handbewegung. «Sag ihm, ich habe keine Zeit, ich bin beim Kochen.»

Phina konnte nicht anders, sie musste herzhaft lachen. «Jetzt auf einmal. Komm, sprich mit ihm. Ich bitt dich. Ich glaub, er hat ein Problem.»

Emilio zog eine Grimasse. «Meinetwegen, gib schon her!»

Er wischte seine Hände an Phinas Schürze ab, dann nahm er den Hörer entgegen.

«Hieronymus, sei gegrüßt. Was kann ich für dich tun?»

Er sah, dass sich Phina über seine gespielte Freundlichkeit amüsierte.

«Ich möchte nicht am Telefon darüber reden», antwortete Hieronymus, «aber ich hab ein gewaltiges Problem, da brauch ich deinen Rat, und zwar ganz dringend.»

«Ich kann morgen Vormittag bei dir vorbeikommen.»

«Geht's nicht noch heute? Ist wirklich eilig.»

Emilio schaute auf die Uhr, dann auf das Holzbrett mit den vorbereiteten Schlutzern. Und schließlich sehnsüchtig zur bereitgestellten Flasche Wein. Er deckte mit der Hand die Sprechmuschel ab.

«Wie lange dauern die Schlutzer, bis sie fertig sind?», fragte er leise, an Phina gerichtet.

«Jetzt geht's schnell, nur noch in Salzwasser gar kochen, Parmesan, Schnittlauch, braune Butter, fertig.»

«Bist du böse, wenn ich mich nach dem Essen ins Auto setze?»

Sie zuckte mit den Schultern. «Nein, natürlich nicht. Ich hab dich ja selbst zur Annahme des Gesprächs genötigt.»

Er gab das Telefon wieder frei. «Okay, ich fahre in einer Dreiviertelstunde los. Hoffentlich ist es wirklich wichtig. Ich wollte mich gerade betrinken, jetzt muss ich nüchtern bleiben.»

Nach dem Auflegen sah ihn Phina mit runzelnder Stirn an.

«Du wolltest dich betrinken? Ist das wahr?»

«Natürlich nicht. Aber der Hieronymus soll merken, dass ich ein großes Opfer bringe.»

Sie schüttelte den Kopf. «Du hast einen seltsamen Humor.»

5

Sie saßen alle drei an dem langen Tisch im Degustationsraum der Weinkellerei Pletzerhof. Hieronymus Pletzer, sein Kellermeister Franz Egger und Emilio.

Hieronymus, der Emilio gerade alles erzählt hatte, schlug mit der Faust auf den Tisch.

«So, jetzt weißt du, warum es mir so eilig war. Und du verstehst, warum ich mich nicht an die Polizei wenden will.»

Emilio spielte mit dem Knauf seines Gehstocks.

«Klar versteh ich das. Aber was kann ich für dich tun?»

«Uns sagen, was wir machen sollen.»

Emilio grinste schief. «Ich weiß, was ich an eurer Stelle *nicht* machen würde, nämlich den Wein probieren.»

«Im Ernst, hast du einen Vorschlag?»

«Hmm.»

«Am besten, Sie finden den Erpresser», eiferte sich Egger, «und werfen ihn in die Etsch.»

Emilio sah ihn lächelnd an. «Das ist eine etwas radikale Idee. Außerdem nicht zielführend. Denn auf diese Weise würden wir nie erfahren, welche Flaschen vergiftet sind.»

«Das ist wahr.»

«Also?»

Emilio dachte nach. «Ich möchte mir zunächst das Flaschenlager ansehen», sagte er, «anschließend reden wir weiter.»

Hieronymus stand auf. «Einverstanden, gehen wir!»

Egger ging voraus. Weil es schon am späteren Abend war, blieben sie unter sich, die Mitarbeiter waren bereits alle nach Hause gegangen. Hieronymus ließ Emilio einen Blick in den Barriquekeller werfen. Nicht, weil das etwas mit ihrem aktuellen Problem zu tun hatte, sondern weil der sein ganzer Stolz war. Die Wände aus rötlich schimmerndem Porphyrgestein und die kleinen Eichenfässer mit je zweihundertfünfundzwanzig Liter waren in ein fast sphärisches Licht getaucht.

Sie gelangten an eine große Eichentür, die unverschlossen war, und betraten ein hohes Gewölbe, das sich trotz des eingeschalteten Lichts nach hinten im Dunkeln verlor. In ihm standen über- und nebeneinandergestapelt große Gitterboxen mit Flaschen.

Emilio fand dieses Gewölbe in seiner Schlichtheit viel eindrucksvoller als den Barriquekeller.

«Hier lagert momentan ausschließlich unser Lagrein», erklärte Egger. «Wie Sie wissen, darf der Riserva frühestens zwei Jahre nach der Weinernte verkauft werden.»

«Wir haben sogar noch etwas länger gewartet», ergänzte Hieronymus. «Aber jetzt ist er so weit. Er ist phantastisch.»

«Die Flaschen müssen nur noch etikettiert und verkapselt werden. Ende des Monats soll die Auslieferung beginnen.»

«Wer wusste von dem geplanten Auslieferungstermin?», fragte Emilio.

«Das kann jeder wissen, den es interessiert. Steht sogar auf unserer Website.»

«Schade», sagte Emilio lakonisch.

Hieronymus blieb vor einer Box stehen.

«Hier war sie drin. Vierte Reihe von oben, siebte Flasche von links.»

«Ein Platz wie jeder andere.»

Emilio deutete mit dem Gehstock zur großen Eichentür am Eingang. «Kann hier jeder so einfach reinspazieren?»

«Während des Tages schon, wir haben ja auch Besuchergruppen im Haus.»

«Das dürfte aber des Nachts erfolgt sein», spekulierte Emilio, «so was braucht Zeit. Eine Alarmanlage gibt's wohl nicht, oder?»

«Nein, wozu auch?», antwortete Egger. «Hier kann ja keiner unbemerkt mit dem Gabelstapler reinfahren und Paletten beladen.»

«Aber das wird das Nächste sein, was ich mache», stellte Hieronymus fest. «Ich lasse eine Alarmanlage installieren und alles mit Video überwachen.»

«Gut so, aber das hilft uns in der aktuellen Situation nicht weiter.»

«Leider nein.»

Emilio deutete auf die Gitterboxen. «Wenn euch irgendein Spaßvogel die Flaschen durcheinanderbringt, seid ihr aufgeschmissen.»

«Äh, ja.»

«Da gehören Schlösser hin und alle Boxen verriegelt. Auch die Tür am Eingang muss abgesperrt werden. Am besten lasst ihr gleich ein neues Schloss einbauen. Und gebt keinem Mitarbeiter einen Schlüssel.»

«Klar, das machen wir.»

*

Als sie später wieder im Degustationsraum saßen, sahen Hieronymus und Egger ihren Besucher erwartungsvoll an.

Emilio fragte sich, was die beiden wohl von ihm erwarteten.

Dass er flugs den Namen des Erpressers aus dem Hut zu zaubern vermochte? Oder einen Trick beherrschte, wie man die vergifteten Bouteillen identifizieren konnte?

Da musste er sie enttäuschen, dafür bräuchten sie einen Magier. Er dagegen beherrschte nur die Kunst des logischen Denkens. Und auch diese Fähigkeit ließ ihn gelegentlich im Stich.

Er begutachtete erneut die Flasche und roch am Wein. Er las den Erpresserbrief, Wort für Wort, Zeile für Zeile. Ihm fiel nichts Besonderes auf.

«Vielleicht stammt der Brief von einem Spinner», sagte Hieronymus, «und es ist nichts dran an der Geschichte.»

Emilio kniff die Augen zusammen. «Kann gut sein, aber ich glaub's nicht. Mein Vorschlag wäre, dass ich die Flasche mitnehme. Ich kann morgen nach München fahren und den Inhalt von einem alten Freund untersuchen lassen, er leitet das toxikologische Labor der Universität. Ich werde ihm verschweigen, wo die Flasche herkommt. Wir müssen nicht mal das Etikett abmachen, ist ja keins drauf.»

Hieronymus nickte. «Das ist ein guter Vorschlag. Wir brauchen Gewissheit, und zwar diskret und möglichst schnell.»

«Es dauert so lange, wie es dauert. Der Erpresser behauptet, dass das Gift schwer nachzuweisen sei. Lassen wir uns also überraschen. Den Brief würde ich auch gerne mitnehmen. Und den Umschlag. Wo ist der eigentlich?»

«Auf meinem Schreibtisch. Ist mit der Post gekommen, natürlich ohne Absender, abgestempelt in Trient.»

«In Trient? Dann wissen wir schon mal ziemlich sicher, von wo der Erpresser nicht herkommt, nämlich aus Trient. Ich lass den Brief und den Umschlag im kriminaltechnischen Institut in München untersuchen.» Er zögerte. «Na ja, den Umschlag wohl eher nicht», schränkte er ein, «da steht ja deine Adresse drauf. Aber der Brief ist neutral gehalten, der ist nicht zuzuordnen.»

«Meinst du, man kann darauf die Fingerabdrücke des Schweinehunds feststellen?»

«Würde mich sehr wundern. Auch auf der Flasche wird's keine verwertbaren Abdrücke geben, nur eure eigenen.»

Egger hob die Hände. «Ich hab sie nicht angefasst.»

«Ich schon, ich Depp», sagte Hieronymus. «Ich hätte mir Handschuhe anziehen sollen.»

Emilio winkte ab. «Macht nichts. Unser Kamerad hatte sicher welche an. Zum Abgleich kannst du mir ja deine Fingerabdrücke auf einem sauberen Weinglas mitgeben. Aber dabei wird nichts rauskommen.»

«Was ist mit dem Korken?»

Emilio nahm ihn in die Hand und drehte ihn hin und her. «Der Täter kann ja nur eine Spritze verwendet haben, um das Gift in die Flasche zu bekommen. Wenn er clever war, hat er die Nadel am Rand zwischen Korken und Flasche durchgeführt.»

Hieronymus nickte. «Stimmt, so hätte ich es auch gemacht.»

«Es käme übrigens auch eine Frau in Frage», stellte Emilio fest, «es muss kein Mann sein.»

«Eine Frau? Kann ich mir nicht vorstellen», meinte Hieronymus.

«Warum nicht?», widersprach Egger. «Frauen können nicht einparken, aber gemein können sie sein, sogar hundsgemein.»

Emilio grinste. «Manche können sogar einparken, Phina zum Beispiel. Ich wollte nur darauf hinweisen, dass wir bei der Suche nach dem Täter nach allen Seiten offen sein müssen.»

Hieronymus beugte sich nach vorne und sah Emilio gespannt an. «Versteh ich dich richtig? Du willst uns also helfen?»

«Phina hat mich darum gebeten. Ihr kann ich nichts abschlagen.»

Hieronymus nahm theatralisch Emilios Hände. «Ich danke dir.»

Emilio war das unangenehm, er zog seine Hände schnell zurück. «Ich kann nichts versprechen.»

«Das ist mir schon klar.»

Emilio fiel ein, dass er am morgigen Tag etwas vorgehabt hatte. Mist, daran hatte er nicht gedacht. Warum ließ er sich immer wieder zu unüberlegten Freundlichkeiten hinreißen?

«Leider bin ich morgen in Bozen zu einer Verkostung alter Jahrgänge eingeladen», sagte er, «da habe ich mich drauf gefreut. Den entgangenen Lustgewinn muss ich dir leider in Rechnung stellen.»

«Ist doch selbstverständlich. Du verlangst dein ganz normales Honorar. Brauchst du einen Vorschuss? Die Reisekosten? Das Labor?»

Emilio überlegte, ob er das Angebot annehmen sollte. Dann dachte er, dass Phina dafür kein Verständnis haben würde.

«Ich gehöre zwar dem verarmten Adel an», antwortete er, «aber ganz so schlimm ist es nun doch nicht.»

6

Als Hieronymus Pletzer am nächsten Morgen frühstückte, hatte er Ringe unter den Augen; er hatte kaum geschlafen und Kopfschmerzen. Die Erpressung setzte ihm zu. Zwar war er froh, dass Emilio mit im Boot war und klären würde, ob überhaupt eine Vergiftung vorlag. Dennoch hatten ihn Albträume geplagt. So hatte er die Wahnvorstellung gehabt, dass man in besagter Flasche kein Gift nachweisen konnte – aber nach erfolgter Auslieferung des Lagrein Dutzende unschuldiger Menschen zu Boden sanken und von Krämpfen geschüttelt ihr Leben aushauchten. Da war er in der Nacht aufgestanden, ins Bad gegangen und hatte kalt geduscht.

Jetzt, zusammen mit seiner jungen Frau Annika auf der Terrasse sitzend, vor sich eine Tasse Kaffee und ein Vinschgerl mit hausgemachter Aprikosenmarmelade, sahen im klaren Licht des Etschtals seine Sorgen irgendwie unwirklich aus, wie nicht von dieser Welt. Doch er wusste, dass die Erpressung Realität war und eine böse Bedrohung.

«Hast du schlecht geschlafen, mein Schatz?», erkundigte sich Annika.

«Tut mir leid, falls ich dich gestört habe.» Er langte sich an die Schläfen, hinter denen es pochte. «Ich hab mies geträumt. Aber jetzt ist alles wieder gut.»

Wie zum Beweis des Gegenteils stieß er mit einer fahrigen Bewegung das Glas mit dem Orangensaft um.

Sie legte eine Stoffserviette über das getränkte Tischtuch.

«Du kannst mit mir über alles sprechen, das weißt du doch», sagte sie.

Er schüttelte den Kopf. «Es gibt nichts, worüber wir sprechen müssten. Alles ist gut.»

«Du warst schon immer ein schlechter Schwindler. Aber ich will's dir mal glauben.»

Er nahm einen Schluck vom Kaffee. «Was hast du heute vor?», wechselte er das Thema.

«Ich fahr später nach Bozen zum Yoga. Du weißt ja, meine Gruppe.»

Hieronymus rang sich ein Grinsen ab. «Da steht ihr dann auf einem Bein, formt die Hände zur Lotusblüte und macht Om.»

«So ungefähr.»

«Na ja, wenn ihr dabei Spaß habt.»

«Den haben wir bestimmt. Yoga bringt Körper, Geist und Atem in Einklang. Ist gut gegen Stress.»

«Aber du hast doch gar keinen Stress», sagte er, daran denkend, dass er es war, der gerade wirklich Stress hatte und ganz gewiss keine Zeit für indische Entspannungsübungen.

Sie stand auf und massierte ihm den Nacken.

«Das tut gut, bitte mach weiter.»

«Du bist so was von verspannt. Willst du mir nicht erzählen, was dich belastet?»

Er hatte schon den Mund geöffnet, um ihr von der Erpressung und dem vergifteten Wein zu berichten. Gerade noch rechtzeitig fiel ihm ein, dass Annika zwar eine bezaubernde Frau war, aber viele Freundinnen hatte, mit denen sie stundenlang ratschen konnte. Es war ihm ein Rätsel, wie sie es schafften, dass ihnen nie der Gesprächsstoff ausging. Er wollte Annika nicht in Versuchung führen. Und er wollte sie nicht mit seinen Problemen belasten. Das war besser für sie. Für ihn selbst wohl auch.

7

Am Schild mit der Zufahrt auf die *Autostrada del Brennero* fuhr Emilio vorbei. Nicht aus Versehen, sondern aus Prinzip. Wenn irgend möglich mied er Autobahnen. Er fuhr lieber gemächlich über Landstraßen. Diese verlangsamte Form der Fortbewegung tat nicht nur seinem betagten Geländewagen gut, sie entsprach auch seinem Naturell. So bot er seiner Seele Gelegenheit, mit dem Fortkommen seines Körpers Schritt zu halten. Er war ein großer Befürworter der Entschleunigung. Am liebsten wäre ihm das Reisen in der Pferdekutsche, so wie sich einst Goethe über den Brenner bewegt hatte. Aber das ließ sich nicht mehr realisieren – und wäre ihm dann doch zu unbequem. Wobei der Federungskomfort seines Landys kaum besser war, wenn überhaupt.

Jedenfalls überließ er das Kilometerfressen im Eiltempo durch das Eisacktal hinauf zum Brenner mit Freuden den gehetzten Mitmenschen. Sie bekamen nur wenig mit von der Schönheit der Landschaft, und schon gar nichts vom Charakter der Orte. Sie sausten einfach vorbei. Emilio blickte nach oben und musste lächeln. Oder sie standen im Stau, wie im Moment.

Natürlich legte er in Brixen eine Pause ein, das tat er immer, um sich unter den Lauben einen Cappuccino zu gönnen. Später fuhr er am barocken Augustinerkloster Neustift vorbei, wo er sich den Genuss eines Gläschens Silvaner aus der Stiftskellerei versagte. Bei der Franzensfeste und der Sachsenklemme ging ihm die oft blutige und von Freiheitskämpfen geprägte Historie Südtirols durch den Kopf. In Sterzing musste er tanken. Dann nahm er den Brennerpass in Angriff.

Ab und zu blickte er kontrollierend auf den Beifahrersitz, wo er einen Korb mit Hilfe des Sicherheitsgurts festgeschnallt hatte. In ihm lagerte das Corpus delicti, die Weinflasche, von der er nicht wusste, wie bekömmlich ihr Inhalt war. Dies herauszufinden war der Zweck seiner Fahrt nach München. Er hatte diese Reise nicht ungern angetreten, trotz besagter Weinprobe in Bozen, denn an solchen Verkostungen hatte er bereits häufig teilgenommen. Dagegen war er in der bayrischen Landeshauptstadt schon länger nicht mehr gewesen. Dort hatte er Jahre seines Lebens verbracht – auf dem Wege seiner wundersamen Emigration vom Rheingau nach Südtirol. In München hatte er es gut ausgehalten und an schönen Tagen das Klischee bestätigt gefunden, dass München die nördlichste Stadt Italiens sei. An schlechten Tagen hatte er allerdings darunter gelitten, dass Italien dann doch verdammt weit weg war. In Südtirol, auf der Sonnenseite der Alpen, hatte man es besser. Dort war man dem Land der Sehnsucht, wo die Zitronen blühten und Puccini seine *Tosca* und Verdi seine *Aida* komponiert hatten, einen entscheidenden Schritt näher. Italien, von wo seine verstorbene Mutter stammte und weshalb er als Nachkomme eines uralten deutschen Adelsgeschlechts auf den wenig teutonischen Vornamen Emilio hörte.

*

Als er schließlich München erreichte, steuerte er nach einem Zwischenstopp im kriminaltechnischen Institut die Universität an, wo er im toxikologischen Labor der Chemischen Fakultät von einem alten Freund erwartet wurde. Er stellte den mitgebrachten Korb ab und umarmte ihn.

Nach einigen Minuten, in denen sie sich der alten Zeiten erinnerten, packte Emilio die Flasche aus. Dann schilderte er im Detail, was er am Telefon nur angedeutet hatte.

Sein Freund, der Professor war und auf den Vornamen Dominik hörte, nickte und sagte, dass er gleich anfangen würde, aber es könne dauern. Bestimmt einige Stunden, vielleicht sogar die ganze Nacht.

Emilio meinte, dass es zwar eilig sei, angesichts des Freundschaftsdienstes könne er aber keinen totalen Schlafverzicht erwarten. Sie verabredeten sich für den späten Abend in einer Bar in Schwabing, dort hatten sie sich schon getroffen, als Dominik noch studierte. Damals wäre er fast durchs zweite Examen gerasselt, heute war er Inhaber eines Lehrstuhls. Aus ihm war was geworden. Emilio musste zugeben, dass man das von ihm selbst kaum behaupten könnte. Aber er hatte auch nie Ambitionen verspürt, Karriere zu machen. Zeit fürs Leben zu haben war ihm wichtiger. Und wenn er sich hier im Labor umsah, dann fand er seine Philosophie bestätigt: Hier würde er es keine Woche aushalten. Da saß er lieber mit einem guten Buch in der Stube einer Buschenschänke – oder er ließ sich zur Abwechslung in einen neuen Kriminalfall hineinziehen, wie seit gestern Abend!

8

Auf dem Waltherplatz hatte Annika mit Freundinnen einen Sprizz getrunken. Leicht beschwingt verabschiedeten sie sich voneinander. Annika lief durch die Gerbergasse, dann um einige Ecken, schließlich stand sie vor einem alten Bürgerhaus. Ein Schild verwies auf das Yogastudio MahaShakti. Sie läutete, betrat nach dem Summen des Türöffners das Treppenhaus und drückte im altertümlichen Lift auf das oberste Stockwerk. Während der ruckelnden Fahrt zupfte sie erst ihren Rock zurecht, dann zog sie sich die Lippen nach, schließlich öffnete sie an ihrer Bluse die obersten Knöpfe.

Oben angelangt wurde sie in der geöffneten Eingangstür von einem schlanken, gutaussehenden Mann erwartet. Simon sah ihr mit einem Lächeln entgegen. Er verbeugte sich und legte die Hände vor der Brust aneinander.

«Namaste!», sagte er sanft.

«Om Namah Shivaya», entgegnete sie.

Der Yogalehrer schmunzelte. «Du bist eine gelehrige Schülerin», stellte er fest.

Er zog die Tür ins Schloss.

«Weiß dein Mann, dass du hier bist?», fragte er.

«Aber natürlich», gab sie zur Antwort, «er wünscht mir viel Spaß.»

«Den werden wir haben. Wie es scheint, hast du einen verständnisvollen Mann. Das ist schön.»

«Aber ich hab ihn ein wenig angeflunkert. Er denkt, ich hätte Gruppenunterricht zusammen mit meinen Freundinnen.»

«Das war einmal. Um beim Yoga die nächsthöhere Bewusstseinsebene zu erreichen, sollten wir uns von den negativen Schwingungen anderer Personen fernhalten, wir müssen uns innerlich und äußerlich fokussieren, um die sieben Chakren zu öffnen.»

«Deshalb bin ich hier.»

«Das ist gut so, meine liebe Annika. Wir widmen uns heute dem Svadhisthana-Chakra, dem Sakralchakra. Sandelholz, Myrrhe, Bachblüten. Schöpferische Kraft und Selbsterkennung. Aber auch …»

Simon machte eine Pause und sah sie lächelnd an.

«Aber auch?»

«… Sinnlichkeit, Intimität, Leidenschaft und Verlangen.»

«Das stand nicht auf dem Lehrplan.»

«Nein, stand es nicht. Deshalb haben wir ja eine Privatstunde vereinbart.»

«Womit fangen wir an?», fragte sie mit sanfter Stimme.

«Mit einer Tasse Tee», antwortete er, «mit einem Ayurveda-Tee, um den Geist zu erhöhen und dem Körper die nötige Energie zu verleihen.»

9

Es war schon spät am nächsten Morgen. Emilio zog die Vorhänge auf und öffnete das Fenster. Seine Pension befand sich in Schwabing, nicht weit von der Bar, wo er sich mit Dominik getroffen hatte. Draußen lärmte der Verkehr. Das Licht war entschieden zu hell. Er setzte im Zimmer eine Sonnenbrille auf und versuchte, den Verlauf des vergangenen Abends zu rekapitulieren. Das fiel ihm erstaunlich schwer. Ganz sicher wusste er nur, dass Dominik davon gesprochen hatte, dass sich der Nachweis des Giftes verzögern würde. Er müsse sich bis heute gedulden. Später hatten sie in gemeinschaftlicher Anstrengung geprüft, ob der Barkeeper eine vernünftige Ausbildung genossen hatte. An die ersten Drinks konnte er sich noch erinnern. Irgendwann war Dominik gegangen. Na klar, der Professor hatte einen vernünftigen Beruf und musste heute wieder fit sein.

Emilio ging ins Bad, nahm die Sonnenbrille ab und sah sich im Spiegel an. Nun, er hatte keinen vernünftigen Beruf und musste nicht fit sein. Aber er fand, dass das kein hinreichender Grund dafür war, so beschissen auszusehen. Außerdem hatte er sein Rasierzeug vergessen. Es gab Tage, die begannen vielversprechender.

*

Eine Stunde später saß er in einem Café, genauer gesagt davor, nämlich auf der Terrasse unter einem Sonnenschirm. Er rührte in einem extrastarken Kaffee. Es kamen viele junge Leute vorbei, darunter hübsche und locker gekleidete Frauen, aber er hatte keinen Blick für sie – was ihn mit Besorgnis erfüllte. Vielleicht war was dran an der Theorie, dass sich zu viel Alkohol negativ auf die Libido auswirkte? Oder wurde er langsam alt? Oder es lag an seinen Kopfschmerzen? Doch, ganz sicher, es waren die Kopfschmerzen! Emilio dachte, dass er daran selbst schuld war. Er war ein passionierter Weintrinker, der genau wusste, wie viel er vertrug – nämlich relativ viel. Außerdem hatte er eine sehr persönliche Maxime, die da lautete: je besser, desto weniger. Ergo trank er bevorzugt gute bis sehr gute Weine, diese aber mit Genuss und in entsprechend kalkulierten Mengen. Hingegen war bei der gestrigen Bar mit ihren abgefahrenen Drinks die Katastrophe vorprogrammiert gewesen. Daiquiri, Mojito, Caipirinha, Tequila Sunrise … An die Reihenfolge konnte er sich nicht mehr erinnern.

«Na, wie geht's dir?», begrüßte ihn Dominik. Dabei klatschte dieser eine mitgebrachte Mappe so heftig auf den Tisch, dass das Wasserglas und Emilios Gehirnzellen Wellen schlugen.

«Ausgezeichnet», antwortete Emilio.

«Was war mit dir und der rothaarigen Frau?», fragte Dominik. «Dieser Marion?»

«Marion? Eine Dame mit diesem Namen ist mir unbekannt», antwortete Emilio wahrheitsgemäß. Immerhin wusste er, dass er heute alleine aufgewacht war.

«Schade, die war ganz scharf auf dich.»

«Muss ja eine tolle Frau gewesen sein», grummelte Emilio, «wenn ich mich nicht mal an sie erinnern kann.»

Er deutete auf die Mappe, die Dominik mitgebracht hatte.

«Hast du was rausgefunden?», fragte er.

«Wein oder nicht Sein, das ist hier die Frage.»

«Verschone mich mit Hamlet.»

«Du hattest recht», sagte Dominik, «der Wein in der Flasche ist vergiftet. Und zwar mit einem sehr speziellen und schon in niedriger Dosis letalem Wirkstoff, der in der Tat schwer nachzuweisen ist. Deshalb hat es länger gedauert.»

Von einer Sekunde auf die andere fühlte sich Emilio hellwach.

«Reicht ein Glas, um jemanden umzubringen?», fragte er.

«Ein Fingerhut voll würde völlig genügen», antwortete Dominik. «Um es exakt zu beschreiben, handelt es sich um ein Derivat, dessen toxische Wirkung aufgrund einer Hydroxylierung ...»

«So genau will ich es nicht wissen. Es reicht mir, dass es sich tatsächlich um Gift handelt, das zum Tode führen kann.»

«Das Toxin *kann* nicht nur zum Tode führen, es tut das sogar ganz sicher. Steht übrigens alles in der Mappe. Kannst es da genau nachlesen.»

«Werde ich machen. Frage: Wenn ich dir einige tausend Flaschen überlasse, könntest du jede einzelne daraufhin überprüfen, ob sie das Gift enthält?»

«Natürlich könnte ich das.»

«Wie lange würde das dauern?»

Dominik rieb sich nachdenklich die Nase. «Nun, ich schätze mal vier bis fünf Jahre. Wie viele tausend Flaschen sind es genau?»

Emilio winkte ab. «Vergiss es. War nur so eine Idee.»

Dominik grinste. «Eine nette Idee.»

«Andere Frage: Wie und wo kann man sich diesen Giftstoff beschaffen?»

«Wir leben im Zeitalter des Internets. Da kannst du dir sogar Baupläne für eine Atombombe runterladen. Unser spezielles Toxin kann man selbst herstellen, dazu braucht es nicht sehr viel mehr als etwas chemische Grundkenntnisse, einen Glaskolben und einen Bunsenbrenner. Wie es geht, lässt sich im Web nachlesen.»

«Es ist also leicht herzustellen und gleichzeitig schwer nachzuweisen?»

«Das ist leider kein Widerspruch.»

Dominik sah auf die Uhr. «Ich hab gleich Vorlesung. Gibt's noch was, was ich für dich tun kann?»

Emilio schüttelte den Kopf. «Ich fürchte, nein. Den restlichen Wein kannst du behalten.»

«Ich werde ihn vorschriftsgemäß entsorgen.» Dominik sah ihn fragend an. «Du sagtest, es handelt sich um Mord?»

Emilio grinste. «Guter Versuch. Aber ich habe gar nichts gesagt.»

Dominik stand lächelnd auf und gab Emilio die Hand. «Na egal. Schön, dass wir uns wiedergesehen haben. Das nächste Mal bring bitte einen Wein mit, den wir trinken können.»

«Das mach ich, versprochen. In die Bar von gestern Abend gehe ich jedenfalls nicht mehr, so viel steht fest.»

10

Hieronymus Pletzer lief auf der Suche nach Franz Egger durch die Rebzeilen. Denn zu den Aufgaben seines Kellermeisters zählte nicht nur die gesamte Kellerwirtschaft, also die Verarbeitung der Trauben, die Überwachung des Gärprozesses, die weiteren Verarbeitungsstufen des Weins bis hin zur Lagerung und Abfüllung, sondern auch die regelmäßige Kontrolle der Rebsorten im Weinberg. Egger machte das gut, er war ein Mann mit viel Erfahrung. Hieronymus vertraute ihm.

Als er ihn gefunden hatte, genügte ein erster Blickkontakt, und Egger schien zu ahnen, was Hieronymus ihm sagen wollte.

«So, wie du ausschaust, ist also tatsächlich Gift in unserem Lagrein, richtig?»

Hieronymus nickte. «Emilio hat gerade angerufen. Das Toxin konnte eindeutig nachgewiesen werden. Jetzt stecken wir wirklich bis zum Hals in der Scheiße.»

«Ich hab's befürchtet. Was machen wir?»

«Wir müssen sowieso abwarten. Dieses Erpresserschwein hat ja nur die geforderte Summe genannt. Bezüglich der Übergabe würde er sich wieder melden, hat er geschrieben.»

«Wird nicht lange dauern.»

«Glaube ich auch. Wahrscheinlich wollte er uns nur etwas Zeit geben, um den Wein zu überprüfen.»

«Und das Lösegeld zu beschaffen.»

Hieronymus zuckte mit den Schultern. «Da kann er lange

warten. Ich hab's nicht. Und selbst wenn ich es hätte, würde ich nicht bezahlen.»

«Bist du sicher?»

«Ich hab's nicht, und ich kann's nicht beschaffen, da bin ich mir sicher.»

«Also?»

Hieronymus nahm seinen Kellermeister am Arm.

«Komm, lass uns ein bissel gehen, das tut gut. Den Kopf durchlüften.»

Sie liefen schweigend bis ans Ende der Rebzeile. Hieronymus strich nachdenklich über die Blüte einer Rose. Sie hatten bei allen Rebzeilen Rosen gepflanzt, was nicht nur schön fürs Auge war, die Rosen dienten auch als Frühindikator für mögliche Krankheiten. Sie waren empfindlicher als die Weinreben.

«Emilio kommt am späten Nachmittag zurück. Er hat gesagt, wir sollen bis dahin eine Liste mit möglichen Verdächtigen erstellen.»

Egger sah Hieronymus ratlos an. «Wie soll das gehen? Wir kennen doch keine Erpresser?»

«Nein, oder vielleicht doch? Emilio meint, dass es kein Zufall sein kann, dass ausgerechnet wir erpresst werden. Es gebe andere Weingüter, die das Lösegeld viel leichter aufbringen könnten. Warum also wir?»

Egger setzte sich auf eine Holzbank, von der aus man einen schönen Blick über das Tal hatte. Aber natürlich hatte er dafür jetzt keinen Sinn. Hieronymus lief vor ihm auf und ab.

«Emilio sagt, dass es dafür zwei Gründe geben könnte. Entweder ist es einer, der sich bei uns gut auskennt und weiß, wie man sich ins Weinlager schleichen kann. Oder es gibt jemanden, der auf mich einen Hass schiebt und mir eine reinwürgen will.»

«Wer sollte dich hassen? Das ist doch Blödsinn.»

«Oder der Täter ist beides in einer Person. Einer, der sich auskennt und der mich nicht mag. Das sei am wahrscheinlichsten, hat der Emilio gesagt. Deshalb braucht er von uns eine Liste mit allen Verdächtigen.»

Hieronymus setzte sich zu seinem Kellermeister auf die Bank und holte Block und Stift aus der Tasche.

«Jetzt ist unsere Phantasie gefordert. Wer käme, rein theoretisch, in Frage?»

«Niemand», sagte Egger entschieden. «Wir kennen doch alle unsere Leute, da ist keiner dabei, der so was tun würde.»

«Glaube ich auch nicht. Aber lass uns mal nachdenken. Was ist mit Mario?»

Egger kratzte sich am Kopf. «Den wir vor einem Monat rausgeschmissen haben, weil er immer zu spät gekommen ist?»

«Genau den. Der mag uns nicht, so viel steht fest. Und er kennt sich bei uns aus.»

«Aber Mario ist nicht besonders hell im Kopf.»

«Vielleicht hat er einen Komplizen.»

«Hast recht, den Mario kannst du auf deine Liste schreiben. Aber dann ist auch schon Schluss.»

Hieronymus kaute auf dem Stift herum. Ihm fiel schließlich der Architekt ein, von dem die modernen Umbauten auf seinem Weingut stammten.

«Ich hätt noch einen. Der Ignaz ist stinkesauer auf mich.»

«Weil er spinnt. Er soll froh sein, dass er für dich arbeiten durfte. Wie kommt er auf die Schwachsinnsidee einer neuen Honorarforderung. Ist doch klar, dass du sie nicht zahlst.»

«Außerdem hat mich sein Planungsfehler bei der Verglasung viel Geld gekostet. Natürlich zahle ich nicht, das weiß er.

Mein Anwalt hat ihm klargemacht, dass er vor Gericht keine Chance hat. Im Gegenteil, er muss froh sein, dass ich ihn nicht wegen seines Pfuschs auf Schadensersatz verklage.»

«So gesehen hätte er ein Motiv, da muss ich dir zustimmen. Als Architekt kennt er die Räumlichkeiten wie kaum ein anderer.»

«Er selbst hat die Belüftung im Flaschenkeller eingebaut.»

«Und weil er seine Honorarforderung auf legalem Weg nicht durchsetzen kann, versucht er es jetzt mit dieser feigen Erpressung. Ja, das wäre möglich.»

Hieronymus notierte den Namen: Ignaz Aufschnaiter.

«Aber ich glaub nicht wirklich, dass er dahintersteckt», räumte er ein. «Wir waren mal befreundet. So was würde er nicht tun.»

«Ich kann's mir auch nicht vorstellen. Aber wenn der Baron eine Liste will, gehört er drauf.»

«Ja, sonst macht sie keinen Sinn. Emilio kann ihm ja mal auf den Zahn fühlen.»

Der Kellermeister schnippte mit den Fingern. «Jetzt fällt mir auch jemand ein: Der Ferry Schwaiger hätte auch ein Motiv. Und er kennt unser Weingut fast so gut wie sein eigenes.»

Hieronymus wusste, worauf Egger anspielte. Er hatte den benachbarten Weingutsbesitzer vor einigen Monaten bei Verhandlungen mit einem wichtigen Vertriebspartner für den deutschen Markt aus dem Feld geschlagen. Nicht Ferry hatte den erhofften Exklusivvertrag bekommen, sondern er. Das hatte dem Ferry Schwaiger fürchterlich gestunken, aber so war das Geschäftsleben. Er hatte eben die besseren Konditionen anbieten können.

«Glaube ich nicht», sagte Hieronymus, «der Ferry wird seine Weine auch so los.»

«Na klar, aber er ist ziemlich angefressen. Er erzählt herum, dass du ihn mit unfairen Tricks ausgebootet hättest.»

«So ein Schmarrn. Mit dem Ferry muss ich mal reden.»

«Könnte doch sein, dass er dir schaden will. Außerdem braucht er Geld, weil er neue Gärtanks kaufen will.»

Hieronymus schüttelte ungläubig den Kopf. «Kein Winzer würde einem anderen den Wein vergiften. Der Wein ist uns allen heilig. So was ist tabu.»

Egger deutete auf den Block. «Aber du musst seinen Namen trotzdem aufschreiben.»

«Ja, mach ich. Der Ferry betrügt auch beim Kartenspielen.»

Sie saßen noch eine Weile beieinander. Aber es fiel ihnen beim besten Willen niemand mehr ein. Hieronymus fand das ganz in Ordnung. Er hatte lieber Freunde um sich als Feinde.

«Wir müssen später die Liste mit unseren Mitarbeitern ausdrucken, die will der Emilio auch noch haben.»

«Von denen war's keiner, für unsere Leute lege ich meine Hand ins Feuer.»

Hieronymus nickte. «Ich auch. Wir machen es trotzdem. Emilio ist auf der Rückfahrt und will gegen sieben bei uns vorbeischauen. Hast du Zeit?»

«Na klar. Bin gespannt, was er zu berichten hat.»

11

Der Nachmittag war für alle Beteiligten wenig ereignisreich. Phina Perchtinger setzte ihre Arbeit an den Reben fort. Das war zwar monoton, aber sie mochte es, draußen zu sein und ihren Weinstöcken einen Liebesdienst zu erweisen. Auch wenn es auf den ersten Blick nicht so aussah. Sie zitierte gerne den römischen Autor Lucius Columella, der als vielleicht Erster geschrieben hatte, dass die Grundlagen für einen guten Wein im Weinberg gelegt werden. Heute gab es bei der Vinifikation im Keller raffinierte Techniken, um das Beste aus dem Wein herauszukitzeln. Aber wenn keine Qualität da war, konnte man sie auch nicht herbeizaubern. Guter Wein entstand im Weinberg. Punkt. Ausrufezeichen! Und weil jeder Weinstock nur so viele Trauben tragen sollte, wie ihm guttat, legte Phina großen Wert auf die «grüne Lese», bei der überzählige Trauben weggeschnitten wurden. Genauso gehörte das Entfernen von Blättern dazu, um eine für die jeweilige Rebsorte optimale Sonneneinstrahlung herbeizuführen. Für diese Tätigkeit brauchte man viel Erfahrung. Deshalb machte sie es selbst. Das kostete Zeit, viel Zeit. Aber es war den Aufwand wert – später würden es ihr die Aromen im Glas danken.

*

Derweil lag Emilios verstorbene Tante Theresa in ihrem Sarg. Sie konnte sich nicht mehr an ihrem geliebten Eierlikör erfreuen. Sie hatte auch nichts davon, dass der Friedhof in Meran, der, genau genommen, in der Nachbargemeinde Algund lag, schön anzusehen war. Auch konnte sie sich nicht mit anderen Begrabenen unterhalten. Mit Franz Tappeiner hätte sie viel zu plaudern gehabt. Der 1902 verstorbene österreichische Arzt und Botaniker hatte den nach ihm benannten Tappeinerweg angelegt, auf dem sie zu Lebzeiten am Fuße des Küchelbergs so gerne promenierte. Jetzt lagen auf ihrem Grab Kränze und Blumengestecke. Es brannten Kerzen. Sie war noch nicht lange in ihrem Sarg. Aber sie würde für immer dort bleiben.

*

Da hatte es Annika entschieden besser. Sie hatte ihr Leben noch vor sich. Die junge und lebenslustige Frau des Weingutbesitzers Hieronymus Pletzer hatte sich erneut mit Freundinnen in Bozen getroffen. Heute hatte sie kein Yoga. Was sie durchaus bedauerte. Die Erinnerung an ihre gestrigen Asanas trieb ihr fast die Schamesröte ins Gesicht. Oder lag das am Prosecco? Heute frönte sie einer anderen Leidenschaft. Sie liebte es zu shoppen. Dabei musste sie nicht überall was kaufen, schon das Anprobieren machte Spaß. Bei einem Lederrock konnte sie dann nicht widerstehen. Er war ziemlich kurz und brachte ihren Hintern gut zur Geltung. Das würde ihrem Mann gefallen. Und nicht nur ihm.

*

Hieronymus Pletzer saß zur selben Zeit in seinem Büro und kämpfte sich durch die Rechnungen. Das Leben als Weingutinhaber war kein Zuckerschlecken. Da hatten es all jene Weinbauern leichter, die ihre Trauben einfach an eine Genossenschaftskellerei lieferten, von denen es in Südtirol genau dreizehn gab und die sich allesamt einer guten Reputation erfreuten. Sie produzierten über zwei Drittel der Südtiroler Weine. Hieronymus' Ehrgeiz bestand aber darin, die Tradition seines Vaters fortzusetzen und den angebauten Wein selber zu vermarkten. Das Weingut Pletzerhof hatte einen guten Namen, er wollte das Renommee noch steigern. Doch das war mit Investitionen und unternehmerischen Risiken verbunden. Und man hatte, wie gerade jetzt, den verdammten Schreibtisch voller Rechnungen. Das machte keinen Spaß, wirklich nicht. Für die Modernisierung des Weinguts hatte er einen Kredit aufgenommen, nun war er am Limit. Nervlich und finanziell. Es könnte keinen beschisseneren Zeitpunkt für eine Erpressung geben. Sie erwischte ihn definitiv auf dem falschen Fuß. Dreihunderttausend Euro? Das war grotesk. Die hätte er selber gerne. Hoffentlich half ihm Emilio aus dem Schlamassel. Sie mussten dieses Erpresser-Arschloch finden. So schnell wie möglich.

*

Franz Egger war mit seiner Mannschaft zugange, die Gärtanks einer sorgfältigen Reinigung zu unterziehen. Hygiene hatte im Weinkeller oberste Priorität. Besucher waren immer wieder überrascht, wie sauber es bei ihnen zuging. Dabei kannten die Gäste die Gärbehälter gar nicht von innen. Es gab integrierte Kühl- und Heizeinrichtungen und ein Rührwerk.

Alles war blitzblank. Und damit das so blieb, krochen sie heute hinein und putzten und scheuerten.

*

Hingegen hatte Emilio so seine Probleme mit der Ordnung, und in seinem alten Landrover ging es auch nicht gerade hygienisch zu. Gerade hatte er beim Fahren eine Butterbrezel gegessen. Das Salz war ihm auf den Schoß und den Sitz gebröselt. Die leere Papiertüte hatte er zusammengeknüllt und im Auto nach hinten geworfen. Jetzt suchte er die Wasserflasche. Entsprechend schwer fiel es ihm, dem Straßenverlauf zu folgen. Aber er schaffte es. Man wuchs mit den Aufgaben, die man sich stellte. Außerdem war es nicht verboten, beim Fahren nach einer Wasserflasche zu suchen. Das war natürlich in höchstem Maße unlogisch. Denn mit dem Handy am Ohr zu telefonieren oder eine SMS zu schreiben, war untersagt. Obwohl man dafür nicht unter den Beifahrersitz greifen musste. Aber was war schon logisch? Außerdem war es vielleicht doch verboten. Egal. Es war auch verboten, einen Wein zu vergiften, trotzdem wurde es gemacht. Es war verboten, Menschen umzubringen, trotzdem war das seit Kain und Abel eine beliebte Freizeitbeschäftigung. Man sollte auch niemanden erpressen, das gehörte sich nicht. Emilio brachte ein gequältes Grinsen zustande. Eigentlich musste er für all diese Gesetzesübertretungen dankbar sein, sie bildeten gewissermaßen seine Geschäftsgrundlage.

Er war schon an der Abzweigung ins Grödnertal vorbeigefahren. Es war also nicht mehr weit bis nach Hause. Nach Hause? Ja, Südtirol war sein neues Zuhause geworden, und bei Phina war er daheim. Für einen alten Rumtreiber, der schon in Bali in einer Strandhütte gelebt und sich in der Bronx mit Kakerlaken ein Zimmer geteilt hatte, war das ein bemerkenswerter Fortschritt. Wenn man mal außer Acht ließ, dass er auf einem Schloss aufgewachsen war und in England ein altehrwürdiges Internat besucht hatte. Aber das war so lange her, dass es nicht mehr zählte. Auch die Schulferien in Tante Theresas Meraner Villa waren für ihn kaum mehr erinnerlich. Spätestens seit ihrem Tod war auch dieses Kapitel in der Chronik seines Lebens endgültig und unwiederbringlich zugeschlagen.

Emilio klopfte auf dem Lenkrad einen Rhythmus, den er für musikalisch hielt. Dazu summte er ein Lied, von dem er keinen Text kannte. Aber das Autoradio war kaputt. Da musste er selber für seine Unterhaltung sorgen.

Für sieben Uhr hatte er seinen Besuch bei Hieronymus Pletzer angekündigt. Er hatte zuvor Zeit, Phina heimzusuchen. Eigentlich ging es ihm nicht schlecht. Auch die Kopfschmerzen von heute Morgen waren mittlerweile verflogen. Und an eine rothaarige Marion in der Schwabinger Bar konnte er sich beim besten Willen nicht erinnern. Vielleicht hatte sich Dominik dieses Geschöpf einfach ausgedacht?

Blieb die Frage, was er im Fall des vergifteten Weins zu unternehmen gedachte. Er hatte keine Ahnung. Hoffentlich hatte Hieronymus eine Liste mit Namen vorbereitet. Die wäre zumindest ein Anfang. Er könnte einige Gespräche führen. Natürlich diskret und ohne Angabe von Gründen – was nicht ganz einfach sein dürfte.

Die kriminaltechnische Analyse von Flasche und Erpresserschreiben hatte nichts ergeben. Das hatte er erwartet. Keine Fingerabdrücke, nur jene von Hieronymus. Auch sonst keine verwertbaren Spuren, denen er nachgehen könnte.

Seine Hoffnungen richteten sich auf das überfällige zweite Erpresserschreiben. Noch wussten sie ja nicht, wie und wo die Übergabe des Geldes erfolgen sollte. Dann würde es interessant werden. Denn nach allen Statistiken war die Lösegeldübergabe für jeden Erpresser der entscheidende Schwachpunkt. Spätestens dann musste er sich aus der Deckung wagen. Hier passierten die meisten Fehler. Da konnte man sie packen. Irgendwie freute er sich darauf.

12

Annika erwartete ihren Mann zum Frühstück. Sie hatte den Tisch auf der Terrasse vorbereitet, der Kaffee duftete. Und obwohl das zu dieser Tageszeit eher unpassend war, hatte sie den neuen, knappen Lederrock angezogen und hohe Schuhe. Sie wollte ihm eine Freude machen – und sich selbst, wenn sie sich in der Terrassentür spiegelte. Sie fand, dass sie fetzengut aussah.

Hieronymus kam herbeigeschlurft, noch etwas verschlafen, aber nicht mehr ganz so misslaunig wie gestern.

Sie drückte die Brust heraus und sah ihn lächelnd an.

«Guten Morgen, Schatz.»

Er blieb wie erstarrt stehen.

«Habe ich was versäumt?», stammelte er. «Haben wir heute Hochzeitstag?»

«Nein, entspann dich. Du warst gestern so schlecht drauf, da dachte ich, dass du eine Aufmunterung gebrauchen könntest.»

«Die ist dir gelungen. Du hast wirklich tolle Beine.»

Sie drehte sich. «Und was ist mit meinem Hintern?»

«Grandios. Komm, lass uns raufgehen. Der Kaffee kann warten.»

Sie drohte ihm lachend mit dem Zeigefinger.

«Na, na, mein Lieber. Nicht gleich übers Ziel hinausschießen. Jetzt gibt's Frühstück.»

Er gab ihr einen Klaps auf den Po und setzte sich.

Sie zog die hochhackigen Schuhe aus und lief barfuß in die Küche, um den vergessenen Orangensaft zu holen.

«Ich glaub, dir geht's heute wirklich besser», sagte sie, als sie sich schließlich gegenübersaßen.

Hieronymus fuhr sich durch die Haare. «Nicht wirklich, aber irgendwie doch. Weiß auch nicht, warum.»

«Du hast gestern Abend noch Besuch vom Emilio gehabt. Der Franz war auch dabei. Hattet ihr was Wichtiges zu besprechen?»

Er zögerte mit der Antwort.

«Nein, nichts Wichtiges», sagte er. «War trotzdem ein gutes Gespräch.»

«Wir könnten mit den beiden mal wieder zum Essen gehen. Was meinst du? Ist doch immer lustig. Der ewig nörgelnde Baron und seine temperamentvolle Phina.»

«Das könnten wir. Aber bitte nicht in den nächsten Tagen. Da hat er …» Er hüstelte. «Ich meine, da hab ich viel zu tun und wenig Zeit.»

Sie biss in die Marmeladensemmel. «Ich kenn dich, du hast *doch* ein Problem», sagte sie mit vollem Mund.

«Ein kleines», gab er zu, «aber nichts Besonderes. In der Arbeit gibt's immer Probleme, das ist nun mal so.»

«Magst nicht mit mir drüber sprechen?»

«Ich will dich nicht mit meinem Kram belasten. Am Ende haben wir in der Früh beide schlechte Laune, das wär doch gar nichts.»

«Ich bin doch immer gut drauf», protestierte sie und hauchte ihm einen Kuss zu.

«Wie geht's deinem Yoga?», wechselte er das Thema. «Steht ihr heute wieder auf einem Bein und macht Om?»

«Nein, erst morgen.» Sie lachte. «Heute stehe ich auf zwei Beinen im Leben.»

*

Nach dem Frühstück machte er auf dem Weg ins Büro einen Umweg über den Briefkasten. Aber es war noch zu früh, der Kasten war leer. Seit dem gestrigen Gespräch mit Emilio sah er um einiges klarer. Auch dass ein zweites Schreiben vom Erpresser überfällig war. Fast sehnte er es herbei, denn es musste ganz dringend Bewegung in die Angelegenheit kommen – wie auch immer. Heute Nacht hatte er geträumt, dass sich der Erpresser nie mehr melden würde. Nur dieses eine Schreiben, nur diese eine vergiftete Flasche. Schluss. Ende. Was auf den ersten Blick wie eine Erlösung anmutete, war eigentlich ein Horrorszenario, denn dann würde er die drei anderen vergifteten Flaschen nie identifizieren können. Der ganze wunderbare Lagrein wäre nichts mehr wert. Die dringend benötigten Einnahmen würden ausbleiben. Die ganze Arbeit wäre umsonst. Und das Wasser, das ihm jetzt schon bis zum Hals stand, würde weiter ansteigen.

Ob Emilio etwas auszurichten vermochte? Vielleicht brachte ihn die Namensliste weiter? Der entlassene Mario? Der Architekt Ignaz Aufschnaiter? Der Winzerkollege Ferry Schwaiger? Er glaubte nicht wirklich daran, dass einer von ihnen etwas mit der Erpressung zu tun haben könnte. Am ehesten noch der Mario, aber eigentlich auch der nicht.

Was würde er tun, wenn ein zweites Erpresserschreiben eintraf? Oder es gab einen Anruf? Wohl eher nicht. Ein Schreiben war anonymer. Vielleicht sollte er Emilio aus dem Spiel lassen und versuchen, sich alleine mit dem Erpresser zu verständigen? Womöglich gab er sich mit einer kleineren Zahlung zufrieden. Hunderttausend Euro könnte er zur Not aufbringen, allerhöchstens. Aber ein Alleingang war gefährlich, der konnte in die Hose gehen. Also doch besser *mit* Emilios Hilfe? Verdammt, warum war das alles so kompliziert? Seine gute Laune vom Frühstück war dahin. Auch seine Lust, mit Annika hinauf ins Schlafzimmer zu gehen. Sie würde keine Freude an ihm haben.

13

Emilio hatte es sich schon oft vorgenommen, vergaß es aber immer wieder: sein Handy in der Nacht auszuschalten. Phina meinte, das wäre gesünder und gut für den Schlaf. Aber sie glaubte auch, dass Musik im Barriquekeller den Wein in irgendwelche esoterischen Schwingungen versetzen würde. Das hielt er für genauso abwegig wie die Möglichkeit, dass das Handy des Nachts sein Hirn mit elektromagnetischen Wellen von der Tiefschlafphase abhalten könnte. Schon eher konnte er sich vorstellen, dass die Strahlen des Handys zur Unfruchtbarkeit führen könnten, vorausgesetzt, das Mobilfunkteil wurde permanent in der Hosentasche getragen. Von dieser Theorie hatte er in der Zeitung gelesen. Aber das empfand er nicht als Nachteil, ganz im Gegenteil. Er verspürte keinen Drang, Nachkommen in die Welt zu setzen. Die von Ritzfeld-Hechenstein würden mit ihm als dem letzten unwürdigen Vertreter aussterben.

Warum er das Mobilfunkgerät beim Zubettgehen in Zukunft dennoch abschalten sollte, hatte einen anderen, sehr viel trivialeren Grund: Er hasste es, von einem dämlichen Anrufer geweckt zu werden. Der Schlaf am Morgen war ihm heilig. Deshalb hatten sie getrennte Schlafzimmer. Was nicht ausschloss, dass sie trotzdem häufig in einem Bett schliefen. Jedenfalls war er selbst schuld, dass ihn vorhin dieser Advokat aus Meran erreicht hatte. Von einer Rechtskanzlei *Studio*

Legale, deren Namen er im Halbschlaf nicht richtig verstanden hatte. Auch konnte er sich nicht vorstellen, dass seine Anwesenheit bei einer Testamentseröffnung erforderlich sein könnte. Es ging um den Nachlass seiner verstorbenen Tante Theresa, so viel hatte er kapiert. Aber erstens war sie keine echte Tante gewesen, und zweitens schreckte ihn die Vorstellung, dass er vielleicht das alte Teeservice mit dem rosa Blumenmuster erben könnte. Oder, noch schlimmer, den röhrenden Hirsch über dem Kamin. Gott sei Dank war ihr hässlicher kleiner Hund schon vor Jahren von einem Auto überfahren worden, sonst hätte er den Kläffer vielleicht testamentarisch aufs Auge gedrückt bekommen. Ihn schauderte.

Emilio hatte großes Talent, sich Dinge in den schlimmsten Farben auszumalen.

Er stand in der Küche und trank seinen Morgenkaffee. In Gedanken entschuldigte er sich bei Theresa. Das mit dem Hund hatte er nicht so gemeint. So hässlich war der nun auch nicht gewesen, dass man ihn hätte überfahren müssen. Einschläfern hätte völlig gereicht.

Der Termin beim Rechtsanwalt war morgen Vormittag. Auch Phina war geladen. Er grinste. Vielleicht bekam sie das Teeservice.

*

Eine Stunde später suchte er in einem Bozener Viertel, in das er sich noch nie verirrt hatte, einen Parkplatz. Der Zustand der mehrstöckigen Wohnhäuser ließ den Schluss zu, dass die Bewohner nicht allzu wohlhabend waren. Im schönen Südtirol vergaß man leicht, dass es auch hier soziale Randgruppen gab.

Und irgendwo mussten diese Menschen wohnen. Warum es dann aber keinen freien Parkplatz gab, war für Emilio nicht nachvollziehbar.

Zu dieser Tageszeit hatte er einen kurzen Geduldsfaden. Er fuhr über den Randstein auf den Bürgersteig und stellte den Motor ab. Er sah auf seinen Zettel. Die Adresse stimmte. Er stieg aus, fand auf dem Klingelbrett den gesuchten Namen und läutete.

Der junge Mann, der ihm im vierten Stock aufmachte, sah aus, als ob er gerade aus dem Bett gefallen war. Beneidenswert. Wahrscheinlich hatte er sein Handy abgestellt. Oder es rief niemand an.

Emilio fragte, ob er Mario sei. Und als dieser nickte, fragte er, ob er hereinkommen dürfe, er habe einige Fragen.

Mario lehnte sich gähnend an den Türrahmen und antwortete auf Italienisch, dass ihm Emilio den Buckel runterrutschen könne.

Das fand Emilio witzig. Italienisch war seine zweite Muttersprache. Also versicherte er Mario umgehend, dass er das nicht zu tun beabsichtige. Außerdem sei er *ein figlio di un asino*, der Sohn eines Esels.

Mario entschlüpfte ein Lächeln. Offenbar hatte Emilio den richtigen Ton getroffen. Mit einer einladenden Handbewegung machte er den Weg frei.

Mario hauste in einer Einzimmerwohnung mit Kochnische. Das Bett war zerwühlt, ansonsten wirkte alles ziemlich aufgeräumt. In der Ecke lehnte eine Gitarre. Sie setzten sich an einen kleinen Tisch.

Mario sah ihn fragend an. «*Cosa succede?*»

«Sie sprechen auch Deutsch, oder?»

«Ja, aber lieber Italienisch.»

«*Nessun problema*», sagte Emilio, um auf Italienisch fortzufahren, «ich bin Privatdetektiv.»

Er wartete gespannt auf Marios Reaktion. Falls der gefeuerte Mitarbeiter des Weinguts Pletzerhof etwas mit der Erpressung zu tun haben sollte, müsste diese knappe Information ausreichen, ihn zu beunruhigen. Emilio hielt sich für erfahren genug, in den Gesichtern der Menschen lesen zu können. Ein kleines, verräterisches Augenzucken? Ein unkontrollierter Schluckreflex? Nichts dergleichen. Mario wirkte, als ob er gleich einschlafen würde. Entweder war er ein glänzender Schauspieler – oder Emilio konnte sich jede weitere Frage sparen, weil Mario tatsächlich nicht wusste, warum ihn ein *investigatore privato* aus dem Bett geklingelt hatte.

Er hatte sich keine Strategie zurechtgelegt. Spontan entschied er sich für eine selbst erfundene Vorgehensweise, die er «konvers-reziprok» nannte: Er behauptete dabei genau das Gegenteil dessen, was eigentlich Sache war. Das machte erstens Spaß, verwirrte zweitens mögliche Gegner und verbarg drittens die Wahrheit.

«Ich bin hier, weil ich dem Vorwurf nachgehe, dass das Weingut Pletzerhof seine Mitarbeiter ungerecht behandelt. Wie ich weiß, sind Sie von Hieronymus Pletzer entlassen worden.»

Mario nickte. «Rausgeschmissen hat er mich.»

«Würden Sie sagen, dass Sie ungerecht behandelt wurden?»

Emilio dachte, dass es allgemein wohl nur wenige gefeuerte Mitarbeiter eines Unternehmens geben dürfte, die diese Frage verneinen würden.

«Natürlich war das ungerecht. Nur weil ich einige Male zu spät gekommen bin.»

«Vielleicht war der wahre Grund, dass der Pletzer keine Italiener mag?», wagte Emilio einen Schuss ins Blaue.

Mario dachte nach, schüttelte dann den Kopf. «Glaube ich nicht, der hat nichts gegen die italienische Bevölkerung.»

«Schade, daraus hätte man ihm vielleicht einen Strick drehen können.»

Mario sah ihn verwundert an. «Warum wollen Sie dem Pletzer einen Strick drehen? Hat er Ihnen was getan?»

«Mir nicht, aber Ihnen.»

«Mir? Nein, hat er nicht. Na gut, er hätte mich nicht rausschmeißen dürfen, nicht einfach so. Aber er hat noch mein Gehalt bis zum Monatsende bezahlt, das immerhin. Außerdem hat's mir dort eh nicht gefallen. Ist mit der Vespa von Bozen einfach zu weit, und der Arbeitstag ist zu lang. Ich hab vielleicht einen neuen Job. In Bozen, drüben in der Altstadt. Das taugt mir besser.»

«Schön für Sie.»

Emilio stand auf. Er hatte den sicheren Eindruck gewonnen, dass er diesen Mario guten Gewissens von der Liste der Verdächtigen streichen konnte. Der junge Mann schob keinen Hass auf Pletzer, auch wenn er sich ungerecht behandelt fühlte. Außerdem war Mario eine Schlafmütze. Er war viel zu phlegmatisch, um sich eine komplizierte und stressige Erpressung mit einem vergifteten Wein auszudenken.

«Vielleicht ist an den Vorwürfen gegen Pletzer nichts dran», sagte Emilio.

«Welchen Vorwürfen?»

Emilio machte eine wegwerfende Handbewegung.

«Was die Leute halt so reden. Alles Quatsch.»

Auf dem Weg zur Tür fiel sein Blick auf einen Hängeschrank über dem Spülbecken. Darauf entdeckte er ein Gestell mit Reagenzgläsern, daneben einen Glaskolben und einen Bunsenbrenner.

Überrascht blieb er stehen. Sollte er sich doch getäuscht haben?

«Sie interessieren sich für Chemie?», fragte er.

«Eben nicht», bekam er zur Antwort. «Deshalb habe ich meine Ausbildung zum Laborassistenten schon vor Jahren abgebrochen. Es gibt zu viel zu lernen. Ist nicht mein Ding.»

«Aber Sie haben sich Grundkenntnisse erworben?»

Mario blieb völlig entspannt. Genauso hätte man mit ihm über Äpfel, das Kinoprogramm oder andere Belanglosigkeiten reden können.

«Ich könnte Ihnen die Knallgasreaktion erklären. Wasserstoff mit Sauerstoff. Aber dann ist Schluss. Gott sei Dank habe ich alles vergessen.»

*

Wieder im Auto fuhr Emilio um einige Ecken und blieb dann stehen. Er dachte über Marios letzte Worte nach. Hatte der wirklich alles vergessen, was er als angehender Chemielaborant gelernt hatte? Wie gut kannte er sich mit Giftstoffen aus? Wie konnte er so unaufgeregt sein? Stand er vielleicht unter Drogen? Mario hatte in der Wohnung das Fenster offen gehabt, trotzdem hatte Emilio einen süßlichen Geruch wahrgenommen, der ihm bekannt vorkam. Das würde manches erklären. Oder war Mario schlicht und einfach unschuldig?

Fragen über Fragen. Emilio hasste es, wenn er nach einem Gespräch nicht klüger war als zuvor. Hätte er nicht im letzten Augenblick die Laborutensilien auf dem Küchenschrank gesehen, wäre er sich absolut sicher gewesen und hätte Mario für unschuldig gehalten. Jetzt musste er seine Annahme in Zweifel ziehen. Warum hatte er auch so blöd gefragt? Von wegen konvers-reziprokes Vorgehen. Nur weil sich das clever anhörte, musste es das nicht sein. Er hätte den schlafmützigen Mario direkt angehen müssen. Dann hätte es vielleicht doch eine Knallgasreaktion gegeben. Jetzt war das Gegenteil der Fall. Seine Befragung war wirkungslos verpufft.

Pffft …

14

Hieronymus Pletzer war angespannt und in Eile. Aber der Termin war wichtig und unaufschiebbar. Er musste bei seiner Bank in Meran ganz dringend abklären, über welche Summe Bargeld er kurzfristig verfügen könnte. Noch wusste er nicht, welchen Grund er für seinen überraschenden Finanzbedarf angeben sollte. Er musste sich irgendwas Plausibles ausdenken. Womöglich waren seine Barriquefässer plötzlich undicht, und er brauchte ganz schnell neue? Der Lieferant in Frankreich bestünde auf Barzahlung. Das war zwar nicht besonders wahrscheinlich, aber sein Bankberater könnte es schlucken. Noch besser wäre, wenn der Bankmensch gar nicht erst nach dem Verwendungszweck fragen würde. Aber den Gefallen würde er ihm nicht tun, obwohl sie sich schon ewig kannten, oder vielleicht gerade deshalb.

Hieronymus steuerte sein Auto auf direktem Weg in das Parkhaus unter den Thermen, eilte dann die Treppe hinauf, nahm die kleine Brücke über die Passer und überquerte gerade die Kurpromenade, als ihn sein Handy mit einem Piepton auf eine eingehende SMS aufmerksam machte. Er blieb stehen, fischte das Gerät aus der Tasche – und fühlte, wie sich sein Puls beschleunigte.

«Guten Morgen, ich bin es wieder ...», las er.

Bereits nach diesen ersten Worten war ihm klar, dass er kein zweites Erpresserschreiben im Briefkasten finden würde. Der Schweinepriester hatte das Medium gewechselt.

«… mir gefällt Ihr rotes Hemd …»

Hieronymus sah reflexartig auf sein rotes Hemd. Dann blickte er sich erschreckt um. Wurde er beobachtet? War der Erpresser ganz in seiner Nähe? Woher konnte er sonst wissen, dass er ein rotes Hemd trug? Es waren zu viele Leute auf der Kurpromenade unterwegs. Jeder könnte es sein, oder keiner.

«Sie haben die vergiftete Flasche. Sie wissen, dass ich nicht bluffe. Also machen wir weiter: dreihunderttausend Euro, am Freitag. Halten Sie sich am Abend bereit. Ich melde mich. Keine Tricks.»

Zum Schluss ein grinsender Smiley.

Hieronymus ging zu einer freien Parkbank und setzte sich. Er las die SMS ein zweites Mal. Keine Frage, jetzt wurde es ernst. Freitag war in drei Tagen.

Er war ein Mann, der zu impulsiven Entscheidungen neigte. Warum sollte man mit einem Erpresser nicht handeln können? Kurz entschlossen schrieb er eine Antwort-SMS.

«Habe höchstens hunderttausend. Dazu schenke ich Ihnen mein rotes Hemd. Einverstanden?»

Die Reaktion ließ nicht lange auf sich warten.

«Sie machen Witze. Aber ich akzeptiere hunderttausend als Anzahlung. Sie bekommen dann eine weitere Woche, um das restliche Geld zu beschaffen. Das Hemd können Sie behalten.»

Hieronymus dachte angestrengt nach. Er hätte sich doch erst mit Emilio beraten sollen. Jetzt wusste er nicht, worauf er sich da gerade einließ. Eine Anzahlung? Machte das Sinn, wenn er die geforderte Summe eh nicht zahlen konnte? Emilio hatte gesagt, bei der Übergabe hätte man die größte Chance, den Erpresser zu schnappen. Das sei die entscheidende Schwachstelle, da würden die meisten Fehler gemacht. Und falls es schiefging, hätte er «nur» hunderttausend verloren, nicht dreihunderttausend. War das blöd? War das gescheit?

«Aber Sie nennen mir dafür die zweite Flasche!», schrieb er.

«Mal sehen. Erst das Geld. Ende der Diskussion. Ich schalte ab.»

Er stand auf und sah sich um. War da irgendjemand, der sich rasch entfernte? Der alte Mann im Rollstuhl kam nicht in Frage. Die Reisegruppe mit Rucksäcken auch nicht. Und sonst sprang ihm niemand ins Auge. Es waren auf der Passerpromenade einfach zu viele Leute unterwegs, in alle Richtungen, kommend und gehend, jung und alt.

Er setzte sich wieder auf die Bank und dachte nach. Er empfand es als unangenehm, beobachtet zu werden. Das Gefühl behagte ihm nicht und machte ihn nervös. Was wiederum egal war, denn nervös war er sowieso.

Hatte er gerade einen Fehler gemacht oder alles richtig? Er würde mit Emilio darüber reden und ihm die SMS zeigen. Der Baron war ein Mann der klaren Worte, er würde ihm schon sagen, ob er Mist gebaut hatte.

Was war als Nächstes zu tun? Hieronymus erinnerte sich, dass er eigentlich auf dem Weg zu seinem Bankberater war. Er sah auf die Uhr. Er verspätete sich. Das war kein guter Einstieg.

15

Am frühen Nachmittag unter einer Weinlaube im Liegestuhl dahinzudämmern, zählte für Emilio zu den besonderen Privilegien seines Daseins. Die Entspannung funktionierte am besten nach einem kleinen Mittagessen mit Weinbegleitung. Das hatte er im Selbstversuch herausgefunden. Er hatte gelesen, dass Salvador Dalí bei seiner Siesta einen Löffel in die Hand zu nehmen pflegte. Sobald die Muskulatur erschlaffte, fiel der Löffel runter und weckte ihn. Diese Methode war ein weiteres Zeugnis für das große Genie des spanischen Surrealisten. Doch Emilio bevorzugte eine längere Zeitspanne, zwanzig Minuten sollten es schon sein. Viel länger aber auch nicht. Außerdem missfiel ihm das Geräusch eines Löffels auf Terrakotta.

Er brauchte nur wenige Atemzüge, um seinen Besuch bei Mario zu verdrängen, der durch die entdeckten Chemiegerätschaften einen verwirrenden Ausklang bekommen hatte. Sekunden später hatte er auch Hieronymus' aufgeregten Anruf vergessen. Es reichte völlig, dass er sein späteres Kommen angekündigt hatte. Es machte wenig Sinn, schon jetzt darüber nachzudenken. Zunächst musste er seiner Müdigkeit freien Lauf lassen, anderenfalls hätte er später schlechte Laune und wäre leicht reizbar. Er gähnte. Das mit der schlechten Laune könnte trotzdem sein. Man würde sehen.

*

Zwei Stunden später saß Emilio in dem schon vertrauten Degustationsraum des Weinguts Pletzerhof. Er hielt das Handy von Hieronymus in der Hand und las, was sich zwischen ihm und dem Erpresser abgespielt hatte.

«Der Erpresser ist ein Witzbold», sagte Egger, der mit den beiden am Tisch saß. ««Mir gefällt Ihr rotes Hemd»», wiederholte er kopfschüttelnd mit quäkender Stimme.

«Kein Witzbold», korrigierte Emilio leise, «sondern ein guter Psychologe. Es irritiert, wenn man das Gefühl hat, beobachtet zu werden.»

«Stimmt, das hat mich aus der Fassung gebracht», bestätigte Hieronymus.

«Die Sprache ist interessant», sagte Emilio. «Die erste SMS hat einen eher simplen Satzaufbau und lässt keine Rückschlüsse auf das Bildungsniveau des Schreibers zu. Ich glaube, das war Absicht. Denn bei der zweiten, spontanen SMS ist der Text flüssiger und klingt fast wie gesprochen. Gute Grammatik, keine Tippfehler. Erstaunlich.»

«Damit ist der Mario raus. Dem sein Deutsch ist nicht so gut.»

«Oder er hat einen Komplizen. Diese Möglichkeit dürfen wir nicht außer Acht lassen. Vielleicht haben wir es mit zwei Tätern zu tun. Übrigens habe ich den Mario heute besucht und mit ihm gesprochen.»

«Und?»

«Schwer zu sagen. Wusstet ihr, dass er mal Chemielaborant gelernt hat?»

«Wirklich? Das hätte ich ihm nicht zugetraut.»

Egger klopfte auf den Tisch. «Dann ist er es! Muss ja jemand sein, der sich mit Chemie auskennt.»

«Nicht so schnell. Gerade waren wir uns doch einig, dass

ihm die Sprachkompetenz fehlt. Außerdem war er bei meinem Gespräch völlig entspannt und unaufgeregt. Ich glaube nicht, dass er was mit der Sache zu tun hat.»

«Kann man die SMS zurückverfolgen?», fragte Hieronymus.

«Tja, kann man schon. Ist aber erstens rechtlich schwierig, und zweitens wird's nichts bringen.»

«Warum?»

«Weil unser Freund kein Dummer ist, davon können wir ausgehen. Er wird ein Prepaid-Handy verwendet haben.»

«Aber es geht doch um die SIM-Karte, oder? Ich musste vor der Freischaltung meine persönlichen Daten angeben, Name, Geburtsdatum und so weiter.»

«Stimmt. Aber man kann zum Beispiel über das Internet bereits freigeschaltete SIM-Karten kaufen, die auf einen anderen Namen registriert sind. Es gibt heute so viele Möglichkeiten, anonym zu bleiben, dass auch die Polizei nicht weiterkommt. Was waren seine letzten Worte? ‹Ich schalte ab!› Der weiß, was er tut.»

«Mist.»

«Und jetzt?»

Emilio sah Hieronymus lächelnd an. «Der Deal, den du vereinbart hast, bringt uns nicht wirklich weiter. Du zahlst hunderttausend für nichts.»

«Vielleicht verrät er uns die zweite Flasche.»

«Selbst wenn, was ich nicht glaube, ändert das nichts an der Situation. Blieben immer noch zwei, die wir nicht kennen.»

«Und wenn wir bei der Übergabe Papierschnipsel in die Tasche tun?»

«Gute Idee, könnten wir machen, aber nicht bei einer Anzahlung. Dann fühlt sich der Typ verscheißert und verlangt anschließend das Doppelte.»

«Außer, wir schnappen ihn bei der Übergabe», sagte Hieronymus.

Emilio nickte. Wo der Mann recht hatte, hatte er recht. Aber nur in diesem einen Punkt.

«Ja, das ist unsere einzige Chance», stimmte er zu. «Aber es bliebe trotzdem spannend.»

«Warum?»

«Weil er dich weiter erpressen könnte, selbst im Falle seiner Festnahme. Er könnte sagen, dass er sein Geheimnis nur preisgibt, wenn wir ihn bezahlen und laufen lassen.»

«Scheiß Spiel.»

«Aber später könnten wir ihn auffliegen lassen», stellte Egger fest.

«Richtig. Falls er dann noch da ist.»

Emilio verabschiedete sich mit der Ankündigung, in der Zwischenzeit die anderen Verdächtigen auf der Liste unter die Lupe zu nehmen. Mit dem Architekten Aufschnaiter habe er für morgen Nachmittag einen Termin vereinbart. Und gleich danach mit dem Winzerkollegen Ferry Schwaiger. Auf Emilios Frage, ob Hieronymus die hunderttausend Euro aufbringen könne, antwortete dieser, dass er das wohl zustande brächte. So gerade eben und auf einem unbequemen Weg. Dazu habe er heute ein Gespräch mit seiner Bank geführt. Aber er hoffe doch sehr, dass es mit Emilios Hilfe gelänge, die Geldübergabe am kommenden Freitag zu vereiteln beziehungsweise so zu gestalten, dass es keinen Wechsel der Besitzverhältnisse geben würde.

Emilio dachte, dass auf die Hoffnung grundsätzlich kein

Verlass sei. Trotzdem versprach er, Vorbereitungen zu treffen – hatte aber nur vage Vorstellungen, wie diese aussehen könnten.

16

Zur Feier des Tages lud Hieronymus Pletzer seine Annika zum Abendessen in ihr Lieblingslokal ein. Zur Feier des Tages? Es gab nichts zu feiern. Ganz im Gegenteil. Er hatte mit seiner Frau ein schwieriges Gespräch zu führen und hoffte, dass das in diesem Ambiente leichter fallen würde. Das Restaurant in Tscherms bei Lana war nach einer Mühle benannt. Im Miil gab es köstliches Carpaccio vom Zander, rosa gebratenen Kalbsrücken und zum Abschluss eine Dessertvariation, die nicht nur hübsch anzusehen, sondern für Annika ein absolutes Muss war. Dass er selbst weniger Freude an den kulinarischen Genüssen hatte, nicht einmal am Sauvignon von seinem eigenen Weingut, lag an der Anspannung, die er nicht ablegen konnte.

Er machte im Laufe des Abends mehrere Anläufe, drückte sich dann aber doch immer wieder davor, das heikle Thema anzusprechen.

Schließlich war sie es, die die Initiative ergriff. Sie nahm das Glas, stieß mit ihm an und bedankte sich für den netten Abend. Aber nun solle er endlich sagen, was ihm auf dem Herzen läge. Sie spüre doch, dass er mit ihr über was reden wolle, sich aber nicht traue.

«Du kennst mich gut», erwiderte er, «es gibt tatsächlich etwas zu besprechen.»

«Nur raus damit.»

Er drehte verlegen sein Weinglas.

«Ich habe einen kleinen, vorübergehenden Liquiditätseng-pass», sagte er. «Ich brauche dringend hunderttausend Euro.»

«So was Dummes aber auch», sagte sie mit gespielter Fröhlichkeit.

«Ja, ziemlich dumm.»

«Was ist mit der Bank?»

Hieronymus fuhr sich mit der Hand über die Kehle. «Das sind alles Halsabschneider, die geben mir nichts.»

«Und wenn du einen Weinberg verpfändest?»

Er staunte. Der Vorschlag seiner Frau war nicht abwegig, den hatte er auch von seinem Bankberater gehört. Es gäbe sogar einen Interessenten, der würde ihm seine beste Lage sofort abkaufen – für einen Millionenbetrag. Aber das war natürlich Schwachsinn und kam nicht in Frage. Was blieb vom schönsten Weingut, wenn es nichts Gescheites mehr zum Abfüllen gab?

«Das geht leider auch nicht», antwortete er, ohne eine Begründung abzugeben.

«Schatz, das tut mir leid. Aber wie ich dich kenne, weißt du einen Ausweg.»

Er sah sie verlegen an. «Ich hab dir doch zu unserer Hochzeit ein Sparkonto angelegt. Das ist natürlich dein Geld, dein ganz eigenes Geld, das du zu deinem Spaß und Vergnügen ausgeben kannst.»

«Ja, das war ausgesprochen lieb von dir.»

«Wie ich von der Bank weiß, hast du noch genug auf deinem Sparkonto, um mir die benötigte Summe leihen zu können. Würdest du das für mich tun? Ich zahle sie auch ganz bestimmt zurück.»

Sie sah ihn schweigend an. Hatte es ihr die Rede verschlagen?

«Das war dein Hochzeitsgeschenk», sagte sie schließlich.

«Und jetzt will ich es zurück, ich weiß, das hört sich blöd an. Ist aber nur leihweise. Wir beide, wir gehören doch zusammen. Es gibt ein Problem, und mit deiner Hilfe könnte ich es lösen.»

«Was ist das für ein Problem? Wofür brauchst du das Geld?»

«Hat was mit den Holzfässern zu tun», log er.

Bei seinem Bankberater hatte er gar keine Gelegenheit bekommen, dieses Märchen aufzutischen. Der hatte ihm ohne Wenn und Aber den Geldhahn zugedreht, dann aber den Vorschlag mit dem Weinberg gemacht. Bei Annika mochte die Ausrede verfangen. Seine junge Ehefrau fand es zwar schick, mit einem Weinmacher verheiratet zu sein, interessierte sich aber wenig bis gar nicht für die Arbeitsabläufe im Betrieb. Geschweige denn, dass sie sich mit Fässern auskannte.

«Meinst du die Barriques aus französischer Eiche?», fragte sie zu seiner großen Verblüffung. «Was soll mit ihnen sein?»

«Nicht mit den Barriques», antwortete er, «sondern mit den anderen, den großen Holzfässern.»

«Kannst du nicht auf die Stahlfässer ausweichen?»

Hieronymus sah seine Frau mit großen Augen an. Sie war nicht nur jung und schön, sondern auch wissbegierig.

«Geht nicht, das würde die Charakteristik der Weine verändern. Aber lass uns ein anderes Mal darüber reden. Ganz konkret: Kannst du mir hunderttausend Euro leihen?»

Annikas ernster Gesichtsausdruck verunsicherte ihn. Er fürchtete allen Ernstes, dass sie seinem Wunsch nicht entsprechen könnte. Und er sorgte sich in der Konsequenz um den Fortbestand ihrer Ehe.

Dann entdeckte er, wie ein leises Lächeln ihre Lippen umspielte.

«Natürlich kann ich es dir leihen», sagte sie. «Außerdem hast du eine Vollmacht, du könntest es einfach abheben.»

«Das würde ich nie tun.»

«Das ist lieb von dir. Aber nun hast du ja meine Zustimmung.»

«Du bist ein Engel.»

«Danke, das wollte ich hören. Jetzt möchte der Engel einen Grappa.»

«Ich kann auch einen Schnaps vertragen.»

17

Der Tappeinerweg in Meran war Phinas Idee gewesen. Immerhin sei Theresa hier gerne spazieren gegangen. Wenn sie schon von ihrem Rechtsanwalt zur Testamentseröffnung geladen wurden, wäre es doch eine nette Geste, vorher auf ihren Spuren zu wandeln und dabei an sie zu denken. Emilio waren solche Sentimentalitäten wesensfremd, trotzdem hatte er sich überreden lassen. Auf der berühmten Promenade ließ es sich angenehm flanieren, das musste er zugeben, vorbei an exotischen Pflanzen und mit Blick auf die Dächer des Kurortes. Fast könnte man sich ins 19. Jahrhundert zurückversetzt fühlen, in die Zeiten eines Erzherzogs Johann und seiner schönen, wenn auch nicht standesgemäßen Postmeisterstochter Anna Plochl. Und später gab es die aufmüpfige Kaiserin Elisabeth, die in Meran zweimal ihre Winterkur verbracht hatte. Zu Emilios Missfallen kam ihnen aber keine extravagant gewandete Sissi entgegen, sondern nur eine lautstarke Gruppe in bunter Freizeitkleidung – schon war sie dahin, die schöne Illusion des Fin de Siècle.

Bald mussten sie sowieso umdrehen, um sich rechtzeitig in der Rechtskanzlei *Studio Legale* einzufinden. Emilio konnte nicht anders, er dachte erneut an Theresas Teeservice mit dem rosa Blumenmuster. Sie mussten ihre Ausweise abgeben, im Vorzimmer Platz nehmen und warten. Nach zehn Minuten war Emilio versucht, aufzustehen und zu gehen. Er hasste es zu warten. Das war verschwendete Lebenszeit und Ausdruck mangelnden Respekts. Phina legte ihm besänftigend eine Hand auf den Oberschenkel. Das empfand er als angenehm, deshalb blieb er sitzen. Er wunderte sich, dass sie alleine waren. Wo waren die Erben?

Schließlich wurden sie in das Büro des Advokaten gebeten. Doktor Marthaler begrüßte Phina mit einem angedeuteten Handkuss. Emilio sah amüsiert, dass sie ihre Hand erschreckt zurückzog; die Attitüde des Handkusses war ihr unangenehm. Sie hatte es lieber, wenn man ihr auf die Schulter haute.

«Herr Baron, es ist mir eine Ehre», sagte der Anwalt.

Emilio dachte, dass seine «Tante» Theresa mit Marthaler den richtigen Rechtsvertreter gefunden hatte. Sie hatte zeitlebens außerordentlichen Wert auf Etikette gelegt und sich beharrlich geweigert, das Ende der k.u.k. Monarchie zur Kenntnis zu nehmen.

Emilio antwortete mit einer verstaubten Floskel, die ironisch gemeint, aber als solche nicht verstanden wurde. Dann rückte er Phina galant den Sessel zurecht, wobei er sich den Spaß erlaubte, ihn etwas schwungvoll in ihre Kniekehlen zu schieben, sodass sie unsanft auf ihren Hintern plumpste.

«Pardon, meine Liebe.»

«Altes Ekel», zischte sie – aber mit einem Lächeln, wie er aus dem Augenwinkel bemerkte.

Doktor Marthaler faltete seine Hände und sprach einige Worte der Anteilnahme. Emilio erinnerte sich, dass er den Mann auf Theresas Trauerfeier gesehen hatte. Marthaler war nicht alt genug, sonst hätte man glauben können, er sei eine späte Liebschaft seiner Tante gewesen.

Schließlich kam der Anwalt, der in Meran gleichzeitig als Notar fungierte, auf den Grund ihres Zusammentreffens zu sprechen. Ihm obliege es, das Testament der verstorbenen Theresa Steirowitz kundzutun, sagte er. Das sei ihm eine traurige Pflicht. Der Inhalt sei ihm bekannt, er habe das Testament höchstpersönlich aufgenommen und könne bestätigen, dass die gnädige Frau zum Zeitpunkt der Erstellung geistig voll auf der Höhe und mithin testierfähig gewesen sei.

Dann verlas er das Testament. Es begann mit einem Rückblick auf ihr langes Leben, das nicht nur Höhen, sondern auch tiefe Täler der Traurigkeit gekannt hatte. Das frühe Ableben ihres geliebten Gatten. Und schließlich der tragische Tod ihres Sohnes Nikolaus, den alle nur zärtlich Niki nannten.

Emilio erinnerte sich an seine Nachforschungen, die er in Theresas Auftrag zu Nikis Tod durchgeführt hatte. Er hatte herausgefunden, dass ihr einziges Kind in der Tat einen tragischen Tod gestorben war: Niki war von einem Gipfel in den Ötztaler Bergen in die Tiefe gestürzt worden. Den Mörder hatte Emilio überführen können, mehr hatte er für seine Tante nicht tun können.

Er wandte seine Aufmerksamkeit wieder Marthalers Verlesung von Theresas Letztem Willen zu, der bislang aber eher den Charakter einer von ihr selbst verfassten Trauerrede hatte.

Schließlich kam der Notar auf Phina zu sprechen, die trotz des großen Altersunterschiedes immer eine gute Freundin Theresas gewesen sei und eine Stütze in schweren Zeiten.

Emilio nickte, das konnte er bestätigen. Phina hatte sich rührend um die alte Dame gekümmert. Er hatte nie verstanden, wie sich die beiden so gut vertragen konnten. Aber vielleicht war Phina für Theresa so etwas wie eine Tochter gewesen, die sie nie hatte? Und umgekehrt war Theresa ein Ersatz für Phinas verstorbene Mutter – na, wohl eher für ihre Großmutter.

Emilio erschrak, als er seinen Namen vernahm. Er musste sich anhören, was für ein entzückendes Kind er gewesen sei. Gott sei Dank erwähnte Theresa dann auch seinen chronischen Ungehorsam und seinen Sinn für Unfug. Da war er wieder beruhigt.

Ihm fiel ein, dass er mal zu Weihnachten in ihrer Meraner Villa den Vorhang in Brand gesteckt hatte. Er grinste. Vielleicht war die alte Dame nachtragend. Zur Strafe bekam er das Teeservice.

Marthaler rückte seine Lesebrille zurecht. Offenbar wurde es jetzt ernst.

Theresa formulierte in ihrem Letzten Willen, dass sie keine Nachkommen habe, auch habe ihr Niki weder eine Schwiegertochter noch Enkel geschenkt. Ihre einzige Schwester sei vor Jahrzehnten beim Baden ertrunken. Es gebe keine Nichten oder Neffen, mithin keine gesetzlichen Erben. Infolgedessen sei es ihr Letzter Wille, Phina als Erbin einzusetzen.

Emilio freute sich. Das hatte Phina verdient.

Sie bekomme, erklärte Marthaler, das gesamte Guthaben auf ihrem Konto bei der Südtiroler Sparkasse in Meran vererbt. Er hüstelte und erwähnte, dass selbiges nicht so gering sei. Die genaue Summe würde er nach der Verlesung des Testaments benennen.

Darüber hinaus könne sie aus Theresas Haus alle Erinnerungsstücke haben, die ihr etwas bedeuteten, auch das Silberbesteck und aus dem Banksafe ihren Schmuck.

Fast hätte Emilio erleichtert aufgelacht. Das Teeservice mit den rosa Blumen war ihm hiermit erspart geblieben. Das durfte sich Phina in den Schrank stellen. Aber er blieb ernst und dachte, dass da einige Arbeit auf Phina zukam, sie musste das ganze Haus durchforsten. Was würde sie mit dem Schmuck anstellen? Phina trug grundsätzlich keinen, schon gleich kein antikes Geschmeide. Und das Silberbesteck? Das passte nun wirklich nicht auf Phinas blankgescheuerten Esstisch. Obwohl? Vielleicht doch? Es lebe der Kontrast. Außerdem war er mit Silberbesteck groß geworden.

Emilio war gerade dabei, sich entspannt zurückzulehnen und seiner Tante dafür zu danken, dass der Kelch eines Erbes an ihm vorüberging, da erwähnte Marthaler erneut seinen Namen. Emilio kniff die Augen zusammen. Was blieb noch? Ein Berg Schulden? Oder hatte sie sich kurz vor dem Tod doch noch einen Hund gekauft, auf den er fortan aufpassen sollte?

Aus tiefer Verbundenheit mit Emilios Familie, so Rechtsanwalt Marthaler, insbesondere mit Emilios Mutter, mit der sie schon in der Schweiz aufs Internat gegangen sei, sei es ihr Letzter Wille, besagten Emilio, Baron von Ritzfeld-Hechenstein und derzeit wohnhaft auf dem Weingut Perchtinger, zu ihrem Generalerben zu ernennen.

Emilio sah den Anwalt verwirrt an. Haupterbe? Erbe von was? Die Phina hatte doch schon geerbt. War die alte Dame verrückt geworden?

Marthaler nickte. Doch, das habe Theresa so gewollt, erklärte er, er könne sich noch gut an ihre Gespräche erinnern. Sie habe das unstete Leben des Herrn Baron nicht immer verstehen können, habe sich aber sehr gefreut, dass er bei Phina Perchtinger Wurzeln geschlagen habe.

«So, so, Wurzeln geschlagen», wiederholte Emilio, der sich dabei etwas einfältig vorkam.

Phina boxte ihm in die Rippen. Au, das tat weh. So was machte man nicht in einer Rechtsanwaltskanzlei. Er hatte einen Zeugen, er könnte sie wegen Körperverletzung anzeigen.

Wieder sah sich Marthaler zu einem Hüsteln genötigt. Er

wolle noch erwähnen, sagte er, dass Theresa den werten Baron gleichwohl geliebt habe, nicht zuletzt seinen verschrobenen Humor.

Emilio dachte, dass seine Tante ganz zweifellos verrückt geworden sei. Wie konnte man ihn lieben? Er liebte sich ja nicht mal selbst. Insofern konnte man das Testament anfechten und ihr eine fortgeschrittene geistige Verwirrung attestieren.

Marthaler erklärte, dass er nun mit der Verlesung des Testaments fortfahren werde. Zu Emilios Erbe gehöre die Villa im Meraner Ortsteil Obermais, auf der keine Hypotheken lasteten und die somit schuldenfrei sei. Darüber hinaus das Aktiendepot bei einer Privatbank in Bozen, dessen aktueller Börsenwert im siebenstelligen Bereich läge ...

Emilio konnte dem Anwalt und seinen Ausführungen nicht mehr folgen. Theresa und Aktien? Siebenstellig? Wie viele Nullen waren das?

... und ein Grundstück in der Schweiz am Luganersee, das schon ihr Vater besessen habe. Sowie ein Mietshaus in Wien.

Emilio fasste justament den Entschluss, das Erbe abzulehnen. Er hatte sich an die Verknappung seiner finanziellen Ressourcen gewöhnt, er schätzte die unbeschwerte Leichtigkeit der relativen Bedürfnislosigkeit. Er wollte an diesem Zustand nichts ändern, Theresa hin oder her.

Das wäre alles, sagte der Anwalt. Theresa wünsche Emilio *post mortem* auf seinem weiteren Lebensweg alles Gute. Er solle sich in der Ausübung seines Berufs nach Möglichkeit nicht erschießen lassen. Falls doch, solle er zuvor Phina als Erbin einsetzen.

Wieder wurde er von Phina geboxt. «Was schaust du so sauer? Freu dich doch!», sagte sie.

Freuen? Worüber? Dass seine Tante, die keine war, viel reicher war als gedacht? Und dass er durch ihre überraschende Zuneigung schlagartig aus dem verarmten Adelsstand in die Rolle eines neureichen Kapitalisten katapultiert wurde? Darüber sollte er sich freuen?

Doktor Marthaler ließ wieder ein Hüsteln vernehmen. Emilio wollte ihm gerade vorschlagen, sich einen Termin beim Hals-Nasen-Ohren-Arzt geben zu lassen, da fragte der Anwalt unvermittelt: «Phina Perchtinger, nehmen Sie das Erbe an?»

Sie lachte. «Na klar, von dem Sparbuch kann ich mir vielleicht eine neue Abfüllanlage kaufen.»

«Ich notiere, Sie nehmen also das Erbe an. Und nun zu Ihnen, Emilio Baron von Ritzfeld-Hechenstein. Nehmen Sie das Erbe an?»

«Muss ich das gleich entscheiden?»

«Müssen Sie nicht, aber das wäre am einfachsten, wo Sie doch schon mal hier sind.»

Emilio kratzte sich an der Stirn. Was hatte er vor wenigen Augenblicken beschlossen? Dass er das Erbe ablehnen würde, weil er an seinem Leben nichts ändern wolle? Nun, dieser Vorsatz war vielleicht doch ein wenig überstürzt gewesen. Er könnte ja an seinem Leben trotzdem festhalten, so wie es war. Er könnte dessen ungeachtet gelegentlich als Privatermittler arbeiten. Er könnte weiter versuchen herauszufinden, wer hinter der Erpressung mit dem vergifteten Wein steckte. Er könnte seinen plötzlichen Wohlstand für sich behalten und Phina zum Schweigen verpflichten. Er könnte jede Woche einen Blumenstrauß auf Theresas Grab stellen. Oder einmal im Monat? Na ja, ganz sicher zu ihrem Geburtstag und zu Allerheiligen. Er könnte zum Beispiel Bedürftigen helfen oder gemeinnützige Spenden leisten. Er könnte mit Phina an den

Luganersee reisen, um das Grundstück in Augenschein zu nehmen – und die dortigen Rotweine verkosten. Er könnte …

«Herr Baron, wären Sie bitte so freundlich, sich zu äußern? Nehmen Sie das Erbe an?»

«Natürlich nimmt er es an», sagte Phina vorlaut.

«Ich muss es schon von ihm selbst hören.»

Jetzt war es an Emilio, sich verlegen zu räuspern. Er blickte zu Phina, die ihm aufmunternd zunickte.

«Aber nur, weil mir Theresas Letzter Wille heilig ist. Meinetwegen, ich nehme das Erbe an.»

«Sehr schön, dann brauche ich noch Ihre Unterschriften.»

«Theresa, Theresa …», murmelte Emilio. Er sah Phina beim Unterzeichnen zu, dann nahm er den Füllhalter entgegen. Marthaler erklärte, dass er mit allen Vor- und Zunamen unterschreiben müsse. Auch das noch. Dafür bräuchte er eine zweite Zeile. Emilio zögerte ein letztes Mal, dann machte er sich an die Arbeit. Mit allen Vor- und Zunamen? So ein Blödsinn. Hoffentlich bekam er sie zusammen.

«Sind wir jetzt entlassen?», fragte er nach getaner Arbeit.

Der Anwalt lächelte. «War es so schlimm?»

«Noch viel schlimmer.»

Phina sah auf die Uhr und dann zu Marthaler.

«Dürfen wir Sie zum Mittagessen einladen?», fragte sie.

«Aber gerne. Sie können es sich ja leisten.»

Emilio grinste. «Phina zahlt. Ich hab kein Geld einstecken.»

18

Nach dem Mittagessen, das sie auf Marthalers Vorschlag im Gourmetrestaurant Sissi des Spitzenkochs Andrea Fenoglio zu sich genommen hatten, trennten sich ihre Wege. Phina musste dringend zurück zum Weingut. Der Rechtsanwalt wurde in seiner Kanzlei erwartet. Emilio dagegen war sich über sein nächstes Ziel im Unklaren. Er erinnerte sich, dass er mit zwei potenziell verdächtigen Zeitgenossen verabredet war. Mit Ignaz Aufschnaiter und Ferry Schwaiger. In dieser Reihenfolge, oder umgekehrt. Er stellte fest, dass es ihm an der nötigen Konzentrationsfähigkeit mangelte. Er würde keine besonders klugen Fragen stellen können, schlicht deshalb, weil er mit seinen Gedanken ganz woanders war. Auch emotional befand er sich gerade in einer anderen Umlaufbahn. Ihm fiel das von ihm nie richtig verstandene Raum-Zeit-Kontinuum ein. Er konstatierte, dass er in selbigem jegliche Orientierung verloren hatte. Was war geschehen, was passierte gerade eben, was stand ihm bevor? Wo kam er her, wo sollte er hin? Was hatte sich Theresa dabei gedacht?

Es könnte auch sein, dass ihm das Vier-Gänge-Menü im Magen lag. Oder der Champagner war mit dem Merlot eine chemische Verbindung eingegangen, die sein Bewusstsein eintrübte und für geistige Verwirrung sorgte.

Emilio saß am Steuer seines geparkten Landy und blickte starr vor sich hin. Nach seiner Erinnerung hatte es ihn nicht besonders getroffen, als er in jungen Jahren mit seiner plötzlichen Verarmung konfrontiert worden war. Das hatte er damals mit fatalistischem Gleichmut hingenommen. Warum also sollte ihn die unerwartete Umkehrung dieses Prozesses in Aufregung versetzen? Gab es dafür einen Grund? Nein, den gab es nicht.

Er wusste, dass ihn viele für einen Stoiker hielten, den nichts so leicht aus der Ruhe brachte. Jedenfalls erweckte er diesen äußeren Anschein. Er atmete gleichmäßig ein und aus. Er spürte, wie die vertraute Gelassenheit und der Seelenfrieden zurückkamen. Tante Theresa und ihr wundersames Testament hatten ihn nur vorübergehend aus dem Raum-Zeit-Kontinuum geworfen. Jetzt war er wieder ganz bei sich. Er wusste, dass er bis zu dem Gespräch mit dem Architekten Aufschnaiter noch zwanzig Minuten hatte, und ihm fiel ein, was er ihn fragen wollte. Wohlan, das Leben hatte ihn wieder.

*

Ignaz Aufschnaiter empfing Emilio in seinem Architekturbüro. Natürlich war er misstrauisch, weil er nicht wusste, was ein Privatdetektiv von ihm wollte, der nicht nur den Namen, sondern auch das Auftreten eines verschrobenen Adeligen hatte. Die ersten Minuten machten sie Konversation. Aufschnaiter war angenehm überrascht, dass sich sein Besucher mit der modernen Architektur in Südtirol gut auskannte, dass ihm Architekten wie Matteo Thun, Werner Tscholl und Walter Angonese ein Begriff waren. Sie sprachen über herausragende Bauten wie das Museion in Bozen, die Whisky-Destillerie Puni, die Vinothek der Kellerei Tramin oder das Weingut Manincor. Natürlich dauerte es nicht lange, bis

Aufschnaiter auf seine eigenen Projekte zu sprechen kam. Prompt erwähnte er auch den aktuellen Umbau der Kellerei Pletzerhof.

Emilio fand seine Theorie bestätigt, dass manche Gespräche wie von selbst auf ihr Ziel zusteuerten. Er sah den Architekten mit einem Lächeln an. Das Weingut kenne er gut, sagte er, er sei in den letzten Tagen einige Male dort gewesen.

Aufschnaiters gerade noch freundlicher Gesichtsausdruck verschwand augenblicklich.

«Deshalb sind Sie also hier», sagte er. «Der Spinner hat Sie geschickt, der Hieronymus, stimmt's?»

Emilio zog missbilligend eine Augenbraue nach oben. «Man kann mich nicht schicken. Ich bin weder ein Sklave noch eine Postsendung.»

«So habe ich das nicht gemeint.»

«Dann ist ja gut. Aber Sie haben recht, mein Besuch hat mit dem von Ihnen so titulierten Spinner zu tun. Aber nur im weitesten Sinne. Ich führe gelegentlich Inkassoaufträge aus, das heißt, ich überzeuge säumige Schuldner, dass sie gut beraten sind, überfälligen Zahlungsforderungen nachzukommen. Sie verstehen?»

Eigentlich verstand er selbst nicht, was er gerade so von sich gab.

«Äh, das heißt, Sie stehen auf meiner Seite. Nicht auf seiner?»

Emilio lächelte nachsichtig. «Ich stehe auf gar keiner Seite, höchstens auf meiner eigenen. Um auf den Punkt zu kommen: Ich weiß, dass Sie gegenüber Herrn Pletzer eine Nachforderung haben, die sich aus dem Umbau ergeben hat.»

«Das war kein Umbau», protestierte Aufschnaiter, «das war wie ein Neubau, nur schwieriger.»

«Sei's drum. Mich würde interessieren, was Sie bereit sind, dafür zu tun?»

Emilio ließ es sich nicht anmerken, aber er beobachtete Aufschnaiter genau, wartete gespannt auf seine Reaktionen. Er war sich bewusst, dass er schon wieder auf die konvers-reziproke Befragungstechnik setzte. Die hatte schon bei Mario nicht funktioniert. Aber in manchen Dingen war er stur.

«Zu tun? Wofür?», fragte der Architekt.

«Die ausstehende Zahlung einzutreiben. Was würden Sie dafür tun?»

Aufschnaiter dachte nach. «Ich weiß immer noch nicht, was Sie meinen», sagte er dann. «Die Möglichkeiten sind begrenzt. Ich habe mir einen Anwalt genommen und mich von der Architektenkammer beraten lassen. Viel mehr kann ich nicht machen. Ich kann doch die Glasfront nicht wieder abreißen.»

«Das wäre ein Akt der Rache, von dem Sie nichts hätten.»

Aufschnaiter zuckte mit den Schultern. «Das ist das Problem mit Immobilien, sie sind per Definition nicht mobil. Ein nicht bezahltes Automobil könnte man sich wiederholen.»

Emilio lächelte. «Augen auf bei der Berufswahl», sagte er.

«Zu spät. Ich würde sagen: Augen auf bei der Wahl des Bauherrn. Den Hieronymus kenn ich schon ewig, aber erst jetzt hab ich gemerkt, dass er ein Arsch ist.»

Emilio rieb sich nachdenklich das Ohrläppchen.

«Sie könnten auf Pletzer etwas Druck ausüben», schlug er vor. «Haben Sie sich das schon mal überlegt?»

«Wie soll das gehen?»

«Nun, Sie könnten sich das Geld quasi durch die Hintertür holen und ihn unter irgendeinem Vorwand erpressen. Natürlich anonym.»

Ignaz Aufschnaiter sah ihn entrüstet an. «Das ist nicht Ihr Ernst, oder?»

Emilio wartete mit der Antwort. Er studierte Aufschnaiters Gesicht und dessen Körperhaltung. Darin war er gut, er hatte viel Erfahrung im Interpretieren von Mimik und Gestik. Er hatte eine Antenne für versteckte Zeichen. Im Falle des Architekten hatte er keinen Zweifel: Die Empörung war nicht gespielt, sie war authentisch. Hinzu kam ein Ausdruck der Verwirrung. Ganz offenbar wusste er nicht so recht, was er von Emilio und seinem Vorschlag halten sollte. Nun, auch das war stimmig.

Emilio löste die Anspannung mit einem Lachen.

«Nein, das ist natürlich nicht mein Ernst», sagte er.

«Sie haben einen seltsamen Humor.»

«Das höre ich nicht zum ersten Mal.»

«Aber Sie sagten eingangs, dass Sie Inkassoaufträge ausführen. Daran wäre ich im Prinzip schon interessiert. Vorausgesetzt, Ihre Methoden sind seriöser als Ihr Humor.»

Emilio dachte, dass sich der Architekt auch mit dieser Aussage genauso verhielt wie jemand mit reiner Weste. Natürlich war er daran interessiert, sein ausstehendes Honorar zu bekommen, aus seiner Sicht stand es ihm ja zweifelsfrei zu. Und sein alter Freund Hieronymus Pletzer war der Idiot, der die Zahlung verweigerte.

«Ich war nicht ganz aufrichtig zu Ihnen», sagte Emilio. «Eigentlich treibe ich kein Geld ein, das ist nicht mein Metier.»

Aufschnaiter schüttelte ratlos den Kopf. «Aber warum haben Sie mich dann um ein Gespräch gebeten?»

«Ich fand es anregend, mit Ihnen über die moderne Architektur in Südtirol zu sprechen. Das allein rechtfertigt meinen Besuch.»

«Sie verheimlichen mir etwas.»

Emilio klopfte sich lächelnd an die Stirn. «Wenn ja, dann habe ich es soeben vergessen. Eine frühe Form von Demenz.»

«In Ihrem Alter? Ach so, das war wieder Ihr seltsamer Humor.»

19

Annika ging momentan vieles durch den Kopf. Manches war angenehm, anderes wiederum bereitete ihr Sorgen. Dass ihr Mann momentan schlecht drauf war, musste sie akzeptieren. Sie hatte sich freiwillig für Hieronymus entschieden, wohl wissend, dass er deutlich älter war als sie. Natürlich hatte er nicht mehr das Temperament eines Zwanzigjährigen, in jeglicher Hinsicht. Dafür hatte er andere Vorzüge. Er war erfolgreich in seinem Beruf. Er war gesellschaftlich respektiert – und damit auch sie. Er gestattete ihr gewisse Freiräume. Und er konnte ihr eine sichere Zukunft bieten. Das hatte sie jedenfalls geglaubt. Bis vor kurzem. Mittlerweile hegte sie begründete Zweifel.

Sie saß in Bozen am Obstmarkt vor einer kleinen Weinbar und trank einen Prosecco. Zwischendurch plauderte sie mit der Besitzerin, die netterweise aus Finnland kam. Südtirol war viel kosmopolitischer, als manche glaubten. Annika bereitete es Sorgen, dass Hieronymus so sehr in der Klemme steckte, dass er sie anpumpen musste. Das hatte sie überrascht. Mit dem Umbau und der Modernisierung des Weinguts hatte er sich finanziell übernommen, das wusste sie. Aber gleich so sehr? Und dann die Ausrede mit den Weinfässern. Da hatte er sie für blöd verkauft. Das konnte sie auf den Tod nicht leiden. Aber sie hatte versucht, sich nichts anmerken zu lassen, und gute Miene zum bösen Spiel gemacht. Glücklich war sie darüber nicht gewesen. Nein, ganz und gar nicht. Jedenfalls hatte er ihr verheimlicht, wofür er das Geld wirklich brauchte.

Und jetzt? In wenigen Minuten würde sie aufstehen und zum Yoga gehen. Sie spürte, wie sich ihre Wangen röteten. Sie hatte damit erst vor wenigen Wochen angefangen. Per Zufall hatte sie Simon an der Bar im Laurin kennengelernt und erfahren, dass er Yogaunterricht gab. Zum nächstmöglichen Termin hatte sie einige Freundinnen zusammengetrommelt, und gemeinsam waren sie zur ersten Stunde bei ihm erschienen. Simon hatte alle Erwartungen mehr als erfüllt.

Sie alle fanden ihren Yogalehrer aufregend gut aussehend und gaben sich alle erdenkliche Mühe, bei den Übungen einen sexy Eindruck zu hinterlassen. Regine flirtete sogar ganz offen mit ihm. Und Anneliese hatte ein so enges Trikot an, dass sie kaum mehr atmen konnte, dafür kam ihr prächtiger Busen vortrefflich zur Geltung. Simon schien das alles zu gefallen, aber er wahrte die Distanz. Schon nach wenigen Sitzungen kamen sie sich vor wie eine verschworene Sekte, die ihrem Guru huldigten.

Obwohl also alle scharf auf ihn waren, gelang es keiner ihrer Freundinnen, Simon aus der Reserve zu locken. Keiner? Doch, einer war es gelungen, eine war tatsächlich zum Zug gekommen. Annika schloss für einen Moment die Augen und lächelte. Ihre Freundinnen hatten es nicht mitbekommen, dass er ihr zusätzlich Privatstunden angeboten hatte. Natürlich kostenlos. Um ihr Talent zu fördern.

Die erste Sitzung hatte sie bereits absolviert. Danach war klar, welches Talent er gemeint hatte. Heute war die zweite Session dran. Wieder stand das Sakralchakra auf dem Programm. Annika wusste mittlerweile, dass dieses zweite Chakra eine Handbreit unter dem Bauchnabel lag und für Lebensfreude, Sinnlichkeit und intimes Verlangen stand. Ein blockiertes Sakralchakra war nicht gut für den Sexualtrieb.

Wieder spürte Annika, wie sich ihre Wangen röteten. Aber nicht vor Scham, sondern aus Vorfreude. Simon hatte sich schon beim ersten Mal als Meister erwiesen, ihr Sakralchakra anzuregen. Sie war gespannt darauf, ob und wie sich das steigern ließe.

20

Mittlerweile war Emilio froh, dass er am heutigen Nachmittag gleich zwei Termine hatte. Erst den Architekten Ignaz Aufschnaiter, den er bereits absolviert hatte, und jetzt den Winzerkollegen Ferry Schwaiger. So konnte er sich mental von der vorangegangenen Testamentseröffnung erholen und hatte keine Zeit, ständig über den Letzten Willen seiner Tante Theresa nachzudenken. Darüber, und über ihren unerwarteten Wohlstand, der jetzt weitgehend der seine war. Natürlich würde Erbschaftssteuer anfallen und ein Konvolut von Formularen, die zu unterzeichnen waren. Über all das wollte er nicht nachgrübeln. Das wäre erstens verfrüht, zweitens nicht gut für den Magen, und drittens würde er alles dem Doktor Marthaler aufhalsen. Der hatte schon Theresa betreut, der konnte das nun auch für ihn tun. In aller Diskretion und mit der gebotenen Verschwiegenheit, nach außen wollte er der verarmte Baron bleiben. An diese Rolle hatte er sich gewöhnt, sie gefiel ihm. Moderne Statussymbole waren ihm sowieso ein Gräuel, und seinen alten Landrover würde er für kein Geld der Welt gegen einen neuen Luxusschlitten eintauschen. Zudem: Sein Zimmer bei Phina könnte nicht besser sein. Nun ja, vielleicht würde er sich eine neue Matratze gönnen? Und mehr als eine Flasche Wein am Tag zu trinken, war ihm weder ein Bedürfnis noch seiner Leber zuträglich. Im Gegenteil, er bemühte sich gerade, den alkoholischen Konsum zu reduzieren.

Natürlich mit der gebotenen Vorsicht, denn ein allzu plötzlicher Verzicht könnte sein homöostatisches Gleichgewicht destabilisieren. Außerdem schenkte er den medizinischen Expertisen mit ihren verträglichen Obergrenzen, die ständig nach unten korrigiert wurden, keinen Glauben. Da traf es sich, dass sein aktueller Termin auf einem Weingut stattfand; eine kleine Verkostung würde sich da wohl von selbst ergeben. Sie gehörte quasi zu seinem Beruf und war von ermittlungstechnischem Belang.

*

Dem Weingutsbesitzer war er zuvor schon mal begegnet, sie kannten sich flüchtig. Ferry Schwaiger begrüßte ihn dennoch distanziert. Was zu verstehen war, denn er wusste, dass Emilio als Privatdetektiv arbeitete. Doch wie zuvor der Architekt Aufschnaiter hatte auch er keine Ahnung, was der Baron von ihm wollte.

In Abwägung der Möglichkeiten entschied sich Emilio diesmal gegen die zweifelhafte Methode der konvers-reziproken Befragung. Stattdessen versuchte er es mit der verbalen Brechstange.

«Der Hieronymus Pletzer hat Sie mit unsauberen Methoden ausgetrickst», fiel er mit der Tür ins Haus. «Und jetzt sind Sie sauer auf Ihren Winzerkollegen, stimmt's?»

Schwaiger bekam einen roten Kopf. «Der Hieronymus ist für mich gestorben, der Drecksack», sagte er ohne Umschweife. «Das weiß jeder, das hätten Sie mich nicht fragen müssen. Also, worum geht's? Worauf wollen Sie raus?»

«Ich führe gerade einige Ermittlungen durch …»

«In wessen Auftrag?»

«In meinem eigenen!»

«Quatsch, der Hieronymus wird Sie beauftragt haben, weil ich schlecht über ihn rede. Aber das werden Sie mir nicht austreiben können. Ich sag nur die Wahrheit.»

Emilio musste innerlich schmunzeln. Eines war mal sicher: Mit der Befragung nach der Methode «Brechstange» kam er schneller auf den Punkt. Und sie machte Spaß.

«Ich will Ihnen gar nichts austreiben. Falls Hieronymus Pletzer wirklich ein Drecksack sein sollte, steht es Ihnen frei, das zu behaupten. Und wenn Sie selbst der Drecksack sind, ist es auch egal.»

Schwaiger schnappte nach Luft. Emilio hoffte, dass er keinen gesundheitlichen Schaden davontrug; sicherheitshalber ging er auf Distanz. Er mochte es nicht, wenn man ihm an den Kragen ging.

Schwaiger drohte mit der Faust. «Sie unterstellen mir gar nichts, verstanden?»

Nun, so viel war klar, der Mann war wirklich sauer auf Pletzer, und zwar richtig. Er war zudem leicht erregbar, vermutlich rachsüchtig und von aggressiver Mentalität. Ob er allerdings einen Wein vergiften würde, das war eine ganz andere Frage. Sie direkt zu stellen, verbot sich allerdings aus Gründen der Geheimhaltung. Da hatte die Methode der Brechstange ihre Grenzen.

«Hieronymus Pletzer wird bedroht», sagte Emilio, was einen weiten Interpretationsspielraum zuließ.

«Recht geschieht's ihm. Hoffentlich macht er sich in die Hose.»

Die Aussage kam spontan und war ehrlich. Das konnte vielerlei bedeuten. Entweder hatte Schwaiger nichts mit der Erpressung zu tun und reagierte deshalb impulsiv, ohne nachzudenken. Oder er steckte dahinter und konnte sein Temperament nicht zügeln. Wohl wissend, dass man ihm aus seiner Schadenfreude keinen Strick drehen konnte.

«Die Bedrohung ist anonym, er weiß nicht, von wem sie kommt.»

Schwaiger riss die Augen auf. «Aha, jetzt versteh ich. Sie glauben, dass ich der Schreiber des Drohbriefs bin …»

Emilio unterbrach ihn. «Wie kommen Sie darauf? Von einem Brief war gar nicht die Rede.»

Schwaiger brauchte einen Moment, dann fuhr er fort: «Na, scheißegal, dann halt kein Brief. Jedenfalls habe ich nichts damit zu tun. Das können Sie mir glauben oder mir den Buckel runterrutschen.»

«Wann waren Sie das letzte Mal in Trient?», fragte Emilio, sich an den Poststempel auf dem Umschlag erinnernd.

«Werde ich jetzt verhört, oder was soll das werden? Sie sind nicht von der Polizei, ich muss überhaupt nicht mit Ihnen reden. Aber meinetwegen: Ich komm ganz selten nach Trient, ist schon Monate her.»

Emilio glaubte ihm kein Wort. Erst letzte Woche hatte es im Castello del Buonconsiglio eine große Weinpräsentation gegeben. Er musste mal auf der Teilnehmerliste nachschauen. Es war eher unwahrscheinlich, dass sein Gegenüber nicht daran teilgenommen hatte. Auch sonst fand er, dass Schwaigers Verhalten und seine unbedachte oder zufällige Erwähnung eines Drohbriefs nicht gerade dazu angehalten waren, ihn von der Liste der Verdächtigen zu streichen. Er könnte ihn noch nach den Gärtanks fragen, die er zu kaufen beabsichtigte, die aber gehörig ins Geld gingen. Oder er könnte versuchen herauszufinden, wie heilig dem Ferry Schwaiger der Wein war, und ob er es übers Herz bringen würde, einen

Rebensaft zu vergiften, selbst wenn der seinem Intimfeind gehörte.

Er könnte das Gespräch auch einfach beenden und gehen. Was wohl das Beste war. Er hatte sich von Schwaiger ein Bild machen wollen. Das hatte er nun – in kräftigen Farben und voller Kontraste.

Emilio stand auf. «Das war's schon. Ich danke Ihnen für die Zeit, die Sie sich genommen haben.»

Schwaiger verweigerte ihm den Handschlag. «Richten Sie dem Hieronymus einen schönen Gruß aus. Er kann mich am Arsch lecken.»

Emilio grinste. «Das mache ich gerne. Ich werde mich um ein wörtliches Zitat bemühen.»

Auf dem Weg nach draußen fiel ihm ein, dass er ganz vergessen hatte, Schwaigers Gewürztraminer zu probieren, doch irgendwie war ihm die Lust darauf vergangen. Außerdem wollte er ja eh weniger trinken.

21

Phina saß in ihrem Arbeitszimmer, vor sich den Entwurf eines neuen Weinkatalogs. Es fiel ihr schwer, sich zu konzentrieren. Ihre Gedanken schweiften immer wieder ab – zur verstorbenen Theresa, die ihr tatsächlich viel bedeutet hatte, zur Trauerfeier und dem Friedhof in Algund, bis hin zur Testamentseröffnung und dem Erbe, mit dem sie nie und nimmer gerechnet hatte. Es rührte sie, dass sie von Theresa bedacht worden war. Auch wenn sie nicht wusste, ob es im Haus irgendwelche Erinnerungsstücke gab, die ihr etwas bedeuteten. Sie würde sich Zeit nehmen und alles mit dem gebotenen Respekt in Augenschein nehmen. Auch den Schmuck und das Silberbesteck. Das hatte keine Eile, denn Emilio würde kaum so schnell eine Entscheidung treffen, was mit der Meraner Villa passieren sollte. Sie musste an sein Gesicht denken, als ihn der Anwalt mit seinem Erbe konfrontiert hatte. Phina lächelte. Sie hatte ihn noch nie so verdattert dreinblicken sehen; es hatte nicht viel gefehlt, und er hätte das Erbe ausgeschlagen. Emilio war zu so was fähig. Gott sei Dank hatte er sich von ihr beeinflussen lassen und sich dann doch zur Annahme entschieden.

Sie legte den Katalogentwurf zur Seite und sah zum Fenster hinaus auf ihre Weinberge. Bisher war die Saison gut verlaufen. Zur Blütezeit war die Witterung ideal gewesen, Pilzerkrankungen wie der falsche oder echte Mehltau waren ausgeblieben, das Wachstum der Beeren ging gut voran und war aufgrund des warmen Sommers sogar seiner Zeit voraus. Es versprach, ein gutes Weinjahr zu werden. Auch sonst hatte sie keinen Grund zu klagen. Die Beziehung zu Emilio, die etwas speziell, aber genau richtig war, klappte gut. An seine Marotten hatte sie sich gewöhnt, zu ändern waren sie eh nicht, oft konnte sie sogar darüber lachen. Sie spürte, dass er es gut mit ihr meinte. Blieb zu hoffen, dass ihn das Erbe nicht verändern würde. Aber da war sie ausgesprochen zuversichtlich. Emilio hatte eine starke Persönlichkeit, er wusste genau, was er wollte, und noch genauer, was er nicht wollte. Er ließ sich nicht reinreden und verbiegen schon gleich gar nicht. Nein, das Erbe würde ihn nicht verändern. Sie hoffte auch, dass er in ihrem Haus wohnen blieb. Seine Nähe gab ihr ein gutes Gefühl.

Sie entfaltete einen Zettel und sah auf eine Zahl, die ihr der Rechtsanwalt Marthaler aufgeschrieben hatte. Sie konnte immer noch nicht glauben, dass das Theresas Guthaben auf dem Sparkonto sein sollte. Eine so teure Abfüllanlage gab es nicht. In Zukunft würde sie Rücklagen haben, was ausgesprochen beruhigend war. Bisher war jedes Jahr eine finanzielle Zitterpartie gewesen. Oder, wie Theresa gesagt hätte, es war auf Kante genäht. Da durfte nichts ausreißen, da musste alles klappen, da durfte es keine Ernteausfälle geben und auch sonst keine unerwarteten Ereignisse. Nach außen war der Besitz eines Weinguts was Feines. Wer ahnungslos war, beneidete sie vielleicht sogar um ihre Tätigkeit. In Wahrheit war das Leben eines Weinbauern anstrengend und brachte viele Entbehrungen mit sich. Das unternehmerische Risiko war hoch, sehr hoch. Deshalb fühlten sich viele in den Genossenschaften gut aufgehoben, die durch ihre schiere Größe Sicherheit vermittelten. Sie aber gehörte zu den freien Weinbauern, wie schon ihr Vater, von dem sie das Weingut übernommen hatte. Darauf war sie stolz.

Ihr fiel ein, dass es Wichtigeres zu tun gab, als den Weinkatalog zu korrigieren. Sie hatte auf dem Rückweg von Meran eine größere Menge Vorhängeschlösser gekauft. Auslöser war Emilios aktueller Fall. Die Vorstellung, dass sich jemand auch in ihren Weinkeller schleichen könnte, um Wein zu vergiften, ängstigte sie so sehr, dass sie in der letzten Nacht aufgestanden war und einen Kontrollgang gemacht hatte. Jetzt würde sie hinuntergehen und alle Gitterboxen mit Vorhängeschlössern sichern. Die konnte man zwar knacken, aber solange das nicht geschah, konnte sie sicher sein, dass alles in Ordnung war.

Emilio hatte angekündigt, sich nach elektronischem Gerät umzusehen. Ganz oben auf seiner Einkaufsliste stünden einige Überwachungskameras für ihr Weingut. Schade, dass man so was brauchte. Aber Emilio hatte recht: Wer nur an das Gute im Menschen glaubte, war so naiv wie ein Goldhamster.

Und ein Goldhamster wollte sie nicht sein. Auch wollte sie in keinem Rad laufen, in dem man nicht vorankam.

22

Am Abend hatten sie noch lange zusammengesessen. Kein Wunder, Theresas Testament hatte sie beide auf dem falschen Fuß erwischt, ihn noch mehr als sie. Emilio war überzeugt, dass Theresa ein Fehler unterlaufen war. Nicht er, sondern Phina hätte den Hauptteil ihres Vermögens erben sollen. Das hätte er gerne mit seiner Tante diskutiert. Aber jetzt war sie tot. Sie hatte definitiv das letzte Wort, Widerspruch zwecklos.

Emilio ging den neuen Tag wie gewohnt mit vermindertem Tempo an. Es gab bei den Schlafgewohnheiten Lerchen und Eulen. Phina war mit den ersten Vögeln wach. Weiß der Kuckuck, wie sie das schaffte. Er dagegen empfand das muntere Gezwitscher oder gar den blöden Hahn vom Nachbarhof als nächtliche Ruhestörung. Eulen waren dagegen leise und rücksichtsvoll, dennoch brachten sie als nachtaktive Jäger ihre Beute zur Strecke. Sie waren ihm wesensverwandt.

Was stand heute auf der Agenda? Zunächst musste er in Meran kurz beim Advokaten Marthaler vorbeischauen, der von ihm noch eine Unterschrift benötigte – für was auch immer. Danach wollte er in Bozen in einem Fachgeschäft für elektronische Überwachungstechnik seine technische Grundausstattung optimieren. Das war nicht schwer, denn außer einem Fernglas besaß er nichts. Und selbst dieses Fernglas war im kreativen Chaos seines Landrovers derzeit nicht auffindbar.

Was noch? Keine Ahnung.

Sein Smartphone meldete sich mit einem Piepton. Eine Textnachricht.

«Hallo, mein Lieber. Ich nehme deine Einladung an und komme heute Nachmittag mit dem Zug aus München. Genaue Ankunftszeit folgt. Kuss und Gruß, Marion.»

Marion? Welche Marion? Welche Einladung? Klarer Fall, diese Nachricht war ein Irrläufer.

Klarer Fall? Marion? Doch nicht etwa die rothaarige Marion aus der Bar in Schwabing, von der ihm Dominik erzählt hatte? Sie sei ganz scharf auf ihn gewesen. Dann war sie wohl nicht richtig im Kopf. War es möglich, dass er sie im Suff nach Südtirol eingeladen hatte? Eigentlich nicht. Aber woher wusste sie dann von ihm, und wie kam es, dass sie seine Handynummer hatte?

Er schrieb umgehend zurück. «Der Empfänger ist verstorben. Kann sich auch an keine Einladung erinnern. Zugreise zwecklos. Weitere Kontaktaufnahme ebenso.»

Er fand, das war deutlich. Und für jemanden, der noch halb schlief, geradezu brillant formuliert. Eine Abfuhr, die dieses unglückliche Geschöpf zur sofortigen Umkehr zwingen würde.

Wenige Minuten später wurde er vom Gegenteil überzeugt.

«Hahaha. Ankunft Bozen 15:27. Bis bald. Ich knutsche dich. Marion.»

Das haute ihn glatt aus den Schuhen. Sprichwörtlich, denn noch hatte er keine an.

Hatte er vielleicht doch eine Einladung ausgesprochen? Nein, ganz bestimmt nicht. Daran würde er sich erinnern, oder? Zu dumm, dass ihn Dominik mit dieser Schnepfe allein gelassen hatte. Jetzt tappte er völlig im Dunkeln. Hahaha …

Diese Marion war wohl ein spezielles Kaliber. Wahrscheinlich auch noch klein und dick. Und hochgradig verblödet. Wie konnte man glauben, was einem spätnachts ein betrunkener Mann mit Gehstock versprach? Solche Frauen waren die schlimmsten, die wurde man nicht mehr los. Die musste man totschlagen. Und selbst dann gaben sie noch keine Ruhe.

Er brühte sich einen extrastarken Kaffee und hoffte auf eine göttliche Eingebung. Aber natürlich blieb die aus. Auf Gott war kein Verlass. Deshalb war er ja aus der Kirche ausgetreten. Emilio fiel ein, dass er seit gestern ein vermögender Mann war. Er würde dieser kleinen, dicken, rothaarigen Marion einen Umschlag mit einer großzügig bemessenen Unkostenpauschale in die Hand drücken. Dann einen Klaps auf den fetten Hintern verabreichen und sie mit freundlichen Grüßen zurück in die bayrische Heimat schicken. Ja, so würde er es machen. Zugegeben, das war kein genialer Plan, aber er war kurz und schmerzlos. Er wollte nicht, dass das Glück, das er mit Phina gefunden hatte, von einem Ausrutscher zerstört wurde. Von einem Fehltritt, an den er sich nicht mal erinnern konnte. Von einem Fauxpas, den es vielleicht gar nicht gegeben hatte. Von einer dummen Schnepfe, die irgendwas entschieden falsch verstanden hatte.

23

Hieronymus Pletzer warf die Post aus dem Briefkasten eher achtlos auf den Tisch. Waren ja doch vor allem Rechnungen und Mahnungen. In seltenen Momenten kritischer Selbstreflexion musste er sich eingestehen, dass er bei den Investitionen der letzten Monate deutlich über das Ziel hinausgeschossen war und schlichtweg den Überblick verloren hatte. Weil es aber nichts brachte, sich Vorwürfe zu machen und weil diese kein einziges seiner aktuellen Probleme lösen würden, zog er es vor, solche Gedanken möglichst schnell zu verdrängen. Er hoffte, dass im nächsten Jahr alles besser aussehen würde. Und im übernächsten Jahr wäre er ganz sicher wieder auf der Überholspur und würde sich zu seinem unternehmerischen Weitblick gratulieren.

Zunächst checkte er seine Wetter-App auf dem Computer. Na bitte, wenigstens meinte es der Apostel Petrus gut mit ihm – und mit seinen Weinreben, die momentan keinen Regen brauchen konnten. Dann las er die eingegangenen Mails. Er würde nie verstehen, warum es sein Spamfilter nicht fertigbrachte, die regelmäßigen Angebote potenzsteigernder Mittel auszusortieren und in den Papierkorb zu verfrachten. Es nervte ihn, wenn er das händisch tun musste, vor allem nach Nächten, in denen er sie vielleicht hätte brauchen können. Bei den geschäftlichen Mails waren keine dabei, die er umgehend beantworten musste. Also begann er, die Post durchzusehen.

Er zuckte zusammen, als er einen Umschlag in die Hände bekam, der dem glich, den er vor einigen Tagen erhalten hatte – jenen mit dem hinterfotzigen Erpresserschreiben. Die Schrift mit der Adresse in Großbuchstaben sah genauso aus. Es gab keinen Absender, dafür einen beunruhigenden Unterschied: Es fehlten die Briefmarke und der Poststempel aus Trient. Den Umschlag hatte also jemand persönlich in seinen Briefkasten gesteckt. Wenn es erneut der Erpresser gewesen sein sollte, dann war ihm dieser rein physisch ziemlich nahe gekommen. Das machte Hieronymus nervös.

Er schlitzte den Umschlag auf und entnahm ihm verwirrt ein Schreiben. Das letzte Mal hatte der Typ sich doch per SMS mit ihm in Verbindung gesetzt. Jetzt also wieder wie beim ersten Mal auf Papier. Der Erpresser liebte offenbar das Verwirrspiel, inhaltlich knüpfte er aber direkt an die Handynachrichten an, machte also dort weiter, wo er das letzte Mal aufgehört hatte.

Hieronymus Pletzer musste die wenigen Zeilen zweimal lesen, bis er begriff, dass er mit seinem Feilschen nun doch Erfolg hatte. Der Erpresser schrieb, dass er sich mit einer einmaligen Zahlung von hunderttausend Euro zufriedengeben würde. Im Gegenzug würde er dem Winzer die restlichen Flaschen mit dem Gift nennen. Allerdings gebe es eine kleine Programmänderung: Die Zahlung sollte nicht erst am Freitag erfolgen, sondern bereits am heutigen Abend. Und es gab eine zwingende Voraussetzung: Pletzer dürfe auf keinen Fall mit Baron Emilio darüber sprechen! Das sei ein Deal nur zwischen ihnen beiden; der Privatschnüffler müsse aus dem Spiel bleiben. Alles Weitere später.

Hieronymus starrte auf das Blatt und schluckte. Dann machte sich in seinem Gesicht ein Grinsen breit, das immer

breiter wurde. Er hatte es geschafft, der Erpresser war einge-
knickt. Mit Annikas Hilfe konnte er die hunderttausend aufbringen. Natürlich würde er Emilio aus dem Spiel lassen; er
würde keinem etwas sagen, nicht einmal seinem Kellermeister
Franz Egger. Jetzt war er am Zug, er würde sich nicht drein-
reden lassen, er würde die Nummer eiskalt durchziehen, dann
die vergifteten Flaschen aus dem Regal nehmen – und alles
war gut. Emilio würde staunen. Der Egger Franz auch. Die
hunderttausend konnte er verschmerzen, auch wenn es weh
tat. Annika würde ihr Geld bald zurückbekommen. Und zum
Dank eine Halskette dazu.

24

Wie gewohnt, stellte Hieronymus Pletzer sein Auto im Parkhaus unter den Thermen ab. Er hatte auf das erneute Schreiben und den angebotenen Deal schnell reagiert. Einige Telefonate, dann war er losgefahren. Die hunderttausend Euro vom Konto seiner Frau waren bereitgestellt, er musste sie nur noch abholen. Ob in kleinen oder großen Scheinen, war dem Erpresser offenbar egal, er hatte diesbezüglich keine Vorgaben gemacht. Auf der Brücke über die Passer, die, vom Timmelsjoch durch das wildromantische Passeiertal kommend, den Ort in zwei Hälften teilte, um schließlich in die Etsch zu münden, erinnerte sich Hieronymus an seinen letzten Besuch in Meran, bei dem ihn wenige Schritte weiter die erste SMS des Erpressers erreicht hatte. Heute hatte er kein rotes Hemd an. Und er war guten Mutes. Der Misthund hatte seinen Schwanz eingezogen und klein beigegeben. Er würde sich mit einer für ihn gerade noch erträglichen Summe zufriedengeben. Außerdem hatte der Bankmensch diesmal keinen Grund, ihn abblitzen zu lassen. Mit etwas Glück war der Spuk bald vorbei. Das hoffte er inständig, denn nervlich war er ziemlich am Anschlag. Vor einem Juweliergeschäft blieb er stehen und betrachtete die Schmuckstücke im Schaufenster. Ihm fiel sein Vorsatz ein, Annika zum Dank eine Halskette zu schenken. Nun, sie wusste nichts von seiner Idee, er könnte es also auch bleibenlassen. Aber das wäre nicht nett von ihm, und es brachte vielleicht Unglück, wenn er davon abrückte. Das war so wie in der Kirche, da durfte man in der Not auch kein heiliges Versprechen abgeben, um errettet zu werden – und nach überstandener Pein vergessen, es einzuhalten. Doch, er würde eine Kette kaufen, ganz sicher, aber erst, wenn der Sturm vorüber war. Und nicht gerade die teuerste.

Er hatte noch etwas Zeit. Und weil er sich später nicht mit dem ganzen Geld in der Tasche in ein Café setzen wollte, tat er es besser gleich. Unter den Lauben nahm er an einem Tischchen vor dem Bistro Platz.

Er dachte an die Bedingung des Erpressers, Emilio außen vor zu lassen, wobei er sich fragte, wie er überhaupt von ihm wissen konnte. Er verschluckte sich fast am Cappuccino. Denn just in diesem Moment kam der Baron vorbeigeschlendert, hatte ihn schon entdeckt und setzte sich zu ihm. Das war ein saublöder Zufall. Jetzt wurde er sozusagen auf die Probe gestellt, ob er sein Maul halten konnte. Noch dazu war er sich nicht wirklich sicher, ob es richtig war, das Ganze ohne Emilio durchzuziehen. Aber er hatte sich nun mal so entschieden, jetzt würde er an diesem Plan festhalten.

Er sah sich um, der Tisch neben ihnen war frei. Sie konnten sich ungestört unterhalten.

«Was macht die Liste unserer Verdächtigen?», fragte Hieronymus, ganz so, als ob es keine neue Entwicklung geben würde.

Emilio zuckte mit den Schultern. «Ich hab mich mittlerweile mit allen dreien unterhalten, aber es will keiner gewesen sein.»

«Du hast doch nicht wirklich gefragt, ob …?»

«Ob sie dir deinen Wein vergiftet haben? Nein, das habe ich natürlich nicht gefragt. Nur hintenrum und durch die Brust ins

Auge. Viel rausgekommen ist nicht dabei. Der Mario tut so, als ob er kein Wässerchen trüben könnte. Der Ignaz Aufschnaiter hat zwar einen dicken Hals wegen seiner unbezahlten Architektenrechnung, ich traue ihm aber nicht wirklich zu, dass er hinter der Erpressung steckt. Doch man kann sich täuschen. Bleibt noch dein werter Winzerkollege Ferry Schwaiger. Der ist wirklich stinkesauer auf dich und hat ein ungestümes Wesen. Ich würde sagen, er ist ein potenzieller Kandidat, mehr aber auch nicht.»

Hieronymus überlegte, ob er sich Ferry wirklich als Erpresser vorstellen könnte.

«Der Ferry ist ein alter Zornbeutel», stellte er fest.

«Das ist er ganz bestimmt», bestätigte Emilio. «Ach so, ich soll dir was ausrichten.»

«Das wäre?»

«Einen schönen Gruß soll ich dir ausrichten.»

«Wirklich? Ist doch nett.»

«Moment, ich bin noch nicht fertig. Im gleichen Atemzug meinte er, dass du ihn am Arsch lecken könntest.»

Hieronymus lächelte gequält. Das sah dem Ferry ähnlich, für ihn war das eine gängige Redensart. Dem Bürgermeister hatte er schon mal den gleichen Vorschlag unterbreitet, dennoch wurde er später der Patenonkel seines Sohnes.

«Das nehme ich nicht persönlich», sagte Hieronymus.

Gleichwohl stimmte er Emilio zu, dass der Ferry durchaus ein heißer Kandidat war. Jedenfalls der einzige, den er sich in der Rolle des Erpressers vorstellen konnte. Der Ferry könnte sich zu so etwas hinreißen lassen. Zu ihm würde auch passen, dass er plötzlich einknickte und seine anfängliche Forderung auf ein Drittel reduzierte. Er bekam oft Schiss vor seinem eigenen Mut, das kannte er vom Kartenspielen. Auch dass der

Ferry gerne mal betrog. Ja, ja, möglich wäre es schon. War er es, der ihn heute Abend um sein Geld erleichtern wollte?

Hieronymus fiel ein, dass der Bankmensch auf ihn wartete. Er blickte demonstrativ auf seine Uhr. «Ich muss leider weiter, hab einen Termin.»

Er registrierte, dass ihn Emilio forschend ansah. «Das hat nichts mit unserem Fall zu tun, oder?»

Konnte der Kerl Gedanken lesen? Hieronymus schluckte. «Ich muss nur schnell auf die Bank. Wegen der Anzahlung, du weißt schon.»

«Das hätte doch bis Freitag Zeit», bekam er zur Antwort.

Stimmte nicht. Er brauchte das Geld schon heute, aber das durfte sein Gegenüber nicht wissen.

«Ich will nur sicherstellen, dass alles klappt», log er.

Emilio schien sich mit der Auskunft zufriedenzugeben. «Ach so, ich verstehe.»

Hieronymus atmete durch, legte das Geld für den Cappuccino auf den Tisch und verabschiedete sich in aller Eile. Er war froh, dass er wegkam.

*

Emilio sah Hieronymus nachdenklich hinterher. Irgendwas hatte ihm an dessen Verhalten nicht gefallen, ohne sagen zu können, was es war. Hieronymus war noch nervöser gewesen als sonst, wofür es keinen Grund gab. Er hatte sich fast erschrocken, als er aufgetaucht war, das war ihm nicht entgangen. Wie ein Schulbub, der bei etwas Verbotenem überrascht wurde. Dabei stand es ihm frei, unter den Lauben einen Cappuccino zu trinken. Und: Hieronymus hatte gar nicht wissen wollen, was Emilio als Nächstes zu tun gedachte. Als ob ihn das gerade nicht interessierte. Was unlogisch war. Auch hatte er nicht gefragt, wie man dem Ferry intensiver auf den Zahn fühlen könnte. Der Termin bei seiner Bank machte Sinn, aber wenn er das Geld nicht gleich mitnehmen wollte, hätte er das auch telefonisch erledigen können. Außerdem hatte Hieronymus nicht gefragt, welche Maßnahmen sich Emilio für die Übergabe am Freitag ausgedacht hatte. Ob sie überhaupt Geld benötigten oder sich vielleicht doch mit Papierschnitzeln begnügen könnten.

Emilio lehnte sich zurück. Es war müßig, weiter darüber nachzudenken, das brachte nichts. Wahrscheinlich setzte Hieronymus die Erpressung mehr zu, als ihm guttat. Da geriet im Kopf schon mal was durcheinander. Er selbst wollte sich von dieser Unsitte nicht anstecken lassen. Er würde entspannt zum Doktor Marthaler spazieren und seine Unterschrift leisten, um anschließend nach Bozen zu fahren und sich nach brauchbarem «Spielzeug» umzusehen. Später würde er am Bahnhof mit der gebotenen Gelassenheit diese verrückt gewordene Marion in Empfang nehmen, sie mit der Realität konfrontieren und ohne Hemmungen zurück gen Norden schicken. So einfach war das. Man musste sich das Leben nicht schwerer machen, als es war.

25

Minisender zur akustischen Raumüberwachung, winzige Spycams, GPS-gestützte Ortungssysteme … Emilio war schwer beeindruckt, was es in dem Fachgeschäft für elektronische Überwachungstechnik so alles gab. Der technische Fortschritt war auch auf diesem Gebiet atemberaubend. Vermutlich war das meiste verboten, was einen besonderen Reiz ausübte. Er hatte nicht vor, sich von den Menschen, die er zu überwachen gedachte, zuvor eine Genehmigung geben zu lassen. Das wäre ja Schwachsinn. So nach dem Motto: Ich überwache Sie jetzt rund um die Uhr und folge Ihnen klammheimlich bis auf die Toilette. Damit sind Sie doch sicher einverstanden? Am besten geben Sie mir das schriftlich.

Er ließ sich erklären, wie sich die Daten aufs Smartphone oder den Tabletcomputer übertragen ließen, seien es Einzelbilder, kleine Filmchen oder abgehörte Gespräche. Das funktionierte ohne größere Probleme. Jedenfalls hier im Laden. Auch mit den Positionsdaten, die ihm von einem GPS-Ortungssystem gesendet wurden, klappte es wie geschmiert. Auf einem Stadtplan von Bozen blinkte es genau dort, wo er sich gerade befand. Und im Überwachungsmodus grinste ihn sein eigenes unrasiertes Gesicht an. Er brauchte einen Moment, bis er realisierte, dass es der unscheinbare Kugelschreiber auf dem Tisch war, der ihn gerade filmte. Ganz schön hinterhältig.

Der Verkauf solcher Artikel gehörte wirklich verboten. Definitiv.

Schizophrenerweise wollte er fast alles haben; entsprechend happig fiel die Rechnung aus. Aber er dachte, dass er sich als frischgebackener Erbe was Nettes gönnen sollte. Und weil die fiesen Geräte winzig klein waren, passten sie alle zusammen in einen Schuhkarton.

*

Ankunft Bozen 15 Uhr 27. Auf dem Weg zum Bahnhof stellte er sich die Frage, ob er denn von allen guten Geistern verlassen sei. Warum ließ er diese Marion nicht einfach am Bahnsteig alleine stehen und vergeblich nach ihm Ausschau halten – während er in einer Bar gemütlich einen Weißburgunder bestellte? Das wäre die einzig richtige Verhaltensweise. Souverän und abgeklärt. Stattdessen ließ er sich wie ein Dödel herbeizitieren. Das war das Gegenteil von souverän. Aber nur so konnte er verhindern, dass sich diese Verrückte auf die Suche nach ihm machte. Er musste ihr furchtlos entgegentreten und sie so einschüchtern, dass sie, aller Illusionen beraubt, sofort die Rückreise antrat. Es ging nicht anders, es musste sein.

Der Zug kam pünktlich an. Er hätte ja auch am Brenner entgleisen können, aber den Gefallen hatte er ihm nicht getan. Emilio kam sich ziemlich blöd vor. Er wusste nicht mal, wie diese Marion aussah. Ach so, sie hatte wohl rote Haare. Dennoch würde er sie nicht erkennen.

Er stützte sich auf seinen Gehstock und beobachtete die aussteigenden Fahrgäste, wobei er sich um einen gelangweilten Gesichtsausdruck bemühte. Für einen Moment stockte ihm der Atem. Eine schreckliche Weibsperson steuerte direkt auf ihn zu. Gleich würde sie ihm um den Hals fallen. Er konnte sie doch nicht mit dem Stock abwehren, in aller Öffentlichkeit?

Als sie achtlos an ihm vorbeilief, atmete er erleichtert durch. Noch mal Glück gehabt. Aber wahrscheinlich kam er gleich vom Regen in die Traufe. So war das Leben. Jeder Erleichterung folgte eine noch viel schlimmere Katastrophe.

«Hallo, mein Lieber. Du schaust in die falsche Richtung.»

Die Stimme kam von hinten. Wie hatte sie das gemacht?

Er drehte sich langsam um. Jawohl, die Dame hatte rote Haare. Und sie hatte ein nettes Lächeln. Und sie sah phantastisch aus – auf den ersten Blick. Auf den zweiten hatte er den Eindruck, dass etwas mit ihr nicht stimmte. Aber was? Auch irritierte ihn die dunkle Sonnenbrille. Jedenfalls war die Frau eine Erscheinung, nach der sich die Männer umdrehten. Verbesserte das seine Situation? Nein, ganz im Gegenteil.

«Du bist Marion?»

«Bekomme ich keinen Kuss?»

Emilio gab sich einen Ruck. Er hauchte ihr zwei verhuschte Küsse auf die Wangen. Das Parfüm kam ihm auf seltsame Weise bekannt vor.

«Willkommen in Bozen», sagte er förmlich.

«Emilio, du bist ein seltsamer Vogel.»

Sie bat ihn, ihren Rollkoffer zu ziehen. Sie nahm ihm den Gehstock weg – «den kann ich gut brauchen» – und hakte sich bei ihm ein.

«So, wo geht's hin?»

Fast hätte Emilio geantwortet, wie er sich das vorgenommen hatte. Also: Es geht zurück nach München, und zwar mit dem nächsten Zug von Gleis zwei. Doch irgendwas hielt ihn davon ab. Lag es daran, dass diese Marion eine aufsehenerregende Frau war?

«Es ist nicht weit bis zum Waltherplatz. Da setzen wir uns ins Café, trinken was und klären die Sachlage. Einverstanden?»

Sie nickte. «Aber klar. Ich freue mich, dass du mich wirklich abholst. Da war ich mir nicht sicher.»

«Ich auch nicht», grummelte Emilio.

Ihm fiel auf, dass Marion beim Gehen leicht hinkte. Lag das an seinem Stock? Verführte der zum Humpeln? Oder hatte sie was mit den Beinen?

*

Sie trank einen Aperol Sprizz, er einen Macchiato und Wasser.

«Bist du krank?», fragte sie.

«Warum? Nur weil ich in der Bar betrunken war, heißt das noch lange nicht, dass ich dem Alkohol verfallen bin.»

Ein rätselhaftes Lächeln umspielte ihren Mund.

«Na ja, vielleicht hast du dich geändert?»

«Du kennst mich doch gar nicht.»

Sie nahm einen Schluck. «Wenn du meinst», sagte sie sibyllinisch.

Was war denn das für eine Aussage? Es wurde Zeit, seinen Standpunkt zu verdeutlichen.

«Liebe Marion, ich muss was klarstellen.»

«Nur zu!»

«Ich habe einen veritablen Filmriss. Ich weiß nur, dass ich in der Bar entschieden zu viel getrunken habe. Ich kann mich nicht an dich erinnern. Tut mir leid, das ist uncharmant, aber die Wahrheit. Auch weiß ich nicht, was ich dir erzählt habe. Falls ich dich wirklich nach Südtirol eingeladen habe, möchte ich mich dafür entschuldigen und davon zurücktreten. Glaub mir, das ist mir ausgesprochen unangenehm und peinlich.

Aber ich lebe nicht alleine, ich kann dich nicht bei mir aufnehmen. Das geht nicht.»

Sie schluckte. Er glaubte, ihr die Enttäuschung anzumerken.

«Du bist ein Mann der klaren Worte», sagte sie leise.

«Wie gesagt, das ist mir peinlich. Ich darf dich zur Übernachtung ins Laurin einladen, das ist um die Ecke. Morgen können wir zusammen frühstücken, dann bringe ich dich wieder zum Bahnhof.»

«Das ist dein Vorschlag?»

«Ja. Alternativ könnten wir schauen, ob im Greif ein Zimmer frei ist.» Er deutete über den Platz. «Das Hotel ist gleich da drüben.»

«Ich weiß, ich kenne es.»

Emilio zögerte, aber es ließ ihm keine Ruhe. «Darf ich dich was fragen?»

«Gerne.»

«Haben wir? Du verstehst, was ich meine? Wie gesagt, ich hatte in jener Nacht einen Filmriss.»

Sie lächelte. «Ich hab mich geirrt. Du bist doch kein Mann der klaren Worte. Du willst wissen, ob wir miteinander geschlafen haben, richtig?»

Wenn sie glaubte, dass ihm das unangenehm war, hatte sie sich getäuscht. Er wollte nur diskret sein, darum hatte er den präsumtiven Beischlaf nicht direkt ausgesprochen.

«Haben wir?»

Er studierte ihr Gesicht. Marion verzog keine Miene. Ihre Mimik war seltsam starr, schon die ganze Zeit. Weil sie die dunkle Brille nicht abnahm, sah er ihre Augen nicht. Und sie war stark geschminkt, was eigentlich gar nicht zu ihrem Typ passte. Neben der Nase, unter dem Make-up, war das eine Narbe?

«Was meinst du?», antwortete sie mit einer Gegenfrage.

«Ich glaub nicht. Daran würde ich mich dann doch erinnern.»

Er meinte es so, wie er es sagte. Es schien ihm unmöglich, mit dieser Frau intim gewesen zu sein und sich später nicht mehr daran erinnern zu können. Nicht bei dieser Frau. So betrunken konnte nicht mal er sein.

Sie machte eine lange Pause, trank von ihrem Aperol Sprizz. Er spürte, wie sie ihn durch die Sonnenbrille musterte. Es war ihm nicht wohl dabei.

«Wir haben nicht nur einmal miteinander geschlafen», sagte sie schließlich, «sondern ganz oft.»

«Wie bitte?»

«Ist schon eine Weile her.»

In Emilios Kopf überschlugen sich die Gedanken. War diese Frau komplett verrückt? Oder war er es?

Langsam nahm sie die Sonnenbrille ab. Er sah ihre Augen. Die meisten Rothaarigen hatten braune Augen oder grüne. Aber keine blauen. Ihr Blick war eindringlich. Ihn fröstelte.

«Du kennst mich wirklich nicht. Du kannst dich nicht erinnern», stellte sie fest.

«Sag ich doch.»

«Wir waren einmal ein Paar, vor über zehn Jahren. Lange ist's her, da kann man so was schon vergessen.»

Sie war wirklich verrückt. Aber ihr Parfüm war ihm vertraut. Auch die Stimme. Und diese Augen …

Er schaute auf ihre Hände. Sie waren gepflegt. Sie gefielen ihm. Aber hatten ihn diese Hände schon mal berührt?

«Ich war nie mit einer Marion zusammen», sagte er entschieden. «Und ich hatte nie eine rothaarige Freundin.»

Sie biss sich auf die Lippen. «Das ist eine Perücke, mein Lieber. Damals war ich blond. Außerdem kennst du mich nicht als Marion, obwohl das mein Taufname ist.»

«Sondern?»

«Ich war bei allen nur die Mara, sogar meine Mutter hat mich so genannt.»

Emilio lief es kalt den Rücken runter. Er sah sie fassungslos an. «Mara? Du bist Mara? Das kann nicht sein.»

«Wir haben uns im Streit getrennt.»

«Das war ein Fehler, den habe ich später bereut.»

«Vor fünf Jahren hatte ich einen schweren Unfall mit dem Mountainbike. Ich war so gut wie tot. Aber sie haben mich wieder zusammengeflickt. Mein Gesicht haben sich die plastischen Chirurgen ausgedacht. Es ist nicht so wie das alte, aber nicht schlecht, was meinst du?»

Emilio, der sonst nicht zart besaitet war, rang immer noch um Worte. «Nein, nicht schlecht, ist gut geworden. Schaust nur ganz anders aus», stammelte er.

Sie lächelte gequält. «Vielen Dank.»

«Wie ist das passiert?»

«Ich war mit Freunden auf einem Trail in den Bergen unterwegs. Beim Runterfahren war ich wohl zu schnell, beim Abbremsen vor einer engen Kurve hat es mich aufgestellt, und ich bin über das Lenkrad geflogen. Über einen steilen Hang hinweg ging es fast hundert Meter in die Tiefe. Mich hat's unzählige Male überschlagen. Dann war's vorbei.»

«Ich hab dir immer gesagt, dass du damit aufhören solltest.»

«Jedenfalls hatte ich großes Glück, dass ich überlebt habe. Mich haben sie mit einem Helikopter geborgen und in einer Unfallklinik stundenlang notoperiert. Fast hätten sie mir ein Bein amputiert, weil die Hauptarterie durchtrennt war. Außerdem hat es mir trotz Helm das Gesicht zerdeppert. Die nächsten Monate waren ein Martyrium, aber langsam haben mich die Ärzte wieder zusammengeflickt. Erst in der letzten Zeit ist es wirklich besser geworden. Ich muss noch immer viele Tabletten schlucken, außerdem im Gesicht einige Narben überschminken. Mein Bein tut weh, genau wie mein Rücken. Aber es geht voran. Eine Freundin hat mich überredet, mal wieder auszugehen. Da bin ich aus Sentimentalität in unsere alte Kneipe in Schwabing gegangen. Und dann kommst ausgerechnet du daher, zusammen mit deinem alten Kumpel Dominik. Ihr habt mich nicht erkannt, natürlich nicht. Ich kenn mich im Spiegel ja selber nicht. Dann hast du angefangen, mit mir zu flirten. Das fand ich irre, irgendwie surreal, aber gleichzeitig auch schön, das hat mir gutgetan. Ich hab versucht, mich zu erinnern, wie das geht mit dem Flirten, und bin darauf eingestiegen.»

Emilio hörte ihre Stimme, die sich nicht verändert hatte, er sah ihre Augen und nahm ihre Hand.

«Mara, Mara … Es tut mir unendlich leid, was dir widerfahren ist.»

Sie zuckte mit den Schultern. «Ist nicht zu ändern. Vielleicht wäre ich besser gestorben. Bin ich aber nicht. Als ich dich in der Bar gesehen habe, da habe ich geglaubt, das sei Schicksal. Dann lädst du mich auch noch nach Südtirol ein. Ist doch klar, dass ich komme. Dass du jemanden hast, mit dem du zusammenlebst, hast du vergessen zu erwähnen.»

«Zu meiner Entschuldigung kann ich nur vorbringen, dass ich nicht zurechnungsfähig war.»

«Das habe ich nicht bedacht.»

«Meine Freundin heißt Phina», sagte er. «Sie besitzt ein Weingut, dort wohne ich.»

Jetzt musste Mara trotz allem lächeln. «Ein Weingut? Besser hättest du es nicht treffen können.»

«Ich mag sie.»

«Schön für dich.»

«Was ist mit dir? Du bist doch nicht alleine, oder?»

«Doch, genau das bin ich. Wenn du nur noch in Krankenhäusern herumliegst und am Leben nicht mehr teilnimmst, bist du nicht mehr gefragt. Mein Verlobter hat mich verlassen …»

«Du hattest einen Verlobten?»

«Ja, warum nicht? Ich konnte dir doch nicht ewig nachtrauern.»

«Muss ein ziemlicher Idiot gewesen sein, wenn er dich in deiner Situation alleine ließ.»

«Tja, das war er wohl, ein Vollidiot. Hinterher ist man immer klüger. Ich hab noch Sabine, meine alte Freundin aus der Schule. Das war's.»

«Wovon lebst du?»

«Ein paar Rücklagen habe ich noch. Ich schau zu, wie sie weniger werden. Noch fühle ich mich nicht in der Lage, wieder zu arbeiten. Körperlich vielleicht schon, aber mental bin ich ein Wrack.»

«Du siehst prächtig aus», sagte Emilio anerkennend.

«Danke. Aber nur in Klamotten, mit Perücke und gut geschminkt. Trotzdem, das hilft. Ich mag es, wenn mir Männer hinterherschauen. Für mich ist das eine Art von Therapie.»

«Du warst Sommelière in einem Sternerestaurant. Willst du nicht wieder in deinem alten Beruf arbeiten?»

Sie winkte ab. «Geht nicht. Erstens kann ich mich nur ein paar Stunden zusammenreißen, dann mach ich schlapp. Zweitens spielt mein Bein nicht mit. Und drittens …»

Sie unterbrach sich und starrte auf ihr Glas mit dem Aperol Sprizz.

«Und drittens?», hakte Emilio nach

«Drittens kann ich nichts mehr riechen. Das nennt sich Anosmie. Passiert ab und zu nach einem Schädel-Hirn-Trauma. Wie soll ich das Bouquet eines Weins beschreiben, wenn in meiner Nase nichts ankommt? Als Sommelière bin ich ein Totalausfall.»

«Kehrt der Geruchssinn zurück?»

«Bei mir wohl eher nicht. Operieren geht auch nicht. Die Ärzte sagen, ich solle froh sein, dass ich überhaupt wieder schnaufen kann.»

Emilio strich sich verlegen übers Kinn.

«Wenn man dich so anschaut, will man das alles nicht glauben. Du siehst gut aus, bist super angezogen …»

«Alles Fassade, mein Lieber. Aber immerhin. Ich sitz nicht mehr im Rollstuhl, und betrunkene Männer wie du fahren sogar auf mich ab.»

«Auch im nüchternen Zustand», erwiderte er. Das Kompliment war ernst gemeint.

«Und, was treibst du so den ganzen Tag?», fragte sie nach einer Weile.

«Es hat sich nichts geändert, am liebsten bin ich Privatier. Und damit mir dabei nicht die Füße einschlafen, nehme ich gelegentlich Aufträge als Privatermittler an.»

«Aber das Geld brauchst du auch, hab ich recht?»

Emilio dachte, dass sie bis vor kurzem absolut recht gehabt hätte. Seit neuestem aber nicht mehr. Was sein und Phinas Geheimnis bleiben würde.

Er lächelte schief. «Zugegeben, das hat eine zusätzlich motivierende Wirkung.»

«Und deine Phina? Bist du glücklich mit ihr?»

Die Frage hatte er sich noch nie gestellt. War er glücklich? Glücklich mit ihr? Was bedeutete es überhaupt, glücklich zu sein?

«Ich denke schon», antwortete er.

«Klingt nicht so euphorisch.»

«Ich bin kein euphorischer Mensch, das weißt du. Glück ist ein Klischee. Andauernd lachen und gut drauf sein, weil man ja so glücklich ist. Das bin ich nicht. Aber ich hab die Phina sehr gerne, sie bedeutet mir viel, in ihrer Nähe fühle ich mich wohl.»

«Das klingt doch gut. Schön für dich, schade für mich.»

«Blöde Situation», stellte er fest.

«Das passt schon. So ist das Leben.» Sie gab sich einen Ruck. «Dann schauen wir mal, ob im Laurin ein Zimmer frei ist, und morgen früh fahr ich zurück.»

«Erstens ja, zweitens nein.»

«Wie meinst du das?»

«Erstens ja, wir kümmern uns um ein Zimmer. Zweitens nein, du fährst morgen nicht zurück. Wir brauchen Zeit, wir müssen uns unterhalten. Außerdem habe ich dich eingeladen, du bleibst!»

«Was ist, wenn Phina davon erfährt?»

«Kein Problem, ich werde es ihr erzählen.»

26

Für Emilio war es eine Passion, für Phina gehörte es zu ihrem Beruf: Beide gingen häufig zwischen den Rebstöcken spazieren. Er hatte sie gebeten, ihn zu begleiten, ihre ungeteilte Aufmerksamkeit hatte er nicht. Sie strich im Gehen mit den Händen an den Blättern entlang, prüfte ihre Unterseiten, pflückte Trauben und probierte sie, bückte sich, um Erdkrumen aufzuheben und sie sich unter die Nase zu halten.

«Ich muss mit dir reden», sagte Emilio.

Sie blieb stehen und sah ihn mit großen Augen an. «Klingt dramatisch, hoffentlich nichts Ernstes.»

Er schüttelte den Kopf. «Nein, aber ich möchte, dass du es weißt.»

«Das Erbe? Es ist das Erbe, habe ich recht? Du willst dein Leben ändern.»

«Unsinn, natürlich nicht. Theresas Nachlass ist bedeutungslos.»

«Das sehe ich anders.»

«Nun, vielleicht nicht bedeutungslos, das war unglücklich formuliert und würde ihrem Letzten Willen nicht gerecht. Aber ihr Nachlass ist nicht das, worüber ich mit dir reden möchte.»

«Du machst es spannend. Gibt's eine andere Frau?»

«Nein, das heißt, ich will sagen …»

«Also doch!»

Er schlug energisch mit seinem Gehstock auf den Boden. «Verdammt noch mal, so kommen wir nicht weiter. Du bist doch sonst eine gute Zuhörerin. Was soll also die Zwischenfragerei? Wir machen hier kein Quiz.»

«Du bist gereizt», stellte Phina fest.

«Entschuldigung, tut mir leid. Um endlich auf den Punkt zu kommen: Wir haben uns als erwachsene Menschen kennengelernt und hatten demzufolge beide ein Vorleben.»

«Stimmt, aber auf den Franz hätte ich verzichten können.»

Emilio enthielt sich eines Kommentars.

«Mein Vorleben wohnt derzeit im Laurin», sagte er stattdessen.

«Also doch eine andere Frau, ich hab's geahnt.»

«Mag sein, dass ich gerade etwas gereizt war, aber besonders zielführend bist du mit deinen Spekulationen auch nicht.»

«Du sagtest doch gerade, dass dein Vorleben im Laurin wohnt. Es wird ja kein Rauhaardackel sein.»

Er musste wider Willen schmunzeln.

«Sie heißt Mara, und ich habe sie seit Jahren nicht mehr gesehen. Wir sind uns kürzlich in München per Zufall begegnet. Das heißt, ich hab sie nicht mal erkannt. Es gab ein kleines Missverständnis, und jetzt ist sie hier.»

«So, so, ein Missverständnis.»

Emilio deutete nach vorne, wo sich am Ende der Rebzeile ein kleiner Felsen befand. Sie gingen hin und setzten sich. Phina verkniff sich weitere Bemerkungen. Gut so, jetzt schien sie wieder jene Phina zu sein, die er kannte. Zwar temperamentvoll, aber ganz entschieden keine schnippische Tussi. Vielmehr ruhig und besonnen. Dann erzählte er ihr die ganze Geschichte – beginnend mit dem Filmriss in der Nachtbar.

Als er fertig war, dauerte es, bis Phina reagierte.

«Es muss sie schwer getroffen haben, dass du sie nicht erkannt hast», sagte sie schließlich. «Ich an ihrer Stelle hätte dir in der Bar eine Whisky-Flasche auf den Kopf gehauen.»

«Sie ist sanftmütiger als du, ihr würde so was nicht im Traum einfallen. Außerdem hat sie sich wirklich dramatisch verändert, das kannst du mir glauben.»

«Schlimm, das ist wirklich schlimm. Kann einem leidtun, diese Mara.»

«Ja, ist tragisch. Deshalb kann ich sie auch nicht in den nächsten Zug setzen. Ein paar Tage Urlaub in Südtirol würde ich ihr gerne gönnen, bevor sie zurückfährt. Ich hoffe, du verstehst das?»

«Klar verstehe ich das. Ich kann allerdings nicht verstehen, dass du in einer Nachtbar eine vermeintlich wildfremde Frau zu dir nach Südtirol einlädst. So besoffen kann man doch gar nicht sein. Offenbar hast du völlig vergessen, dass da jemand auf dich wartet. Das könnte ich persönlich nehmen.»

Emilio zuckte hilflos mit den Schultern. «Das ist mir selber unerklärlich.»

Sie sah ihn herausfordernd an. «Mehr fällt dir dazu nicht ein?»

«Doch», antwortete er mit Büßermiene, «ich möchte mich bei dir in aller Form für mein Fehlverhalten entschuldigen.»

Der Anflug eines Lächelns huschte über ihr Gesicht. «Das war schon besser. Hätte nicht gedacht, dass du dich je für etwas entschuldigen würdest.»

«Warum nicht? Ich bin doch kein ignoranter Volltrottel.»

Phina dachte kurz nach. «Vielleicht bist du es doch», stellte sie fest, «jedenfalls dann, wenn du Mara heute Abend alleine im Laurin sitzen lässt. Das kannst du nicht bringen.»

«Ich weiß, darum wollte ich dich fragen, ob es für dich okay wäre, wenn …»

«Genehmigt.»

«Danke für dein Verständnis. Ich bin auch bestimmt vor Mitternacht wieder zurück.»

Phina stand auf und sah ihn mit blitzenden Augen an. «Deine Entscheidung, mein lieber Emilio. Das ist ganz alleine deine Entscheidung.»

27

Er hatte das Geld in eine Stofftasche gepackt und den Reißverschluss zugezogen. Exakt hunderttausend Euro vom Konto seiner Frau. Jetzt saß Hieronymus Pletzer an seinem Schreibtisch und harrte ungeduldig auf weitere Anweisungen. Er hatte sich an die Abmachung gehalten, keiner wusste von seinem Vorhaben. Auch und vor allem Emilio nicht. Vor ihm lag sein Handy. Im Schreiben hatte gestanden, er solle warten. Nun, er war bereit – und wurde langsam nervös. Im Briefkasten hatte er das letzte Mal vor zehn Minuten nachgeschaut. Der Akku seines Handys war aufgeladen. Warum meldete sich der Trottel nicht?

Plötzlich flog etwas durch das geöffnete Fenster. Zunächst ging er reflexartig in Deckung, dann sah er auf dem Boden einen Stein, der mit Papier umwickelt war. Hieronymus sprang auf, rannte ans Fenster und blickte hinaus. Niemand zu sehen. Alles leer und verlassen. Die Mitarbeiter waren längst nach Hause gegangen. Und Annika war mit Freundinnen bei einer Musikvorführung in Schenna.

Er bückte sich, hob den Stein auf, entfernte das Papier und strich es glatt. Die Anweisung war kurz und präzise: Er solle sich in zwanzig Minuten ins Auto setzen, nicht früher und nicht später, und über Naturns Richtung Schlanders fahren. Es folgte eine Kilometerangabe und eine Wegmarke. Dort solle er rechts abbiegen und die Forststraße am Gesperrtschild vorbei bis zur Talstation eines Lastenaufzugs fahren, das Geld in die Holzkiste legen und den Startknopf drücken. Dann warten, bis die Kiste zurückkommt – mit dem Hinweis auf die Position der weiteren Flaschen.

Hieronymus Pletzer lächelte zufrieden. Nicht mehr lange, und der Albtraum war vorbei. Er sah auf die Uhr. Er würde sich genau an die Anweisungen halten. An ihm sollte es nicht scheitern.

*

Es wurde langsam dunkel über dem Vinschgau, aber die angegebene Abzweigung war nicht schwer zu finden. Außerdem kannte er die Gegend hier. Er erinnerte sich sogar an den beschriebenen Lastenaufzug, in dem fußlahme Gäste verbotenerweise hinauf auf die Alm fahren konnten, wo es guten Speck gab, Käse und Kaminwurzen. Zu dieser späten Stunde war die Wirtschaft allerdings längst geschlossen, es waren keine Touristen mehr am Berg. Hieronymus Pletzer dachte, dass der Übergabeort und der Zeitpunkt gut gewählt waren. Die Schlussfolgerung lag nahe, dass der Erpresser über gute Ortskenntnisse verfügte, also keiner war, den es nur mal aus Versehen nach Südtirol verschlagen hatte.

Er stieg aus und sah sich um. Keine Menschenseele. Fast ein bisschen unheimlich, wenn er daran dachte, dass er hier eine Zusammenkunft mit einem verbrecherischen Charakter hatte. Allerdings konnte er davon ausgehen, dass sich der Mensch oben an der Bergstation befand und darauf wartete, dass sich der Lastenaufzug in Bewegung setzte. Der Abstand war beruhigend. Sekunden später kam ihm der Gedanke, dass das genauso gut ein Trugschluss sein könnte. Womöglich versteckte sich der Typ hinter einem der Bäume in seinem Rücken. Er könnte sich anschleichen, ihn niederschlagen und sich mit dem Geld ohne Gegenleistung davonmachen. Diese Vorstellung war weniger beruhigend.

Hieronymus Pletzer drehte sich langsam um die eigene Achse und leuchtete mit seiner Taschenlampe ins Gehölz. Wahrscheinlich machte er sich umsonst Sorgen. Sie hatten eine Vereinbarung getroffen, und es gab keinen Grund, warum sich der Erpresser nicht daran halten sollte. Er legte die Stofftasche mit dem Geld in die Holzkiste und drückte auf den grünen Knopf. Der Motor sprang an. Es hupte, dann setzte sich der Aufzug in Bewegung. Er blickte der Kiste am Drahtseil und seinem entschwindenden Geld hinterher. Jetzt konnte er nichts mehr tun. Nur noch warten.

Nach etwa zehn Minuten stoppte der Lift. Der Motor ging aus. Das Geld hatte sein Ziel erreicht. Nun wurde es spannend. Wie lange würde es dauern, bis sich der Lift wieder in Bewegung setzte? Und was, wenn er es nicht tat?

Hieronymus atmete erleichtert auf, als erneut ein Hupen ertönte, der Motor ansprang und sich der Lastenaufzug in Bewegung setzte. Noch zehn Minuten, dann hatte er Gewissheit, dann war alles vorbei. Er würde zurück auf sein Weingut fahren, die vergifteten Flaschen aus dem Keller holen und entsorgen. Anschließend würde er zu Annika ins Bett kriechen und seinen Erfolg feiern.

Er sah, wie die Kiste in der Waldschneise auftauchte und schaukelnd näher kam. Vielleicht noch fünfzig Meter, dreißig, zwanzig. Schließlich war sie wieder an ihrer Ausgangsposition angelangt. Der Motor ging aus. Die plötzliche Stille setzte ihm zu. Außerdem war es mittlerweile fast zappenduster. Er leuchtete in den Transportbehälter. Die Stofftasche mit dem Geld war weg. Stattdessen sah er in der Mitte ein großes Blatt Papier, am Holz festgetackert, damit es nicht wegfliegen konnte. Hieronymus stieg in die Kiste und beugte sich erwartungsvoll über das Papier. Auf dem Blatt stand mit einem dicken Filzstift und in Großbuchstaben geschrieben nur ein einziges Wort: DANKE!

Er riss das Blatt ab und sah auf die Rückseite: UND NOCHMALS DANKE! Der Erpresser war ein Witzbold. Hieronymus schnappte nach Luft. Jetzt war er die hunderttausend los und genauso blöd wie vorher. Der Typ hatte ihn verarscht. Er hätte ihn erwürgen können. Und sich selbst gleich mit.

28

Er hatte nicht gewartet, bis der Lastenaufzug wieder unten ankam. Da war er schon längst auf einem Pfad durch den Wald unterwegs und trug das zuvor im Schein seiner Stirnlampe gezählte Geld im Rucksack. Den Stoffsack hatte er ins Gebüsch geworfen. Hieronymus hatte Wort gehalten. Der hatte sich doch glatt ins Bockshorn jagen lassen. Schade, dass er jetzt nicht sein verdattertes Gesicht sehen konnte. Er fragte sich, ob er ein schlechtes Gewissen haben sollte. Vielleicht ein wenig, aber nicht wirklich. DANKE! UND NOCHMALS DANKE! Auf diesen Einfall war er besonders stolz. Wenn schon, dann höflich. Am liebsten hätte er lauthals gejodelt. Er sprang über eine Wurzel und gönnte sich einen verhaltenen Jauchzer. Hunderttausend Euro, einfach so. Er gratulierte sich zu seinem spontanen Einfall.

Er machte sich keine Sorgen, dass er auf seiner Flucht geschnappt werden könnte. Hieronymus war alleine gekommen und hatte niemandem etwas gesagt, davon war er überzeugt. Ohnehin wäre nur von Emilio eine ernste Gefahr ausgegangen – aber der war nach Bozen gefahren, um sich dort mit einer Frau zu treffen. Er wusste das deshalb, weil er ihn verfolgt hatte. Zur Sicherheit. Auch seinen Kellermeister hatte Hieronymus nicht ins Vertrauen gezogen, so viel war sicher. Er musste lachen. Also steckte der arme Kerl ganz alleine in seinem Elend. All die schönen Geldscheine, einfach futsch, ohne jede Gegenleistung. Warum war Hieronymus auch so gut-gläubig gewesen und hatte sich auf dieses Spiel eingelassen? Naivität gehörte bestraft. Die hunderttausend Euro hatten den Besitzer gewechselt. Er konnte das Geld gut gebrauchen und hatte schon Pläne, wofür er es ausgeben würde.

Er kam auf eine Lichtung und schaltete seine Stirnlampe aus; in der mondhellen Nacht fand er sich auch so zurecht. Er rannte weiter, rutschte aus, schlitterte auf dem Hosenboden über eine Wiese, kam wieder auf die Beine. Mit einem Ruck-sack voller Geld war das alles ein reines Vergnügen. Noch fünf Minuten, dann würde er sein Auto erreichen und nichts wie weg. Normalerweise sollte er vor ihm auf der Bundesstraße sein, die entlang der Etsch nach Meran führte. Schon deshalb, weil Hieronymus an der Talstation des Lastenaufzugs wohl noch immer damit beschäftigt war, sich aus Wut und Enttäu-schung alle Haare einzeln auszureißen. Fast tat er ihm leid, aber nicht wirklich. Jedenfalls würde er kein Risiko eingehen und höchste Aufmerksamkeit walten lassen. Es wäre nicht gut, wenn sich ihre Autos per Zufall begegneten. Denn genauso, wie er den Wagen von Hieronymus kannte, würde dieser auch seinen erkennen. Oder doch nicht? Wieder musste er lachen. Wahrscheinlich war Hieronymus jetzt so aufgebracht, dass er weder klar denken noch scharf gucken konnte. Geschah ihm irgendwie recht. Ihm ging es trotz seinem Gejammer eh viel zu gut, da durfte man schon mal neidisch sein. Der hatte eine geile junge Frau, ein prächtiges Weingut und einen granaten-guten Lagrein auf der Flasche – den zu trinken er sich aber nicht getraute, geschweige denn, ihn an seine Kunden aus-zuliefern. Tralala, tralala …

29

Alleine am Frühstückstisch sitzend, machte sich Emilio keine Illusionen. Er hatte sich definitiv in eine pikante Situation manövriert. Wobei er, genau genommen, nicht allzu viel dafürkonnte. Die Situation hatte sich mit einer beängstigenden Eigendynamik quasi von selbst ergeben. Er war mehr Opfer als Täter. Sah man mal davon ab, dass es keine glänzende Idee gewesen war, des Nachts eine Zufallsbekanntschaft nach Südtirol einzuladen. Aber dass sich die vermeintlich unbekannte Schöne später als Mara entpuppen sollte, wäre auch bei nüchternem Verstand nicht abzusehen gewesen. Mara und Phina. Vergangenheit und Gegenwart. Zwei Frauen, die kaum unterschiedlicher sein könnten. Die eine wollte er nicht noch mehr verletzen, als er es schon getan hatte. Die andere wollte er nicht verlieren. Seine Lebenserfahrung sagte ihm, dass dies einem Balanceakt auf dem Hochseil gleichkam – ohne Netz.

Gestern Abend hatte er mit Mara zunächst an der Bar des Laurin einen Cocktail getrunken und anschließend im romantischen Garten gegessen. Tatar vom einheimischen Rind, Tagliolini mit Garnelen, Wolfsbarsch mit Artischocken ... Dazu ein vortrefflicher Chardonnay von Elena Walch: *Beyond the Clouds*. In seinem früheren Leben wäre das ein Abend zum Verführen einer neuen Liebschaft gewesen. Mit Mara war das allenfalls mit sentimentalen Erinnerungen verbunden. Sie hatten sich über alte Zeiten unterhalten und darüber, was ihr nach ihrer Trennung Schlimmes widerfahren war. Ein Gefühl der Vertrautheit hatte sich eingestellt. Was einerseits schön war, andererseits mit unabwägbaren Risiken behaftet. Jedenfalls hatten sie sich beide ausgesprochen sittsam betragen und am Ende voneinander verabschiedet wie Brüderchen und Schwesterchen. Da hatte er sich nichts vorzuwerfen.

So gesehen war alles gut gelaufen. Auch hatte ihn Phina, die bei seiner Heimkehr schon im Bett lag, durchaus wohlwollend empfangen. Dass sie ihm im Halbschlaf statt einem Gutenachtkuss eine Kopfnuss verabreicht hatte, empfand er zwar als unangemessen, war aber ihrem Charakter geschuldet. Außerdem war der Klopfer an seine Stirn nicht allzu fest gewesen. Bei Phina kam eine solche Gefühlsregung fast schon einer Zärtlichkeit gleich. Dann hatte sie sich unter der Decke an ihn gekuschelt und war bald wieder eingeschlafen.

Emilio dachte an den Mann, der vom Hochhaus fiel und kurz vor dem Aufprall hoffnungsvoll meinte, dass bisher alles gutgegangen sei. Den Fehler wollte er nicht begehen: Er würde der Realität ins Auge sehen. Und keiner trügerischen Illusion unterliegen.

Er köpfte sein Frühstücksei und fragte sich, wie er sich nun vernünftigerweise verhalten sollte und was er mit Mara zu tun gedachte, ohne es gleichzeitig mit Phina zu verderben? Ihm fiel auf Anhieb keine erfolgversprechende Strategie ein.

Er empfand es deshalb fast als Erlösung, als genau in diesem Moment der großen Ratlosigkeit sein Handy läutete und Hieronymus Pletzer dran war. Der redete zwar ein solches Durcheinander, dass er sich schwertat, ihn zu verstehen. Irgendetwas war passiert, außer Kontrolle geraten, unglückseligerweise …

Egal, die Ablenkung war Emilio willkommen. Er erklärte

sich bereit, ins Auto zu steigen und zu Hieronymus zu fahren. Bis dahin hatte dieser seine Gedanken hoffentlich ausreichend sortiert. Aber vorher würde er noch sein Frühstücksei essen und eine zweite Tasse Kaffee trinken. Anschließend würde er sich von Phina verabschieden, die schon seit Stunden in ihrem Büro saß. Und dann, und zwar erst dann, würde er sich zu dem wirrköpfigen Hieronymus Pletzer begeben. Was leider die falsche Richtung war, denn er hatte Mara versprochen, sie am späten Vormittag zu treffen. Aber Südtirol war insofern schon etwas italienisch, als der Vormittag nicht zwingend um zwölf Uhr endete, ergo würde er fast pünktlich sein. Zur Sicherheit sendete er ihr eine kurze Nachricht aufs Handy, dass sie bitte auf ihn warten solle.

*

Kaum hatte Hieronymus Pletzer seinen Anruf bei Emilio beendet, lief er seiner Frau Annika in die Arme. Nach seiner missglückten Lösegeldübergabe am gestrigen Abend hatte er kaum ein Auge zugemacht und war entsprechend durch den Wind.

Fortwährend musste er über das Geld nachdenken, das er dem Erpresser hinterhergeworfen hatte, ohne eine Gegenleistung zu bekommen. Er hatte sich bislang nicht getraut, mit Franz Egger darüber zu reden und die Blamage einzugestehen. Bis gerade eben hatte ihm auch der Schneid gefehlt, dem Baron Emilio seine eigenmächtige Aktion und ihren beschämenden Ausgang zu beichten. Er war froh, dass er sich nun doch zu dem Anruf durchgerungen hatte. Es machte keinen Sinn, den gestrigen Misserfolg für sich zu behalten, denn die vergifteten Flaschen gab es unverändert. Was tun? Er fragte sich, was im Kopf des Erpressers vorging. Erst dreihunderttausend, dann hunderttausend, mal Brief, dann SMS, dann wieder Brief, dann ein Stein durchs offene Fenster – und am Ende war er sein Geld los und kein bisschen klüger. Der Erpresser hatte ganz offenbar mehr als eine Schraube locker.

Bei Annikas Anblick versuchte er, zu lächeln und einen normalen Eindruck zu machen. Das schien ihm gründlich zu misslingen, denn seine Frau sah ihn sorgenvoll an. Er sähe schrecklich aus, stellte sie fest. Diese Bemerkung war nicht gerade ein Stimmungsaufheller.

Dann fragte sie unvermittelt, ob er sich schon das Geld von ihrem Konto genommen hätte.

Das war die falscheste aller falschen Fragen. Hinter seinen Schläfen begann es zu pochen.

«Ja, hab ich», antwortete er.

Die falscheste aller falschen Fragen? Annika bewies, dass sie sich noch steigern konnte.

«Na, mein Schatz, ich hoffe, du hast das Geld gut investiert.»

«Gut investiert, ja, ja, natürlich», stammelte er.

Zum Druck im Kopf kam jetzt eine akute Atemnot.

«Geht's dir nicht gut?»

«Doch, doch, kein Problem», sagte er kurzatmig.

Sie sah ihn zweifelnd an.

Er langte sich an den Kopf. «Tut mir leid, ich habe heute Morgen etwas Migräne.»

Annika lächelte nachsichtig. «Migräne? Schatz, da verwechselst du was. Bei uns bin ich diejenige, die gelegentlich unter Migräne leidet, nicht du.»

30

Emilio runzelte die Stirn. Was ihm Hieronymus da gerade erzählte, war so bescheuert, dass ihm die Worte fehlten. Auch Franz Egger, der ihrem Gespräch beiwohnte, schaute seltsam drein. Wie konnte Hieronymus auf die Forderung des Erpressers eingehen und die Sache mutterseelenalleine durchziehen? Sich also passiv wie ein Lämmchen dem Wolf ausliefern und darauf vertrauen, dass sich dieser brav, sittsam und ehrlich verhalten würde. Als Hieronymus von dem Zettel in der Holzkiste berichtete, musste Emilio lachen. Vor allem die Beschriftung der Rückseite mit einem erneuten Dank war ein netter Einfall des Erpressers.

Auch der Kellermeister konnte ein Grinsen nicht unterdrücken.

Hieronymus bekam einen roten Kopf. «Da gibt es nichts zu lachen», rief er empört. «Ich bin total verarscht worden, ich kann nichts Lustiges daran finden.»

Emilio dachte nicht daran, sich zu entschuldigen. Der Hieronymus war selbst schuld, er verdiente es nicht besser.

«Was geht im Kopf von dem Spinner vor?», fragte Hieronymus. «Erst stellt er die eine Forderung, dann eine andere. Mal per Brief, dann mittels SMS, dann kommt er persönlich vorbei und schmeißt seine Post in meinen Briefkasten …»

«Schade, dass es draußen keine Überwachungskamera gibt», konstatierte Emilio.

«Dann hätte er es nicht gemacht», meinte Franz Egger.

Wo er recht hatte, hatte er recht.

«Dann wirft er sogar einen Stein durchs geöffnete Fenster ...»

«Das war dreist.»

«Mal will der Typ absurd viel Geld», fuhr Hieronymus fort, «dann lässt er mit sich handeln und begnügt sich mit deutlich weniger. Da werde einer schlau.»

«Das war doch ein netter Wesenszug», kommentierte Emilio.

Er beugte sich über das Erpresserschreiben vom gestrigen Tag. Er strich sich nachdenklich über seinen Stoppelbart. Ihm fiel ein, dass er sich für sein späteres Treffen mit Mara hätte zumindest rasieren können. Er kniff die Augen zusammen und studierte die Schrift. Dann nahm er sein Smartphone und machte ein Foto.

«Kannst es gerne mitnehmen», sagte Hieronymus.

«Kein Interesse», gab Emilio zur Antwort.

«Willst du dir den Tatort ansehen?»

«Was für einen Tatort? Ach so, du meinst den Ort der Geldübergabe? Den Lastenaufzug im Vinschgau? Nein, auch kein Interesse.»

«Aber was dann? Was willst du als Nächstes unternehmen?»

«Was ich als Nächstes unternehmen will?», wiederholte Emilio die Frage mit gespielter Verständnislosigkeit. «Nun, ich werde jetzt nach Bozen fahren und mich dort mit einer schönen Frau treffen. Darüber hinaus habe ich keine Pläne.»

Hieronymus sah ihn verwirrt an. «Was ist mit unserem Fall, mit der Erpressung, mit dem vergifteten Wein?»

Er zuckte mit den Schultern. «Was soll damit sein? Keine Ahnung. Frag einen anderen, ich jedenfalls bin draußen.»

«Äh, du meinst …?»

«Ganz genau. Ich kündige hiermit unsere Geschäftsbeziehung.»

«Warum? Das kannst du doch nicht machen?»

Emilio stand auf. «Dass ich das kann, siehst du doch gerade. Und warum das so ist, sollte dir auch klar sein. Du hast dich nicht an unsere Spielregeln gehalten, du hast mich nicht informiert, sondern sogar versucht, alleine klarzukommen. Ich hab keine Einwände, es ist deine freie Entscheidung. Aber in der Konsequenz bin ich nicht mehr dabei, tut mir leid.»

Hieronymus hob hilflos die Hände. «Entschuldige, das war blöd von mir.»

«Entschuldigung angenommen. Ich wünsch dir viel Glück und Erfolg.»

«Was glaubst du? Wird sich der Erpresser noch einmal melden und die Position der vergifteten Flaschen preisgeben?»

«Ich bin kein Orakel. Lass dich überraschen.»

In der Tür drehte sich Emilio nochmals um.

«Ich wage trotzdem eine Prophezeiung», sagte er, «du wirst von dem Menschen wieder hören. Spätestens am Freitag, aber anders, als du denkst. Kannst mir ja Bescheid geben, falls ich recht haben sollte. Ciao!»

31

Auf der Fahrt nach Bozen wechselte Emilios Stimmungslage fast mit jedem Kilometer. Mal war er erleichtert, dass er mit dem Fall nichts mehr zu tun hatte. Dann ärgerte er sich über die Blödheit seines Auftraggebers. Dann ging ihm durch den Kopf, warum er an eine Fortsetzung der Geldforderungen glaubte. Dann wiederum meldete sich sein Jagdfieber. Er würde den Erpresser gerne zur Strecke bringen, schon aus Prinzip. Andererseits könnte er sich jetzt wieder voll auf den Müßiggang konzentrieren. Er dachte an Mara und Phina. Irrtum, das mit dem Müßiggang würde vorerst nichts werden. Immerhin hatte er jetzt den Kopf frei, sich ganz auf die beiden Damen zu konzentrieren. Sein Blick fiel auf den Fußraum vor dem Beifahrersitz. Da lag der Karton mit all den netten kleinen elektronischen Spielsachen, die er gekauft hatte. Schade drum. Er überlegte, dass er ein freier Mann war. Auch wenn er Hieronymus gerade eine Absage erteilt hatte, was nicht zuletzt eine Frage der Ehre war, könnte er aus Spaß an der Freude noch ein wenig herumschnüffeln. Doch, das würde er tun. Er wusste auch schon, wie. Aber zunächst würde er sich um Mara kümmern.

*

Emilio parkte seinen Landy auf dem kleinen Parkplatz vor dem Laurin. Zwar wohnte er selbst nicht hier, aber er zahlte Maras Zimmer, da wollte er doch wenigstens gratis parken. Zudem kamen bei der Parkplatzsuche Tiefgaragen nicht in Frage, sein Auto war schlicht zu hoch. Unter dem Waltherplatz war er schon mal stecken geblieben.

Er stellte fest, dass es noch keine zwölf Uhr geschlagen hatte. Er war also pünktlich – sogar nach deutschen Maßstäben. Er sah auf den Terrassen nach, im Garten. Keine Mara. Er erkundigte sich am Empfang nach ihr. Nein, die gnädige Frau sei nicht auf ihrem Zimmer, teilte man ihm mit. Sie sei vor einer halben Stunde von einer Freundin abgeholt worden.

Von einer Freundin? Mara hatte in Bozen eine Freundin? Davon hatte sie nichts erzählt. Sollte er sich ärgern? Nein, ganz im Gegenteil. Demnach musste er es mit seiner fürsorglichen Betreuung nicht übertreiben.

Der Concierge überreichte ihm eine Nachricht: «Überraschungsbesuch. Bin unterwegs. Melde mich.»

Kurz und knapp. Könnte von ihm sein. Stellte sich die Frage, was er mit seiner unerwarteten Beschäftigungslosigkeit anstellen sollte. Hinauf zum Patscheiderhof fahren und Spinat- und Rohnenknödel bestellen? Gute Idee, es war aber zu früh.

Er setzte sich auf die vordere Terrasse und orderte einen Cappuccino. Das war zu dieser Zeit gerade noch vertretbar. Er hielt es mit der italienischen Tradition, dass man einen Cappuccino nur am Vormittag trinken durfte. Nach zwölf Uhr war der Kaffee mit aufgeschäumter Milch nur was für Kinder und Herzpatienten.

Er beschloss, im Anschluss etwas herumzufahren und einige seiner niedlichen kleinen Positionsbestimmer an ausgewählten Fahrzeugen zu befestigen. Er dachte dabei an Marios Vespa, an Ignaz Aufschnaiters Porsche Cayenne, an Ferry Schwaigers Auto, das er erst noch identifizieren muss-te, und an Hieronymus Pletzers Alfa Romeo. Dann wüsste er wenigstens, wo sich diese Menschen so rumtrieben. Das wäre zum Beispiel gestern Abend interessant gewesen. Dann wüss-te er nämlich jetzt, ob es aus diesem Kreis neben Hieronymus noch jemanden ins Vinschgau zwischen Naturns und Schlan-ders verschlagen hatte. Tja, das wäre jetzt super aufschluss-reich. Aber sein Trottel von Auftraggeber hatte es ja für rich-tig gehalten, ihm nichts zu erzählen.

*

Die der Laurinstraße zugewandte Terrasse des Hotels hatte den netten Nebeneffekt, dass man die Passanten beobachten konnte. Emilio tat das am heutigen Tag eher unaufmerksam, bemerkte aber doch die blonde junge Frau, die, ohne ihn zu sehen, auf hohen Schuhen eilig vorbeistöckelte. Phina wür-de behaupten, dass sie ihm deshalb auffiel, weil er schönen Frauen notorisch hinterhersah. Das war eine üble Verleum-dung – mochte aber dennoch ein Fünkchen Wahrheit be-inhalten, wofür er sich nicht schämte. Im konkreten Fall lag es einfach daran, dass es sich bei der attraktiven Person um Annika Pletzer handelte. Sie war ihm in Bozen schon häufiger über den Weg gelaufen, meist mit Einkaufstüten von irgend-welchen Modelabels. Er vermutete, dass sie Hieronymus nicht ganz billig kam. Aber heute hatte sie nur ihre Handtasche dabei, und sie war sehr zielstrebig unterwegs, ganz so, als ob sie einen Termin oder eine Verabredung hatte. Ob sie wusste, in welchem Schlamassel ihr Mann steckte? Wohl eher nicht.

Sie hatte gewiss aufregende Talente, aber als Beichttante wäre sie denkbar ungeeignet. Auch wäre sie wohl keine gute Ratgeberin.

32

Annika hatte es auf diese Weise noch nie gemacht. Weder zu dieser Tageszeit noch überhaupt. Aber es war aufregend, wie nicht von dieser Welt. Ihr Sporttrikot hatte sie schon bei ihrer letzten Privatlektion gar nicht erst mitgebracht. Sie brauchte es nicht.

Die heutige Meditationsübung brachte eine große körperliche Nähe mit sich und stellte ihre Gelenkigkeit auf eine harte Probe. Aber die Asana war geradezu phantastisch. Sie bewegte sich nicht, atmete nur langsam ein und aus. Sie dachte, dass sie das mit ihrem Mann nie machen könnte. Dem würden dabei alle Bandscheiben einzeln rausfliegen, zudem wäre ein akuter Herzstillstand zu befürchten. Und auch sonst würde er es nicht bringen. Die Anspannung ließ ihre Muskeln vibrieren. Plötzlich verstand sie, dass es Frauen geben konnte, die einem Guru allein wegen der Sinnesfreuden verfielen. So weit würde sie es nicht kommen lassen. Aber den Augenblick, den konnte sie genießen, in vollen Zügen.

Es roch nach Räucherstäbchen, nach Vanille und Moschus, und die indische Musik stammte von einer gezupften Sitar. Sie dachte an *Sergeant Pepper* von den Beatles. Simon flüsterte irgendwelche monotonen Mantras, die sie nicht verstand. Das machte nichts. Sie mochte seine ruhige, beschwörende Stimme.

Jetzt begann auch ihr Yogalehrer zu zittern. Im Kamasutra

hielten Könner diese Übung über Stunden durch, hatte Simon erzählt. Sie lächelte. Wie es schien, mussten sie beide noch üben, viel üben, um diesen Grad der Meisterschaft zu erreichen. Was sprach dagegen, dies zu tun? Umgekehrt gefragt: Wie blöd musste man sein, es nicht zu tun?

Sie sollte dabei kein schlechtes Gewissen haben. Sie war ihrem Mann nicht treu, das stand außer Frage. Aber wenn er es nicht wusste, machte es nichts aus. Außerdem war Simon nicht ihre erste Affäre, wenn auch mit Sicherheit ihre aufregendste. Hieronymus hatte seine Arbeit, sie ihr Vergnügen. Das war das Geheimnis mancher guten Ehe.

33

Er wusste, dass Mario eine Vespa fuhr. Er hatte davon gesprochen, dass mit dem Motorroller die Fahrt zu seinem Arbeitsplatz zu weit gewesen sei. Außerdem hatte eine rote Vespa vor seinem Haus gestanden, und auf dem Küchentisch hatte ein Zündschlüssel mit Anhänger gelegen.

Emilio hatte Glück. Er fuhr gerade um die Ecke, da sah er, wie Mario seinen Roller auf dem Bürgersteig parkte, den Helm verstaute und im Haus verschwand. Emilio setzte zurück, machte den Motor aus und kramte aus der Schachtel jenen Peilsender hervor, den er aufgrund seiner minimalen Abmessungen für diesen Einsatz vorgesehen hatte.

«Was bist du für ein nettes kleines Kerlchen», murmelte er und gab dem Gerät einen Kuss. Er schaltete den Peilsender ein und machte sich zu Fuß auf den Weg. Möglichst dicht an den Hauswänden entlangschlendernd und darauf hoffend, dass sich Mario nicht gerade aus dem Fenster lehnte, um hinunter auf die Straße zu sehen. Aber warum sollte er das tun? Wahrscheinlich hatte die Schlafmütze die Schuhe in die Ecke gefeuert und sich aufs Bett geschmissen. Na egal. Viel mehr beschäftigte Emilio die Frage, ob und wie man bei einer Vespa den mit einem Magneten versehenen Peilsender verstecken könnte. Er war wirklich ausgesprochen klein, deshalb hatte er auch nur eine begrenzte Reichweite und würde nur einige Tage funktionieren. Für die Autos hatte er leistungsfähigere

Tracker ausgewählt; die Beratung im Geschäft war wirklich vorzüglich gewesen.

Mario besaß eine ältere Vespa, da bestand die Hoffnung, dass die meisten Bauteile noch aus Blech gefertigt waren. Das Helmfach unter der Sitzbank kam nicht in Frage, da würde Mario den Sender sofort entdecken. Der Motor befand sich an der Antriebsachse rechts hinten, da war kein Platz. Der Kotflügel an der hinteren linken Seite verbarg zwar auch irgendeine Technik, aber es sah so aus, als ob da genug Luft war. Er blickte sich kurz um, dann kniete er sich hin, den Stock zur Seite legend, und fummelte den Sender unters Blech. Der Magnet fand Halt, wo auch immer und hoffentlich bei keinem beweglichen Teil, das ihn bei Inbetriebnahme gleich wieder abwerfen würde.

«Oh Gott, ist Ihnen was passiert?», fragte eine zittrige Stimme hinter ihm. «Kann ich Ihnen helfen?»

Er drehte sich um und erblickte eine ältere Frau, die sich zu ihm hinunterbückte.

«Sind Sie gestürzt?», fragte sie mitleidsvoll.

Ihm schoss durch den Kopf, dass es mit ihm schon weit gekommen war. Eine alte Frau, die sich wahrscheinlich nicht mal selber die Schnürsenkel zubinden konnte, bot ihm ihre Hilfe an. Das war die Härte. Er richtete sich auf, stützte sich auf seinen Gehstock und grinste gequält.

«Vielen Dank, es geht schon wieder.» Er klopfte auf sein rechtes Bein. «Mein Knie ist kaputt, da kommt es schon mal vor, dass ich plötzlich stürze.»

Sie nickte. «Junger Mann, das kenne ich. Ich habe in beiden Knien Arthrose, außerdem leide ich unter Krampfadern. Aber einen Stock brauche ich keinen, da geht es mir sogar besser als Ihnen.»

Die alte Dame meinte, dass es ihr besser ging als ihm? Er musste wirklich einen bemitleidenswerten Eindruck vermitteln. Dabei könnte er ihr Enkel sein. Das war besorgniserregend. Vielleicht sollte er den Stock zukünftig zu Hause lassen. Aber dann hätte er jetzt keine gute Ausrede für den Kniefall vor Marios Vespa gehabt. In jedem Fall war er gut beraten, schnell das Weite zu suchen, bevor Mario aus dem Fenster schaute, um zu sehen, was da unten abging.

Er verabschiedete sich hastig. «Ich danke Ihnen für Ihr Mitgefühl. Gute Besserung für Ihre Beine und noch einen schönen Tag.»

Emilio machte, dass er davonkam.

Die Seniorin sah ihm kopfschüttelnd hinterher. Wahrscheinlich wunderte sie sich, dass man nach einem Sturz und mit einem kaputten Knie so schnell laufen konnte.

*

Eine halbe Stunde später parkte Emilio vor dem Weingut des Ferry Schwaiger. Hier hatte alles seine Ordnung, das gefiel ihm – und erleichterte sein Vorhaben. Denn es gab nicht nur Schilder für die Besucherparkplätze, sondern auch welche für die reservierten Flächen. Und auf einer stand in Großbuchstaben: Ferry Schwaiger. Der Jeep-Geländewagen passte zum aggressiven Naturell des Winzers. Vorne mit Bullenfänger und mit extrabreiten, grobstolligen Reifen. Fehlte nur die Panzerkette.

Emilio hatte den eingeschalteten Peilsender schon bereitgelegt. Er stieg aus, den Stock nahm er mit und lief ganz dicht an Schwaigers Jeep vorbei. Er dachte an den Vorfall mit der alten Dame, strauchelte und tat so, als ob er hinfiel. Schon hatte der

148

Peilsender irgendwo unter der Stoßstange Halt gefunden. Er richtete sich auf, putzte sich die Hose ab und hinkte zurück zu seinem Auto.

Diesmal war ihm niemand zu Hilfe gekommen. Wie es schien, hatte den Zwischenfall auch niemand beobachtet. Gut so.

*

Er hatte Glück, auch der Porsche Cayenne des Architekten Ignaz Aufschnaiter stand an seinem Platz. Die Anbringung des Peilsenders schaffte Emilio ungestört – und, wie er erneut hoffte, auch unbeobachtet.

Er verwarf den Gedanken, zum Weingut Pletzerhof weiterzufahren, um seine Arbeit an Hieronymus' Alfa fortzusetzen. Die Gefahr, dass er dort gesehen und angesprochen wurde, war bei Tageslicht einfach zu groß. Er hatte keine Lust, sich irgendwelche dummen Ausreden einfallen zu lassen. Den Job musste er wohl oder übel bei Nacht erledigen. Außerdem fand er, dass er schon viel geleistet hatte. An einem Tag, an dem es eigentlich nichts zu tun gab. Er hatte den Ermittlungsauftrag mit Hieronymus gekündigt, sein Tun war also gänzlich überflüssig. In Phinas Vinothek hatte er heute frei. Und Mara war mit einer unbekannten Freundin unterwegs. Sie würde sich melden, hatte sie ihm hinterlassen. Solange sie das nicht tat, musste er kein schlechtes Gewissen haben.

Emilio fuhr zum oberhalb von Eppan gelegenen Stroblhof und fand einen Platz auf der Terrasse. Unter der mit Glyzinien bewachsenen Pergola und mit einem Weißburgunder Strahler im Glas ließ es sich aushalten. Die bestellten Tortelloni mit Schaftopfen schmeckten köstlich. Zum Zeitvertreib testete er mit dem Tabletcomputer seine Peilsender. Das machte vielleicht keinen Sinn, aber Spaß. Bei Mario rührte sich nichts, der lag wohl noch immer auf seinem Bett. Immerhin reichte das Signal bis hierher. Ignaz Aufschnaiter parkte in Burgstall vor dem Muchele. Hatte er eine Verabredung? Ihm fiel ein, dass er dort mal zu Abend essen könnte. Zumindest kulinarisch brachten einen die Peilsender also weiter. Und Ferry Schwaiger? Der fuhr gerade hinauf ins Ultental. Zwischendurch gab es kurze Ausfälle beim Empfang, das lag wohl an den Tunnels. Im Ultental gab es vor allem Wälder, Einödhöfe und Almen, einige Stauseen und im Talschluss das Dorf Sankt Gertraud. Für seine Weine war das Ultental nicht bekannt, einfach deshalb, weil dort keine angebaut wurden. Emilio fiel ein, was er in seinem Buch über die Historie Südtirols gelesen hatte: In jungen Jahren hatte sich mal der «Eiserne Kanzler» Otto von Bismarck im Ultental in eine schöne Wirtstochter verliebt. Eine nette Geschichte. Was aber nicht die Frage beantwortete, was Ferry Schwaiger dort zu erledigen hatte.

Einige Minuten später hatte er Klarheit. Wo Schwaigers Auto parkte, ließ sich durch Vergrößerung genau lokalisieren. Emilio kannte die Stelle und musste grinsen. Offenbar drehte sich in Südtirol alles ums Essen und Trinken. Natürlich, deshalb fühlte er sich hier ja auch so wohl. Ferry Schwaiger war zum abgelegenen Außererbhof von Heinrich Pöder gefahren. Es gab nicht wenige Experten, die hielten dessen Speck für den besten in ganz Südtirol. Was daran liegen mochte, dass er die Schweine selber aufzog, höchstpersönlich schlachtete und zerlegte. Nach der Räucherung reifte der Speck monatelang in einem alten Gewölbekeller. Von Heinrich Pöder gab es auch Kaminwurzen und Salami. Deshalb also die Fahrt von Ferry

150

Schwaiger hinauf ins Ultental. Es ging um keine verbrecheri-
sche Handlung, sondern ganz profan um den Kauf Südtiroler
Spezialitäten.

34

Sie saßen sich im Arbeitsraum von Franz Egger gegenüber. Hieronymus sah seinen Kellermeister ratlos an.

«Jetzt bin ich wirklich am Arsch», stellte er fest. «Mein Geld ist weg, der Erpresser ist auf und davon, und in welchen Flaschen das Gift ist, wissen wir auch nicht.»

Egger zog eine Grimasse. «Das ist echt dumm gelaufen.»

«Und der Emilio lässt uns auch im Stich.»

«Der könnte uns jetzt auch nicht helfen. Deshalb hat er wahrscheinlich hingeschmissen, weil er mit seinem Latein am Ende ist.»

Hieronymus schüttelte den Kopf. «Nein, der war beleidigt, weil ich eigenmächtig gehandelt habe. Im Nachhinein war's ja auch schwachsinnig. Ich alleine kann ja am Lastenaufzug nicht gleichzeitig unten und oben sein. Da habe ich es dem Täter leicht gemacht. Zu zweit hätte man ihn schnappen können.»

«Hättest auch mich fragen können, ich hätte dir geholfen.»

«Ja, hinterher ist man immer klüger.»

«Was machen wir jetzt?»

«Wenn sich der Erpresser mit den hunderttausend zufriedengibt und sich einfach nicht mehr meldet, dann können wir gar nichts machen, oder? Dann müssen wir unseren Lagrein wegschütten. Das war's dann.»

Egger deutete auf seinen Computer. «Dann sollte ich es dir besser nicht erzählen. Musst dich nur ärgern.»

«Was denn?»

«Dass sich der Gianfranco Pellenardo mit einer Mail angekündigt hat. Er will unseren Lagrein Riserva noch vor der Auslieferung verkosten und womöglich in die Empfehlungen des Monats aufnehmen.»

Hieronymus wusste nicht, ob er lachen oder weinen sollte. Bislang hatten sie noch nie Besuch vom großen Weinkritiker aus Florenz bekommen, um Südtirol machte er meist einen großen Bogen. Ausgerechnet jetzt meldete er sich. Seine Weine des Monats waren legendär und brachten einen unschätzbaren Imagegewinn.

«Der Pellenardo will kommen, und wir müssen ihm absagen. Das darf doch nicht wahr sein.»

«Wenn's mal dick kommt, dann richtig», philosophierte Egger.

Hieronymus dachte nach. «Ich hab da eine Idee. Der Emilio muss uns einfach helfen. Wenn schon nicht bei der Suche nach dem Verbrecher, dann doch wenigstens beim Wein für den Pellenardo. Ich ruf ihn sofort an. Mehr als eine Abfuhr kann ich mir nicht einhandeln.»

«Wie kann uns der Emilio denn helfen?»

«Nun, er hat gesagt, dass der labortechnische Nachweis so kompliziert und zeitaufwendig ist, dass das bei einer größeren Zahl von Flaschen nicht funktioniert. Aber wir könnten doch mit dem Gabelstapler eine Gitterbox nach vorne ziehen und von hinten, wo man sonst schwer hinkommt, zwei oder drei Flaschen rausnehmen. Die müssten doch nach menschlichem Ermessen in Ordnung sein. Der Emilio soll sie nach München schicken und von seinem Labor prüfen lassen. Wenn der Wein okay ist, schütten wir die Reste zusammen und verkorken eine Flasche neu. Die bieten wir dann dem Pellenardo zur Verkostung an. Wann will er kommen?»

«In drei Tagen.»

«Das wird knapp, müsste aber zu schaffen sein.»

Egger schaute skeptisch. «Das schon, aber ob der Wein dann noch was taugt, bezweifle ich. An die zweifelhaften Gerüche in einem Prüflabor darf ich gar nicht denken.»

«Kann sein, ich ruf den Emilio jetzt trotzdem an.»

*

Annika stand hinter der angelehnten Tür und belauschte das Gespräch. Den Anfang hatte sie nicht mitbekommen. «Wenn der Wein okay ist, schütten wir die Reste zusammen und verkorken eine Flasche neu», hatte ihr Mann gesagt. Dabei hatte seine Stimme wenig optimistisch geklungen, ganz im Gegenteil, fast schon verzweifelt. Weil der labortechnische Nachweis kompliziert sei, hatte er gesagt. Warum er die Untersuchung in München durchführen ließ, war ihr nicht klar. Dass der Baron Emilio in die Angelegenheit verstrickt war, kam dagegen nicht überraschend, seine mehrfachen Besuche in der letzten Zeit hatten diesen Schluss nahegelegt. Aber offenbar wollte er nicht mehr so recht, und Hieronymus hatte die Befürchtung, sich mit seiner Bitte eine Abfuhr einzuhandeln. Doch er war verzagt genug, dass er es darauf ankommen ließ. Nun, sie würde mitbekommen, wenn sich Emilio überreden ließ, dann würde er nämlich bald wieder mit seinem alten Landrover auf dem Weingut erscheinen. Sie überlegte, ob sie ihrem Mann zukünftig stärker zusetzen sollte, damit er sich ihr endlich anvertraute. Aber was brachte das? Ganz langsam drückte sie die Klinke nach unten und zog die Tür zurück ins Schloss.

Sie hatte genug gehört.

35

Emilio legte das Handy zur Seite und dachte, dass er ein Idiot war, ein Weichei ohne Prinzipien. Prinzipien? Da hielt er es traditionell mit Oscar Wilde, den er gerne in allen Lebenslagen zu Rate zog. Von ihm stammte das Zitat: «Ich mag keine Prinzipien. Ich bevorzuge Vorurteile.» Dieser verqueren Maxime folgend, war es nicht so schlimm, dass er sich gerade von Hieronymus hatte überreden lassen, ihm doch wieder zu helfen, zumindest bei der Analyse seines Weines. Wie stand es um die Vorurteile? Nun, bei Hieronymus Pletzer hegte er das Vorurteil, dass der Mann zwar einen guten Wein machte, aber sonst nicht viel vom Leben verstand. Das wurde einem spätestens klar, wenn man seine Frau beobachtete und sich so seine Gedanken machte.

*

Nach dem Besuch im Stroblhof war Emilio nach Hause gefahren und döste jetzt auf einer Liege, um sich von den Strapazen der vergangenen Stunden zu erholen. Allzu anstrengend war es zwar nicht gewesen, die Peilsender anzubringen, auch den Ausflug zum Stroblhof würden andere Menschen als Erholung betrachten, erst recht die Tortelloni und den Weißburgunder Strahler. Dennoch fühlte er sich schläfrig und der Entspannung bedürftig. Weshalb sich der gute Hieronymus etwas gedulden musste. Sollte er ruhig noch etwas zappeln, das geschah ihm ganz recht.

Emilio dachte an Phina, die zu seiner Überraschung unauffindbar blieb und auch nicht ans Handy ging. «Frauen sind ein faszinierend eigenwilliges Geschlecht», hatte Oscar Wilde festgestellt. Da hatte er wieder einmal recht gehabt. Eigenwillig war auch Mara, die ihn versetzt hatte und bislang im Laurin nicht mehr aufgetaucht war; das hatte er telefonisch beim Concierge in Erfahrung gebracht.

Seine Gedanken schweiften erneut zu Hieronymus und der obskuren Weinerpressung. Obskur im Sinne von dunkel und rätselhaft. Ihm fiel das zweite Erpresserschreiben ein. Wenn er recht hatte, gab es da eine augenfällige Unstimmigkeit. Logisch weitergedacht, kam er zu einer zwingenden Schlussfolgerung. Jetzt hatte er aktuell nur noch ein Problem: Er musste seine bequeme Liege verlassen und ins Haus gehen, um sich davon zu überzeugen, dass er sich bei dem Erpresserschreiben nicht täuschte. Emilio verzog das Gesicht. Das Leben war hart – dann stand er auf.

Wenige Minuten später hatte er Gewissheit, jedenfalls was das Schreiben betraf, das jemand in Hieronymus' Briefkasten gesteckt hatte, verbunden mit der Aufforderung, hunderttausend Euro bereitzuhalten – und den «Privatschnüffler» aus dem Spiel zu lassen. Er mochte es nicht, so bezeichnet zu werden, darauf reagierte er allergisch. Schnüffeln hatte was von einem Hund, fehlte nur noch, dass er dabei ein Pfötchen hob. Leider war Hieronymus so blöd gewesen, diesem Wunsch Folge zu leisten. Eines war jedenfalls klar: Die mit der Hand geschriebenen Buchstaben des zweiten Erpresserschreibens unterschieden sich bei genauerer Betrachtung recht deutlich von dem ersten Brief. Letzteren hatte er vor sich auf dem

Tisch liegen, den anderen als Foto auf seinem Smartphone. Eine kleine Vergrößerung reichte, und die Abweichungen sprangen ins Auge. Die Schrift war ähnlich, das schon, aber eben nicht identisch. Emilio lächelte. Da hatte jemand versucht, Hieronymus für dumm zu verkaufen – und es war ihm gelungen. Was ihn zu einer Mutmaßung veranlasste, die ihm immer plausibler erschien. Er brauchte nur noch zu warten, und wenn dann eintrat, was er vermutete, würde er ein Gespräch führen.

*

Durchs offene Fenster sah er Phinas Auto kommen. Er legte das Erpresserschreiben zurück in die Schublade und ging die Treppe hinunter, um Phina zu begrüßen. Er würde das ganz abgeklärt machen, ohne zu fragen, was sie so den ganzen Tag getrieben hatte. Das wäre uncool.

Als er aus dem Haus trat, blieb er wie erstarrt stehen. Hatte er jetzt Halluzinationen? Oder wurde er verrückt? Wahrscheinlich beides. Jedenfalls traute er seinen Augen nicht. Dass Phina auf ihn zukam, hatte er erwartet, aber nie und nimmer, dass sie das in Begleitung von Mara tun würde. Phina und Mara, die beiden kannten sich doch gar nicht. Sein jetziges Leben und ein schon lange vergangenes, bis vor kurzem fast vergessenes Leben. Beide in fröhlicher Eintracht und mit einem breiten Lächeln. Offensichtlich genossen sie ihren Auftritt – und sein dämliches, verdattertes Gesicht.

«Frauen sind ein faszinierend eigenwilliges Geschlecht!» Oh, wie recht Oscar Wilde doch hatte.

«Hallo, mein Lieber», sagte Phina, «ich muss euch nicht bekannt machen, oder?»

War das witzig? Dieser Sinn für Humor fehlte ihm im Augenblick.

Mara sah ihn lächelnd an. «Emilio, mein Lieber, geht's dir nicht gut?»

Zweimal *mein Lieber*, das war ganz schön viel auf einmal. Aber wenn die Frauen glaubten, dass er keinen klaren Gedanken mehr fassen konnte, hatten sie sich getäuscht.

«Du bist also die mysteriöse Freundin, die Mara im Laurin abgeholt hat», stellte er fest.

Phina nickte. «Ja, ich dachte, wir sollten uns kennenlernen und miteinander reden.»

«Das war eine gute Idee», sagte Mara. «Phina ist eine tolle Frau, die hast du gar nicht verdient.»

Phina bekam einen Lachanfall. «Siehst du, das habe ich dir schon immer gesagt, aber du willst es ja nicht glauben.»

«Dass ich dich nicht verdient habe? Doch, das glaube ich sogar», antwortete Emilio ganz ernsthaft. «Ich denke, ich hatte auch Mara nicht verdient. Aber wenn es danach ginge, müsste ich als Eremit ein abgeschiedenes Leben führen.»

«Jetzt kommt es genau andersherum», sagte Phina. «Vorübergehend hast du zwei Frauen im Haus.»

«Äh, wie bitte?»

«Wir haben im Laurin ausgecheckt. Mara zieht ins Gästezimmer.»

Zwei Frauen im Haus? Das Gästezimmer? Oscar Wilde hatte das weibliche Geschlecht dramatisch unterschätzt, es nur als *eigenwillig* zu bezeichnen, war eine charmante Untertreibung.

«Freust du dich?»

Was sollte jetzt diese Frage? Warum sollte er sich freuen? Er war doch kein Masochist.

«Ich freue mich, dass ihr euch so gut versteht», sagte er stattdessen, «und natürlich ist es schön, wenn Mara hier wohnen kann. Das ist eine wunderbare Idee.»

«Sie hat ein schweres Schicksal hinter sich und braucht dringend Abwechslung. Komm, lass uns in die Vinothek gehen und darauf anstoßen. Außerdem möchte ich Mara ihren neuen Arbeitsplatz zeigen.»

«Neuer Arbeitsplatz?» Er musste zugeben, dass er gedanklich nicht ganz folgen konnte.

«Nur vorübergehend, sozusagen als Therapie», sagte Phina, die Mara unterhakte und mit ihr über den Hof die Vinothek ansteuerte. «Ich denke, das ist ein guter Einfall. Immerhin ist Mara eine ausgebildete Sommelière, jemand Besseres können wir als Aushilfe nicht finden.»

Emilio folgte den beiden Damen, die zu seiner grenzenlosen Überraschung weder aufeinander eifersüchtig waren, noch irgendeine Rivalität erkennen ließen, stattdessen beiderseits in spontaner Freundschaft zugeneigt schienen.

*

Phina nahm eine Flasche Sekt aus dem Klimaschrank und stellte drei Gläser auf die Theke. Emilio war froh über die Ablenkung, die Flasche öffnen und einschenken zu können. In der Zeit konnte er seine Fassung wiedergewinnen. Einen Vorteil hatte dieses Arrangement: Er musste in den nächsten Tagen kein schlechtes Gewissen haben, wenn er in der Vinothek den Dienst schwänzte.

«Eine Cuvée aus Weißburgunder, Chardonnay und Blauburgunder», erläuterte Phina ihren Schaumwein.

«Die klassischen Burgundersorten», ergänzte Mara wie aus

der Pistole geschossen. Sie hob das Glas und fuhr lächelnd fort: «Hergestellt nach der klassischen Methode, wie wir sie vom Champagner kennen. Nach der zweiten Gärung über fünfzehn Monate auf der Hefe gelagert …»

«… bei uns sogar drei Jahre …»

«… mit einer feinen Säure und einer ausgeprägten Mineralität. Das Südtiroler Klima mit den großen Temperaturunterschieden ist für Schaumwein geradezu ideal.»

Phina lachte und stieß mit Mara an. «Perfekt, du hast den Job. Dass du den Wein nicht riechen kannst, merkt kein Mensch.»

«Hoffentlich nicht. Aber wenn ich weiß, was in der Flasche drin ist, kann ich die Aromen auswendig wiedergeben. Cabernet? Schwarze Johannisbeeren, Brombeeren. Chardonnay? Ananas, Äpfel, Zitrusfrüchte, Vanille. Gewürztraminer? Rosenblätter, Nelken, Litschi. Ihr müsst mir nur sagen, falls ein Wein von der Norm abweicht und wie es mit den Jahrgängen ist.»

«Kein Problem, das kriegen wir hin.»

«Salute! Prost!»

«Und wer von unseren Besuchern nicht rausschmeckt», sagte Emilio, «dass der Sekt in einem Bunker aus dem Ersten Weltkrieg gelagert wurde, den kannst du wegen erwiesener Unfähigkeit gleich rausschmeißen.»

«Stimmt das?»

«Das mit dem Bunker schon. Wir lassen den Sekt von einer Kellerei in Sankt Pauls ausbauen, die haben einen alten Bunker. Gibt's in Südtirol häufiger. In Glurns lässt die Whisky-Brennerei Puni sogar ihre Destillate in alten Bunkern reifen.»

«So was ist eine gute Story», stellte Emilio fest. «Die Leute wollen Geschichten hören. Wie der Wein schmeckt, ist dann schon fast egal.»

«Na ja, das sehe ich anders», sagte Phina.

«Musst du auch, bist ja eine Winzerin.»

Emilio dachte, dass es nun genug war mit dem Weingeschwafel. Ihn hätte vielmehr brennend interessiert, was die Damen in Bozen gequatscht hatten, und wie es kommen konnte, dass sie sich so gut verstanden. Vom Typ her konnten sie kaum gegensätzlicher sein. Er hätte auch gerne gewusst, was sie über ihn gesprochen hatten. Na ja, vielleicht besser nicht. Nein, das wollte er definitiv nicht wissen. Ihm fiel ein, dass Hieronymus auf ihn wartete. Wahrscheinlich war er gut beraten, Phina und Mara sich selbst zu überlassen. Was ihm auch Zeit gab, die Überraschung zu verdauen, sich mit der neuen Situation vertraut zu machen und die möglichen Konsequenzen zu überdenken – und die Risiken. So zählte es zu seinen Gewohnheiten, des Nachts das Bett zu wechseln, hinüber zu Phina. Ohne Licht anzumachen und im Modus eines Schlafwandlers. Nicht auszudenken, wenn er am Morgen versehentlich neben Mara aufwachte. Er würde ihr raten, das Zimmer abzuschließen. Aber das konnte man auch wieder falsch verstehen. Am ehesten packte er seine Sachen und zog in das geerbte Haus von Tante Theresa nach Meran. Aber das konnte er natürlich nicht bringen – außerdem roch es dort nach Mottenpulver.

«Sag mal, Phina», unterbrach er die holden Schönen bei ihrem munteren Geplaudere. «Wir haben doch kürzlich dieses verrückte Gerät bekommen, das ich bestellt hatte. Du weißt schon, mit dem man aus einer verkorkten Flasche eine Weinprobe entnehmen kann. Hast du es schon ausprobiert?»

«Nein, hab ich nicht. Die Beschreibung liest sich aber so, als ob es funktionieren könnte.»

«Ich müsste es mir mal ausleihen, wo ist es?»

«Liegt im Regal über meinem Schreibtisch. Wofür brauchst du es denn?»

«Hieronymus hat wieder ein Problem.»

«Oje, doch nicht wieder sein vergifteter Lagrein.»

Mara sah die beiden verständnislos an. «Der Mann hat seinen Lagrein vergiftet?»

Emilio grinste. «Auf die Idee, dass er es selber war, bin ich noch gar nicht gekommen.»

«Quatsch, hat er natürlich nicht», sagte Phina. «Er wird erpresst, aber das darf niemand wissen.»

«Ihr entschuldigt mich. Ich muss zu ihm hinfahren, er wartet schon.»

«Das heißt, du hilfst ihm jetzt doch wieder?»

Emilio zog die Augenbrauen nach oben. «Ich hab halt ein weiches Herz», erklärte er.

Phina blickte frech zu Mara. «Ist das wahr? Er hat ein weiches Herz? Wusstest du das?»

Jetzt reichte es aber wirklich. Wenn sich die beiden gegen ihn verbündeten, und sei es nur im Spaß, wurde es Zeit, das Weite zu suchen.

36

Mario hatte viele Dinge im Kopf und war voller Optimismus. Gleichzeitig fühlte er sich müde und antriebslos. Es war nicht so, dass ihn diese scheinbar widersprüchliche Gemütsverfassung stören würde, ganz im Gegenteil. Sonst würde er ja nicht kiffen. Er mochte diese entspannte Aufgeregtheit, die sich bei ihm nur mit Hasch einstellte. Alkohol vertrug er nicht. Obwohl er in einem Weingut gearbeitet hatte, konnte er nicht verstehen, dass Menschen um Wein so viel Brimborium machten. Da zog er sich lieber einen Joint rein – und hatte gute Ideen. Und Musik im Kopf.

Er saß mit verschränkten Beinen auf dem Sofa und spielte auf seiner Gitarre. Hey, dieser Akkord klang saugut, richtig groovy. Wie ging der gleich? Scheiße, schon wieder vergessen.

Er legte die Gitarre zur Seite, stand auf und verließ seine Wohnung. Mario trat vors Haus und setzte sich, obwohl der Himmel bewölkt war, eine Sonnenbrille auf. Das war eine der wenigen Nachteile beim Kiffen: Seine Augen waren dann besonders lichtempfindlich. Und er hatte oft einen trockenen Mund, aber das war schon alles.

Gute Ideen, gute Ideen ... Heute hatte er schon wieder eine. Er hielt es für enorm wichtig, dass sich seine kreativen Einfälle nicht einfach in Luft auflösten, er musste versuchen, sie in die Tat umzusetzen.

Mario grüßte die alte Nachbarin, die mit einer Einkaufstasche des Weges kam.

Sie winkte ihm zu. «Hallo, Mario, ausgeschlafen?»

Das sollte witzig sein. Er mochte die Greisin, mit der er sich regelmäßig neckte.

«Sie haben Ihren Rollator vergessen», revanchierte er sich, «fallen Sie nicht auf die Nase.»

Sie drohte ihm mit dem Finger. «Du weißt, dass ich keinen brauche. Das ist keine Frage des Alters. Erst gestern habe ich einen jungen Mann gesehen, der trotz Stock genau hier gestürzt ist. So was würde mir nicht passieren. Gott bewahre.»

Mario dachte unwillkürlich an diesen merkwürdigen Privatermittler, der ihn besucht und unangenehme Fragen gestellt hatte. Aber das war vorgestern gewesen.

«Sagten Sie gestern? Sind Sie sich da sicher?», hakte er nach.

Die alte Dame klopfte sich gegen die Stirn. «Ich bin nicht plemplem, mein lieber Mario. Wenn ich gestern sage, dann meine ich auch gestern. Warum interessiert dich das?»

«Nur so.»

«Das ist eine ziemlich blöde Antwort. Das sagt meine Enkelin auch immer. Oma, hast du Schokolade gekauft? Warum willst du das wissen? Nur so!»

Mario lachte. «Weil ich den Typen vielleicht kenne, deshalb.»

«Der war ganz nett, ausgesprochen wohlerzogen. Er hat ein kaputtes Knie, das hat er mir gesagt, deshalb sei er gestürzt. Übrigens genau vor deinem Motorroller. Ich hab ihm erzählt, dass ich Arthrose habe. Er hat mir gute Besserung gewünscht und ist dann eilig davongelaufen. Ich hab mich noch gewundert, weil er dabei gar nicht gehinkt hat. Aber beim Knie gibt es ganz komische Erkrankungen. Zum Beispiel mein verstorbener Schwager ...»

«Er ist genau vor meiner Vespa gestürzt?», unterbrach Mario ihren Redefluss.

«Hab ich doch gesagt. Genau da lag er auf dem Boden. Irgendwie hörst du heute nicht richtig zu.»

«Doch, doch», sagte er, «aber wenn das mein Bekannter war, kann er nicht mehr so jung gewesen sein. Er ist viel älter als ich, richtig?»

«Kann schon sein. Aber aus meiner Sicht ist er ein junger Mann.»

«Und was bin ich?»

Sie überlegte kurz. «Du bist ein Frischling», entschied sie dann.

Mario lachte. «Das kenn ich nur von Wildschweinen.» Er deutete auf seine Vespa. «Entschuldigen Sie. Jetzt muss ich leider weg. *Ciao! Buona giornata!*»

Er war froh, als die Nachbarin wirklich Leine zog. An den Kniebeschwerden ihres verstorbenen Schwagers war er nun echt nicht interessiert.

Vor seinem Motorroller stehend, kratzte er sich am Kopf. Wenn das der Privatdetektiv gewesen war, woran er keinen Zweifel hegte, und wenn die Alte mit dem gestrigen Tag recht hatte, dann stellte sich die Frage, warum der Typ zurückgekommen war und was er hier getan hatte. Wenn seine Vespa vor dem Haus stand, war er auch zu Hause gewesen. Zu ihm hatte er also nicht gewollt. Er glaubte nicht daran, dass der Mann genau hier per Zufall hingefallen sein sollte. Viel wahrscheinlicher war, dass er sich an seinem Motorroller zu schaffen gemacht hatte. Aber was hätte er tun können? Die Bremsen sabotieren oder ein Rad lockern? Was hätte er davon, wenn er verunglückte? Niemand hätte was davon. Oder hatte er den Motor außer Betrieb gesetzt? Das machte genauso wenig Sinn.

Mario hielt sich für außerordentlich phantasiebegabt, dennoch kam er nicht weiter. Natürlich hatte er dem *Stronzo* keine Sekunde geglaubt, dass er irgendwelchen dubiosen Vorwürfen nachging, weil sich Mitarbeiter von Hieronymus Pletzer ungerecht behandelt fühlten. Das war ein so saublöder Vorwand, dass sogar ein zugekiffter «Frischling» nicht darauf hereinfiel. Er hatte einen ganz anderen Verdacht, aber der erklärte nicht, was der Kerl von seiner Vespa wollte.

Er umkreiste seinen Motorroller, sah sich alles genau an, konnte aber nichts entdecken. Er klappte die Sitzbank hoch, nahm seinen darunter verstauten Helm und setzte ihn auf. Er kippte den Motorroller vom Ständer und rollte ihn langsam vor und zurück. Im Radkasten auf der linken Seite schrammte etwas. Er rüttelte an der Vespa, noch mal vor und zurück – plötzlich fiel eine kleine schwarze Box heraus und kullerte über den Boden.

Nachdem er die Vespa wieder auf den Ständer gestellt hatte, kniete er sich hin und beäugte das Teil, das definitiv nicht zum Motor, zum Antrieb oder zur Elektrik gehörte. Er wusste das, weil er die meisten Reparaturen selber ausführte. Da, wo er herkam, lernten das schon die kleinen Kinder. Aber was war das dann für ein Teil? Er hob es mit spitzen Fingern auf und drehte es hin und her. Dieser kleine Pimmel könnte eine Antenne sein. Und diese glatte Fläche? Er probierte es an einem Metallteil. Okay, das war ein Magnet.

Er musste grinsen. Da hatte ihm dieser Drecksack offenbar einen Sender untergejubelt. Ganz schön hinterfotzig. Mario hatte einen Freund, der sich mit so was auskannte, den würde er jetzt besuchen, um sich seinen Verdacht bestätigen zu lassen. Er legte das Teil ins Helmfach unter der Sitzbank. Für ein Bömbchen war es zu klein. Er musste also keine Sorgen haben, dass ihm der Hintern weggeblasen würde.

Mario versuchte, sich zu konzentrieren. Eigentlich hatte er doch am heutigen Nachmittag was ganz anderes vorgehabt? Was war das doch gleich wieder gewesen? Unter Hasch litt gelegentlich sein Kurzzeitgedächtnis. Er hatte tolle Einfälle, und dann waren sie wieder weg. Er sollte sie zukünftig aufschreiben. Ach so, jetzt fiel es ihm wieder ein. Das war eine wirklich gute Idee. Vielleicht hatte er Erfolg.

37

Natürlich war Emilio der berühmte Weinkritiker aus Florenz ein Begriff. Gianfranco Pellenardo konnte Weine in den Olymp heben, sie aber auch mit einem vernichtenden Urteil in den Abgrund stürzen – und das betroffene Weingut gleich mit. Insofern verstand er Hieronymus' Aufregung. Hinzu kam, dass Pellenardo ein Ignorant war, der sich vor allem für Weine aus der Toskana und dem Piemont begeisterte. Als ob es woanders keine Spitzengewächse geben könnte.

Im Verhältnis zur Rebfläche bot Südtirol die meisten DOC-Weine in ganz Italien. Der berühmte Weinführer Gambero Rosso trug diesem Niveau alljährlich mit einer Vielzahl von ausgezeichneten Drei-Gläser-Weinen Rechnung. Pellenardo dagegen, der stattdessen Sterne verlieh, hatte mit Südtirol so seine Probleme – warum auch immer.

Das alleine war für Emilio schon ein Grund, Hieronymus zu helfen. Zumindest beim Wein für die Verkostung. Vielleicht auch darüber hinaus, das würde sich bald zeigen.

Wieder einmal hatten sie ihn im Degustationsraum des Weinguts Pletzerhof erwartet: Hieronymus Pletzer und sein Kellermeister Franz Egger. Als sich Emilio zu den beiden an den langen Tisch setzte und ihre Gesichter studierte, musste er schmunzeln. Weil er sich gerade so seine Gedanken machte. Gedanken, die er lieber für sich behielt.

«Nach menschlichem Ermessen müssten die beiden sauber

sein», sagte Hieronymus und deutete auf die zwei unetikettierten Flaschen, die vor ihnen standen. «Die waren ganz hinten, da kommt man nicht so einfach ran.»

«Dann trau dich doch und mach sie für den Pellenardo auf», ermunterte ihn Emilio. «Im schlimmsten Fall fällt der tot vom Stuhl. Es gibt genug Menschen, die sich darüber freuen würden. Und du kommst garantiert in die Zeitung.»

«Spaßvogel», knurrte Hieronymus.

Der Kellermeister machte ein sorgenvolles Gesicht. «Wenn der Wein nach München transportiert wird», tat er seine Bedenken kund, «dort ins Labor kommt, wo es riecht, mit ihm rumgepanscht wird und er irgendwann wieder bei uns zusammengeschüttet und neu verkorkt wird, ist er platt.»

«Gut möglich, aber nicht sicher», gab Emilio seinen Kommentar ab. «Ich hab schon mal einen Wein mit einem Küchenquirl hyperoxidiert», erklärte er. «Ich fand ihn hinterher geschmeidiger.»

«Ist nicht dein Ernst?»

«Es war ein Wein von Phina, die hätte mich fast erwürgt.»

«Dafür hätte sie jedes Gericht freigesprochen.»

«Ich will zugeben, dass die Methode nicht zur Nachahmung empfohlen ist. Egal, es gibt eine andere Lösung.»

Er machte seine Tasche auf, stellte ein Kistchen auf den Tisch und öffnete es.

Hieronymus und Franz Egger verrenkten ihre Hälse.

«Mit diesem Spielzeug kann man aus einer verkorkten Weinflasche eine Probe entnehmen, ohne dass was zu sehen ist und ohne dass er Schaden nimmt.»

Egger nickte. «Ich hab davon gelesen.»

«Im Labor braucht man für die Untersuchung nur eine winzige Menge. Wir beschränken uns auf eine Flasche, damit es zu keiner Verwechslung kommt, die andere tut mal gleich weg.»

«Wie geht das?», fragte Hieronymus.

«Das Gerät hat sich ein Amerikaner ausgedacht …»

«Na klar, verstehen nichts vom Wein, können aber zum Mond fliegen.»

«Man sticht mit einer teflonbeschichteten Biopsienadel durch den Korken. Die Nadel ist so fein, dass sich das Loch hinterher wieder von selbst verschließt. Der Wein fließt durch die Kanüle, gleichzeitig wird ein geruch- und farbloses Edelgas in die Flasche gepumpt, um den entstehenden Leerraum auszugleichen und eine Oxidation zu verhindern. Da wir nur eine minimale Probe benötigen, würde man das nicht mal am Füllstand merken, der aber ist dem Pellenardo sowieso egal.»

«Und das funktioniert?»

Emilio zuckte mit den Achseln. «Ich hab mit einem Sommelier gesprochen, der hat bei einem Blindvergleich keinen Unterschied bemerkt.»

«Na also, lass es uns probieren.»

*

Eine halbe Stunde später verließ Emilio den Verkostungsraum. In seiner Tasche ein verkorktes Reagenzglas mit der entnommenen Weinprobe. Das Gerät hatte perfekt funktioniert. Blieb nur noch, nach München zu fahren und Dominik in seinem Labor aufzusuchen. Dumm nur, dass ihm dazu jede Lust fehlte. Aber ihm fiel keine andere Möglichkeit ein. Einem Kurier wollte er die sensible Fracht nicht anvertrauen. Die Post dauerte zu lang und war genauso wenig vertrauenswürdig. Privat kannte er niemanden, den er darum bitten könnte. Mist, die Transportproblematik hatte er bei seinem spontanen Hilfsangebot nicht berücksichtigt, so weit hatte er nicht gedacht. Ob er wie Mara mit dem Zug fahren sollte? Ihn schreckte die Vorstellung, über vier Stunden mit seltsamen Menschen im Abteil zu sitzen und sich deren Geschwätz anhören zu müssen. Womöglich mit quengelnden Kindern. Macht hin und zurück mindestens acht Stunden. Eine Strafe Gottes – aber vielleicht doch besser, als mit dem Auto zu fahren? Direktflüge gab es keine, das wusste er. Weil die Laboranalyse dauerte, könnte er erst übermorgen mit dem Ergebnis zurückkehren. Aber dann war bereits Freitag, der Tag, für den die ursprüngliche Lösegeldübergabe geplant war. Da wollte er unbedingt vor Ort sein; er hatte seine Gründe. Also würde er Dominik die Probe übergeben und gleich wieder die Rückreise antreten. Das Ergebnis könnte ihm telefonisch mitgeteilt werden. Hin und zurück in einem Rutsch – er war sich nicht sicher, ob er das im Zug nervlich durchstand. Er würde sich schalldichte Kopfhörer kaufen müssen und eine Schlafmaske für die Augen. Dann könnte es gehen. Oder doch mit dem Auto? Dann aber ohne Schlafmaske.

*

Auf dem Parkplatz stehend, stellte er fest, dass er genau zwischen den Autos von Hieronymus und seiner liebreizenden Annika stand. Ein Wink des Schicksals, und eine gute Gelegenheit, seine Spielzeuge anzubringen. Bei Annika hatte er das eigentlich nicht vorgehabt, dafür gab es keinen Anlass. Aber er konnte der Gunst des Augenblicks nicht widerstehen. Außerdem hatte er genug von diesen niedlichen Peilsendern.

38

Am nächsten Morgen quälte sich Emilio aus dem Bett. Viel zu früh und gänzlich unmotiviert. Aber es half nichts, er musste das Reagenzglas mit der Weinprobe nach München bringen. Und zwar nicht erst, wenn er ausgeschlafen hatte. Unter der Dusche stehend und darauf hoffend, dass diese seine Lebensgeister weckte, dachte er an den gestrigen Abend, den er gemeinsam mit Mara und Phina verbracht hatte. Eine Ménage-à-trois der besonderen Art, eine Dreiecksbeziehung, die man nicht wirklich so nennen konnte, die es dennoch in sich hatte. Wie auch immer: Die Stimmung war gut gewesen, am Schluss sogar geradezu ausgelassen. Irgendwann hatte er den strategischen Rückzug angetreten und war ins Bett gegangen. Allein, ohne Phina, und natürlich erst recht ohne Mara.

Er drehte die Dusche auf kalt. Das tat er sonst nie, er war ein bekennender Warmduscher.

Als er in die große Wohnküche kam, duftete es bereits nach Kaffee, es gab aufgeschnittenen Schinken, frischen Orangensaft, hausgemachte Marmelade und Honig von den eigenen Bienenstöcken. Ein Frühstück wie an einem Sonntag, aber es war mitten unter der Woche. Wenn Maras Besuch solche Folgen zeitigte, dann hatte er nichts einzuwenden.

Er begrüßte die Damen mit paritätisch verteilten Wangenküsschen und nahm Platz. Er deutete auf Phinas Reisetasche.

«Fährst du weg?», fragte er.

«Wir fahren beide weg», antwortete Phina.

Emilio dachte, dass die zwei eine verwirrende Eigendynamik entwickelten. Dabei besaßen sie einen ausgeprägten Sinn für Überraschungsmomente.

Er würde ihnen nicht den Gefallen tun und nach dem Ziel ihres Ausflugs fragen. Er köpfte sein Frühstücksei. «Ihr lasst mich also ganz allein», stellte er stattdessen lakonisch fest. Im gleichen Atemzug fiel ihm ein, dass er ja bald selber abreisen musste. Noch immer wusste er nicht, ob per Auto oder Bahn.

«Mara muss kurz nach München», erklärte Phina, «um Medikamente zu holen und einige Klamotten. Sie hatte ja nicht geplant, länger zu bleiben. Ich habe ihr angeboten, sie mit dem Auto zu fahren.»

Medikamente, Klamotten, München … Gelegentlich lösten sich Probleme von selbst. Zugegeben, das passierte nicht oft, aber immer wieder mal – zum Beispiel heute.

«Das trifft sich gut. Ihr könntet mir einen Gefallen tun und etwas bei meinem Freund Dominik im toxikologischen Labor abgeben.»

Phina sah ihn neugierig an. «Gibt's eine neue Probe vom vergifteten Wein?»

«Probe schon, aber wie ich hoffe, ohne Gift.»

«Langsam werde ich neugierig», sagte Mara.

«Erzähl ich dir auf der Fahrt», erwiderte Phina, «ist aber *top secret*.»

«Wem sollte ich was verraten? Ich kenn ja niemanden.»

Emilio stand auf, ging in sein Zimmer und kam mit dem verstöpselten Reagenzglas zurück.

«Sieht aus wie eine Blutprobe», meinte Mara. «Vielleicht ist der Patient zuckerkrank», scherzte sie.

«Wohl eher nicht, der Wein ist gut durchgegoren, der Restzucker dürfte im Normbereich liegen.»

«Machen wir gerne», sagte Phina. «Als Gegenleistung sperrst du am Nachmittag die Vinothek auf.»

«Nur aufsperren oder soll ich mich auch hinter die Theke stellen?»

«Witzbold!»

Die Bemerkung war berechtigt, er hatte schon originellere Späße gemacht, aber nicht um diese Tageszeit. Er musste nicht lange überlegen.

«Einverstanden, das ist ein fairer Deal. Bitte fahrt vorsichtig.»

«Bist du um uns besorgt oder um dein Reagenzglas?»

Ihm lag erneut ein blöder Kommentar auf der Zunge. Dann dachte er, dass es klüger war, ihn unausgesprochen zu lassen. Er sollte froh sein, dass ihm die Fahrt nach München erspart blieb.

«Eine rhetorische Frage, die keine ernsthafte Antwort verdient», sagte er. «Fahrt einfach vorsichtig und kommt heil wieder.»

39

Die Verarsche mit dem Lastenaufzug ging Hieronymus permanent durch den Kopf. So blöd war er noch nie vorgeführt worden. Und so teuer auch nicht. Hunderttausend Euro für nichts und wieder nichts. Wieder und immer wieder dachte er darüber nach, wer hinter der hundsgemeinen Erpressung stecken könnte. Außer dem gefeuerten Mario, dem Architekten Ignaz Aufschnaiter und dem Winzerkollegen Ferry Schwaiger wollte ihm niemand einfallen. Weshalb ja auch Emilio die drei genauer unter die Lupe nehmen sollte. Doch nach seinem Alleingang hatte der Baron die Arbeit eingestellt, nur noch bei der Analyse des Weins war er behilflich. Was bedeutete, dass er nie erfahren würde, wer ihn so übel geleimt hatte. Hieronymus schlug wütend mit der Faust auf den Tisch. Das durfte doch nicht wahr sein. Einfach zu resignieren, war keine Lösung. Nein, ganz bestimmt nicht. Also musste er selber aktiv werden. Er erinnerte sich an Emilios Schilderung seiner Gespräche. Dem Ferry würde er die Erpressung noch am ehesten zutrauen, hatte er gesagt, er sei ein möglicher Kandidat. Der Mann sei stinkesauer auf ihn.

Hieronymus dachte, dass es dafür keinen Anlass gab. Er hatte einfach besser verhandelt, aber das wollte der Depp nicht einsehen. Ferry war schon immer ein schlechter Verlierer gewesen, auch beim Kartenspielen. Außerdem betrog er. Und er hatte ihm durch Emilio ausrichten lassen, dass er ihn am Arsch

lecken könne. Das hatte er zwar nicht ernst genommen, weil
Ferry eh eine raue Sprache pflegte, trotzdem: Freundlich war
das nicht gewesen.

Er verzog das Gesicht. Dem Ferry war die Erpressung zu-
zutrauen, ihm am ehesten. Auch die Nummer mit dem Lastenaufzug. Was hielt ihn also davon ab, seinen alten Spezl
zur Rede zu stellen? Nichts! Im Gegenteil, es wurde höchste
Zeit. Er musste nur aufpassen, dass er dabei keine Prügel bezog. Ferry war ein Zornbeutel und hatte sich schon als Kind
gerne mit anderen gerauft. Außerdem war Ferry größer und
stärker. Er sollte also auf einen Sicherheitsabstand achten und
nicht gleich mit der Tür ins Haus fallen. Sollten seine hunderttausend Euro tatsächlich bei Ferry gelandet sein, dann wollte
er sie wiederhaben – und gleichzeitig wissen, welche Flaschen
noch vergiftet waren. Er würde also nicht ewig um den heißen
Brei herumreden können, das brachte nichts.

Nach kurzer Überlegung ging er in den Keller und holte aus
einem Schrank eine Pistole. Er verwendete sie gelegentlich, um
aus den Weinbergen fressgierige Vögel zu vertreiben. Früher
hatte man dafür auch Ratschen oder Peitschen benutzt. Heute
gab es allerlei technischen Schnickschnack, der eher weniger
als gut funktionierte, oder einfach nur Netze, die über die Reben gespannt wurden. Für die Pistole hatte er Platzpatronen,
sie ließ sich aber auch mit scharfer Munition laden. Er hatte
zwar keine, doch das konnte Ferry nicht wissen.

Eine knappe Stunde später parkte Hieronymus neben Ferrys Geländewagen. In der Zwischenzeit hatte er sich immer
weiter und tiefer in die Idee verrannt, dass Ferry der Mist-
bock war, der hinter der niederträchtigen Erpressung steckte.
Ferry, und kein anderer. Anfängliche Zweifel waren während
der Fahrt von seiner aufsteigenden Wut erstickt worden. Er

würde ihn dazu bringen, es zuzugeben. Er würde ihm nicht nur sprichwörtlich, sondern ganz real die Pistole auf die Brust setzen. Dann würde man ja sehen.

*

Es war reiner Zufall, dass Emilio zur gleichen Zeit in unmittelbarer Nähe in einem Café saß und mit seinem Tabletcomputer spielte. Er war auf dem Weg nach Meran zu Rechtsanwalt Marthaler, der ihn mal wieder wegen einer Unterschrift brauchte. Das fing an zu nerven. Gleichzeitig durfte er sich nicht beschweren. Es war ja für einen guten Zweck – nämlich für ihn selbst!

Emilio stutzte, als er auf dem Display sah, dass sich der rote Punkt, der für Hieronymus' Alfa stand, dem stationären blauen Punkt von Ferrys Geländewagen näherte, um schließlich dort zum Stillstand zu kommen und mit ihm zu verschmelzen. Was zum Teufel machte Hieronymus bei seinem angefeindeten Winzerkollegen? Wollte er sich dafür bedanken, dass ihn dieser aufgefordert hatte, ihn am Arsch zu lecken? Oder ließ er sich gerade wieder zu einem Alleingang hinreißen, der genauso unüberlegt und leichtsinnig war wie die Nummer mit dem Lastenaufzug?

Wie auch immer, Emilio hatte kein gutes Gefühl. Er legte das Geld für den Cappuccino auf den Tisch und machte sich eilig auf den Weg.

Keine zehn Minuten später erreichte er Ferrys Weingut. Tatsächlich standen die beiden Autos nebeneinander. Emilio lächelte zufrieden, immerhin funktionierten seine Peilsender. Er nahm seinen Gehstock, winkte einem Gabelstaplerfahrer zu, der an ihm vorbeirollte, und eilte über den Hof zum Eingang, der zu Ferrys Büro führte, wie er von seinem Besuch wusste. Schon im Treppenhaus hörte er erregte Stimmen. Ganz offenbar waren Hieronymus und Ferry heftig in Streit geraten.

«Du blöde Sau, ich will mein Geld zurück!»

«Sag mal, spinnst du jetzt völlig? Welches Geld? Nimm endlich die Pistole weg!»

«Erst gibst du zu, dass du hinter der Schweinerei steckst!», schrie Hieronymus.

Emilio drückte sich an Ferrys Assistentin vorbei, die verängstigt auf der Treppe stand und nicht wusste, was sie tun sollte.

«Was für eine Schweinerei?», erwiderte Ferry. «Ich weiß überhaupt nicht, wovon du sprichst. Du gehörst ja ins Irrenhaus.»

«Ich knall dich ab, wenn du nicht endlich mit der Wahrheit rausrückst!», drohte Hieronymus mit sich überschlagender Stimme.

Emilio beschloss, diesen Disput zu beenden, bevor noch was passierte. Er schlug die nur angelehnte Tür auf und sah die beiden Streithähne, die sich mit einigem Abstand gegenüberstanden. Beide hatten vor Erregung rote Köpfe. Ferry machte den Eindruck, als ob er sich jede Sekunde auf seinen Kontrahenten stürzen würde – ungeachtet der Tatsache, dass dieser mit einer Pistole auf ihn zielte.

«Schluss mit dem Theater!», rief Emilio. Und an Hieronymus gerichtet: «Nimm die Waffe runter!»

Hieronymus warf ihm nur einen kurzen Blick zu, konzentrierte sich dann aber sofort wieder auf sein Gegenüber.

«Ich denk überhaupt nicht dran», gab er zur Antwort. «Erst will ich, dass Ferry mit der Wahrheit rausrückt.»

Emilio, der schon viel erlebt hatte, auch, dass vergleichbare Situationen ein ausgesprochen unglückliches Ende nehmen konnten, vor allem bei zwei Widersachern, die sich bis zum Halskragen mit Adrenalin aufgepumpt hatten, beschloss zu handeln. Auf seinem englischen Internat hatte er die Kunst des Stockkampfes erlernt. Das war zwar schon eine Weile her, doch sein Selbstvertrauen war unerschütterlich.

Er machte einen Ausfallschritt, führte mit seinem Gehstock, der nicht nur schön anzusehen, sondern auch ausgesprochen robust war, einen schnellen Schlag gegen Hieronymus' Hand mit der Pistole, die daraufhin durch die Luft flog – verbunden mit einem Schrei, aber ohne dass sich ein Schuss löste.

Emilio erkannte, dass Ferry nach einem kurzen Schreckmoment unmittelbar davorstand, sich auf seinen jetzt wehrlosen Kontrahenten zu stürzen. Aber daraus würde nichts werden. Er verwarf den Gedanken, den Degen herauszuziehen und für klare Verhältnisse zu sorgen, so gefährlich war die Lage nun doch nicht. Er zielte einfach mit dem Stock aus nächster Nähe auf Ferrys Brust.

«Keine Dummheiten! Verstanden?»

Und mit einem Blick zu Hieronymus, der sich zwar das Handgelenk rieb, sich aber gleichzeitig verdächtig zielgerichtet in Richtung der Ecke bewegte, in der die Pistole lag. «Das gilt auch für dich!»

Eine Weile standen sie so da. Ferry traute sich nicht, sich zu rühren. Hieronymus wusste augenscheinlich nicht, was er tun sollte. Emilio lächelte leise in sich herein. Er liebte solche Zwischenfälle, vor allem, wenn sie gut ausgingen. Obwohl er nach außen oft träge wirkte, hatte er eine geheime Leidenschaft für Intermezzi, die das Tempo beschleunigten. *Allegro – ma non troppo!*

«So, haben wir uns alle beruhigt?», fragte er.

Ferry nickte. «Wenn der Hieronymus mit seinem Schmarrn aufhört, dann schon.»

Emilio ließ den Stock sinken, ging zur Pistole, hob sie auf und bat die beiden Streithähne, sich zu setzen. Vorsichtshalber auf Stühle, die nicht zu nahe standen.

«Ich denke, das Ganze ist ein Missverständnis», sagte er ruhig.

Nach allem, was er gehört hatte, schien ihm Ferry nämlich nicht mehr der Tat verdächtig. Er hätte sonst nicht so ratlos und konfus auf Hieronymus' Vorwürfe reagiert. Schon gleich nicht mit einer Pistole vor der Brust. Insofern hatte Hieronymus' idiotischer Auftritt sogar einen kleinen Fortschritt gebracht: Sie hatten einen Verdächtigen weniger.

«Es gibt Ereignisse», fuhr Emilio erklärend fort, «die Hieronymus' Auftritt zwar nicht rechtfertigen, aber nachvollziehbar machen. Lieber Herr Schwaiger, ich möchte Sie bitten, den Zwischenfall zu entschuldigen und mit niemandem darüber zu sprechen. Und wenn alles vorbei ist, schlage ich vor, dass Sie sich beide mal zusammensetzen, gemütlich ein Glas Wein trinken und über alles reden. Ich lasse mich gerne einladen, Ihnen dabei Gesellschaft zu leisten.»

Ferry schüttelte verständnislos den Kopf. «Welche Ereignisse? Was soll vorbei sein?»

«Darüber wollen wir nicht reden», antwortete Emilio. «Aus guten Gründen. Glauben Sie mir, Sie werden es später verstehen.»

«Da bin ich aber gespannt.»

Emilio wendete sich an Hieronymus. «Einverstanden?»

«Das mit dem Glas Wein muss ich mir noch überlegen.»

40

Hätte es noch eines Unschuldsbeweises hinsichtlich des Winzers Ferry Schwaiger bedurft, so stellte sich dieser auf dem Parkplatz ein, als sich Emilio und Hieronymus voneinander verabschiedeten. Denn Hieronymus stellte fest, dass ihn während seiner Auseinandersetzung eine neue Textnachricht erreicht hatte. Diese war kurz, schmerzlich und in seinen Augen unverständlich. Denn es war der Erpresser, der sich erneut zu Wort meldete und an den Zahlungstermin am morgigen Freitag erinnerte. Hieronymus solle sicherstellen, dass die hunderttausend Euro bereitstünden.

«Jetzt kapier ich gar nichts mehr», stammelte er. «Die habe ich doch bereits bezahlt, die sind weg. Warum jetzt noch mal?»

Emilio konnte nicht anders, er musste grinsen.

«Das überrascht mich nicht», sagte er. «Genau damit habe ich gerechnet.»

«Äh, wie?»

«Ich muss ein Gespräch führen, vielleicht habe ich danach die hunderttausend Euro zurück.»

Hieronymus deutete in Richtung Ferrys Büro. «Willst du mit ihm reden?»

«Nein, der Ferry hat nichts damit zu tun. Der hat weder die hunderttausend, noch steckt er hinter der Erpressung. Außerdem kann er ja kaum eine SMS schicken, während du ihn gleichzeitig mit einer Pistole bedrohst.»

«Das wohl nicht. Trotzdem versteh ich überhaupt nichts mehr.»

«Ich werde es dir erklären, aber erst muss ich schauen, ob ich mit meinem Verdacht recht habe.»

Emilio reichte Hieronymus die Waffe. «Hier nimm. Sperr die Pistole weg und komm auf keine dummen Ideen mehr.»

«War eh nur mit Platzpatronen geladen.»

«Hätte aber auch anders sein können.»

*

Emilio ließ sich Zeit. Erst traf er sich mit Marthaler und leistete seine Unterschrift. Dann ging er mit ihm zum Mittagessen. Er telefonierte mit Phina und Mara, die gerade auf der Autobahn bei Kufstein im Stau standen. Er kontrollierte auf dem Tablet die Peilsender. Mario war in Bozen unterwegs. Auch die schöne Annika hielt sich dort auf. Ihr Auto parkte in der Nähe des Waltherplatzes. Ferry Schwaigers Jeep hatte sich nicht bewegt. Ignaz Aufschnaiter war unterwegs Richtung Schlanders. Wie er wusste, hatte der Architekt dort eine Baustelle. Hieronymus hatte vor kurzem sein Weingut verlassen und fuhr hinauf nach Dorf Tirol. Der Zeitpunkt war also gekommen.

Er fuhr gemächlich zum Weingut Pletzerhof, um dort nach Franz Egger zu fragen. Der war in seinem Büro und brütete über Akten. Die meisten Menschen hätten ja keine Ahnung, womit sich ein Kellermeister heute so alles herumschlagen müsse, beklagte er sich. Für Romantik sei da nicht viel Platz, zur Tätigkeit gehöre die gesamte Betriebsleitung, das sei ein Knochenjob.

Emilio nickte. Das wisse er sehr wohl, antwortete er. Ob er

die Tür schließen und sich setzen dürfe, er habe was mit ihm zu besprechen.

Egger klappte einen Aktenordner zu und stellte ihn neben dem Schreibtisch auf den Boden.

«Worum geht's?»

Emilio kratzte sich hinterm Ohr. Nicht, weil er verlegen war, sondern weil er nicht wusste, wo und wie er anfangen sollte.

«Machen wir's kurz», sagte er schließlich. «Sie geben mir die hunderttausend Euro zurück, und alles ist gut.»

Egger fiel der Kinnladen runter. «Wie bitte?», fragte er konsterniert.

«Sie haben mich schon richtig verstanden. Das war ein netter Einfall, Sie hatten Ihren Spaß, der Gag mit dem DANKE hat mir gefallen, aber jetzt ist Schluss mit lustig.»

«Ich glaube, Sie ticken nicht richtig», empörte sich Egger. «Nur, weil Sie bei dem Fall nicht weiterkommen, können Sie doch nicht auf die Schnapsidee verfallen und ausgerechnet mich verdächtigen. Glauben Sie allen Ernstes, ich hätte meinen eigenen Wein vergiftet?»

Emilio lächelte nachsichtig. «Das haben Sie natürlich nicht. Aber Sie haben der Versuchung nicht widerstehen können, sich mal eben so hunderttausend Euro unter den Nagel zu reißen. Sozusagen als Sondergratifikation für Ihre aufreibende Tätigkeit auf dem Weingut.»

«Sie sind wohl von allen guten Geistern verlassen.»

Emilio strich gedankenvoll über sein Kinn. «Ich werde nie verstehen, warum mir Menschen immer dann, wenn sie sich in die Enge gedrängt fühlen, eine geistige Verwirrung attestieren. Dabei ist das Gegenteil richtig. Ich könnte Ihnen erklären, dass nur Sie über die Information verfügten, eine vorgezogene Lösegeldzahlung zu inszenieren. Nur Sie, niemand anders. Das hätten Sie bedenken sollen. Außer uns dreien wusste niemand von der Erpressung, und schon gleich gar nicht, wie sie vonstattengehen sollte. Des Weiteren könnte ich Ihnen zeigen, dass Ihre Handschrift nicht mit der des wahren Erpressers identisch ist. Die Tatsache, dass sich dieser wieder gemeldet hat und an seiner Forderung festhält, beweist, dass er jemand anderes ist und nichts von Ihrem Alleingang weiß. Sie haben sich als Trittbrettfahrer versucht. Wie gesagt, ein netter Einfall.»

Egger hatte es die Rede verschlagen.

«Ach so, ich kann sogar beweisen, dass Sie bei der Lösegeldübergabe am Ort des Geschehens waren», schob Emilio einen Bluff hinterher. «Jetzt haben Sie genau zwei Möglichkeiten. Entweder übergeben Sie mir umgehend die hunderttausend Euro, die ich selbstverständlich an Ihren Chef zurückgeben werde. Oder ich verständige die Polizei. Mir ist es egal.»

Der Kellermeister fuhr sich über die schweißnasse Stirn. Statt einer Antwort biss er sich auf die Unterlippe.

«Sie haben Glück», fuhr Emilio fort, «dass ich ein gestörtes Verhältnis zu Recht und Ordnung habe und nichts vom Vollzug gerichtlich verhängter Freiheitsstrafen halte. Ich würde einfach das Geld entgegennehmen und Ihre unrühmliche Rolle in der Affäre für mich behalten. Sie können weiterleben und arbeiten, als ob nichts passiert wäre.»

«Das würden Sie tun?»

«Ja, aber ich gebe Ihnen keine Bedenkzeit. Sie müssen sich jetzt und sofort entscheiden.»

Egger rutschte nervös auf seinem Stuhl hin und her. «Sie würden dem Hieronymus nichts sagen?»

«Ich denke, ich habe mich klar ausgedrückt.»

«Einverstanden», murmelte Egger so leise, dass ihn Emilio kaum verstehen konnte.

«Geht's ein bisschen lauter?»

«Einverstanden», wiederholte er mit kräftiger Stimme. «Wir müssen bei mir zu Hause vorbeifahren. Ich hab von dem Geld noch nichts ausgegeben, es liegt im Rucksack auf dem Speicher.»

Emilio stand auf. «Okay, fahren wir los.»

Der Kellermeister sah ihn zweifelnd an, dann gab er sich einen Ruck.

«Ja, fahren wir.»

Auf dem Weg zur Tür fragte Emilio: «Was wollten Sie mit dem Geld eigentlich anfangen?»

«Ich wollte mir unter anderem einen Oldtimer kaufen, von dem träume ich schon lange.»

«Welchen?»

«Eine Giulietta Spider von Alfa Romeo, Baujahr 1966.»

«Gute Wahl, würde mir auch gefallen.»

41

Währenddessen hatten Phina und Mara nicht nur den Stau vor Kufstein bewältigt, sondern auch einen weiteren bei Holzkirchen, und sie hatten das Reagenzglas mit der Weinprobe bei Dominik im toxikologischen Labor abgegeben. Jetzt saßen sie in Maras Schwabinger Wohnung, tranken Kaffee und blätterten in alten Fotoalben. Phina fand, dass sich Emilio in den Jahren kaum verändert hatte. Irgendwie schien die Zeit an ihm vorbeizugehen. Was womöglich auch daran lag, dass er in seinem Erscheinungsbild nichts änderte. Die alte Sonnenbrille mit dem Hornrahmen, die Frisur … Selbst die Kleidungsstücke schienen dieselben zu sein wie heute. Bis hin zu den Budapester Schuhen und dem unverzichtbaren Gehstock. Mara dagegen hatte sich stark verändert. Vor und nach dem Unfall – kaum zu glauben, dass dies dieselbe Frau war. Auf manchen Fotos war sie zusammen mit einem Mann zu sehen. Das sei ihr Verlobter gewesen, erklärte Mara. Nach der Trennung von Emilio habe sie ihn kennengelernt. Später, nach ihrem Unfall mit dem Mountainbike, habe er sie verlassen, statt an ihrer Seite zu stehen, das sei die größte Enttäuschung in ihrem Leben gewesen. Phina fand, dass der Mann gar nicht so übel aussah. Aber wie so oft schien der äußere Eindruck zu täuschen.

*

Derweil hatte Mario bei einem sachkundigen Freund Gewissheit erlangt, dass das kleine Elektroteil aus dem Radkasten seiner Vespa ein Peilsender war. Ihm war klar, dass es nur von dem merkwürdigen Privatdetektiv stammen konnte, der ihn erst unter einem falschen Vorwand besucht hatte, um am Tag darauf von seiner Nachbarin beim Kniefall vor seinem Roller ertappt zu werden. Blieb die Frage, was der sich davon versprach, ihn zu verfolgen. Jedenfalls war er bei seinem Versuch kläglich gescheitert. Und jetzt? Er könnte den Sender von der Drususbrücke in die Talfer werfen, aber das war langweilig. Besser gefiel ihm die Idee, den Sender an einem Müllwagen anzubringen. Der fuhr dann mit ihm kreuz und quer spazieren. Wie lange der Schnüffler wohl brauchte, bis er spannte, dass das kaum Marios Vespa sein konnte? Schließlich entschied er sich für einen Linienbus. Immer wieder vom Bahnhof zur Mozartstraße. Über den Dominikanerplatz, die Freiheitsstraße, Europaallee, Reschenstraße … Und zurück. Das wäre lustig. Da merkte der Typ irgendwann, dass ihm eine lange Nase gedreht wurde. Aber dabei würde er es nicht bewenden lassen, natürlich würde er sich revanchieren. Ihm spukten schon einige Ideen durch den Kopf.

*

Annika Pletzer war zwar in Bozen, musste aber heute auf die Fortsetzung ihrer Kamasutra-Übungen verzichten. Simon hatte eine Gruppe zu betreuen, die einen Wellness-Urlaub gebucht hatte. Das war ausgesprochen schade, denn sie fühlte sich in Höchstform. Außerdem hatte sie total Lust darauf. Doch ihr blieb nichts anderes übrig, als mit einer Freundin zu shoppen. Das war zwar auch recht nett und bereitete ihr sogar ein sinnliches Vergnügen – aber halt nur ein bisschen, und vor allem nicht dort, wo es sie in Ekstase versetzen konnte. Beim Anprobieren eines Lederkleides bei Maximilian in der Laubengasse dachte sie an ihren Mann Hieronymus. Weniger, weil sie mit seiner Kreditkarte bezahlen würde, sondern vor allem, weil ihr das belauschte Gespräch eingefallen war. Sie konnte sich noch genau an seine Worte erinnern: «Wenn der Wein okay ist, schütten wir die Reste zusammen und verkorken eine Flasche neu.» Danach war von einer Laboranalyse in München die Rede gewesen. Am nächsten Morgen hatte er so beschissen ausgesehen wie schon lange nicht mehr. Er hatte gezittert und geschwitzt – als ob er gleich einen Herzinfarkt bekommen würde. Sie drehte sich in dem roten Lederkleid vor einem Spiegel. Es saß wie angegossen und betonte ihre Formen, auf die sie stolz war. Ein Herzinfarkt? Dann bitte einen tödlichen. Das klang grausam, aber sie konnte sich Hieronymus nicht als herzkranken Krüppel vorstellen – das wäre kein Leben für ihn. Und erst recht kein Leben für sie. Ob sie das Kleid ein wenig kürzen lassen sollte? Doch, um einige Zentimeter, was ihre Beine noch besser zur Geltung bringen würde. Ein tödlicher Herzinfarkt? Durfte man so was überhaupt denken? Und wie würde ihr Leben danach aussehen? Er schuldete ihr hunderttausend Euro, die wollte sie vorher zurückhaben. Oder war das egal, weil sie ohnehin alles erben würde? Sie musste ganz dringend einige Vorkehrungen treffen.

42

Emilio betrat das Arbeitszimmer von Hieronymus Pletzer, mit Eggers Rucksack über der Schulter. Hunderttausend Euro brauchten selbst in kleinen Scheinen nicht viel Platz und hätten in eine Einkaufstüte gepasst, aber er hatte sie der Einfachheit halber im Rucksack gelassen.

Hieronymus lag rücklings auf seinem Schreibtisch.

«Entschuldige», sagte er, «ich muss mich entspannen, außerdem tut mir der Rücken weh. Die Bandscheiben, du weißt schon.»

«Bleib ruhig liegen. Ich wollte dir nur etwas vorbeibringen.»

Er zeigte ihm den Rucksack.

«Was ist da drin?»

«Deine hunderttausend. Jetzt hast du sie wieder.»

Hieronymus sah ihn ungläubig an, dann sprang er behände auf. Seine Rückenbeschwerden schienen in Sekundenschnelle verflogen. Sprach man deshalb von einer Finanzspritze? Weil man auch mit einer monetären Injektion akute Schmerzen lindern konnte?

«Ist ja der Wahnsinn», rief er entzückt, als er auf die Geldbündel blickte. «Dann ist jetzt alles vorbei, oder?»

Emilio setzte sich und sah dem Winzer amüsiert zu, wie er das Geld auf den Tisch legte und nachzählte.

«Du weißt also, wer hinter der Erpressung steckt», schlussfolgerte Hieronymus. «Wer ist es?»

«Da muss ich dich enttäuschen. Erstens ist es nicht vorbei, und zweitens habe ich keine Ahnung, wer der Erpresser sein könnte.»

Hieronymus blickte verwirrt zwischen Emilio und den Geldscheinen hin und her.

«Wenn du es nicht weißt, von wem hast du dann das Geld?»

«Das werde ich dir nicht sagen. Du musst dich damit zufriedengeben, dass die Scheinchen wieder zu dir zurückgefunden haben.»

«Versteh ich nicht.»

«Um es kurz zu machen: Du bist einem Trick aufgesessen. Der Mann, der dich am Lastenaufzug um den Vorschuss betrogen hat, war nicht der eigentliche Erpresser. Letzterer weiß davon nichts und hält an seiner Forderung mit der morgigen Geldübergabe fest. Deshalb seine SMS auf deinem Handy.»

Hieronymus legte die Stirn in Falten, dann nickte er langsam. «Okay, es gibt also nicht nur einen Verrückten. Aber wenn es sich bei ihm nicht um den wahren Erpresser handelt, wer ist es dann? Vielleicht doch der Ferry Schwaiger?»

«Nein, der nicht. Du musst ihn nicht mehr mit deiner Pistole bedrohen. Aber ich habe versprochen, seinen oder ihren Namen nicht zu verraten.»

«Heißt das, es war eine Frau?»

Emilio lachte. «Gib's auf, von mir wirst du es nicht erfahren, nur unter dieser Voraussetzung habe ich das Geld zurückbekommen. Das war der Deal.»

«Aber mir kannst du es doch sagen.» Jetzt klang die Stimme von Hieronymus eher kleinlaut.

«Dir am allerwenigsten. Am besten, du hakst die Geschichte ab. Das Geld ist wieder da. Die eigentliche Herausforderung erwartet uns morgen.»

«Okay, dann verrate mir wenigstens, wie du herausgefunden hast, wer es hat.»

Emilio klopfte sich mit dem Zeigefinger gegen den Kopf. «Durch Nachdenken, ganz einfach.»

«Ich bin zu blöd, ich versteh es nicht.»

Emilio grinste. «So was kann passieren. Wir sollten über morgen reden. Gib mir Bescheid, wenn sich der Erpresser erneut meldet.»

«Das heißt, du bist wieder dabei?», fragte Hieronymus hoffnungsvoll.

«Vielleicht. Vorausgesetzt, du verzichtest auf weitere Alleingänge.»

«Versprochen. Übrigens will mich auch der Franz unterstützen. Zu dritt werden wir das Schwein schon packen.»

Emilio setzte sein Pokerface auf, dabei hätte er am liebsten losgeprustet. Das war schon witzig, dass ausgerechnet der Mann seine Hilfe angeboten hatte, der gerade versucht hatte, Hieronymus zu leimen. Vielleicht als Wiedergutmachung? Jedenfalls ging von dem Kellermeister keine Gefahr mehr aus, da war er sich ziemlich sicher.

«Dann schauen wir mal hoffnungsvoll nach vorne», sagte Emilio. «Wann kommt eigentlich der Pellenardo, um den Lagrein zu verkosten?»

«Er hat sein Kommen für übermorgen angekündigt.»

Emilio nickte. «Dann passt doch alles. Bis dahin habe ich ganz sicher eine Nachricht aus dem Labor.»

«Hoffentlich eine gute Nachricht.»

«Ich denke schon. Bleibt zu hoffen, dass dein hochgelobter Lagrein Riserva den Pellenardo überzeugt.»

«Da kannst du sicher sein. Sonst hätte er seinen Beruf verfehlt.»

Emilio wiegte skeptisch den Kopf. «Ein Weinpapst kann sich nicht auf das Vatikanische Konzil berufen. Er ist nicht unfehlbar, selbst wenn er *ex cathedra* sein Urteil fällt.»

*

Annika hatte in Bozen länger gebraucht als beabsichtigt. Obwohl das Lederkleid zwecks Kürzung noch in der Änderung war, lud sie am Weingut diverse Tüten von Boutiquen aus ihrem Porsche Cabrio. Sie hatte keine Gewissensbisse. Schon ihre Mutter pflegte zu sagen: Eine Frau, die nichts kostet, ist nichts wert.

Sie sah Emilio aus dem Haus kommen. Interessant, der Baron hatte wieder für ihren Mann zu tun. Dass er hier nicht zum Vergnügen so häufig ein und aus spazierte, war ihr klar. Auch war offensichtlich, dass ihr Göttergatte seine Probleme nicht in den Griff bekam. Sie lächelte. Das machte nichts, denn das schlauchte ihn so sehr, dass er ihr aus Erschöpfung nicht an die Wäsche ging. Darauf hätte sie momentan nämlich überhaupt keine Lust. Sie hatte ja ihren Yogalehrer Simon, der beherrschte das viel besser.

Emilio kam auf sie zu, um sie zu begrüßen. Er gab ihr zwei Küsschen auf die Wangen. Sie dachte, dass ihr das gefiel, und drückte sich ein wenig fester an ihn, als es nötig gewesen wäre. Hätte sie nicht gerade mit Simon eine Affäre, würde sie es mit Emilio versuchen. Der hatte zwar seine Phina, zog aber meistens alleine herum. Nach allem, was sie von ihm wusste, hatte er ein ereignisreiches Leben hinter sich und dabei nicht nur Licht-, sondern auch Schattenseiten kennengelernt. Solche Männer waren interessant. Mit Emilio würde es nicht langweilig werden, davon war sie überzeugt. Es wäre anders als mit

Simon, na klar. Eher Whisky und Zigarren als Ayurveda-Tee und Räucherstäbchen, die nach Vanille dufteten. Rock 'n' Roll statt die schwebenden Klänge einer Sitar. Aber sie durfte sich nicht beklagen, bei Simon stimmte gerade alles, und sie war begierig darauf, mit den Kamasutra-Übungen auf eine höhere Stufe zu gelangen. Doch irgendwann würde es vorbei sein, und dann würde sie sich an Emilio ranmachen. Diesen Entschluss hatte sie soeben gefasst.

«Du wirkst so geistesabwesend», sagte er. «Woran denkst du?»

Gott sei Dank konnte er keine Gedanken lesen. Das nicht, aber hatte er vielleicht die Schwingungen gespürt, die von ihrem Körper ausgingen? So was sollte es ja geben. Und wenn schon, es konnte nicht schaden, ihn schon mal auf schmutzige Ideen zu bringen.

«Mir ist gerade was durch den Kopf gegangen», sagte sie. Dabei sah sie ihn intensiv an. Gerade so lange, dass der Groschen fallen musste.

Emilio grinste. Sie schenkte ihm ein vieldeutiges Lächeln. Er hatte verstanden.

«Bitte entschuldige», fuhr sie fort. «Ach so, was ich fragen wollte: Warum triffst du dich momentan so häufig mit Hieronymus? Er hat ein Problem, das weiß ich. Kannst du ihm dabei helfen?»

«Ein Problem? Davon weiß ich nichts. Wir unterhalten uns über Wein, das ist alles.»

Über Wein? Nun, das ganz bestimmt. Aber das war nicht so harmlos, wie er gerade tat.

*

Mario hatte seine Vespa hinter einem Baum abgestellt, saß im Schatten auf der Wiese, rauchte einen Joint und beobachtete den Privatschnüffler, von dem er mittlerweile wusste, dass er Emilio hieß und irgendeinen Adelstitel trug. Er solle sich vor dem Mann in Acht nehmen, hatte man ihm gesteckt, dieser Emilio sei ein harter Knochen. Mario grinste. Das mochte ja sein, aber wie man einen Peilsender an einem Motorroller befestigte, davon hatte der keine Ahnung. Und dass er just in diesem Augenblick unter Beobachtung stand, merkte er auch nicht. Worüber er wohl mit Annika sprach? Egal, das konnte nichts Wichtiges sein. Die Frau seines ehemaligen Chefs war seinem Eindruck nach ebenso naiv wie dumm. Er überlegte. Oder war das eine Masche? Er selbst wurde ja auch regelmäßig unterschätzt. Das brachte viele Vorteile und eröffnete überraschende Möglichkeiten.

Annika verabschiedete sich von Emilio mit einem Kuss, dann lief sie mit diversen Tüten hinüber zum Wohnhaus. Emilio sah ihr hinterher. Sie wackelte beim Gehen mit dem Hintern. Ob ihm das gefiel? Annika war zweifellos ein heißer Feger, aber nicht Marios Typ. Zu klassisch, zu bürgerlich. Seine Freundin hatte eine Irokesenfrisur, einen Körper voller Tattoos und Piercings an den unmöglichsten Stellen. Und sie mochte Hasch.

Als Emilio seinen Geländewagen bestieg, der aussah, als ob er mit ihm vor kurzem in eine Schlammlawine geraten war, machte Mario seinen Joint aus, setzte den Helm auf und startete seine Vespa. Er würde dem Heini hinterherfahren und auskundschaften, was der so trieb. Und bei passender Gelegenheit würde er ihm einen Denkzettel verpassen.

43

Phina konnte es sich nicht erklären, aber sie empfand für Mara freundschaftliche Gefühle. Dabei kannten sie sich doch noch nicht lange. Und dass Mara mal mit Emilio intim gewesen war, hätte sie als störend empfinden können. Aber dem war nicht so, es spielte keine Rolle. In ihrem früheren Leben war Mara als Sommelière fast so weinnarrisch gewesen wie sie selbst. Nur halt nicht im Weinberg und bei der Herstellung, sondern sozusagen am anderen Ende, dort, wo der Wein den Kunden kredenzt wurde – in den Restaurants und Weinbars, bei Weinverkostungen und Seminaren. Es war spannend und aufschlussreich, mit ihr darüber zu reden. Mara kannte die Vorlieben und Eigenarten der Weinliebhaber, und sie wusste, wie man diese mit neuen Geschmacksrichtungen und Duftaromen verführen und ihnen unbekannte Herkunftsländer und Regionen näherbringen konnte.

Wie sich herausstellte, hatte Mara den Südtiroler Weinen schon immer eine besondere Wertschätzung entgegengebracht. Sie zitierte ein Weinmagazin, das einst von den vier «Aschenputtel-Sorten» in Südtirol gesprochen hatte: vom Gewürztraminer, dem Vernatsch und dem Lagrein und den Burgunderweinen wie dem Grau- oder Weißburgunder und vor allem dem Blauburgunder. Mittlerweile seien alle diese «Aschenputtel» wach geküsst worden. Es habe ihr Spaß gemacht zu sehen, wie die hochklassigen Südtiroler Weine in

Deutschland immer populärer wurden – nicht nur im südlichen Bayern, wo schon aus geographischen Gründen weniger Überzeugungsarbeit zu leisten war.

Phina steuerte einiges aus der Weinhistorie bei, das auch für Mara neu war. Zum Beispiel, dass die ältesten Holzfässer der Weinbaugeschichte bei Grabungsarbeiten in Brixen gefunden worden waren. Sie stammten aus dem 5. Jahrhundert vor Christus. Fast ungläubig erfuhr Mara, dass auch die Maischegärung in offenen Holzbottichen, deren Ursprünge sie im französischen Burgund oder Bordeaux vermutet hätte, schon vor über sechshundert Jahren auf einem Fresko in Trient dargestellt wurde. Rekordverdächtig!

Aber das Philosophieren über die Weine im Allgemeinen und jene aus Südtirol im Speziellen war für die beiden nur ein Thema unter vielen. Natürlich sprachen sie über Maras schweren Unfall mit dem Mountainbike und ihren langen Leidensweg bis zur heutigen, weitgehenden Wiederherstellung. Mara schilderte, wie es sich ohne Geruchssinn lebte, wie es war, keine Blumen mehr riechen zu können und kein Brot. Wie sie sich davor fürchtete, nach Schweiß zu riechen oder Mundgeruch zu haben – und es nicht zu merken. Weshalb sie sich manisch die Zähne putzte und sich mit Parfüm besprühte.

Natürlich blieb es nicht aus, dass sie auch über Emilio plauderten, über seine Eigenarten und Schrullen – aber auch über seine liebenswerten Seiten. Beide konnten dazu einige Anekdoten beisteuern.

Mara erzählte von ihrem Freund, mit dem sie nach der Trennung von Emilio zusammen gewesen war. Er sei übrigens gebürtiger Südtiroler gewesen, habe aber seit seiner frühen Kindheit in Bayern gelebt. Phina fragte nach seinem Namen, konnte aber nichts mit diesem anfangen.

Später am Abend beschlossen sie, in jene Schwabinger Bar zu gehen, in der Mara per Zufall Emilio getroffen hatte. Mara rief ihre Freundin Sabine an, die sich ihnen anschloss. Dann zogen sie los. Phina freute sich darauf; die Arbeit im Weingut ließ ihr wenig Zeit für Abwechslung. Natürlich ging sie mit Emilio regelmäßig zum Abendessen in Restaurants, das schon. Auch trafen sie sich mit Freunden und nahmen kulturelle Ereignisse wahr, wobei sich Emilio nicht zu allem überreden ließ. Nur sehr selten kam es vor, dass sie mit Freundinnen am Abend durch Bozen oder Trient bummelte. Viel konnte man dabei ohnehin nicht erleben.

In Schwabing war sie schon lange nicht mehr gewesen. Die Vielzahl der Kneipen und Bars überraschte sie. Phina überlegte, dass ihr Leben in Südtirol zwar traumhaft schön war, denn sie liebte die Natur und verbrachte gerne viel Zeit im Freien. Aber war das alles? Fehlte da nicht etwas? Oder war es schlicht und einfach so, dass man im Leben nicht alles haben konnte und schon gleich gar nicht zur selben Zeit? Wenn sie wählen müsste zwischen einem Leben in einer pulsierenden Stadt oder auf dem vergleichsweise trägen Land, bräuchte sie keine Sekunde Bedenkzeit. Sie war in Südtirol zu Hause und dort so fest verwurzelt wie ihre Rebstöcke.

Doch vielleicht sollte sie häufiger mal ausbrechen? Theresas Erbe versetzte sie in die Lage, die Dinge etwas entspannter anzugehen. Sie würde gerne herumreisen. Mit oder ohne Emilio, am liebsten jedoch mit ihm zusammen. Darüber würde sie mit ihm sprechen müssen. Mit großer Gegenwehr war nicht zu rechnen. Im Grunde seines Herzens war Emilio ein Weltenbummler, auch wenn er sich gerade wie ein Südtiroler vorkam. Das durfte er auch bleiben, das war schön so.

Phina hakte sich bei Mara unter. Die Arme hatte ganz andere Probleme. Und sie beschloss, den Abend zu genießen, ohne viel nachzudenken. Sabine war auch sehr nett. Alles war gut – aber vielleicht konnte es noch besser werden.

44

Angesichts der Tatsache, dass die holden Schönen bereits im Auto saßen und sich auf dem Rückweg nach Südtirol befanden, genoss Emilio beim Frühstück die Ruhe vor dem Sturm. Zugegeben, das war dramatisch übertrieben, von einem Sturm konnte nicht die Rede sein, aber mit der unbeschwerten Ruhe würde es vorbei sein. Normalerweise frühstückte er erst, wenn Phina längst bei der Arbeit war, und es zählte zum liebgewordenen Ritual, dass sie auf eine zweite Tasse Kaffee dazustieß. Wie sie es schaffte, immer den richtigen Augenblick abzupassen, war ihm ein Rätsel, er stand nie zur selben Zeit auf. Wie auch immer, für die nächste Zukunft würden ihm gleich zwei Damen Gesellschaft leisten. Ob er das verkraftete, würde sich zeigen. Jedenfalls genoss er es im Augenblick, in total verwahrlostem Zustand in der Küche zu lümmeln, frisch aufgebackene Croissants mit Marmelade zu bestreichen, im Kaffee zu rühren, die Zeitung zu lesen – und dabei die nackten Füße auf den Tisch zu legen. Das war Lebensqualität pur, doch damit war es bald vorbei. Blieb als Trost, dass er die beiden Grazien mochte. Phina sowieso, die es ihm am Morgen ohnehin einfach machte, weil sie zu dieser Stunde nicht viel redete; in diesem Punkt waren sie absolut kompatibel. Bei Mara konnte er sich nicht erinnern, wie sie morgens drauf war. Außerdem war die Mara von heute eine andere als jene von früher. Und erschwerend kam hinzu, dass nach seiner Lebenserfahrung zwei Frauen im Doppelpack eine eigene Dynamik entwickelten, die die individuellen Charaktere in einem völlig neuen und unvorhersehbaren Licht erscheinen ließen.

Emilio zündete sich ein Zigarillo an und nahm sich die Zeit, die Zeitung bis zur letzten Seite zu lesen. Danach war er zwar um keinen Deut klüger, aber er fühlte sich fast schon tiefenentspannt. Dass genau in diesem Moment sein Handy läutete, fand er, nach kurzem Blick aufs Display, völlig in Ordnung. Sein Freund Dominik war dran, der ihm zunächst zu Phina gratulierte und gleich danach zu Marion, äh, zu Mara. Er sei ein Glückspilz.

Nun, das konnte man so sehen, oder auch nicht. Mit einer Frau klarzukommen war für einen Mann keine leichte Übung, sich zugleich mit zwei Damen arrangieren zu müssen, stellte womöglich eine unlösbare Aufgabe dar. Gott sei Dank wechselte Dominik schnell das Thema. Die Weinprobe sei nicht vergiftet, verkündete er, das hätten die Tests zweifelsfrei ergeben. Emilio fragte, ob er sich seiner Sache sicher sei, so sicher, dass er höchstpersönlich eine Flasche von dem Wein trinken würde. Natürlich war sich Dominik absolut sicher. Als international renommierter Toxikologe konnte er sich keine Irrtümer leisten, schon gar nicht bei einem Gift mit letaler Wirkung. Emilio bedankte sich für die erfreuliche Nachricht und versprach, sich bei Gelegenheit erkenntlich zu zeigen. Dominik habe einen Wunsch frei, oder sogar zwei.

*

Er goss sich eine weitere Tasse Kaffee ein und startete seinen Tabletcomputer, mal sehen, was seine Peilsender so machten.

Er fand zunehmend Gefallen an dieser Freizeitbeschäftigung. Dies hier war kein dämliches abstraktes Computerspiel, sondern es handelte sich um Bewegungsmuster real existierender Menschen beziehungsweise ihrer Fahrzeuge. Natürlich war das illegal, aber in Zeiten, in denen man Handys orten konnte, waren seine Fahrzeugtracker von einer geradezu kindlichen Harmlosigkeit. Einmal schon hatten ihm die Dinger einen Dienst erwiesen. Mit ihrer Hilfe hatte er gerade noch rechtzeitig von Hieronymus' und Ferrys Zusammentreffen erfahren und ihren Streit schlichten können. Und jetzt? Keine Auffälligkeiten. Nur der Sender an der Vespa bereitete ihm Kopfzerbrechen. Was veranlasste einen Langschläfer wie Mario seit frühester Morgenstunde in Bozen spazieren zu fahren? Und zwar immer die gleiche Route, hin und zurück, mit kurzen Stopps.

Plötzlich musste Emilio grinsen. Bahnhof, Dominikanerplatz, Freiheitsstraße … Dieser Mario war ein Scherzbold. Offenbar hatte er den Sender gefunden und an einem Linienbus befestigt, deshalb die regelmäßigen Stopps. Das waren die Haltestellen. Emilio sparte sich die Mühe herauszufinden, welche Linie das war. In Gedanken entrichtete er Mario einen amüsierten Gutenmorgengruß. Es gefiel ihm, wenn jemand einen originellen Einfall hatte, auch wenn dieser auf seine Kosten ging. Zu bedeuten hatte das nichts, ganz im Gegenteil. Wäre Mario in die Angelegenheit verstrickt, hätte er sich diesen Spaß verkniffen und stattdessen sehr genau überlegt, wie er aus seiner Entdeckung einen strategischen Vorteil ziehen könnte. Aber genau das hatte er nicht getan.

Womit er beim Thema war. Heute war der Termin für die Lösegeldzahlung. War das überhaupt der richtige Begriff? Normalerweise wurde mit einem Lösegeld die Freilassung

202

von Geiseln erwirkt. Im übertragenen Sinne handelte es sich auch in ihrem Fall um eine Art Geiselhaft – Tausende Flaschen Lagrein waren quasi gekidnappt worden. Erst gegen Zahlung könnten sie in die Freiheit entlassen werden.

Wie auch immer. Welche Möglichkeiten hatte er, sich auf eine bevorstehende Übergabe des Lösegeldes vorzubereiten? Beziehungsweise einer ersten Anzahlung desselben? Eigentlich gar keine, weil die Modalitäten unbekannt waren. Zunächst mal saßen in solchen Fällen die Erpresser am längeren Hebel. Sie bestimmten kurzfristig die Spielregeln und mussten sich dennoch irgendwann aus der Deckung wagen. Falls Hieronymus irgendwohin bestellt wurde, könnte er ihm dank Peilsender unauffällig folgen. Zudem würde er wissen, wo sich zeitgleich der Kellermeister aufhielt; dessen Auto hatte er mittlerweile ebenfalls präpariert. Der Landrover war vollgetankt. Er hatte gut gefrühstückt. Mehr konnte er im Augenblick nicht tun. Nur noch die Küche aufräumen, duschen und danach zu Hieronymus fahren, um ihm einige Verhaltensregeln zu erklären. Was wahrscheinlich nichts half. In einer Stresssituation würde der sowieso alles vergessen und genau das Falsche tun. Davon war nach den bisherigen Erfahrungen fast sicher auszugehen.

45

Annika hatte nichts gegen Überraschungen, ganz im Gegenteil. Aber dieser Vorschlag kam doch überraschend. Simon meldete sich bei ihr, um ihr zu sagen, dass die Räume seines Yogastudios, in dem er gleichzeitig wohnte, schon wieder den ganzen Tag bis in den Abend hinein mit Kursen belegt seien. Er habe aber total Lust auf sie, deshalb habe er in einem Bozener Hotel ein Zimmer reserviert. Ob sie sich dort um zwölf Uhr treffen könnten?

In einem Hotelzimmer? Annika wusste nicht, ob sie das gut finden sollte. Es war etwas anderes, ob man private Yogalektionen in erotische Dimensionen verlagerte oder ob man sich mit einem Mann für einen Quickie in einem Hotelzimmer traf. Das hatte einen verbotenen Beigeschmack, war schlüpfrig und ordinär. Aber was war schlecht daran? Sie hatte es gerne ordinär. Sie sagte zu.

*

Sie kam sich verrucht vor, als sie mit Sportkappe, Sonnenbrille und in Trainingsjacke durch Seitenstraßen eilte. Es wäre nicht gut, wenn sie erkannt würde, wie sie in einem Hotel verschwand, das im Ranking der Herbergen nicht gerade einen vorderen Platz belegte. Der Besuch des Yogastudios war unverfänglich, den konnte sie erklären. Aber was sie mittags in einem Hotel suchte, zu dem weder ein Lokal noch eine Bar gehörte, war kaum zu begründen. Als Vorteil erwies sich, dass der Portier am Empfang so gelangweilt war, dass er nicht mal richtig aufblickte. So konnte sie ungesehen vorbeihuschen. Die Zimmernummer im ersten Stock hatte ihr Simon mitgeteilt. Oben angelangt, musste sie nicht mal klopfen, schon wurde sie hereingebeten. Simon hatte einen weißen Kimono an und sah entspannt aus wie immer.

Die Vorhänge waren zugezogen, die Nachttischlampen an, auch die Deckenbeleuchtung. Immerhin brannten ein paar Kerzen, und es roch dezent nach Räucherstäbchen. Er hatte sich Mühe gegeben, das musste sie zugeben.

Wenige Augenblicke später waren sie nackt. Simon musste nur seinen Kimono abstreifen, Annika war im schnellen Entkleiden eh ein Naturtalent. Vom Bett wollte er nichts wissen, auch hatten sie keine Zeit, die Lampen auszumachen. Kamasutra, das indische Lehrbuch der Liebeskunst, hielt für alle Gegebenheiten lustbringende Lektionen bereit. Er hob sie auf eine hohe Kommode. Mit ihrem Rücken stieß sie gegen ein Heiligenbild. Wie sie es miteinander trieben, war ganz und gar unchristlich. Kein Wunder, dass die sakrale Kunst bald von der Wand gerissen wurde und splitternd zu Boden stürzte. Aus Schamgefühl? Es zeugte von der eindringlichen Intensität des Kamasutra, dass sie sich davon nicht stören ließen.

46

Emilio, Hieronymus und Franz Egger saßen beieinander. Wieder einmal am großen Tisch im Degustationsraum. Hinter verschlossenen Türen. Der Kellermeister rutschte nervös auf seinem Stuhl hin und her, zwischendurch warf er Emilio unsichere Blicke zu. Emilio fand das erheiternd. Ganz offenbar hatte der unselige Egger nicht nur ein schlechtes Gewissen, sondern auch die Sorge, dass ihn Emilio entgegen ihrer Vereinbarung bei seinem Chef verpfeifen könnte. Natürlich würde er das nicht tun, aber er könnte ihn noch etwas triezen.

Emilio sah kurz zu Egger, um sich dann an Hieronymus zu wenden.

«Bevor wir über die heutige Lösegeldübergabe sprechen, muss ich dir noch etwas mitteilen, dazu fühle ich mich verpflichtet. Alles Weitere bleibt dann dir überlassen.»

Aus dem Augenwinkel sah er, wie bei Egger die Farbe aus dem Gesicht wich.

«Was musst du mir mitteilen?», fragte Hieronymus, der auch einen verunsicherten Eindruck machte. «Ist es was Schlimmes?»

Emilio lächelte. «Kleiner Scherz. Nein, ganz im Gegenteil. Ich muss dir mitteilen, dass die entnommene Weinprobe einwandfrei ist, das Labor in München hat Entwarnung gegeben. Es bleibt dir überlassen, ob du den Lagrein von Pellenardo verkosten lässt.»

Egger, der die Luft angehalten hatte, atmete erleichtert aus.

«Du kannst einen vielleicht erschrecken», sagte Hieronymus. «Das ist doch phantastisch. Wenigstens eine gute Nachricht. Hoffentlich kommt er dann auch.»

Egger musste sich räuspern, bevor er sprechen konnte. «Seine Sekretärin hat den Termin noch mal bestätigt. Morgen um elf Uhr.»

Hieronymus klatschte in die Hände. «Sehr gut. Hoffentlich kriegt er sich vor Begeisterung nicht mehr ein.»

«Erwarte nicht zu viel. Selbst bei einem Jahrhundertwein aus dem Bordeaux würde der arrogante Schnösel höchstens die Augenbrauen heben.»

«So schätze ich ihn auch ein.»

«Kommen wir zur heutigen Lösegeldübergabe», wechselte Emilio das Thema. «Wir gehen also davon aus, dass sich der Erpresser kurzfristig melden wird, wahrscheinlich per Textnachricht auf deinem Handy. Das Geld hast du parat?»

«Liegt im Safe.»

Egger schluckte, Emilio konnte es ihm nicht verdenken. Es war ja für einige Stunden sein Geld gewesen. Ein blödes Gefühl, wenn man es wieder los war und es nun einem anderen übergeben werden sollte.

«Lass es nach Möglichkeit im Rucksack», sagte Emilio.

Egger dachte vielleicht, dass es sich um seinen Rucksack handelte.

«Bist du dir sicher, dass du das Lösegeld bezahlen willst?», fragte Emilio.

Hieronymus fuhr sich durch die wirren Haare. «Bleibt mir ja nichts anderes übrig. Mit Papierschnipseln wird sich der Typ nicht zufriedengeben.»

«Ich wollte es nur noch mal hören. Du musst damit rechnen, dass uns der Erpresser mit dem Geld durch die Maschen schlüpft. Dann ist die Kohle weg. Zunächst jedenfalls.»

«Meinst du nicht, dass wir ihn bei der Übergabe schnappen können?»

Emilio zuckte mit den Schultern. «Wir werden es natürlich versuchen. Aber wenn's dumm läuft, kann uns der Sportsfreund austricksen. Das ist eine Frage der Intelligenz. Was nicht ausschließt, dass wir ihn doch kriegen. Wenn nicht gleich, dann hoffentlich später.»

«Lieber gleich, ich halt das nervlich sonst nicht durch.»

«Die Schwierigkeit besteht darin, dass wir nichts planen können. Wir sind in einer reaktiven Rolle, das ist immer schlecht. Gehen wir mal davon aus, dass er dich mit dem Auto irgendwohin bestellt. Anders als bei dem Lastenaufzug wird er den Übergabeort vermutlich nicht sofort preisgeben.» Emilio grinste. «Das machen nur Amateure.» Diesen Seitenhieb in Richtung Egger konnte er sich nicht verkneifen. «In diesem Fall würde ich dir außer Sichtweite folgen», fuhr er fort.

«Wie soll das gehen?»

«Lass das meine Sorgen sein. Glaub mir, es geht. Weil dein Handy sozusagen blockiert ist, es stellt ja die Verbindung zum Erpresser dar, bekommst du von mir ein zweites Handy. Das legst du auf den Beifahrersitz, drückst auf die Eins, dann kann ich alles mithören. Textnachrichten kannst du laut vorlesen, und auch sonst kannst du mich am Geschehen teilhaben lassen.»

«Verstehe. Und der Franz?»

«Ich habe auch mehrere Handys im Einsatz», sagte Emilio mit Blick zum Kellermeister. «Mit einem werde ich den Kontakt zu Ihnen halten. Ich ruf Sie an, wenn ich Sie brauche.

Schauen Sie, dass der Akku voll ist und Sie immer erreichbar sind. Ich lotse Sie dann dorthin, wo Not am Mann ist.»

Franz Egger nickte. «In Ordnung. Ich werde bereit sein.»

«Und noch was …»

«Ja?»

«Nicht vergessen: Es geht *nur* um Geld. Es wurde kein Kind gekidnappt, und auch sonst schwebt niemand in Lebensgefahr. Wir sollten also die Kirche im Dorf lassen, nicht überreagieren und keine unkalkulierbaren Risiken eingehen. Bitte keine Eigenmächtigkeiten oder irgendwelche Verrücktheiten. Wir ziehen das hier in aller Ruhe durch. Im schlimmsten Fall geht uns der Erpresser mit dem Geld durch die Lappen. Aber damit wäre das Spiel nicht zu Ende, dann wird wieder neu gewürfelt.»

«Würfeln ist Mist, da entscheidet das Glück.»

Emilio lächelte. «Nicht immer. Warten wir's ab.»

47

Als Phina in Maras Begleitung auf ihrem Weingut vorfuhr, war von Emilio weit und breit nichts zu sehen. Es erübrigte sich, nach ihm zu suchen, denn wenn sein Landy nicht da war, dann galt das auch für ihn. An der Vinothek hing das Geschlossen-*Chiuso*-Schild. Das ging in Ordnung, es war Mittagszeit. Sie packten Maras Taschen aus dem Auto und trugen sie ins Haus. In der Küche machten sie eine schnelle Brotzeit, dann ging Phina in ihr Büro, um mit Mitarbeitern zu sprechen. Mara, der die Beine weh taten, legte sich kurz hin, versprach aber, die Vinothek pünktlich zur nachmittäglichen Öffnungszeit aufzusperren.

Trotz der Fahrerei hatte Phina an ihrem kurzen Ausflug nach München Spaß gehabt. Ihr hatte es gutgetan, mal aus der täglichen Routine auszubrechen, auch wenn es nur für einige Stunden war. Sie zog daraus die Erkenntnis, dass sie das viel zu selten tat. Wie wohltuend würden da erst ein paar zusammenhängende Tage sein? Wohin auch immer. Südtirol war schön, es gab keinen besseren Ort zum Leben, doch Tapetenwechsel brauchte es auch im Paradies.

*

Mara hatte es genau umgekehrt empfunden. Sie war froh, dass ihre Rückkehr nach München nur von kurzer Dauer gewesen war. In ihrer Wohnung waren sofort all die Probleme der letzten Jahre wieder hochgekommen, all die Qualen, die seelischen und die körperlichen. Gott sei Dank war sie durch Phina abgelenkt gewesen, alleine wäre sie wieder in ein tiefes Loch gefallen. Wer weiß, wie lange sie gebraucht hätte, erneut herauszuklettern? Auf der Rückfahrt war ihr der Brenner wie eine Erlösung vorgekommen. Oder besser: wie eine Verheißung. Wie ein Versprechen, dass sich im Süden der Alpen, unter dem blauen Himmel und auf dem Weg ins Land, wo die Zitronen blühen, alles zum Guten wenden könnte, dass ihre Verletzungen hier schneller heilen würden. Natürlich würde sie nicht in Südtirol bleiben können, das war ihr klar. Auch wollte sie sich nicht zwischen Phina und Emilio drängen, auf keinen Fall. Aber sie spürte, dass es ihr im Schatten der Berge gelingen würde, den Weg zurück in die Sonne zu finden.

*

Mario hatte ganz andere Sorgen, er hatte nämlich keine Joints mehr. Also müsste er sich auf seine Vespa schwingen und für Nachschub sorgen. Aber dafür war er zu müde, außerdem konnte er gerade nicht scharf gucken, alles kam ihm vor wie im Nebel, sogar seine Gitarre. Und er hatte kein Geld, um seinen Haschfreund zu bezahlen. Vielleicht bekam er ein letztes Mal Kredit? Doch, ganz bestimmt. Gleichwohl sollte er so schnell wie möglich zu Geld kommen, langsam brannte der Hut. Mit der Miete war er auch im Verzug. Es wurde höchste Zeit, dass sein Vorhaben gelang. Er warf einen Blick auf sein Handy. Vielleicht war es schon in wenigen Stunden so weit. Vorher brauchte er ganz dringend einen Joint; damit sich dieser verdammte Nebel endlich verzog. Und auch sonst.

Er nahm seine Gitarre und schlug einen Akkord an. *Never give up! Non mollare mai!*

*

Annika spielte die liebe Ehefrau. Das tat sie immer seltener, aber wenn sie wollte, hatte sie es drauf. Sogar wenn ihre Oberschenkel schmerzten und sie zudem die Stelle spürte, wo sich der Nagel des Heiligenbilds in ihren Rücken gebohrt hatte. Sie lächelte ihren Mann treuherzig an und fragte, ob er ein Glas Wasser wolle oder einen frischen Kaffee. Außerdem könne sie ihm den Nacken massieren, er wirke so verspannt. Sie fragte ihn, ob das was mit dem geliehenen Geld zu tun habe. Sein Dementi fiel so verschwurbelt aus, dass es einer Bestätigung gleichkam. Das überraschte sie keine Sekunde. Hieronymus hatte die Sache nicht im Griff, wie so oft. Ihr Vertrauen in seine Fähigkeiten nahm im Lauf ihrer Ehe kontinuierlich ab. Was deshalb bemerkenswert war, weil schon das Ausgangsniveau nicht allzu hoch gewesen war. Unwillkürlich drückte sie bei der Nackenmassage fester zu. Sein Autsch klang so wehleidig wie bei einem Kind. Wieder dachte sie an das Geld und hoffte, dass alles gut ausgehen möge.

*

Franz Egger blätterte in einem Magazin mit Oldtimern. Als er auf das Foto einer Giulietta Spider aus den sechziger Jahren stieß, musste er schlucken. Fast hätte er sich seinen Traum erfüllen können. Etwas Benzingeld und eine schöne Urlaubsreise wären auch noch drin gewesen. Im Nachhinein musste er froh sein, dass er mit einem blauen Auge davongekommen war. Sein spontaner Einfall hätte ihn seinen Job kosten und eine Anzeige bei der Polizei einbringen können. Ob er wollte oder nicht: Er musste dem Baron dankbar sein, dass er ihn nicht hingehängt hatte. Dieser Emilio war zwar ein schräger Vogel, aber ganz offenbar ein Ehrenmann. Spätestens jetzt war er davon überzeugt, sonst hätte er ihn vorhin verraten. Welche Schlussfolgerung zog er daraus? Nun, den alten Alfa würde es vorläufig nur in seinen Träumen geben – und wenn seine Dienste bei der Suche nach dem wahren Erpresser gefragt sein sollten, würde sich Emilio auf ihn verlassen können. Emilio, aber nicht Hieronymus!

*

Seinen Landrover parkte er in der Garageneinfahrt von Theresas Villa in Meran. Er musste sich noch an den Gedanken gewöhnen, dass sie nun ihm gehören sollte. Er sperrte auf und trat ein. Im verdunkelten Wohnzimmer blieb er eine Weile stehen. Dann zog er die Vorhänge auf, öffnete einige Fenster und ließ frische Luft herein. Auch ein Haus musste atmen. Und Theresas Seele musste Gelegenheit bekommen, davonzufliegen. Emilio lächelte, denn solch esoterische Überlegungen waren ihm eigentlich wesensfremd. Aber Theresa hatte so gedacht, das wusste er. Im Salon stieß er auf einen Konzertflügel, dessen Existenz er völlig vergessen hatte. Er nahm die Schutzdecke herunter und strich nachdenklich über den schwarzen Lack. Dann klappte er den Klaviaturdeckel auf, zog den Hocker heran und setzte sich. Er knetete seine Hände und sah versonnen auf die Tastatur. Im Schloss seiner Eltern hatte es ein Klavierzimmer gegeben, und während seines Studiums in England hatte er als Barpianist Jazz, Pop und

Evergreens gespielt. Damals war seine Welt noch eine andere gewesen. Zögerlich schlug er die ersten Tasten an. Der Flügel musste gestimmt werden, aber es ging. Minuten später saß er da und spielte *Summertime* von Gershwin. Er erinnerte sich an das letzte Mal, als er das Stück gespielt hatte. Das war noch nicht so lange her. Damals hatte ihn eine attraktive Frau lasziv angeschmachtet. Was wohl aus ihr geworden war? Mit einem Kuss hatte sie sich verabschiedet – aus Südtirol und von ihm.

Emilio genoss das Klavierspiel. Von Gershwin kam er auf einigen Umwegen zu Johann Sebastian Bach. Prompt verspielte er sich beim ersten C-Dur-*Präludium*. Er brauchte mehrere Anläufe. Gott sei Dank hatte er keine Zuhörer. Vielleicht sollte er die Fenster schließen. Und ganz sicher regelmäßig üben. Ein Glenn Gould würde aus ihm nicht mehr werden, aber er hatte große Freude an dem Spiel.

Sein Handy klingelte. Das war sein Glück, sonst hätte er wohl ewig weitergemacht. Phinas Anruf holte ihn in die Realität zurück. Sie hatte recht, er könnte sich zu Hause wieder blicken lassen. Natürlich freute er sich zu hören, dass die beiden Frauen wieder heil zurück waren. Das konnte er leichten Herzens bestätigen. Allerdings hatte er auch nichts anderes erwartet, eine Fahrt nach München war schließlich keine Mondlandung. Emilio sah auf die Uhr. Womöglich war es besser, in Theresas Haus zu bleiben. Von hier war es nicht weit zu Hieronymus' Weingut Pletzerhof. Sobald sich der Erpresser meldete, müsste er womöglich schnell vor Ort sein, um sich am Spiel zu beteiligen. Er bat Phina, sein Fernbleiben zu entschuldigen, mit den besten Grüßen an Mara. Heute Abend könne es später werden. Aus beruflichen Gründen, die er beim morgigen Frühstück gerne darlegen könne. Phina wünschte ihm viel Glück. Das konnte er brauchen …

Hatte er alles, was er benötigte? Eigentlich schon. Bis auf das, von dem er jetzt nicht wissen konnte, dass er es vielleicht brauchen würde. So war das Leben. Das Überraschende kam grundsätzlich unerwartet.

48

Hingegen war es kaum überraschend, dass der Erpresser bis zum Einbruch der Dunkelheit wartete. Erst dann erschien auf Hieronymus' Smartphone eine Textnachricht. Er hatte gerade mit Annika vor dem Fernseher gesessen. Sie schien von ihm aber keine Kenntnis zu nehmen. Es interessierte sie viel mehr, ob der attraktive Kandidat der Quizshow den Jackpot knacken würde.

«Setzen Sie sich mit dem Lösegeld ins Auto», schrieb der Erpresser. «Nehmen Sie den Porsche Ihrer Frau. Fahren Sie auf die MeBo Richtung Bozen. Ich melde mich.»

Hieronymus stand auf. «Ich muss noch mal kurz weg.»

Er rechnete mit einer neugierigen Frage, zu seiner Erleichterung war ihr die Quizshow gerade wichtiger.

«Pass auf dich auf», meinte sie, ohne den Blick von der Mattscheibe zu nehmen.

«Ich brauch dein Auto.»

Jetzt sah sie doch kurz zu ihm rüber. «Warum, ist deins kaputt?»

«Mein Tank ist fast leer. Wo hast du den Schlüssel?»

«Hängt am Haken neben der Tür. Fahr vorsichtig. Warum hat der Regenwurm keine Füße?»

«Wie bitte?»

«Das ist die nächste Frage. A, weil er keine Wirbelsäule hat …»

«Ich bin dann mal weg.»

«Ja, ja. *Ciao*, bis später. Ich glaube, die Wirbelsäule ist richtig.»

Hieronymus ging zum Safe und holte den Rucksack mit dem Geld. Er schrieb Emilio eine kurze Nachricht: «Es geht los. MeBo Richtung Bozen. Soll Annikas Porsche nehmen.»

*

«Okay», antwortete Emilio. «Nicht vergessen, zweites Handy aktivieren. Eins drücken. Und Lautsprecher. Bin schon unterwegs.»

Er rannte hinaus, sprang in den Landy und fuhr los. MeBo Richtung Bozen. Gott sei Dank hatte er sich entschieden, in Theresas Villa zu warten, sonst käme er jetzt aus der entgegengesetzten Richtung. MeBo stand für die autobahnähnliche Schnellstraße, die vorwiegend auf der rechten Seite der Etsch von Meran nach Bozen führte. Die Bahnstrecke und die alte Verbindungsstraße verliefen dagegen auf der anderen Flussseite. Emilio rief Franz Egger an und sagte, er solle sofort losfahren, und zwar auf der Landstraße Richtung Bozen. Weitere Instruktionen würden folgen.

Hieronymus sollte also den Wagen seiner Frau nehmen. Das war nicht dumm. Aber er war nicht weniger dumm, weshalb auch Annikas Auto mit einem Sender versehen war. Oder hatte er das aus reinem Spieltrieb getan? Egal, jetzt sah er auf seinem Tabletcomputer, wo es blinkte. Emilio fuhr gerade in Marling auf die Schnellstraße, Hieronymus war ein Stück vor ihm. Der Franz Egger kam auch voran. Das passte. Auch der Sender, den er vorsorglich in einer kleinen Seitentasche des Rucksacks versteckt hatte, blinkte fröhlich vor sich hin. Aber er hatte eine geringere Reichweite. Im Moment war das ein bisschen viel an Geblinke, aber noch behielt er den Überblick.

«Hörst du mich?», fragte er über das Zweithandy.

«Laut und deutlich», antwortete Hieronymus. «Soll ich dir meinen Standort durchgeben?»

«Nicht nötig, ich bin hinter dir.»

«Kann dich nicht sehen.»

«So soll es sein.»

Nächste Ausfahrt Lana, Postal/Burgstall. Was hatte der Scheißkerl vor? Emilio sah, dass Egger auf der Landstraße nicht so schnell vorankam und kontinuierlich zurückfiel. Das war zu erwarten gewesen.

Ausfahrt Gargazon. Immer noch keine weiteren Anweisungen.

Endlich war es so weit.

«Neue Nachricht. Ich soll bei der Tankstelle Vilpian langsamer fahren. Kurz danach käme eine Ausbuchtung, noch vor der nächsten Ausfahrt. Da soll ich rechts ranfahren und halten.»

«Mach einfach genau, was er sagt.»

Nach einer Weile. «Alles klar. Die Parkbucht gibt's wirklich. Ich habe gehalten und steig jetzt aus.»

«Gibt's da eine Unterführung?»

«Ist im Dunkeln schwer zu sehen. Nein, keine Unterführung. Aber direkt hinter der Leitplanke und einer Hecke verläuft parallel eine kleine Straße. Da kann man fast rüberspucken.»

«Okay, dann weiß ich, was gleich kommen wird.»

Emilio beschleunigte. Er rief Egger an und gab ihm die Stelle durch. Er solle über Nebenstraßen versuchen, möglichst schnell dort hinzugelangen.

218

Emilio dachte, dass er jetzt von dieser verdammten Schnellstraße runtermusste. Aber überall gab es Leitplanken.

«Ich soll das Geld über die Hecke werfen, auf die kleine Straße.»

«Das war klar. Lass dir ein bisschen Zeit, aber dann tu, was er sagt.»

Mit Vollgas jagte Emilio an dem geparkten Porsche vorbei. Für seinen Landy war das fast Lichtgeschwindigkeit, doch gemessen an den anderen Autos war er immer noch langsam. Der betagte Motor kreischte auf dem letzten Loch, und die Lenkung schlug wie ein wild gewordener Mustang.

«So, der Rucksack ist drüber. Aber da ist niemand.»

«Das wird sich gleich ändern.»

Emilio erreichte die Ausfahrt Nals-Vilpian. Mit quietschenden Reifen und in bedrohlicher Schräglage schaffte er die Kurve.

«Neue Nachricht. Ich soll weiterfahren.»

«Dann tu das.»

«Ich lass mir Zeit. Ich will sehen, was mit meinem Geld passiert.»

Emilio entdeckte gleich rechts zwischen einem kleinen Kanal und der Schnellstraße einen Schotterweg. Das musste die kleine Straße sein. Er machte eine Vollbremsung, stieß zurück und fuhr hinein. Zur Apfelernte waren hier Traktoren mit Golden Delicious unterwegs, mit Granny Smith und Braeburn. Jetzt hatte er freie Fahrt, in die entgegengesetzte Richtung, dorthin, wo der Rucksack lag. Egger war zu weit weg, um von ihm Hilfe zu erwarten. Der grüne Punkt, der den Rucksack signalisierte, setzte sich in Bewegung.

«Der Typ hat ein Motorrad», hörte Emilio Hieronymus' aufgeregte Stimme.

Der grüne Punkt kam direkt auf ihn zu! Ein Scheinwerfer näherte sich … Emilio kniff die Augen zusammen. Er könnte noch einen Moment warten, dann das Lenkrad rumreißen und das Motorrad im Vorbeifahren rammen. Das würde funktionieren. Aber das Leben war kein Actionfilm. Wenn er Pech hatte, stellte sich später heraus, dass er den Falschen erwischt hatte. Und bei noch größerem Pech kam der Fahrer dabei ums Leben. Das war also keine Option. Emilio brachte den Landy quer auf dem Schotterweg zum Stehen. Dieser war so schmal, dass er ihn komplett blockierte. Jetzt bremste der Motorradfahrer. Aber nur kurz, dann gab er wieder Gas, fuhr direkt auf ihn zu und dann mit Karacho über die Wiese. Dabei streifte er einige Zweige, tat ihm aber nicht den Gefallen zu stürzen. Stattdessen gönnte er sich den Spaß, Emilio mit einer Hand zuzuwinken. Dieser zeigte ihm den Stinkefinger, so viel Höflichkeit musste sein. Auf dem Rücken trug der Fahrer den Sack mit dem Geld, auf dem Kopf einen schwarzen Helm. Viel mehr konnte Emilio nicht erkennen. Das Nummernschild war nicht beleuchtet, außerdem ging alles wahnsinnig schnell. Dass es aber eine Geländemaschine war, erkannte er. Damit hätte der Mann auch quer durch die Apfelplantage abhauen können. Das war unfair.

Emilio wendete und nahm die Verfolgung auf. Das Motorrad war längst außer Sicht, aber er hatte ja den grünen Blinkepunkt auf dem Tablet.

«Hast du ihn erwischt?», fragte Hieronymus.

«Leider nein, aber wir haben uns tief in die Augen geblickt.»

«Häh?»

«Egal, jetzt ist er weg.»

«Scheiße.»

«Noch habe ich das Signal vom Rucksack. Ich fahr ihm nach.»

«Was für ein Signal? Ach so, verstehe.»

«Kannst heimfahren. Du hörst von mir.»

Emilio rief Egger an und sagte ihm, die Show sei vorüber, der Erpresser entwischt.

Emilio konnte dem grünen Punkt nicht auf direktem Weg folgen. Bei fast allen kleinen Straßen und Schotterwegen für die Landwirtschaft gab es Schranken. Der Motorradfahrer fuhr einfach dran vorbei, er selbst musste große Umwege machen. Ihm ging jede Zuversicht verloren, denn er hatte eine klare Vorstellung davon, was bald passieren würde. Tatsächlich musste er nicht lange warten. Der Punkt blinkte zwar weiter, bewegte sich aber nicht mehr. Einige Zeit später hatte er ihn erreicht. Der Rucksack hing am Straßenrand an einem Apfelbaum. Natürlich war er leer.

Emilio suchte nach seinen Zigarillos. Er zündete sich einen an und lehnte sich an die Kühlerhaube. Er blickte hinauf zum klaren Sternenhimmel. Was war das wieder für ein schöner Abend. Die Luft so mild und so klar. Hätte kaum schöner sein können. Er schaute auf die Glut seines Zigarillos. Es machte keinen Sinn, sich was vorzumachen. Tatsächlich war es ein beschissener Abend, und es stank ihm gewaltig, dass ihm der Typ entwischt war. So was nahm er persönlich!

49

Annika hatte ihren Mann noch nie in einem ähnlich besorgniserregenden Zustand gesehen. Hieronymus musste sich beim Betreten des Wohnzimmers an der Wand abstützen, so unsicher war er auf den Beinen. Er riss am Hemdkragen, als ob er auf diese Weise besser Luft bekäme. Sein Gesicht war vor Aufregung rot angelaufen, und die Augen traten hervor. Wieder einmal hatte sie Angst, dass er einen Herzinfarkt bekommen könnte. Gleich würde er aus den Latschen kippen. Sie sprang auf, um ihm zu Hilfe zu eilen. Er schaffte es gerade noch alleine, sich auf die Couch sacken zu lassen. Sie zog einen Hocker herbei und lagerte seine Beine hoch. So fürsorglich war sie normalerweise nicht, doch seine Verfassung jagte ihr wirklich einen Schrecken ein. Sie brachte ihm ein Glas Wasser. Langsam schien es ihm besserzugehen.

Erst jetzt traute sie sich zu fragen, was denn passiert sei. Seine geflüsterte Antwort war kaum zu verstehen, aber sie konnte sich den Sinn zusammenreimen. Das Geld sei weg, tat er fast schon weinerlich kund. Was für Geld? Die Frage musste sie gar nicht stellen. Natürlich war ihr Geld gemeint, jene hunderttausend Euro, die er sich von ihr geliehen hatte. Von wegen neue Holzfässer und so. Ihr Mann war schon immer ein miserabler Lügner gewesen. Leider stellte sich immer deutlicher heraus, dass er auch ein Schlappschwanz war. Wie konnte man so blöd sein, das Geld zu verlieren? Ihr würde so was nicht passieren, ganz bestimmt nicht. Dafür also hatte er ihren Porsche gebraucht. Um sich in einer Nacht- und Nebelaktion das liebe, schöne Geld aus den Händen nehmen zu lassen. An der Aktion war auch der Egger Franz beteiligt gewesen. Und zudem der allzeit so taffe Baron Emilio. Aber auch der schien Mist gebaut zu haben, sonst wäre das Geld ja noch da.

Die drei hatten sich wenige Minuten zuvor noch im Degustationsraum getroffen, aber ihr Gespräch hatte nicht lange gedauert. Jetzt waren die anderen gefahren, und ihr Mann versank immer tiefer in der Couch. Es sah fast so aus, als würde er langsam von den Polstern verschlungen. Womöglich war er auch gleich weg, so wie die hunderttausend Euro? Aufgefressen vom Schaumstoff, verschluckt und verdaut vom Federkern. Aber den Gefallen würde er ihr nicht tun.

Annika goss sich ein Glas Wein ein. Nicht ihr erstes heute Abend. Es beschlich sie ein schlechtes Gewissen, weil sie oft so üble Dinge dachte. Nicht nur dachte, sondern gelegentlich auch tat. Vor dem Altar hatten sie sich ewige Treue geschworen, und sie wollten in guten wie in schlechten Zeiten zusammenhalten. Das mit der Treue hatte sie nie ernst genommen, in diesen Tagen war das eher eine romantische Floskel. Wer glaubte denn wirklich daran? Ihr Mann vielleicht.

In guten wie in schlechten Zeiten? Das war doch eine Phrase. Wenn das Zusammenhalten schon in guten Zeiten schwerfiel, wie sollte es dann in den schlechten klappen? Da war sich jeder selbst der Nächste. Sollte sie deshalb ein schlechtes Gewissen haben? Manche Menschen fühlten sich mies, wenn sie was angestellt hatten, und sie versuchten, es wiedergutzumachen. Das war natürlich idiotisch, denn damit war die Tat nicht ungeschehen.

Hieronymus, der langsam aus den Tiefen der Polster auftauchte, räusperte sich. Dann tat er mit ziemlich fester Stimme kund, dass sie sich keine Sorgen machen solle. Er würde das Geld wiederbeschaffen. Er habe alles im Griff.

Fast hätte sie gelacht. Hieronymus und alles im Griff? Das war der Witz des Abends.

50

Phina und Mara waren noch wach und saßen bei einer Flasche Rotwein am großen Tisch in der Bauernküche. Das traf sich gut, jedenfalls was den Rotwein betraf, den konnte er jetzt vertragen. Natürlich freute er sich auch über die Gesellschaft der beiden Damen, die ihn zur Begrüßung herzlich anlächelten. Immerhin hatten sie sich seit ihrer gestrigen Abfahrt nach München nicht gesehen. Sie machten beide einen erstaunlich munteren Eindruck, ihre Küsse und Umarmungen waren aber von unterschiedlicher Intensität und Nähe. Gut so, sonst käme er noch durcheinander.

Er holte sich ein Glas, goss ein und stieß mit den Frauen an.

«Schön, dass ihr wieder da seid», sagte er. War das nur eine Redensart? Nein, er meinte es wirklich so.

Phina sah ihn fragend an. «Wie war dein Termin?»

Er zuckte scheinbar entspannt mit den Schultern. «Nicht so aufregend und im Ergebnis unbefriedigend.»

«Sprichst du von einer Frau?»

Jetzt musste er lächeln. «Ja, solche Frauen soll es geben. Aber mein Termin war gewerbsmäßiger Natur.»

«Es gibt auch gewerbsmäßige Frauen.»

«Tja, sogar in Südtirol. Aber wie ihr wisst, pflege ich einen anderen gesellschaftlichen Umgang.»

«Hat's was mit der Erpressung vom Hieronymus zu tun?», hakte Phina nach. «Dass der Wein, den wir ins Labor gebracht haben, in Ordnung war, das weißt du ja sicher schon von Dominik.»

«Ja, das weiß ich, ändert aber nichts …»

«Kannst ruhig weitersprechen», sagte Mara, «Phina hat mir alles erzählt.»

Emilio lächelte. «Hätte ich mir denken können, obwohl es eigentlich unter die Schweigepflicht fällt.»

Mara nickte. «Ist klar, ich spreche mit niemandem darüber.»

«Verstehe. Um die Frage zu beantworten: Ja, der Termin heute Abend hatte was mit der Erpressung zu tun.»

«Und?»

«Um den Bankier Rothschild zu zitieren: ‹Ihr Geld ist nicht weg, mein Freund, es hat nur ein anderer.›»

«Muss ich das verstehen? Wessen Geld?»

«Das Lösegeld von Hieronymus ist weg, jetzt hat es ein anderer.»

«Wie viel?»

Emilio machte eine zweite Flasche Wein auf.

«Das bleibt jetzt aber wirklich unter uns.»

«Nun sag schon.»

«Hunderttausend Euro.»

«Ach, du liebe Scheiße.»

«Aber du weißt, wer das Geld jetzt hat, oder?»

«Wollt ihr mir den schönen Abend verderben?»

«Wieso? Willst du damit sagen …?»

«Genau, ich weiß es nicht.»

«Wie konnte das passieren? Du bist doch unser Genie!»

Emilio grinste gequält. «Können wir bitte über was anderes reden? Wie war das Wetter in München?»

51

Der folgende Tag nahm einen ungewissen Anfang, hatte für alle Beteiligten unterschiedliche Vorkommnisse zu bieten und brachte im Ergebnis einige neue Erkenntnisse. So ließ sich Emilio beim Frühstück von dem Vorschlag überraschen, am frühen Abend mit Phina und Mara zu picknicken. Er konnte sich nicht erinnern, wann er dies das letzte Mal getan hatte. Jedenfalls war es lange her; als Kind bei seinen Eltern anlässlich der Weinernte und später während der Studienzeit in England. Seit Königin Victoria, die ihre Mahlzeiten gerne im Freien eingenommen hatte, waren die Engländer wie vom Picknick-Virus besessen, gerade in gehobenen Kreisen, bis hin zum Pferderennen in Ascot. Phina hatte aber nicht den englischen Rasen im Auge, sondern eine Almwiese mit weitem Blick bis hinüber zum Schlern und zum Rosengarten. Hörte sich gut an, vor allem freute ihn zu hören, dass man das Ziel mit seinem Auto erreichen konnte, ohne einen Meter zu Fuß zu gehen. Genau genommen war ein alter Landy das einzig standesmäßige Gefährt für ein gepflegtes Picknick. Bei allem gebotenen Respekt vor den Südtiroler Schaumweinen, er würde eine Flasche Champagner beisteuern. Im Gedenken an alte Zeiten.

Bis es so weit war, würde er einiges nachzudenken haben. Zum Beispiel beschäftigte ihn die Frage, wer aus dem Kreis der Verdächtigen in der Lage war, ein Geländemotorrad zu fahren – und dies so gut, dass er eine Hand vom Lenkrad nehmen und ihm zuwinken konnte. Er hatte kurz mit Phina darüber geredet, die einen lustigen Namen für diese Motorräder hatte: Gatschhupfer! Wohl wahr, mit diesen Enduros konnte man querfeldein brettern, wenn nötig auch durch Matsch und Schlamm. Er musste zugeben, dass es kein besseres Fluchtgerät gab; er hatte von Anfang an keine Chance gehabt. Das immerhin war tröstlich. Mario hatte eine Vespa, keinen «Gatschhupfer», könnte aber vermutlich damit fahren. Der Winzerkollege Ferry Schwaiger hätte seinen brachialen Jeep genommen, der im Übrigen laut Peilsender den ganzen Abend nicht bewegt worden war. Ignaz Aufschnaiter war zu dick und unsportlich. Franz Egger konnte es nicht gewesen sein. Wen gab es noch? Ihm fiel niemand mehr ein.

*

Hieronymus Pletzer hatte sich über die Nacht und bis zum späten Vormittag zumindest so weit beruhigt, dass er Gianfranco Pellenardo mit klarem Kopf und ausgesuchter Höflichkeit begrüßen konnte. Der große Weinkritiker aus Florenz, der sich im wahren Leben als kleiner, aber eitler Mann herausstellte, ließ sich im Schnelldurchgang das Weingut zeigen, meinte dann aber, dass ihn das im Prinzip langweile. Er habe in all den Jahren spektakuläre Betriebe kennengelernt, mit herausragenden Weinlagen und einer sündhaft teuren Architektur, die aber nur nichtssagende Allerweltstropfen zustande brächten. Umgekehrt kenne er schlichte Weingüter, die nach außen einen fast schon bemitleidenswerten Eindruck machten, die aber Jahr für Jahr geradezu geniale Weine produzierten. Es zähle eben nur, was am Schluss in der Flasche sei. So einfach sei das.

Hieronymus, der den Hinweis sehr wohl verstand, führte seinen Gast in den Degustationsraum, wo sie von Kellermeister Franz Egger erwartet wurden. Die zu testende Flasche Lagrein Riserva stand auf dem Tisch wie eine Reliquie, ohne Etikett, noch verkorkt. Pellenardo hatte es so gewollt, ganz puristisch, ohne Dekantieren oder sonstigen Firlefanz. Auf einem vorbereiteten Informationsblatt waren alle wesentlichen Kenndaten vermerkt: Jahrgang, Rebsorte, Alkoholgehalt, Restzucker, Rebalter, Exposition der Lage, Bodenbeschaffenheit, Ertrag pro Hektar, Ausbau etc.

Pellenardo warf nur einen flüchtigen Blick darauf. Egger fragte, ob er die Flasche öffnen dürfe. Der Weinkritiker nickte, wollte aber zuvor ein Glas Wasser und eine Probe vom normalen Lagrein des Hauses.

Sie hatten organisiert, dass im Service Annika bereitstand, um das Macho-Auge des Florentiners zu erfreuen. Sie präsentierte sich im ultrakurzen Rock und mit einem strahlenden Lächeln; natürlich ohne den geringsten Hauch Parfüm. Das käme bei einer sensorischen Weinverkostung einer Todsünde gleich. Die erhoffte Wirkung stellte sich ein: Pellenardo war anzusehen, dass er Annika sofort die maximale Zahl seiner Sterne verleihen würde. Blieb die Frage, ob sich das auf seine Beurteilung des Lagreins übertragen würde.

Der Weinpapst ließ sich von Annika nur kurz ablenken, entschuldigte sich dann bei ihr für seinen uncharmanten, aber berufsbedingten Mangel an Aufmerksamkeit, um schließlich den herbeigebrachten «normalen» Lagrein zu probieren, jenen ohne Riserva-Status und entsprechender Reifung. Er tat dies in rascher, tausendfach geübter Abfolge: Auge, Nase, Zunge, Abgang. Erst hob er das Glas und begutachtete die Farbe und Klarheit und nach kurzem Schwenken die herunterlaufenden

«Kirchenfenster» des Weins, dann steckte er nach erneutem, ausführlicherem Schwenken seine Nase ins Glas. Der Zinken war das wichtigste Sinnesorgan eines jeden Verkosters. Weinpäpste wie Pellenardo hielten ihren Geruchssinn für ebenso überentwickelt wie unbestechlich. Schließlich kam die Probe im Mund, die von einem ungenierten Schlürfen und Kauen begleitet wurde. Er spuckte den Wein in einen bereitgestellten Spuckkübel und sparte sich jeglichen Kommentar. Dann ein Schluck aus dem Wasserglas. Er beobachtete Franz Egger, wie dieser die Flasche öffnete, um die es eigentlich ging, den Riserva, an den sie so große Erwartungen knüpften. Pellenardo ließ sich den Korken reichen und hielt ihn kurz unter die Nase. Hieronymus musste an die feine Nadel denken, mit der Emilio die Probe fürs Labor genommen hatte. Auch, dass die Analyse aus München hoffentlich stimmte, dass nämlich der Wein in dieser Flasche frei von Gift und mithin gefahrlos zu degustieren sei. Gleich würden sie es wissen, Hieronymus verdrängte jeden Gedanken an einen Irrtum. Jetzt zählte nur, dass der Riserva den Weinpapst in Verzückung versetzte. Mit geschmeidiger Selbstverständlichkeit wiederholte Pellenardo seine Verkostungsroutine – aber er schien sich diesmal etwas mehr Zeit zu nehmen. Bei der Gaumenprobe schloss er für einen Moment die Augen. Und er spuckte den Wein nicht aus, sondern schluckte ihn runter. War das ein gutes Zeichen?

Hieronymus und Egger wurden in ihrer Erwartung enttäuscht, dass der große Meister eine spontane Bewertung abgeben würde, oder sogar das erhoffte, überschwängliche Lob spendieren könnte. Stattdessen hatte er den stoischen Gesichtsausdruck eines Pokerspielers aufgesetzt. Ohne Emotionen, nicht zu interpretieren. Er machte sich weder eine Notiz, noch fasste er seine Sinneseindrücke in Worte.

Pellenardo sah auf seine Uhr und sagte, dass er leider eilig weitermüsse, er habe noch einen wichtigen Termin. Er stand auf, nahm das Blatt mit den Kenndaten, faltete es zusammen und steckte es ein. Franz Egger warf Hieronymus einen hoffnungsvollen Blick zu. Er brauche noch ein Foto von der Flasche mit Etikett, sagte Pellenardo. Sie könnten ihm selbiges gerne mailen. Und wann der Wein zur Auslieferung gelange, fragte er noch.

Hieronymus spürte einen Kloß im Hals. Ende des Monats, antwortete er tapfer, jeden Gedanken an das Gift und den Erpresser verdrängend.

Pellenardo nickte.

Annika fragte, ob sie ihn hinausbegleiten dürfe. Natürlich stimmte er freudig zu.

Nach der Verabschiedung und sobald sie das Zimmer verlassen hatten, tauschten sich Hieronymus und sein Kellermeister kurz aus. Sie waren sich einig, dass es Anlass zur Hoffnung gab. Warum sonst brauchte der Papst ein Foto von der Flasche? Aber vielleicht war das auch nur Gewohnheit, weil er von allen Weinen, die er probierte, ein Foto archivierte?

Aus dem Fenster sah Hieronymus, wie sich Annika und Pellenardo auf dem Parkplatz unterhielten. Der Weinkritiker fuhr einen schwarzen Maserati Quattroporte, sein Beruf schien einträglich zu sein. Und Annika hatte ein Faible für schöne Autos. Aber natürlich gab es keinen Grund zur Eifersucht. Die beiden verabschiedeten sich, und wenig später kam seine Frau zurück in den Degustationsraum.

«Na, habt ihr euch gut unterhalten?» Hieronymus konnte sich diese schnippische Frage nicht verkneifen.

Sie lächelte vieldeutig. «Aber klar. Willst du auch wissen, worüber?»

«Kommt darauf an.»

«Okay, dann behalte ich es für mich.»

«Also, sag schon!»

«Ich hab ihm entlockt, was euch brennend interessieren dürfte.»

Jetzt hatte sie auch die volle Aufmerksamkeit des Kellermeisters.

«Wirklich?»

«Er war sehr angetan.»

«Von dir?»

«Das auch, aber ich spreche vom Lagrein. Unser Riserva wird Weinempfehlung des Monats.»

Hieronymus und Franz Egger jubelten und klatschten sich mit den Händen ab. Dann wurde Annika geküsst – von allen beiden.

*

Mara stand derweil in der Vinothek hinter der Theke und gewöhnte sich an ihren neuen Arbeitsplatz. Wie es der Zufall wollte, gaben sich die Besucher an diesem Vormittag die Klinke in die Hand. Das war gut so, wie ein Sprung ins kalte Wasser. Schwierig war es nicht für sie, die Weinliste hatte sie längst auswendig gelernt. Sie schenkte die Weine zum Probieren aus, gab kurze Beschreibungen und auf Wunsch Hintergrundinformationen. Hier musste sie gelegentlich etwas improvisieren, aber dabei kam ihr die langjährige Erfahrung als Sommelière zugute. Da hatte sie auch nicht immer alles gewusst, aber elegant darüber hinweggeplaudert. Kein Gast verließ die Vinothek, ohne etwas zu kaufen. Meist natürlich Kartons mit Wein, aber auch Phinas hausgemachten Honig oder handgefertigte Schokolade. Wer mit dem Auto den Weg zum Weingut Perchtinger gesucht und gefunden hatte, der wollte nicht nur einfach grüß Gott sagen. So machte die Arbeit Spaß, das war besser als jede Therapie. Auch wenn dabei die Beine weh taten.

*

Es war Zufall, dass Mario in Bozen den verrückten Baron in seinem Landy vorbeifahren sah. Mittlerweile hatte er einiges über ihn herausgefunden. Aber nichts, was wirklich erklärte, wie der Mann auf die Idee gekommen war, ausgerechnet seine Vespa mit einem Peilsender zu versehen. Na egal, dass dieser jetzt mit einem Linienbus spazieren fuhr, dürfte er mittlerweile bemerkt haben. Mario beobachtete, wie Emilio den Wagen abstellte und zu Fuß davoneilte. Seine greise Nachbarin hatte recht gehabt: Der Mann musste eine komische Erkrankung haben, denn mal hinkte er wie ein Behinderter, dann wieder klemmte er sich den Stock unter den Arm und sauste los wie ein ganz Junger.

Mario interessierte nicht, wo er hinwollte. Er ging zurück zu dem geparkten Geländewagen und überlegte, dass die Gelegenheit günstig war, sich zu revanchieren. Die Reifen aufzustechen, erschien ihm zu rabiat und war außerdem mühsam. Er könnte die Wischer mit Sekundenkleber an die Scheibe kleben, aber das würde der Typ erst merken, wenn es irgendwann mal regnete, und für die nächsten Tage war schönstes Wetter vorhergesagt. Sekundenkleber im Türschloss wäre auch nicht schlecht. Oder die Fenster mit einer fettigen Handcreme verschmieren. Dann fiel ihm eine Geschichte ein, die er als Jugendlicher mal in einem Abenteuerroman gelesen hatte.

Er kaufte an der nächsten Ecke einige Kartoffeln und stopfte sie in den Auspuff. Entweder sprang der Motor gar nicht erst an, oder der Rückstau der Abgase machte ihm nach wenigen Metern den Garaus. Ob er dabei kaputtging, war ihm egal. Womöglich war aber der aufgebaute Druck so groß, dass die Kartoffeln hinten rausgeschleudert wurden. Das könnte durchaus sein. Vergleichbare Experimente hatte es während seiner abgebrochenen Ausbildung zum Chemielaboranten nicht gegeben. Zweifellos wäre Montageschaum zum Abdichten effektiver, es gab aber weit und breit keinen Baumarkt.

Sein Handy klingelte. So ein Mist, er musste weg. Jetzt würde er nie erfahren, ob das mit den Kartoffeln wirklich funktionierte. Außerdem hätte er gerne Emilios dummes Gesicht gesehen. Aber es gab Wichtigeres. Wie auch der Spaß mit dem Auto keine Bedeutung hatte. Der Baron verdiente einen richtigen Denkzettel – und er sollte sich aus seinem Leben raushalten. Das Kiffen brachte es mit sich, dass man viel zu lieb zu den Leuten war. Doch das konnte man ändern.

*

Emilio hatte derweil einige Erledigungen getätigt, um dann zur Dante- und Marconistraße zu laufen, wo sich an der Ecke die Quästur mit den Büros der Bozener Kriminalpolizei befand. Weil er dort mittlerweile gut bekannt war und sich außerdem auskannte, gelangte er auf direktem Weg zum Vorzimmer des leitenden *Commissario* Sandrini, den zu sprechen aber nicht in seiner Absicht lag. Vielmehr hatte er sein Kommen bei Mariella angekündigt, die im Büro alleine die Stellung hielt, weil ihr Chef einen Kongress besuchte. Das tat er häufig, Sandrini liebte Kongresse und Fortbildungsveranstaltungen, bevorzugt an den schönsten Plätzen Italiens, diesmal in Venedig. Mariella fiel Emilio zur Begrüßung um den Hals, so entzückt war sie über seinen Besuch und die mitgebrachten Blumen. Er ertrug es mit Fassung. Er lächelte und machte ihr ein Kompliment. Das war ehrlich gemeint, denn Mariella strahlte stets eine offene Herzlichkeit aus. Nur schade, dass sie immer dicker wurde. Aus der Schublade zauberte sie einen Teller mit Maronenplätzchen hervor. Das gehörte zum Ritual. Pflichtschuldigst schob er sich eins in den Mund, während Mariella munter drauflosplapperte. So erzählte sie vom Kirchenchor und der nächsten Aufführung, zu welcher der werte Herr Baron sehr herzlich eingeladen sei. Emilio übte sich in Geduld. Wollte er sich Mariellas Hilfsbereitschaft bewahren, die sich für ihn auch mal über Bestimmungen hinwegsetzte und ihren Chef im Unklaren ließ, durfte er nicht mit der Tür ins Haus fallen und dann gleich wieder gehen. Stattdessen begleitete er sie zum Cappuccino-Automaten auf dem Flur. Er tat so, als würde er aufmerksam zuhören, als sie von einer Ausstellung im Museion erzählte, dem Bozener Museum für zeitgenössische und moderne Kunst. Erst eine gute halbe Stunde später lenkte er das Gespräch behutsam auf aktuelle Fälle, mit denen die Kriminalpolizei befasst war. Obwohl sie dazu natürlich nichts sagen durfte, berichtete sie unbeschwert von Ladeneinbrüchen und Taschendieben. Außerdem sei eine Touristin mit ihrem geliehenen Elektrobike in die Talfer gefahren und ertrunken. Davon hatte er in der Zeitung gelesen, aber nicht, dass die Frau womöglich abgedrängt worden war. In seinen Augen waren Elektrobikes eine Erfindung des Teufels. Zu schnell, zu leise, grundsätzlich von hinten kommend und unschuldige Fußgänger gefährdend, gelenkt von halb tauben und blinden Rentnern, die irgendwann auf schmerzliche Weise die Grundgesetze der Physik kennenlernten – und in einem Gebirgsfluss landeten. Dafür brauchte es keine Hilfestellung von dritter Seite, das schafften sie schon alleine.

Emilio nahm noch ein Maronenplätzchen. Dann fragte er, was ihre Nachforschungen ergeben hätten. Sie wisse schon.

Mariella lächelte und holte eine Mappe aus der Schublade. Hier habe sie alle Erpressungsfälle der letzten Jahre kopiert. Die Mappe war nicht allzu dick, er blätterte sie schnell durch. Polizeibekannte Erpressungen kamen in Südtirol offenbar höchst selten vor, und wenn, dann waren es Einzeltaten, die in nichts an seinen Fall erinnerten. Weder ging es um Wein noch um annähernd so viel Geld. Ein erpresster Dorfpfarrer hatte seine Kirchenkasse geplündert, das war schon das spektakulärste Ereignis. Emilio hatte nicht wirklich geglaubt, auf diese Weise weiterzukommen, aber langsam gingen ihm die Ideen aus. Wenn es niemand aus Hieronymus' direktem Umfeld war, dann käme als Täter rein theoretisch auch jemand in Betracht, der sich auf Erpressungen als Erwerbsquelle spezialisiert hatte. Aber erstens kam das nicht häufig vor, und zweitens hätte sich ein solcher Mensch wohl kaum Hieronymus Pletzer als Opfer ausgesucht, dessen finanzielle Möglichkeiten eher beschränkt waren.

Er schloss die Mappe und gab sie Mariella mit bestem Dank zurück. Ob er enttäuscht sei, fragte sie. Nein, antwortete er mit einem Lächeln, er habe nur seine Auffassung bestätigen wollen, dass die Südtiroler ein friedfertiges Volk seien und einander in Liebe zugetan.

«Lieber Herr Baron, ich glaube Ihnen kein Wort. Sie arbeiten wieder an einem Fall, geben Sie es zu.»

«Nicht wirklich, aber mir ist da was zu Ohren gekommen. Sie kennen mich ja, da werde ich neugierig.»

Sie drohte ihm schmunzelnd mit dem Finger. «Gerade, weil ich Sie kenne, merke ich, wenn Sie mich anschwindeln.»

Emilio nahm gedankenverloren ein weiteres Plätzchen. Die Dinger machten süchtig.

«Wie schwierig ist es herauszufinden», fragte er einem plötzlichen Einfall folgend, «ob in den letzten Tagen ein Motorrad gestohlen wurde, genauer gesagt eine Motocross-maschine?»

«Eine Enduro?»

Emilio dachte, dass Mariella alles andere als hinter dem Mond lebte, trotz Maronenplätzchen, Kirchenchor und Spitzendeckchen unter dem Blumentopf auf dem Fensterbrett.

«Ganz genau. Im Volksmund auch Gatschhupfer genannt.»

Mariella lachte. «Mein Bruder hatte so ein Geländemotorrad, bis er sich das Schlüsselbein brach.»

«Um auf meine Frage zurückzukommen …?»

«Ach ja, die Frage. Nun, dazu muss ich kurz telefonieren. Noch einen Cappuccino?»

«Nein danke.»

Mariella, die als verlängerter Arm des *Commissario* in der Quästur extrem gut vernetzt war und ohne weitere Erklärungen alle Auskünfte erhielt, brauchte nur wenige Minuten. Sie drehte ihren Computerbildschirm zu Emilio und zeigte ihm ein Bild von einer orangefarbenen KTM.

«Die wurde vor drei Tagen von einem Parkplatz im Industriegebiet gestohlen.»

Emilio dachte, dass er in der Nacht keine Farbe hatte erkennen können. Aber das Motorrad hatte so oder ganz ähnlich ausgesehen. Er überlegte, ob er Mariella um etwas bitten sollte. Nämlich zu veranlassen, dass die Maschine, sollte sie wiederauftauchen, kriminaltechnisch untersucht wurde. Im selben

Moment wurde ihm klar, dass das völliger Quatsch war. Man würde kaum verwertbare Fingerabdrücke oder DNA-Spuren finden. Außerdem gab es keinen Grund, ein verdrecktes Motorrad in die KTU zu geben. Da würde er viel erklären müssen, was nicht in Frage kam. Ihm fiel das Elektrobike ein, das in der Talfer gelandet war. Der Witzbold aus der letzten Nacht hatte wahrscheinlich Ähnliches getan – nur dass er vorher abgestiegen war und mit dem Lösegeld das Weite gesucht hatte.

*

Kaminwurzen, Bauernspeck, Bergkäse, Gurken, Roggen- und Schüttelbrot ... Phina ließ sich von einer ehemaligen Schulfreundin, die heute einen Feinkostladen mit regionalen Spezialitäten führte, alles einpacken, was sie für eine zünftige Marende brauchte. Während der Weinernte hatte diese Brotzeit in der Natur ebenso Tradition wie das ganze Jahr über auf den vielen Almgasthöfen und in den Buschenschänken – mit dem Höhepunkt im Herbst zur Törggelezeit. Dann kämen noch Keschtn, also gebratene Kastanien, dazu. Und zum Trinken der *Suser*, der süße Most, der gerade zu gären begonnen hat, oder der *Nuier*, der junge, süffige Wein, von dem man betrunken werden konnte, wenn man genug davon trank. Zu dieser Jahreszeit würde es stattdessen kühlen Weißwein geben, natürlich von ihrem eigenen Weingut. Sauvignon blanc, Weißburgunder oder einen Riesling? Die Entscheidung würde sie Emilio überlassen. Und was brauchte sie noch? Trauben zum Käse und einen hausgebrannten Marillenschnaps. Phina überlegte, noch einige Freunde einzuladen. Sie freute sich auf das abendliche Picknick. Die Bergwiese war dafür wie geschaffen – mit einem phantastischen Blick auf das Alpenglühen der

Dolomitengipfel zum Sonnenuntergang. Ein Naturschauspiel, das nicht nur Touristen faszinierte, sondern regelmäßig auch Einheimische verzückte, obwohl sie das Erröten der bleichen Berge schon von Kind an kannten.

*

Der Landrover sprang tadellos an. Auf dem Beifahrersitz lagen in Papier eingewickelt die beiden Champagnerflaschen, die er für das heutige Picknick gekauft hatte. Eingedenk seiner neuen finanziellen Situation hatte sich Emilio für eine Prestige-Cuvée seiner bevorzugten Marke entschieden. Schon das charakteristische Etikett konnte bei ihm Glückshormone freisetzen. Doch dazu kam es nicht. Stattdessen fing der Motor plötzlich heftig zu rumpeln an. Emilio umklammerte das Lenkrad und drückte im Leerlauf einige Male heftig aufs Gaspedal. Gab jetzt sein treuer Landy den Geist auf? War es nun so weit? Schlug die Stunde des Abschieds? Die ganze Karosserie schüttelte sich und schien sich gegen das Schicksal aufzubäumen. Die Champagnerflaschen tanzten bedrohlich hin und her. Dann gab es einen ohrenbetäubenden Knall – danach war alles totenstill. Exitus! Nicht für ihn, aber für den alten Motor. Man konnte nicht sagen, dass dieser sanft entschlafen war, vielmehr hatte er sich mit einem mächtigen Rülpser von der Welt verabschiedet. Das passte zu seinem Charakter. Emilio wartete eine Weile, dann betätigte er den Anlasser, ganz vorsichtig, fast schüchtern, nur um sicherzugehen. Zu seiner Überraschung sprang der Motor sofort an, und er lief nicht unruhiger als sonst. Hurra, sein Landy hatte überlebt! Aber was war das gerade gewesen?

Emilio stieg aus und öffnete bei laufendem Motor die Kühlerhaube. Der Rauch, der ihm entgegenschlug, kam jedenfalls nicht aus dem Krematorium. Der Motor lebte, er ruckelte und rasselte zufrieden vor sich hin. Emilio wedelte mit der Hand. Der Qualm verzog sich, der Spuk war vorbei. Er schloss die Kühlerhaube und ging langsam um sein Auto herum. Am Fahrzeugheck angelangt, blieb er wie erstarrt stehen. Um Gottes willen, was war denn hier passiert? Der hinter ihm parkende Fiat sah schrecklich aus, völlig zugesaut. Seine helle Originalfarbe war kaum zu erkennen. Und es roch nach angebrannten Kartoffeln.

Einige Passanten blieben stehen und sahen sich die Schweinerei an. Emilio schüttelte ratlos den Kopf. Sein Landy hatte nichts abbekommen, der ganze Mist war hinten rausgeflogen. Er verstand zwar nichts von Autos, aber dass so was keine normale Fehlzündung war, die es bei einem Diesel sowieso nicht gab, schien ihm klar. Und der Kartoffelgeruch, wo kam der her? Er ging in die Knie und betrachtete seinen Auspuff. Er hatte mal von Kartoffelkanonen gelesen, die funktionierten aber irgendwie anders. Ihm fiel eine alte amerikanische Fernsehserie ein, in der ein ingenieurmäßig überaus begabter MacGyver mit Alltagsutensilien die erstaunlichsten technischen Effekte zustande brachte. Wenn er sich nicht sehr täuschte, hatte er mal mit einer Kartoffel im Auspuff die Flucht von Ganoven verhindert. War hier ein kleiner MacGyver am Werk gewesen? Kinder, die sich einen Streich erlaubt hatten? Oder jemand, der sich ganz gezielt seinen Landy ausgesucht hatte, um ihn zu ärgern? Wer käme dafür in Frage? Emilio musste lächeln. Da fiel ihm nur einer ein, der auf eine so kindische Idee kommen könnte. Einer, der auch den Einfall hatte, seinen Peilsender an einem Linienbus zu befestigen. Er würde Mario bald einen Besuch abstatten müssen. Emilio hatte zwar viel Sinn für Humor, aber solche Scherze brauchte er so dringend wie einen Kropf.

«Was haben Sie denn mit meinem schönen Auto gemacht?», rief leicht hysterisch eine Frau, die plötzlich vor ihm stand.

Er sah sie mit Unschuldsmiene an.

«Wieso ich? Sehe ich so aus, als ob ich fremde Autos mit Dreck beschmeiße?»

«Sie vielleicht nicht, aber Ihre Schrottkiste. Können Sie mal bitte den Motor ausmachen? Sie verpesten ja die ganze Luft.»

Mit dem Motorausmachen hatte sie wohl recht, aber seinen geliebten und gerade von den Toten auferstandenen Landy als Schrottkiste zu bezeichnen, war mehr als geschmacklos.

Er drückte der verdutzten Frau einen großzügigen Geldschein für die Fahrzeugwäsche in die Hand. Vom Rest könnte sie noch zum Friseur gehen, doch diese Bemerkung verkniff er sich. Stattdessen wünschte er ihr einen schönen Tag, stieg in sein Auto und fuhr davon.

Er streichelte das Armaturenbrett. «Schrottkiste, hast du das gehört? Die Frau ist ja nicht ganz richtig im Kopf.»

52

Hieronymus lief in seinem Büro auf und ab. Vom Fenster mit Blick auf seine Weinberge, die gerade in der aufziehenden Dunkelheit verschwanden, zu seinem Schreibtisch und wieder zurück zum Fenster. Immer wieder. Er versuchte, an Pellenardos Besuch zu denken und sich über den «Wein des Monats» zu freuen. Aber es wollte ihm nicht gelingen. Er hatte schon wieder hunderttausend Euro einem Verrückten hinterhergeworfen. Schon wieder? Nun, das erste Mal hatte er das Geld mit Emilios Hilfe zurückbekommen. Von wem auch immer. Aber jetzt war es erneut weg. Emilio hatte gesagt, dass es sich keinesfalls um ein und dieselbe Person handeln könne. Das wollte er ihm glauben und leider auch, dass der Baron keine Ahnung hatte, wer es diesmal haben könnte. Hunderttausend Euro! Und wo war der versprochene Hinweis auf die zweite Flasche? Wein des Monats – und keiner durfte ihn trinken. Das durfte doch nicht wahr sein.

Er wollte gerade das Licht ausmachen und hinübergehen zu Annika, die wahrscheinlich vor dem Fernseher saß, da erschien auf seinem Handy eine SMS.

«He, Alter, noch im Büro?», las er auf dem Display.

Er sah zur Deckenlampe und zum Fenster. Wurde er beobachtet? Kam gleich ein Stein durch die Scheibe geflogen? Nein, das war ja jemand anders gewesen. Seine Nerven lagen wieder mal blank, er brachte alles durcheinander.

«Wie finde ich die zweite Flasche?», schrieb er zurück.

«Haha, gar nicht. Hast mich verarscht. Mag ich nicht.»

Hieronymus musste schlucken. Das ging nicht gut los.

Er tippte: «Warum? Sie haben doch das Geld!»

«Stimmt, aber du wolltest mich auffliegen lassen. Hat nicht geklappt. Ätsch!»

«Verdammt viel Geld. Nennen Sie mir die anderen drei Flaschen, dann haben wir Frieden.»

Hieronymus wartete auf eine Antwort. Es dauerte. Er machte das Licht aus und ging ans Fenster. Irgendwo da draußen musste der Scheißkerl sein. Sonst könnte er ja nicht wissen, dass er noch im Büro war.

«Warum Frieden? Mittwoch. Zweihunderttausend!»

Hieronymus spürte, wie die Wut in ihm aufstieg. Und wenn er wütend war, verlor er leicht die Beherrschung.

«Das ist der Wein nicht wert», schrieb er kurz entschlossen. «Schütte ihn lieber weg.»

Wieder dauerte es mit der Antwort. Damit hatte der Erpresser wohl nicht gerechnet. Jetzt wusste er nicht weiter, oder?

Eine Minute später erhielt er eine Nachricht, die ihn vom Gegenteil überzeugte. Der Erpresser wusste sehr wohl weiter, aber anders als erwartet.

«Deine Entscheidung. Schütte ihn weg. Es bleibt dabei: zweihunderttausend. Sonst bringe ich dich um!»

Hieronymus starrte entsetzt auf sein Handy. «Sonst bringe ich dich um»? War der Mann jetzt völlig verrückt geworden? Er überlegte fieberhaft, was er antworten sollte. Doch dazu bekam er keine Gelegenheit mehr.

«Keine Polizei! Schalte ab. Ende!»

Hieronymus musste sich setzen. Er atmete schwer. Er spürte einen Druck in der Brust. Jetzt bekam er es wirklich mit der Angst zu tun. Zweihunderttausend Euro für sein Leben? Würde ihn dieser Geistesgestörte tatsächlich umbringen? Davon hätte er doch gar nichts, die Drohung machte keinen Sinn. Oder vielleicht doch? Wie konnte er das wissen? Musste er erst ein Loch im Kopf haben, um Gewissheit zu erlangen? Dann war es zu spät. Und was geschah mit dem Lagrein? Dem Wein des Monats? Musste er ihn jetzt tatsächlich wegschütten? Verdammt, verdammt …

Einige Minuten später betrat er das Wohnzimmer. Wie erwartet, lag Annika auf der Couch vor dem Fernseher. Sie legte ihr Handy weg, in das sie gerade eine Nachricht getippt hatte, und sah ihm entgegen. Sie würde ihm anmerken, sagte sie, dass es ihm nicht gutginge. Was sie denn Gutes für ihn tun könne? Hieronymus wischte sich über die schweißnasse Stirn. Er war so fertig, dass er nicht einmal auf diese einfache Frage eine Antwort wusste.

*

Fast zur gleichen Zeit kam auf Emilios Handy eine SMS an, doch sie interessierte ihn nicht. Er lag selig auf der Almwiese, den Kopf in Phinas Schoß. Die Champagnerflaschen waren längst geleert, auch einige Bouteillen von Phinas Weißburgunder. Jetzt hatte er einen Blauburgunder im Glas, quasi als Schlummertrunk. Mara hatte sich bereit erklärt, sie nach Hause zu chauffieren, sie hatte fast nichts getrunken. Nun fischte er doch nach seinem Handy. Phina plauderte derweil angeregt mit Freunden aus Kaltern, die ihnen Gesellschaft leisteten. Obwohl sie nicht hinsah, verdeckte er mit der Hand den Text auf dem Display.

Die SMS war ebenso kurz wie unmissverständlich: «Halte dich raus. Sonst bist du tot!»

Emilio dachte, dass es Textnachrichten gab, auf die man besser nicht reagierte, von denen man sich vor allem seine gute Stimmung nicht vermiesen lassen sollte. Er steckte das Handy weg, trank sein Glas aus, hielt es nach oben und bat darum, dass ihm nachgeschenkt wurde. Der Blauburgunder war wirklich vortrefflich, sehr intensiv und anhaltend im Abgang. Was für ein schöner Abend.

53

Erst zu fortgeschrittener Stunde am nächsten Vormittag hatte Emilio so weit in die Realität zurückgefunden, dass er sich an die unfreundliche SMS erinnerte. «Sonst bist du tot!» Was war denn das für eine Formulierung? Die implizite Drohung, diesen Zustand gewaltsam herbeizuführen, machte auf ihn keinen Eindruck. Man hatte sein baldiges Ableben schon häufiger vorhergesagt. Fakt war, dass er immer noch unter den Lebenden weilte, was man aufgrund schicksalhafter Wendungen nicht von allen seiner ehemaligen Kontrahenten behaupten konnte. Er solle sich raushalten? Nun, das war ja wohl immer noch seine ganz persönliche Entscheidung. Außerdem mochte er es nicht, wenn man ihm sagte, was er zu tun hatte. In solchen Fällen entschied er sich aus Trotz gerne fürs Gegenteil. Schon deshalb griff er nach einer zweiten Tasse Kaffee zum Telefon, um Hieronymus anzurufen. Wenn sich der Typ bei ihm gemeldet hatte, dann wahrscheinlich auch bei ihm.

*

Eine Stunde später war er unterwegs zum Weingut Pletzerhof. Zuvor hatte er sich von einem Experten der Bozener Quästur bestätigen lassen, wovon er sowieso ausgegangen war. Dass nämlich die SMS von einem Prepaid-Handy geschickt worden war, also keinem Absender zugeordnet werden konnte. Der Mann hätte ihm das natürlich nicht sagen dürfen, aber langsam zahlte sich aus, dass Emilio durch die vorangegangenen Kriminalfälle über ein kleines Netzwerk ihm wohlgesonnener Menschen verfügte, die sich auch mal, ohne viel zu fragen, über Vorschriften hinwegsetzten.

Auf dem Parkplatz kam ihm eine fröhliche Annika entgegen. Er erfuhr, dass sie unterwegs zum Yoga sei. Die junge Frau ließ es sich gutgehen. Wie es schien, hatte Hieronymus sie immer noch nicht ins Vertrauen gezogen. Sie konnte also nicht wissen, dass es wenig Grund gab, so gut drauf zu sein.

Hieronymus bat Emilio in sein Büro. Die Fenster waren geschlossen und die Vorhänge zugezogen. Wurde er jetzt paranoid? Hieronymus konnte ein Zittern kaum unterdrücken. Dann rückte er damit heraus, dass man heute früh auf ihn geschossen habe. Er sei durch einen seiner Weinberge gelaufen, da habe es plötzlich geknallt und direkt neben ihm sei Holz gesplittert. Er habe sich auf den Boden geworfen und sei auf allen vieren zurückgerobbt. Hieronymus zeigte Emilio sein Handy. Kurz darauf habe er diese SMS erhalten: «Damit du mich ernst nimmst. Habe bewusst danebengeschossen!»

«Du sollst ihn ernst nehmen? Inwiefern?»

Hieronymus gab ihm die gestrigen Textnachrichten zum Lesen und berichtete, dass der Erpresser wohl schon da ganz in seiner Nähe gewesen sei, jedenfalls habe der Mann sehen können, dass er noch im Büro war. Emilio dachte, dass das nicht zwingend so gewesen sein musste, aber wenigstens verstand er jetzt, warum Hieronymus mit den Nerven am Ende war. Und er konstatierte, dass ihr Gegner etwas von psychologischer Kriegsführung verstand. Das Gefühl, dass man von einem unsichtbaren Feind beobachtet wurde, machte nervös und schüttete zusätzliche Stresshormone aus. Wobei die SMS-Nachrichten auch so ausreichend beunruhigend waren, das musste er zugeben. Der Schuss heute Morgen hatte sozusagen ein Ausrufezeichen dahintergesetzt.

Der Vorwurf der «Verarschung» bezog sich wohl auf seine Mitwirkung bei der Geldübergabe, das hatte dem Erpresser nicht gefallen. Weshalb er ja auch ihm selbst ganz direkt gedroht hatte. Allerdings zog Emilio vor, Hieronymus nichts davon zu erzählen. Er musste nicht alles wissen. Dass der Erpresser den Standort der zweiten und dritten Flasche nicht verriet, war da schon sehr viel interessanter. Welchen Grund konnte es dafür geben? Ihm fiel nur eine Erklärung ein, aber die war so spekulativ, dass sie auch nicht weiterhalf. Zweihunderttausend Euro sollte der Hieronymus also springenlassen. Wenn schon nicht für den Wein, dann, um seine eigene Haut zu retten. Mit dem Schuss im Weinberg hatte der Erpresser unmissverständlich klargemacht, dass es ihm ernst war. Warum sonst sollte Hieronymus der Drohung Beachtung schenken und sich dafür ruinieren? Denn das Geld besaß er nicht. Allerdings musste er jetzt dringend versuchen, es sich zu beschaffen.

Emilio dachte über die innere Logik dieser Einschüchterung nach. Sollte Hieronymus von dem Erpresser umgebracht werden, könnte er definitiv nicht mehr zahlen. Das war also kein Druckmittel, sondern absurdes Theater. Wie überhaupt die ganze Geschichte immer bizarrer wurde. Ging es wirklich in erster Linie um das Geld, oder spielten in Wahrheit noch ganz andere Motive eine Rolle? Wollte hier jemand Hieronymus gezielt aus der Bahn werfen und ihn systematisch fertigmachen? Es sah ganz danach aus. Dann aber war das weit mehr als ein simpler Versuch, mit vergiftetem Wein Lösegeld abzupressen. Das war es vielleicht auch, aber eben nicht nur. Relativ triviale

Rachegelüste, wie man sie etwa dem Winzerkollegen Ferry Schwaiger unterstellen könnte oder mit Abstrichen auch dem Architekten Ignaz Aufschnaiter, reichten dafür nicht aus. Eine ungerechtfertigte Kündigung wie bei Mario schon gleich gar nicht. Das hier ging tiefer, sehr viel tiefer. Immer mehr gelangte Emilio zu der Überzeugung, dass hier kein Kleinkrimineller am Werk war – und dass sie es auch nicht mit einem Spinner zu tun hatten oder mit jemandem, der gerade mal auf Hieronymus sauer war. Vielmehr verfolgte hier jemand eine perfide Strategie, die nichts Gutes verhieß. Wenn sein Gefühl nicht trog, konnte sich Hieronymus auf weitere Überraschungen gefasst machen.

«Du musst nachdenken», sagte Emilio. «Es könnte jemanden geben, der dich abgrundtief hasst. Dieser Hass kann auf eine Verletzung oder Kränkung zurückzuführen sein, mit dem Ziel, dich zu zerstören.»

Hieronymus machte eine fahrige Handbewegung. «Da muss ich nicht nachdenken. Es gibt niemanden, ganz bestimmt nicht, das müsste ich doch wissen.»

«Vielleicht liegt die seelische Verletzung schon länger zurück? Hass hat ein langes Gedächtnis.»

«Nein, du bist auf dem Holzweg», sagte Hieronymus nach kurzer Überlegung. «Ich habe in meinem ganzen Leben nie einem Menschen wirklich Übles zugefügt.»

«Du bist aufbrausend und jähzornig.»

«Ja, mag sein», räumte Hieronymus ein. «Ich kann schon mal übers Ziel rausschießen, das gebe ich zu, aber ich beruhige mich schnell wieder. Irgendwann habe ich noch mit jedem wieder friedlich zusammengesessen. Wie das halt so ist unter Männern. Das wird auch mit dem Ignaz und dem Ferry so passieren, ganz bestimmt sogar.»

«Nie in deinem Leben? Wie kannst du da so sicher sein? Man vergisst viel, verdrängt es vielleicht auch.»

Hieronymus schüttelte energisch den Kopf. «Das kann ich ausschließen, so kommen wir nicht weiter. Vielleicht sollte ich doch zur Polizei gehen.»

Emilio nickte. «Das wäre eine Option. Erst recht, wenn du den Wein sowieso wegschütten willst.»

«Nein, das will ich natürlich nicht.» Hieronymus dachte nach. «Ich könnte versuchen, die zweihunderttausend aufzubringen. Es gibt eine Möglichkeit, aber damit mache ich mich todunglücklich.»

«Die wäre?»

«Meine Bank hat einen Interessenten für einen meiner besten Weinberge.»

«So einen gibt man nicht her.»

«Nein, nur über meine Leiche.»

Emilio musste grinsen. «Richtig, könnte aber genau so passieren.»

«Ich muss nur einen Vorvertrag unterschreiben, und die Bank gibt mir ein Darlehen.»

«Und?»

«Ich glaube, ich werde es tun.»

Emilio deutete auf Hieronymus' Handy. «Ich hab's übrigens überprüft, die SMS sind nicht zurückzuverfolgen.»

«War ja klar.»

«Ich bleibe dabei, bitte denk darüber nach, wer ein Motiv haben könnte, dich zu zerstören. Hast du mal einer Frau die Ehe versprochen und sie dann im Regen stehen lassen?»

«Was ist denn das für eine Idee? Die erste Frau, der ich einen Heiratsantrag gemacht habe, war Annika. Kurz darauf habe ich sie zum Traualtar geführt. Vorher hatte ich nur Liebschaften. Außerdem ist der Erpresser ein Mann, ich denke, davon können wir ausgehen.»

Emilio nickte. «Wahrscheinlich schon, das war ja nur ein Beispiel. Wenn du in der Nacht nicht schlafen kannst, versuch dich zu erinnern, denk an früher!»

«Das bringt nichts, aber ich versuch's.»

Emilio zupfte sich am Ohrläppchen. «Eine ganze andere Frage: Weißt du, wer sich für deinen Weinberg interessiert?»

«Nein, warum?»

«Nun, das wäre die ultrasimple Erklärung und hätte tatsächlich nichts mit der Vergangenheit zu tun. Man setzt dir so lange zu, bis du verkaufst.»

Hieronymus riss die Augen auf und stach mit dem Zeigefinger in Richtung Emilio. «Du sagst es, so könnte es sein. In Südtirol verkauft kein Mensch einen Weinberg, außer es steht ihm das Wasser bis zum Hals. Ich werde meiner Bank den Namen aus den Rippen leiern.»

«Mach das! Aber bitte keine Eigenmächtigkeiten, nicht schon wieder. Gib mir den Namen durch, sobald du ihn kennst, und ich kümmere mich darum.»

«Hoffentlich ist's nicht der Ferry. Da könnt ich mich nicht beherrschen, den würde ich erwürgen.»

54

Emilio ließ sich von Hieronymus die Stelle zeigen, wo auf ihn geschossen wurde. Er untersuchte den gesplitterten Weinstock und überlegte, wo der Schütze gestanden haben könnte. Den Versuch, die Kugel zu finden, brachen sie schnell wieder ab. Das war aussichtslos, sie konnte auch hundert Meter weiter in der Wiese stecken.

Weil es vom Weingut Pletzerhof nicht weit zu Theresas Villa war, fuhr Emilio direkt dorthin. Kurz entschlossen rief er die ehemalige Haushaltshilfe seiner Tante an und bat sie zu kommen. Greta hatte seit einer gefühlten Ewigkeit für Theresa gearbeitet. Sie war zwar schon ziemlich alt, aber er hatte sie als überaus agil in Erinnerung. Außerdem kannte niemand das Haus so gut wie sie. Theresa hatte sie in ihrem Testament mit einer kleinen Zahlung bedacht, als Dank für ihre lange Treue. Dennoch würde sie nichts dagegen haben, auch ihm zu Diensten zu sein. Ihm war nämlich der Gedanke gekommen, dass man zumindest die unteren Räume, in denen auch der Konzertflügel stand und eine Chaiselongue, die zum Lesen einlud, in einen wohnlichen Zustand versetzen könnte. Nicht, dass er dort einziehen wollte, nein, das ganz bestimmt nicht. Aber ihm gefiel der Gedanke, ein Refugium zu haben, in das er sich stundenweise von der realen Welt zurückziehen konnte. Um Klavier zu spielen, in der Bibliothek zu schmökern – und über den Sinn und Unsinn des Lebens nachzudenken.

Er brachte Greta behutsam bei, dass es zu diesem Zwecke einer rigorosen Entrümpelung bedurfte. Selbstverständlich müsse sie nichts wegwerfen, es genüge völlig, den ganzen Nippes in den ersten Stock zu räumen. Auch die meisten Möbel könnten weg, und die schweren Vorhänge, damit Licht reinkäme. Sie solle sich ein paar starke Männer holen, die ihr gegen Bezahlung halfen. Dann alles durchputzen und jede Woche einmal vorbeischauen, um den Status quo aufrechtzuerhalten.

Sie sah ihn verständnislos an. Den Status quo?

Er grinste. Das war zugegebenermaßen wenig Südtirolerisch. Nun, halt gucken, dass alles ordentlich und sauber blieb, erklärte er.

Warum er das nicht gleich gesagt habe?

Er konnte ihr ansehen, dass sie die geplanten Veränderungen erst verdauen musste, aber sie war glücklich, in diesem Haus wieder arbeiten zu dürfen.

Emilio dachte, dass er auf diese Weise sogar eine gute Tat leistete. Greta machte Tee, und sie setzten sich in den Garten, um über alte Zeiten zu plaudern. Er wunderte sich, dass er das tat, denn eigentlich mochte er das nicht. Aber er hatte eine gute Erziehung genossen und wusste, was sich gehörte. Hinzu kam, dass er tatsächlich Erinnerungen an früher hatte. Immerhin war er in dieser Villa schon als Kind zu Gast gewesen – und hatte zu Weihnachten den Christbaum in Brand gesetzt. Es gab einiges zu erzählen.

*

Während also Emilio mit Greta gemütlich zusammensaß, hatte Hieronymus einen unangenehmen Banktermin, bei dem es um viel Geld ging und um eine Weinberglage, die er eigentlich nicht gewillt war herzugeben, obwohl er keine Wahl hatte. Blieb nur noch die Frage, wer dahintersteckte und ob er einen Vorschuss in Höhe von zweihunderttausend Euro bis spätestens nächsten Mittwoch bekommen könnte.

*

Da hatte Annika ganz andere Sorgen – nämlich keine! Allenfalls fragte sie sich, wie es um ihre Libido zu dieser Tageszeit bestellt war. Sie musste lächeln. Sie dachte an ihren Quickie mit Simon im Hotel. Da hatte es keinen Grund zur Klage gegeben. Sie parkte ihren Porsche und lief in freudiger Erwartung durch Bozen – und verdrängte jeden Gedanken an ihren Ehemann. Der schaffte es, von Tag zu Tag schlechter drauf zu sein. Heute Morgen hatte er wieder ein Bild des Jammers abgegeben. Aber genau daran wollte sie nicht denken. Das fehlte noch, dass Hieronymus ihr die Lebensfreude nahm. Dazu würde es nicht kommen.

Sie erreichte das alte Bürgerhaus mit dem Schild, das auf das Yogastudio MahaShakti hinwies. Sie fuhr mit dem ruckelnden Lift ganz nach oben. Fast schon routinemäßig öffnete sie die obersten Knöpfe ihrer Bluse und verstrubbelte ihre Haare. Sie fand, das sah aufregend aus und etwas verwegen. Sie freute sich, dass sie es mit Simon wieder in seinem Studio treiben konnten. Der schnelle Fick im Hotel war zwar als Intermezzo nicht schlecht gewesen, aber viel lieber ließ sie sich Zeit, um beim Duft von Räucherstäbchen und indischer Musik kamasutramäßig auf eine höhere Bewusstseinsebene zu transzendieren.

Als ihr Simon die Tür öffnete, merkte sie gleich, dass etwas nicht stimmte. Sie vermisste sein geheimnisvolles Lächeln, mit dem er ihre Vorfreude und ihre Phantasien schon im Moment der Begrüßung zu steigern vermochte. Stattdessen sah er besorgt aus und ganz bestimmt nicht tiefenentspannt. Immerhin brannten einige Räucherstäbchen, und sie hörte gedämpfte Meditationsmusik. Er umarmte sie wortlos. Sie zog die Schuhe aus. Dann setzten sie sich im Schneidersitz auf niedrige Kissen, und Simon goss ihr aus einer exotischen Kanne ayurvedischen Tee ein, der nach Zimt, Zitronengras und Nelken roch.

«Ist was passiert?», fragte sie nach einer Weile.

Er sah sie schwermütig an. «Ich versuche, meinen Schülern beizubringen, wie man schlechtes Karma in gutes Karma verwandeln kann. Schlechtes Karma entsteht durch negative Gedanken und Handlungen. Wir müssen lernen, uns frei zu machen und über Liebe und Entspannung zum Glück finden. Wir müssen geistig loslassen, dann lässt uns auch das schlechte Karma los. So habe ich es immer gelehrt, auch dass es im Glauben an Samsara, dem Kreislauf der Wiedergeburt ...»

«Was willst du mir damit sagen?», unterbrach ihn Annika, die sich schwertat, seinen Gedanken zu folgen.

«Du hast recht, ich drücke mich am eigentlichen Thema vorbei. Ich wollte nur sagen, dass ich nicht verstehe, warum gerade wir vom schlechten Karma eingeholt werden. Ich zweifle an meinem Glauben und an meiner Überzeugung.»

«Wir werden vom schlechten Karma eingeholt? Meinst du uns beide?»

Er nickte. «Ja, wir beide. Ich wollte es dir eigentlich nicht sagen und versuchen, das Problem alleine zu lösen. Aber ich weiß nicht, wie.»

Annika fühlte sich zunehmend unwohl in ihrer Haut. Sie

spürte, dass es vorbei war mit dem Training der Beckenbodenmuskulatur und den lustbringenden Asanas des Kamasutra.

«Mir hat jemand einen Umschlag unter der Tür durchgeschoben», fuhr Simon fort. «Ich habe ihn heute Morgen gefunden. Er ist nicht adressiert, aber ganz sicher für mich bestimmt.» Er räusperte sich verlegen. «Beziehungsweise für uns beide.» Er holte einen braunen Umschlag hervor, gab ihn aber zunächst nicht aus der Hand. «Ich muss dich warnen», sagte er, «da sind Fotos drin, die dir nicht gefallen werden.»

«Nun zeig schon her», sagte sie mit dünner Stimme.

«Gleich. Ich will zuvor nur sagen, dass es mir unendlich leidtut. Ich kann es mir nicht erklären. Ich werde alles dafür tun, das Problem aus der Welt zu schaffen, das verspreche ich. Wenn ich diesen miesen Erpresser finde, nagele ich ihn an die Wand.»

In Annikas Kopf überschlugen sich die Gedanken. Sie brauchte nicht viel Phantasie, um zu ahnen, was sie erwartete. Sie entnahm dem Umschlag ein halbes Dutzend Fotoabzüge. Die Qualität war miserabel, aber leider immer noch gut genug. Simon war schräg von hinten zu sehen, dafür sie selbst sehr eindeutig und unverwechselbar, splitterfasernackt, auf einer Kommode, ein Heiligenbild im Rücken, Simon mit den Beinen umklammernd und mit einem leidenschaftlichen Gesichtsausdruck. Dann im Bett und auf ihm reitend. Das war keine spirituelle Asana mehr, sondern ganz ordinärer Sex. Die Bilder benötigten keine Erläuterung, sie könnten kompromittierender nicht sein.

Sie nahm den beigelegten Erpresserbrief. «Ihr habt euren Spaß gehabt», las sie. «Der ist leider kostenpflichtig. Fünfzigtausend Euro in Hundertern, und alles ist gut. Keine Polizei.

Details zur Übergabe folgen. Bei Nichtbezahlung gehen die Fotos an den Ehemann. Herzliche Grüße.»

Annika spürte zwar, wie ihr Magen verkrampfte, aber sie bekam keine Panikattacke. Sie kannte die Schattenseiten des Lebens, hatte aber nicht gedacht, dass sie davon selbst betroffen werden könnte.

«Im Hotelzimmer muss es eine versteckte Kamera gegeben haben», sagte Simon.

«Mindestens zwei», korrigierte Annika.

«Stimmt», sagte Simon und goss ayurvedischen Tee nach. «Trink davon, der beruhigt die Nerven. Hätte ich die fünfzigtausend flüssig, würde ich selbstverständlich sofort zahlen und dich nicht damit belasten, das darfst du mir glauben. Aber leider bin ich klamm. So viel wirft mein Yogastudio nicht ab.»

«Ob das Hotel mit dem Erpresser unter einer Decke steckt?», fragte Annika. «Vielleicht machen die gemeinsame Sache.»

«Habe ich mir auch schon überlegt. Das Zimmer muss ja mit den versteckten Kameras präpariert gewesen sein. Wahrscheinlich zocken sie dort systematisch alle mutmaßlichen Seitensprünge ab.»

Annika dachte, dass Simon einen wirklich deprimierten und zutiefst verunsicherten Eindruck machte. Der Weg zur Selbsterkenntnis und das Einswerden mit dem Bewusstsein erwiesen sich als Illusion, sobald man mit der Realität konfrontiert wurde. Darauf war ihr Yogalehrer nicht vorbereitet, das hatte er nicht gelernt. Sie selbst hatte an diesen transzendentalen Mumpitz eh nie geglaubt, aber die körperbetonten Übungen gefielen ihr.

«Was machen wir jetzt?», fragte er. «Ich könnte fünftausend Euro aufbringen, allerhöchstens.»

Sie fand seine Reaktion rührend. Was stand für sie auf dem Spiel? Nicht weniger als ihre Ehe und ihr bequemes Leben, das ihr viele Freiheiten erlaubte. Eine Scheidung kam nicht in Frage, sie hatten einen blöden Ehevertrag, sie würde fast leer ausgehen. Der Status einer Witwe wäre ihr viel sympathischer, aber Hieronymus war trotz seiner aktuellen Atem- und Herzbeschwerden ein zäher Hund, den Gefallen eines baldigen Ablebens würde er ihr nicht tun. Deshalb trachtete sie ja danach, ihr finanzielles Polster etwas aufzubessern, daran arbeitete sie. Eine Erpressung mit schmutzigen Fotos passte nicht in ihren Plan, Hieronymus durfte sie auf keinen Fall sehen. Außer, ihn traf sofort der Schlag, aber nur dann. Annika schluckte und leistete gleich Abbitte. Was also sollte sie tun? Dass sich Simon mit fünftausend Euro beteiligen wollte, war ein netter Wesenszug von ihm. Ganz nüchtern betrachtet, könnte ihm die Erpressung egal sein. Er war Single. Unzucht mit einer verheirateten Frau war nicht strafbar und kein Grund, sich erpressen zu lassen.

«Wie können wir sicher sein, dass es mit einer einmaligen Zahlung getan ist?», fragte Annika.

Simon zuckte mit den Schultern. «Wir können es nur hoffen.»

Annika nahm einen Schluck Tee. Er schmeckte ihr nicht, wahrscheinlich hatte er ihr noch nie geschmeckt. Das Hintergrundgedudel der indischen Sitarmusik nervte sie, und die Räucherstäbchen kitzelten in der Nase. Der Zauber der fernöstlichen Meditation schien verflogen. Für immer? Sie befürchtete es.

«Es bleibt uns keine Wahl», stellte sie nüchtern fest. «Wir müssen zahlen. Du fünftausend, ich fünfundvierzig. Wollen wir es so machen?»

«Tut mir leid, ich hab nicht mehr.»

«Ist nicht zu ändern. Okay, ich halte das Geld ab morgen bereit, du bitte auch, dann müssen wir auf die nächste Nachricht warten. Den Umschlag mit den Fotos nehme ich mit.»

Sie dachte, dass es schon grotesk war, dass sie nun selber Opfer einer Erpressung wurde. Ihr Ehemann musste mit einem ähnlichen Dreck fertigwerden, bislang hatte er seine Probleme nicht in den Griff bekommen. Sie nahm sich vor, es besser zu machen.

55

Die Idee kam ihm beim Klavierspielen. Emilio versuchte sich gerade an einer Fuge von Johann Sebastian Bach, leider mit mäßigem Erfolg, als ihm aus naheliegenden Gründen die Kirche in den Sinn kam. Vom Thomaskantor in Leipzig machte er einen kühnen Gedankensprung zu Theresas Trauerfeier. Das heißt, allzu kühn war die Assoziation dann doch nicht, denn auf der Orgel war ein Requiem von Johann Christian Bach gespielt geworden. Die Trauerrede hatte der greise Pfarrer Anton gehalten, der Theresa über Jahrzehnte seelsorgerisch begleitet hatte. Emilio kannte den Pfarrer von früher, aus Kinderzeiten, er war ihm häufig bei seinen Ferienaufenthalten in Südtirol begegnet. Weil Theresa sehr religiös gewesen war, hatte er sie immer zum Sonntagsgottesdienst begleiten müssen. Am Nachmittag kam der Pfarrer oft zum Tee. Sie hatten anlässlich der Trauerfeier kurz miteinander geredet; der Pfarrer erinnerte sich noch gut an ihn.

Emilio beendete seine kläglichen Versuche, Bachs Fuge zu bewältigen. Er klappte den Deckel zu und stand auf. Auch Hieronymus Pletzer ging regelmäßig in die Kirche, das wusste er. Seine Ehefrau Annika wohl weniger, aber das war nicht von Belang. Viel wichtiger war die Annahme, dass der Pfarrer Anton nicht nur ihn selbst, sondern auch den Hieronymus von ganz klein auf kennen musste. Vielleicht hatte er bei ihm sogar als Ministrant gedient, die Gemeinde war jedenfalls dieselbe.

Wenn er also etwas über Hieronymus' früheres Leben erfahren wollte, über Zwischenfälle, die er womöglich verdrängt hatte, über irgendwelche Vorkommnisse, die einen Hinweis auf eine tiefe Feindschaft geben könnten, dann wäre er bei Pfarrer Anton genau richtig. Der könnte etwas wissen, vor allem, wenn es weit zurückreichte. Ob er darüber sprechen würde, war eine andere Frage. Außerdem war es gut möglich, dass er mit seinem Verdacht auf dem Holzweg war. Aber wenn es in der Gegenwart keine Spur gab, dann vielleicht in der Vergangenheit. Seit ihm dieser Gedanke gekommen war, ging er ihm nicht mehr aus dem Kopf. Es wäre nicht das erste Mal, nein, ganz im Gegenteil, es wäre geradezu ein Klassiker. Natürlich unterstellt, dass das Motiv, Geld zu erpressen, nur vordergründig war und es in viel stärkerem Maße darum ging, Hieronymus zu quälen, ihn zu demütigen und ihm Schaden zuzufügen. Möglich war es, nicht mal abwegig – und vielleicht doch ein Hirngespinst.

*

Eine gute halbe Stunde später saß Emilio dem Pfarrer im Pfarrhaus gegenüber. Mit listigem Schmunzeln und im Wissen um Emilios Leidenschaft hatte er ihnen einen Messwein eingegossen. Sie sprachen über die Rolle der Klöster im Südtiroler Weinbau, über die Bischöfe von Brixen und Trient, über das Kloster Neustift der Augustiner Chorherren bei Brixen und über die aus dem Schweizer Kloster Muri vertriebenen Benediktiner, die sich im Bozener Stadtteil Gries niedergelassen hatten und Wein anbauten. Von Muri-Gries gibt es bis heute den naturbelassenen Weißburgunder «Messwein». Der Pfarrer legte keinen Widerspruch ein, als Emilio den trinkfesten Mönchen seinen tiefempfundenen Dank entbot und ihre historische Leistung für den Weinbau rühmte. Dann fiel ihm noch das Kloster Marienberg in Burgeis auf dem Weg zum Reschenpass ein, das mit 1350 Metern über dem Meer nicht nur die höchstgelegene Benediktinerabtei Europas sei, sondern mit einem rebbestockten Steilhang direkt unter dem Kloster auch über die womöglich höchste Weinlage verfüge.

Während Emilio noch darüber nachdachte, wie und wo er diesen Höhenwein probieren könnte, schaffte Pfarrer Anton einen Themenwechsel. Leider fragte er Emilio, wie es um seinen Glauben an Gott bestellt war. Emilio gab zu, dass ihm dieser abhandengekommen sei. Der Pfarrer trug es mit Fassung. Sie philosophierten ein wenig über den feinen Unterschied zwischen einem Atheisten und einem Agnostiker. Aber deshalb war er nicht hier. Schließlich kratzte er die Kurve und kam auf den eigentlichen Grund seines Besuches zu sprechen. Er fragte nach Hieronymus Pletzer. Tatsächlich stellte sich heraus, dass der Pfarrer ihn gut kannte. Er hatte sogar seine Ehe mit Annika geschlossen und dem Brautpaar Gottes Segen erteilt.

Weil der Pfarrer von Emilios Tätigkeit als Privatdetektiv wusste und ihm vertraute, musste er nicht allzu viel erklären. Anton genügte sein Versprechen, dass es nicht zu Hieronymus' Schaden sei, wenn er etwas mehr über dessen Leben erführe.

Natürlich verwies der Pfarrer auf das Beichtgeheimnis, das ihn zur Verschwiegenheit verpflichte. Aber eben nur über das, was ihm während der Beichte anvertraut wurde. Im Übrigen gebe es bei Hieronymus keine Schandtaten zu berichten, der Bub sei zwar immer etwas jähzornig gewesen, aber im Herzen gut und ohne Sünde. Übrigens sei auch sein Namenspatron, der heilige Hieronymus, ein Mann von großem Temperament gewesen. Das sei also kein gotteslästerlicher Frevel.

Emilio tastete sich behutsam vor, ließ sich Hieronymus' Leben schildern, soweit es der Pfarrer Anton kannte und noch erinnerte. Er hoffte auf Hinweise, von denen er nicht wusste, wie sie aussehen könnten. Er erfuhr, dass Hieronymus' Mutter viel zu früh an einer Lungenentzündung gestorben war. Und auch sein Vater nicht alt geworden war, sodass Hieronymus als einziger Nachkomme und Erbe schon als junger Mann das Weingut von einem Tag auf den anderen übernehmen musste. Er habe das gut gemacht, dafür verdiene er Respekt. Der Pfarrer lächelte. Dem kleinen Rotzlöffel, der mal bei der Eucharistiefeier das Weihrauchgefäß habe fallen lassen, hätte man das kaum zugetraut. Aber aus Kindern würden Leute. *Laudetur Jesus Christus.*

Emilio antwortete: *In aeternum. Amen.*

Für einen Ungläubigen sei das nicht schlecht, sagte Pfarrer Anton. Er nahm die Flasche mit dem Messwein, um nachzuschenken. Emilio winkte dankend ab. Er bat den Pfarrer, sich bei ihm zu melden, falls ihm doch noch etwas einfiele. Er hege die Vermutung, dass es vor eher längerer Zeit jemanden gegeben habe, der von Hieronymus gekränkt, verletzt, beleidigt oder übervorteilt wurde. Und zwar so sehr, dass sich daraus Hassgefühle entwickeln konnten, die erst heute zum Ausbruch kämen.

Der Pfarrer legte seine Stirn in Falten. Das klinge besorgniserregend, meinte er und versprach, sein Gedächtnis sorgsam zu prüfen.

56

Es hatte sich eine Gruppe mit Weinfreunden angesagt, eine «Genussgemeinschaft» aus Rheinland-Pfalz. Phina hatte ihnen eine Kellereiführung versprochen und im Anschluss eine Verkostung in der Vinothek. Mara half ihr bei den Vorbereitungen. Sie stellten die Gläser und Schüttelbrot in kleinen Körben bereit. Die ausgewählten Flaschen lagerten bei idealer Trinktemperatur in den Klimaschränken. Mara druckte noch einige Blätter mit der Preisliste aus. Phina holte einen Karton mit Broschüren, die das Weingut Perchtinger vorstellten, beginnend mit der Geschichte bei ihren Großeltern bis zu Informationen zu den Lagen, den angebauten Rebsorten und der Kellerarbeit.

Phina und Mara arbeiteten gut zusammen, alles ging Hand in Hand. Weil sich die Gruppe verspätete, hatten sie noch etwas Zeit, um sich zu unterhalten. Phina fragte, wie sich Mara ihr weiteres Leben vorstelle, ob sie Pläne habe oder Ziele.

Mara schüttelte den Kopf. «Keine Pläne, keine Ziele. Ich will vor allem wieder gesund werden. Alles andere ergibt sich. Ich hab ja auch nicht vorhergesehen, dass ich heute mit dir als neuer Freundin in deiner wunderbaren Vinothek stehe. Das Leben ist voller Überraschungen ...» Sie zögerte, um dann den Satz zu beenden: «... leider nicht nur schöner Überraschungen.»

«Da hast du recht. Mein Vater ist mit seinem Traktor im

Weinberg umgekippt und gestorben. Damit waren alle meine Lebenspläne beim Teufel, eigentlich wollte ich ins Ausland gehen. Stattdessen wurde ich von einer Sekunde auf die andere in die Verantwortung gedrängt. Und heute? Heute hängt mein Herz an diesem Weingut, und ich könnte mir nichts Schöneres vorstellen, als hier zu leben und zu arbeiten. Oft versteht man erst im Rückblick, was das Schicksal mit einem vorhat.»

Mara starrte traurig ins Leere. «Ich kann keinen tieferen Sinn dahinter entdecken, warum ich mit dem Mountainbike fast zu Tode gestürzt bin. Mein Lebenspartner hat mich danach verlassen, ich kann meinen Beruf als Sommelière nicht mehr ausüben, ich habe Jahre der Qualen hinter mir und werde wohl nie mehr richtig gesund. Ich weiß nicht, wie es weitergehen soll. Was habe ich in meinem früheren Leben angestellt, dass ich so bestraft werde?»

Phina nahm sie in die Arme. «Tut mir leid, dass ich mit dem Thema angefangen habe. Ich wollte eigentlich über eine hoffentlich bessere Zukunft reden und nicht über die Schatten der Vergangenheit.»

«Kein Problem, wenn auch die Vergangenheit mein ständiger Begleiter ist. Und ich frage mich tatsächlich immer wieder, was ich falsch gemacht habe und wo die Gerechtigkeit bleibt.»

Phina überlegte. «Genau darüber hab ich mal mit Emilio geredet. Ich weiß noch, was er gesagt hat: Wer habe mir denn versprochen, dass das Leben gerecht sei? Der Betreffende sei ein Lügner gewesen. Gerechtigkeit sei eine Fiktion. Die Bösen kämen in den Himmel und die Guten in die Hölle. Ein Scheißspiel sei das, hat er gesagt. Ich fürchte, er hat recht.»

Mara lächelte gequält. «Na, hoffentlich nicht. Emilio ist ein alter Zyniker.»

Phina deutete durchs Fenster. «Da kommt der Bus mit unserer Reisegruppe.»

«Gut so, die bringt uns auf andere Gedanken.»

«Aber wir sollten unser Gespräch bald fortsetzen», sagte Phina, «ich hab da nämlich eine Idee.»

57

Emilio war am Ufer der Talfer in sein geparktes Auto gestiegen, saß hinter dem Steuer und dachte, dass irgendwas nicht stimmte. Er brauchte einen Moment, bis er die Ursache für seine Irritation fand. Direkt vor seiner Nase steckte unter dem Scheibenwischer eine Gewehrkugel, genauer gesagt ein Projektil mit einem Kaliber, wie es zum Beispiel für die Bocksjagd verwendet wurde. Jedenfalls glaubte er, sich daran zu erinnern; sein Vater hatte ihn oft zur Jagd mitgenommen. Dass man mit einem entsprechenden Gewehr nicht nur auf Rehböcke anlegen, sondern auch auf Menschen schießen konnte, hatte man ihm damals allerdings nicht beigebracht. Emilio legte den Kopf zur Seite und musterte durch die Scheibe nachdenklich das Projektil. Gut möglich, dass es genau zu dem Gewehr passte, mit dem im Weinberg auf Hieronymus geschossen wurde. Er erinnerte sich an den Wortlaut der nachfolgenden SMS auf dessen Handy: «Damit du mich ernst nimmst. Habe bewusst danebengeschossen!» Nun, dann sollte wohl auch diese Patrone eine Botschaft übermitteln. Sie war so eindeutig, dass es keiner nachfolgenden Textnachricht bedurfte. Genau genommen hatte er diese bereits erhalten – als SMS auf der Almwiese beim Picknick. «Halte dich raus. Sonst bist du tot!» Die Kugel sollte dieser Warnung wohl besonderen Nachdruck verleihen. Der Absender hatte einen Sinn für Theatralik, das musste man ihm lassen, aber die Idee war nicht übermäßig kreativ. Wahrscheinlich hatte er zu viele Mafiakrimis gelesen. Außerdem machte die Kugel seinen Scheibenwischer kaputt, das war rücksichtslos. Emilio stieg aus, nahm das Projektil, schaute es nur kurz an und steckte es in die Hosentasche. Er lief nach hinten und kontrollierte seinen Auspuff. Keine Kartoffeln. Warum wurde sein armer alter Landy, der niemandem ein Leid zufügte, in die Sache reingezogen? Das war eine bodenlose Gemeinheit. Blieb die Frage, ob das eine etwas mit dem anderen zu tun hatte und ob der Kartoffelfreund mit dem Scheibenwischermalträtierer identisch war.

Emilio ging auf die andere Straßenseite und kaufte sich einen Becher mit Mango-Vanille-Eis. Dann lief er ein Stück über die Uferpromenade und dachte nach. Die Kugel passte definitiv nicht zur Kartoffel, so viel war klar. Das waren zwei verschiedene Sprachen. Bei der Kartoffel hatte er weiterhin Mario im Verdacht. Die Kugel stammte von dem Erpresser, der ihn vom Motorrad fröhlich gegrüßt hatte. Und wenn er sich nicht sehr täuschte, war das ganz jemand anderes. Entweder jemand aus Hieronymus' Vergangenheit, der sich womöglich erst am Beginn eines perfiden Rachefeldzugs befand. Oder eine Art Söldner, der im Auftrag eines anderen arbeitete, dem es wiederum nur darum ging, Hieronymus zum Verkauf eines Weinbergs zu zwingen. Letzteres wäre zwar ein logisches Szenario, aber er glaubte nicht daran. Dennoch würde er auch dieser Spur nachgehen. Natürlich. Aber dafür müsste ihm Hieronymus erst einmal den Namen übermitteln.

Er warf den leeren Eisbecher nicht in den Fluss, sondern in einen Abfalleimer. Er war stolz auf sich. Wenn es so weiterging, wurde er noch ein braver Bürger. Das wiederum war eine eher erschreckende Vorstellung. Er lief zurück zu seinem Auto und dachte, dass ihn der aktuelle Fall langsam nervte. Warum stocherte er nur ziellos im Nebel herum? War er plötzlich zu blöd für seinen Beruf oder einfach nur schlecht drauf? Es wurde höchste Zeit für einige gute Einfälle. Doch solange er die nicht hatte, sollte er wenigstens die schlechteren in die Tat umsetzen.

*

Eine halbe Stunde später fand Emilio direkt vor Marios Hauseingang einen Parkplatz. Das immerhin war ein gutes Omen. Die Vespa parkte auch da. Und die alte Frau war nicht zu sehen. Die Eingangstür stand offen, er lief die Treppe rauf und klingelte. Es dauerte. Er klingelte wieder. Als sich die Wohnungstür einen Spalt öffnete, machte er nicht lange rum. Mit einem kräftigen Fußtritt in Höhe des Türgriffs schlug er sie auf. Er hörte ein dumpfes Geräusch, dann sah er Mario am Boden liegen. Offenbar hatte der arme Kerl die Tür gegen den Kopf bekommen. Er rührte sich nicht. Außerdem war er nackt. Emilio stieg über ihn hinweg und schloss die Tür. Aus dem zerwühlten Bett sah ihn eine junge Frau mit bemerkenswerter Irokesenfrisur an, die großen Augen schreckgeweitet und die Decke bis hinauf zum Kinn ziehend. Wahrscheinlich hatte auch sie nichts an, gut so, dann würde sie unter ihrer Decke bleiben. Emilio nahm leise lächelnd einen süßlichen Geruch wahr und sah ein Haschischpfeifchen auf dem Nachttisch. Er warf einen Wäschestapel von dem einzigen Sessel und machte es sich bequem. Zur jungen Frau im Bett, die dem Augenschein nach eher in die Kategorie frühreifes Mädchen fiel, sagte er, dass alles gut sei und es keinen Grund zur Sorge gebe. Sie könne beruhigt weiterschlafen.

Langsam kam Mario wieder zu Bewusstsein. Erst machte

er einige Zuckungen, dann schlug er die Augen auf. Unsicher versuchte er, auf die Beine zu kommen, erst dann entdeckte er Emilio. Vor Schreck fiel er gleich wieder hin.

Emilio dachte, dass dieser Mario nicht gerade das Bild eines rücksichtslosen Erpressers abgab. Er konnte sich beim besten Willen nicht vorstellen, wie der mit einem Jagdgewehr auf Hieronymus schoss. Und wenn, dann wäre er dabei so zugekifft, dass er ihn wahrscheinlich aus Versehen sogar getroffen hätte. Mario – das war nicht der Motocrosser. Kaum vorzustellen.

Als Mario erneut aufstehen wollte, befahl er ihm, auf dem Boden sitzen zu bleiben.

«Kann ich wenigstens eine Decke haben», fragte Mario, «oder meine Hose?»

«Warum? Ist doch schön warm hier», antwortete Emilio.

Das Mädchen im Bett tat keinen Mucks. Und Mario war offenbar noch nicht richtig Herr seiner Sinne.

Emilio beugte sich nach vorne, stützte sich auf seinen Stock und sah Mario grinsend an. «Magst du Kartoffeln?», fragte er.

«Kartoffeln, äh?»

«*Patate fritte*, im Auspuff frittiert. Ich denke, du verstehst mich, oder?»

Mario rieb sich den Kopf. «Ach so, ja, ich verstehe.»

«Das war ein saublöder Scherz. Mein Motor hätte krepieren können.»

«Ist er nicht?»

«Nein, aber das Auto hinter mir war völlig versaut.»

Auf Marios gequältem Gesicht zeigte sich ein Lächeln. «Ehrlich? Schade, das hätte ich gerne gesehen.»

Emilio stieß mit dem Gehstock energisch auf den Boden. «Also, was sollte der Scheiß?»

«Dieser kleine Sender an meiner Vespa war doch von Ihnen, richtig?»

«Das möchte ich nicht ausschließen», drückte sich Emilio um ein klares Eingeständnis.

«Dann war das meine Revanche», erklärte Mario, der einen immer wacheren Eindruck machte. «Warum haben Sie mir den Tracker untergejubelt? Hat das was mit dem Hieronymus Pletzer zu tun? Den geht das doch einen Scheißdreck an, wo ich mich rumtreibe.»

«Nicht, wenn du ihn erpresst», sagte Emilio. Vorsichtshalber entriegelte er den Degen in seinem Stock, um einer etwaigen Eskalation begegnen zu können.

«Ich soll den Hieronymus erpressen? Wer kommt denn auf eine solche Schnapsidee? Ich wüsste nicht einmal, womit?»

«Hast du ein Motocrossmotorrad geklaut?»

«So ein Quatsch, ich hab doch meine Vespa.»

Mario machte Anzeichen, als ob er gleich aufspringen und sich auf ihn stürzen würde.

Emilio hielt das für keine gute Idee. Er zog mit einer raschen Bewegung die Klinge aus dem Stockschaft und zielte mit ihr auf Marios bestes Stück.

Der riss entsetzt die Augen auf und bedeckte seinen *cazzo* mit beiden Händen.

«Sag mal, spinnst du?»

«Bleib einfach brav auf dem Boden sitzen!»

«Tun Sie ihm nichts», jammerte das Mädchen vom Bett aus.

Emilio grinste. Wen sie wohl mit «ihm» meinte?

«Wo warst du heute und gestern am frühen Morgen?»

«Mit mir im Bett», antwortete das Mädchen an Marios Stelle.

Warum überraschte ihn das nicht? Wenn das stimmte,

schied er endgültig als Schütze im Weinberg aus. Und da er ganz so aussah, als hätte er das Bett bis gerade eben nicht verlassen, kam er wohl auch nicht als Überbringer der Patrone in Betracht.

Emilio nahm sie aus der Tasche und zeigte sie ihm.

«Schon mal gesehen?»

«Das ist eine Gewehrkugel», stellte Mario fest. «In meiner Küchenschublade liegt eine Steinschleuder. Ich hab kein Gewehr, falls du das wissen willst.»

«Hast du einen neuen Job? Womit verdienst du dein Geld?»

«Der Mario ist super», sagte das Mädchen. «Er hat immer so viele tolle Ideen.»

«Tolle Ideen? Welche zum Beispiel?»

«Mir ist kalt, kann ich eine Decke haben?»

«Das ist keine Antwort auf meine Frage.»

«Mario ist supermusikalisch, er kann nicht nur irre Gitarre spielen», erklärte seine Freundin. «Er hat einen Job als DJ bekommen, in einem supercoolen Club. Er mixt Tracks supergenial, wenn Sie verstehen.»

Emilio schüttelte den Kopf. «Nein, ich verstehe nicht, aber das macht nichts.»

«Backspinning, Scratching, das alles hat er voll drauf.»

«Schön für ihn.»

«Das mit der Kartoffel tut mir leid», sagte Mario.

Emilio gab dem Mädchen ein Zeichen. «Kannst ihm eine Decke rüberwerfen.»

Mit dem Degen täuschte er aus Spaß einen kreisförmigen Angriff vor, um ihn dann im Stockschaft verschwinden zu lassen.

«Wie gut kennst du deinen ehemaligen Chef Hieronymus Pletzer?»

Mario wickelte sich in die Decke, blieb aber am Boden sitzen.

«Ich kenn ihn nur aus der Arbeit, warum?»

«Hat er Feinde?»

«Feinde? So richtige Feinde? Hab ich nichts von gehört.»

«Macht er krumme Geschäfte?»

«Kann schon sein, wer macht das nicht?»

Emilio dachte, dass es wenig Sinn hatte, das Gespräch weiterzuführen. Von Mario würde er nichts erfahren, einfach deshalb, weil er nichts wusste.

«Ist dir sonst was aufgefallen?»

«Seine Frau, die Annika, hat es faustdick hinter den Ohren», fiel Mario noch ein.

«Inwiefern?»

«Die ist ihm nicht treu, das weiß ich sicher.»

«Woher?»

«Ich weiß es eben.»

Was war denn das für eine Begründung? Aber sie interessierte ihn auch nicht. Dass Annika ihren Mann betrog, war weder überraschend, noch spielte es im aktuellen Fall eine Rolle. Emilio stand auf und verabschiedete sich. Er entschuldigte sich für etwaige Unannehmlichkeiten. Was natürlich nicht ernst gemeint war. Er wünschte den beiden noch viel Spaß beim Backspinning und Scratching. Die Ausdrücke gefielen ihm, sie waren vielseitig interpretierbar. Dann gab er Mario noch den Rat, seine Finger von seinem Landy zu lassen, sonst würde er ihn mit dem Degen perforieren. Danach verließ er die Wohnung und zog hinter sich die Tür ins Schloss.

58

Annika stand vor dem Hotel, in dem die kompromittierenden Fotos entstanden waren. Wieder hatte sie sich mit Sportkappe, Sonnenbrille und Trainingsjacke verkleidet. Sie war unschlüssig, ob sie wirklich reingehen sollte. Sehr unwahrscheinlich, dass dabei was rauskam. Weil es aber in ihrer Mentalität lag, nicht klein beizugeben, sich nicht unterkriegen zu lassen und stattdessen die Flucht nach vorne anzutreten, betrat sie den kleinen Vorraum mit dem Empfangstresen. Es war derselbe Portier wie beim letzten Mal. Und er trug den gleichen gelangweilten Gesichtsausdruck. Annika sagte, dass sie vor kurzem Gast in diesem Hause gewesen sei und im Zimmer eine dünne Goldkette verloren hätte. Der Griesgram schüttelte den Kopf. Das Reinigungspersonal habe nichts gefunden, es sei nichts abgegeben worden.

Sie nannte ihm die Zimmernummer und fragte, ob das Zimmer gerade belegt sei, anderenfalls würde sie gerne selber noch mal nachschauen. So eine Kette sei ja leicht zu übersehen.

Wortlos reichte ihr der Portier den Schlüssel. Aber sie solle sich beeilen, gleich würde ein Bus mit Touristen kommen.

Touristen? Demnach war das hier kein Stundenhotel. Von Simon wusste sie, dass er das Hotel nur deshalb ausgewählt hatte, weil es in einer verschwiegenen Seitenstraße lag. Er habe zuvor keine Erkundigungen eingezogen, er habe nur auf die Schnelle nach einem Zimmer gesucht.

Annika ging in den ersten Stock. Im Zimmer blieb sie einen Moment stehen. Ohne Kerzen und Räucherstäbchen sah es ausgesprochen trostlos aus. Das Heiligenbild über der Kommode hing wieder am Haken. Die zu Bruch gegangene Glasscheibe hatte man einfach weggelassen.

Sie nahm die Fotos aus der Tasche und versuchte, die Kamerapositionen festzustellen. Sie stieg auf einen Stuhl und sah auf dem Schrank nach. Der war oben sauber abgewischt, die Wand dahinter war massiv. Hier gab es keine versteckt eingebaute Kamera, um schamlose Gäste zu fotografieren. Auch nicht auf dem Sims über der Badezimmertür. Dieser war aber breit genug, um darauf einen getarnten Apparat abzustellen. Auf dem Schrank sowieso. Und es musste noch einen dritten gegeben haben, der von irgendwo aufs Bett gerichtet war.

Annika setzte sich auf einen Stuhl und dachte nach. Sie konnte sich keinen Reim darauf machen, warum es gerade sie und Simon erwischt hatte. Dass der Portier mit dem Erpresser gemeinsame Sache machte, hielt sie für unwahrscheinlich. Er hätte ihr sonst kaum den Schlüssel gegeben. Oder vielleicht doch? Simon hatte das Zimmer zwei Stunden vorher reserviert. Zeit genug, den Raum mit den Kameras zu bestücken. Der Portier hätte einen Komplizen verständigen können, vielleicht taten sie das häufiger. Oder hatte am Vormittag für Reservierungen jemand anderes als diese Dumpfbacke am Empfang Dienst gehabt? Wie auch immer, die hatten nicht wissen können, dass sich Simon mit einer verheirateten Frau treffen würde. Wissen vielleicht nicht, aber ahnen. Nur wer etwas zu verheimlichen hat, kommt auf den Einfall, über Mittag ein Hotelzimmer zu buchen. So könnte es gewesen sein, womöglich aber auch ganz anders.

Als sie dem Portier den Schlüssel zurückgab, versuchte sie, ihn mit ihren Blicken zu durchbohren. Er schien es nicht zu bemerken. Ob sie die Kette gefunden habe?, fragte er mit gleichgültiger Stimme. Nein? Das habe er sich schon gedacht.

Sie fragte ihn, wann seine Schicht am Vormittag begänne. Mal so, mal so, bekam sie zur Antwort. Das half auch nicht weiter. Der Mann war ebenso träge wie mundfaul.

Als sie wenig später in Bozen über den Obstmarkt ging, sah sie wieder aus wie immer. Natürlich ohne Sportjacke und Käppi, dafür in hochhackigen Schuhen. Sie beherrschte die Kunst, mit ihnen auch über Kopfsteinpflaster zu laufen. Zufällig stieß sie auf ihre Freundin Regine aus dem Yogakurs. In einer Weinbar tranken sie ein Gläschen und aßen Tramezzini mit Salat und Mayonnaise. Annika schwindelte, dass sie mit dem Yoga aufgehört habe. Sicher, der Simon sei ganz nett, aber die albernen Verrenkungen und Posen gingen ihr auf die Nerven. Ebenso das ewige Gerede von Gleichmut, Frieden und Liebe. Zugegeben, am Anfang habe es ihr gefallen, aber jetzt habe sie genug davon. Dennoch habe sie Verständnis für all ihre Freundinnen, die es weiter betrieben. Sie lachte. Und vielleicht schaffte es doch noch eine, Simon ins Bett zu bekommen. Womöglich sei er aber auch schwul, das könne man bei diesen esoterischen Feingeistern nie wissen.

Annika fand, dass sie eine phantastische Lügnerin war. In der Handtasche hörte sie ihr Handy. Sie schielte hinein und sah, dass es Simon war, ausgerechnet. Natürlich ging sie nicht ran. Erst später, als Regine gegangen war, rief sie zurück. Simon sagte, er habe die fünftausend Euro besorgt. Und im Briefkasten habe er eine neue Nachricht gefunden: Die Geldübergabe solle bereits heute Abend stattfinden. Sie müssten dringend miteinander reden und die weitere Vorgehensweise besprechen …

Nicht am Telefon, unterbrach ihn Annika. Ob er alleine sei? Dann würde sie gleich vorbeikommen.

*

Auf den letzten Metern sah sie sich einige Male um. Wäre ja blöd, wenn sie gerade jetzt gesehen wurde, zum Beispiel von Regine. Wo sie doch mit Yoga aufgehört hatte. Oben im Studio zeigte ihr Simon nach einer kurzen Umarmung das neue Schreiben. Er goss ihr Tee ein und legte wortlos die fünftausend Euro auf den Tisch. Annika las, dass die Lösegeldübergabe kurz vor Einbruch der Dunkelheit stattfinden solle. Es wurde eine Stelle in Vöran genannt, genauer gesagt ein Christusmarterl, wo sich auf der Rückseite ein Zettel mit weiteren Angaben befände. Aber erst zur festgelegten Zeit, keine Minute früher. Und nur eine Person, mit festem Schuhwerk! Das Geld sollten sie in eine Tasche packen, mit Reißverschluss und einem stabilen Trageriemen. Sobald bezahlt sei, würden alle Fotos vernichtet. Das sei hoch und heilig versprochen.

Simon hatte keine Ahnung, wo dieses Vöran zu finden war. Annika hingegen kannte das Dorf. Es war nicht so weit weg von ihrem Zuhause, nur oben am Berg. Von Burgstall führt eine Seilbahn hinauf. Man konnte aber auch mit dem Auto von Meran über Hafling nach Vöran gelangen. Oder von Bozen über Mölten.

Annika war immer noch unsicher, ob sie überhaupt zahlen sollten. Was war das hoch und heilige Versprechen eines Verbrechers wert? Aber sich zu verweigern, war keine Option, und die Folgen waren unabsehbar. Sie sagte, dass sie ihre fünfundvierzigtausend bereits von der Bank abgehoben habe. Die Summe sei also kein Problem.

Nur eine Person? Simon meinte, dass er das selbstverständlich übernähme. Und wenn er den Kerl erwischen könnte, würde er ihn grün und blau prügeln.

Annika konnte nicht anders, sie musste lächeln. So wütend hatte sie ihren tiefenentspannten Simon noch nie gesehen. Und auch nicht so aggressiv. Wo blieben die viel beschworene Nächstenliebe und Friedfertigkeit der indischen Lehre? Wenn es hart auf hart ging, war es vorbei mit dem Namaste. Dennoch konnte sie sich Simon nicht als prügelnden Schläger vorstellen.

Sie bat ihn, sich zu beruhigen. Sie wäre in zwei Stunden wieder da und würde ihren Anteil vorbeibringen. Simon könne derweil eine passende Tasche besorgen. Dann könnten sie immer noch diskutieren, wer von ihnen beiden das Lösegeld überbringen würde.

Obwohl sie das so sagte, hatte sie längst entschieden, dass sie das selbst tun würde. Sie wollte nicht, dass Simon die Übergabe vermasselte. Außerdem ging es um ihre Ehe, die auf dem Spiel stand, und um ihre Zukunft. Und das meiste Geld stammte auch von ihr. Simon konnte nicht wissen, dass sie eine kleine Beretta besaß. Auch Hieronymus hatte keine Ahnung. Sie hatte noch nie mit der Pistole geschossen. Aber es gab immer ein erstes Mal.

59

Hieronymus hatte sich mit seiner Bank auf eine Vereinbarung eingelassen, die auf den Verlust eines seiner besten Weinberglagen hinauslief. Das bereitete ihm Magenkrämpfe. Immerhin war alles reibungslos über die Bühne gegangen, schon morgen konnte er über zweihunderttausend Euro verfügen. Er könnte also am kommenden Mittwoch das Lösegeld bezahlen. Könnte, könnte, könnte ... Aber wofür, warum, wieso? Würde er hinterher erfahren, welche Flaschen in seinem Weinkeller vergiftet waren? War das überhaupt noch wichtig? Rettete er mit dem Lösegeld sein Leben? Oder war es überhaupt nicht in Gefahr und alles nur ein dreister Bluff? Außerdem hatte er in Erfahrung gebracht, wer sich seinen Weinberg unter den Nagel reißen wollte. Der Ferry Schwaiger war es nicht, Gott sei Dank. Stattdessen ein aufstrebender Winzer aus dem Unterland, hinter dem irgendwelche Investoren steckten. Der Mann brauchte für seine Expansionspläne dringend neue und bessere Lagen. Nur waren diese in Südtirol nicht so einfach zu bekommen. Die fünftausend Hektar, die vom Eisacktal und dem Vinschgau über den Bozener Talkessel bis hinunter an die Überetsch und dem tiefer gelegenen Unterland für den Weinbau insgesamt zur Verfügung standen, waren in festen Händen, und keiner wollte freiwillig einen Quadratzentimeter hergeben. Weder die Weinbauern der Kellereigenossenschaften noch die privaten Weingüter und freien Weinbauern, wie er einer war.

Hieronymus hatte über sein letztes Gespräch mit Emilio nachgedacht. Dass es jemanden aus seiner Vergangenheit geben könnte, der ihn so abgrundtief hasste, dass er ihn vernichten wollte, vielleicht sogar umbringen, das konnte er ausschließen. Er war zwar gelegentlich ein Rüpel, das wusste er selber, aber er hatte sich nie jemanden wirklich zum Feind gemacht. Auch nicht den Ferry oder den Architekten Ignaz Aufschnaiter. Das waren Reibereien, wie sie im Geschäftsleben nun mal nicht ausblieben. Irgendwann saß man wieder zusammen und erzählte sich Witze.

Dagegen hatte Emilio womöglich recht, dass jemand nur deshalb Druck auf ihn ausübte, weil er seinen Weinberg haben wollte. Dann war das gezielter Psychoterror, kombiniert mit dem Bestreben, ihn in die Pleite zu treiben. Dass der Winzer aus dem Unterland die treibende Kraft war, hielt er für unwahrscheinlich. Er kannte ihn, so wie sich in Südtirol halt alle irgendwie kannten. Wenn, dann steckten diese dubiosen Investoren dahinter, von denen er nichts wusste, die es aber vielleicht gewohnt waren, mit harten Bandagen zu kämpfen. Dann wäre der Winzerkollege nicht mehr als eine willenlose Marionette.

Er hörte, wie unten Annika ins Haus kam. Er versuchte, seine Gedanken zu Ende zu führen. Wenn es den Investoren also nur darum ging, sich seinen Weinberg unter den Nagel zu reißen, dann hatten sie ihr Ziel erreicht. Wofür brauchten sie dann noch sein Geld? Und welchen Sinn machte es, ihn zu erschießen? Hieronymus langte sich an den Kopf, hinter seinen Schläfen pochte es. Es passte alles nicht zusammen, war irgendwie unlogisch und konfus. Als Nächstes würde er Emilio anrufen und ihm von dem Weinbauern aus dem Unterland erzählen und von dessen Hintermännern, die er nicht kannte. Aber zuvor wollte er Annika in die Arme nehmen. Vielleicht schaffte sie es, ihn aufzumuntern.

Als seine Frau das Zimmer betrat, spürte er sofort, dass aus der erhofften Stimmungsverbesserung nichts werden würde. Ihr Lächeln wirkte verkrampft. Bei der Umarmung war sie steif wie ein knorriger Rebstock.

«Ist was?», fragte er und strich ihr über die Haare.

«Was soll mit mir sein? Bei mir ist alles gut, dagegen siehst du aus wie das Leiden Christi.»

«Ich hab Probleme, das weißt du ja. Aber das wird schon werden.»

«Na hoffentlich, lange hältst du das nicht mehr durch. Magst mir nicht sagen, worum es geht?»

«Nein, das würde dich nur belasten. Ich sag es dir, wenn alles vorbei ist, einverstanden?»

«Wenn du meinst. Übrigens muss ich nachher noch mal weg, kann später werden. Ich treff mich mit Ursula.»

«Wer ist Ursula?»

«Eine alte Schulfreundin, ich hab dir von ihr erzählt.»

Hieronymus konnte sich nicht an eine Ursula erinnern, aber seine Frau hatte so viele Freundinnen, dass er es längst aufgegeben hatte, sich deren Namen zu merken.

Annika gab ihm einen flüchtigen Kuss. Das war er nicht gewohnt, normalerweise zeigte sie mehr Einsatz. Er schaute ihr hinterher und dachte, dass sie ihn angeschwindelt hatte. Nein, nicht mit Ursula, das glaubte er ihr, aber mit der Behauptung, dass alles gut bei ihr sei. Seine Frau stand unter Stress, das spürte er. Jetzt wäre sie fast über die Türschwelle gestolpert, dabei lief sie barfuß und trug ihre Stilettos in der Hand. Sie hatte einen prachtvollen Hintern. Und wunderbare Waden. Wenn alles vorbei war, würde er sich mehr um sein Liebesleben kümmern, das nahm er sich fest vor.

60

Sie standen zu dritt in der großen Küche. Phina schob gerade einen Lammrücken in den Ofen. Zuvor hatte sie eine Kräutermasse draufgegeben aus Rosmarin, Thymian, Basilikum und Knoblauch. Emilio fand, dass das ausgesprochen vielversprechend aussah. Mara bereitete derweil die Beilagen vor. Weil auch er gewillt war, einen Beitrag zum gemeinsamen Abendessen zu leisten, öffnete er eine Flasche Cabernet Sauvignon. Dass ihm diese von Phina sofort aus der Hand genommen wurde, um Wein in die Kasserolle zu gießen, trug er mit Fassung. Schließlich war es ihr Wein, und sie hatten genug davon. Und gegen eine gute Soße zum Lammrücken mit Kräuterkruste hatte er keine Einwände.

Er füllte die Gläser und reichte sie seinen Köchinnen. Die meinten, dass es höchste Zeit war. Er stimmte ihnen zu und stieß mit ihnen an. Beim Versuch, mit einem Stück Weißbrot von der Soße zu probieren, bekam er was auf die Finger.

Lächelnd zog er sich an den Esstisch zurück und beobachtete die Mädels bei der Arbeit. Mädels? Nun, sie waren schon etwas reifer an Jahren, aber sehr nett anzuschauen. Ihm ging durch den Kopf, dass die eine seine verflossene Freundin war und die andere seine aktuelle. Das war irgendwie speziell. Er hatte mit beiden geschlafen. Bei Mara war das länger her, und sie hatte damals anders ausgesehen, was aber nichts daran änderte. Jetzt standen sie beide einvernehmlich in der Küche.

Das gefiel ihm. Er nahm einen Schluck vom Cabernet. Der Duft von schwarzen Johannisbeeren, der kräftige Körper und die Tannine sollten vortrefflich mit dem Lamm harmonieren. Er hatte keinen Grund sich zu beklagen. Ganz kurz flackerte die Idee durch seinen Kopf, wie es wohl wäre, mit Phina und Mara gemeinsam … Wenn Phina mit dem Rücken Gedanken lesen könnte, würde sie sich jetzt umdrehen und ihm die heiße Bratpfanne auf den Kopf hauen. Und Mara würde wahrscheinlich noch Schlimmeres einfallen. Besser war, er dachte ganz schnell an etwas anderes. Zum Beispiel an Hieronymus und seinen jüngsten Anruf. Jetzt kannte er den Namen des Kaufinteressenten. Die Andeutung, dass es im Hintergrund undurchsichtige Investoren gab, gefiel ihm nicht. Er würde dieser Spur nachgehen müssen. Und zwar gleich morgen, denn der Termin für die Lösegeldzahlung rückte immer näher. Außerdem würde er erneut bei Pfarrer Anton vorbeifahren und ihn fragen, ob ihm nicht doch was von früher eingefallen war. Er wollte diesen Gedanken nicht aufgeben. Emilio hatte viel Lebenserfahrung, und er hörte auf sein Bauchgefühl. Gut möglich, dass nichts dran war. Aber vielleicht eben doch.

61

Annika ließ sich auf keine langen Diskussionen ein. Simons Absicht, die Geldübergabe auf dem Tschögglberg zu übernehmen, war zwar tapfer, kam aber für sie nicht in Frage. So lange es ging, wollte sie selber die Kontrolle über das Geld behalten, bis zum letztmöglichen Augenblick. Es würde wichtig sein, die Nerven zu behalten und keinen Fehler zu machen. Simon mochte ein guter Yogalehrer sein und ganz wunderbare Asanas beherrschen, aber in Stresssituationen war keine Zeit für Atemübungen, da galt es, schnell und entschlossen zu handeln. Sie war sich ganz sicher, dass sie das besser konnte. Außerdem war sie wild entschlossen, wenn irgend möglich die Spielregeln zu ändern. Im Handschuhfach lag ihre Beretta. Dieser miese Erpresser würde sie noch von einer ganz anderen Seite kennenlernen. Wenn er glaubte, dass sie ein sexgeiles Dummerchen war, hatte er sich gehörig geschnitten.

Natürlich hatte ihr Widersacher zunächst die besseren Karten. Sie konnte nicht wissen, welche Anweisungen auf der Rückseite des Christusmarterls auf sie warteten. Die Wanderstiefel waren im Auto, auch eine massive und ultrahelle Taschenlampe, wie sie die amerikanische Polizei verwendete; mit der konnte man nicht nur die Gegner blenden, sondern auch kräftig zuschlagen.

Dass ihr Simon gerade jetzt einen Beruhigungstee hinstellte, bestätigte sie in ihrer Einschätzung. Er meinte also, dass man sich beruhigen müsse. Sie dagegen wollte ihren Körper in Alarmbereitschaft versetzen, sie wollte spüren, wie das Stresshormon Adrenalin ausgeschüttet wurde und sich ihr Puls steigerte.

Ihr war klar, dass sie womöglich keine Gelegenheit haben würde, den Spieß umzudrehen. Wenn sich der Erpresser geschickt anstellte, würde sie chancenlos bleiben. Doch beim kleinsten Fehler würde sie zuschlagen.

Simon redete ihr ins Gewissen, sich nicht in Gefahr zu begeben. Das sei es nicht wert. Sobald es vorbei sei, solle sie ihn gleich anrufen und sagen, dass es ihr gutginge.

Sie versprach es und nippte am Beruhigungstee. Wahrscheinlich wirkte er genauso wenig wie die anderen ayurvedischen *chais*. Sie könnte eine Kanne davon trinken und wäre danach nicht minder erregt.

Wie besprochen, hatte Simon eine geeignete Tasche besorgt, wie vom Erpresser gefordert mit Reißverschluss und einem stabilen, langen Trageriemen. Sie steckten das Geld in einen Umschlag. Allzu groß musste er nicht sein, fünfhundert Scheine zu je hundert Euro nahmen erschreckend wenig Platz in Anspruch. Annika hatte ein kurzes Schreiben vorbereitet, das sie Simon zum Lesen gab. Darin machte sie unmissverständlich klar, dass es keine weiteren Zahlungen geben würde. Die Fotos müssten vernichtet und vom Speichermedium gelöscht werden. Sollte sich der Erpresser je wieder melden oder die Fotos irgendwo auftauchen, würden sie einen Killer auf ihn ansetzen.

Simon sah sie entgeistert an. «Einen Killer? Das ist nicht dein Ernst?»

Sie zögerte mit der Antwort. «Nein, natürlich nicht. Aber

ich will ihm einen Schrecken einjagen. Er soll gar nicht erst auf die Idee kommen weiterzumachen.»

«Das wird er nicht tun, wenn er erst sein Geld hat.»

«Glaub du nur weiter an das Gute im Menschen.»

«Soll ich dich nicht wenigstens begleiten? Ich hab kein gutes Gefühl, wenn du bei Einbruch der Dunkelheit da oben alleine bist.»

«Kommt nicht in Frage. Nur eine Person! Schon vergessen?»

Simon zuckte hilflos mit den Schultern. «Aber versprich, dass du auf dich aufpasst. Und lass dich zu keinen unüberlegten Handlungen hinreißen.»

Annika gab ihm einen Kuss. «Versprochen!»

Sie verschwieg ihm, dass sich das Versprechen nur darauf bezog, dass sie auf sich aufpassen würde. Die unüberlegten Handlungen sehnte sie geradezu herbei.

Mit Blick auf die Uhr stellte sie fest, dass sie sich langsam auf den Weg machen müsse.

Zum Abschied wurde sie von Simon umarmt, ganz lang und intensiv. Behutsam ließ er seine Hände von ihren Schultern gleiten und mit festem Druck über ihren Rücken nach unten wandern. Noch vor wenigen Tagen hätte sie darauf mit einem wohligen Schauder reagiert. Jetzt stellte sie fest, dass sie nichts empfand. Auch verspürte sie seit dem Eintreffen des Erpresserschreibens keine Lust mehr, mit Simon zu schlafen. Die Fotos hatten alles kaputt gemacht.

*

Sie fuhr von Bozen über die Landstraße nach Terlan, bog dann rechts ab, um in vielen Kurven über Verschneid hinauf nach Mölten zu gelangen. An einer Parkbucht am Waldrand hielt sie an, um sich die Wanderstiefel anzuziehen. Sie schlüpfte in eine dunkle Joggingjacke mit Kapuze. Darunter trug sie eine dünne Weste, in deren Taschen die Beretta passte und ihr Handy, das sie auf lautlos stellte. Zudem hatte sie eine Wanderkarte der Gegend dabei, die sie allerdings schon so eindringlich studiert hatte, dass sie sie fast auswendig kannte. Denn eines schien ihr klar: Das Christusmarterl würde nicht der Übergabeort sein. Dafür bräuchte sie kein festes Schuhwerk. Der Erpresser würde sie irgendwohin lotsen, wo es einsam war. Sie lächelte schief. Sollte er nur, das kam ihr gerade recht.

Fast pünktlich erreichte sie Vöran. Die erste Bedingung hatte sie also erfüllt. Langsam fahrend, suchte sie das beschriebene Marterl, das sie schließlich am Ortsausgang entdeckte. Sie hielt am Straßenrand, stieg aus und sah sich um. Eine kleine Wandergruppe kam des Wegs und begrüßte sie mit einem ebenso fröhlichen wie norddeutschen «Guten Tag». Südtiroler hätten ihr ein *Griasti* entboten oder ein *Hoi* oder *Hoila*. Sonst war niemand zu sehen. Was natürlich nicht ausschloss, dass sie aus der Ferne mit einem Fernglas beobachtet wurde.

Sie wartete, bis sie allein war, dann ging sie zum Marterl, in das einige Blumen gesteckt waren. Auf der Rückseite fand sie einen mit Klebestreifen befestigten Briefumschlag. Er war mit einem Herzchen verziert. Ihr Erpresser hatte Humor, was ihn nicht sympathischer machte. Sie entnahm dem Umschlag ein Foto, auf dem eine Art Gipfelkreuz zu sehen war, sehr groß und mit drei Querbalken. Sie hatte mal gelesen, dass es sich dabei um sogenannte Wetterkreuze handelte. Die vielen Querbalken sollten die magische Kraft verstärken und vor Blitz, Sturm und Hagel schützen. Dabei hätte sie nur einen sehnlichen Wunsch: Dass der Entführer vom Blitz getroffen wurde. Aber danach sah es heute nicht aus, der wolkenlose Himmel würde bald einer sternenklaren Nacht weichen

Sie drehte das Foto um. Mit Filzstift stand darauf geschrieben: «Knottnkino. Tasche an Kreuz hängen. Dann abhauen.»

Das war ebenso knapp wie deutlich. Der Entführer setzte voraus, dass man das Knottnkino kannte und wusste, wie man auf schnellstem Weg hingelangte. Oder er ging davon aus, dass man intelligent genug war, es herauszufinden. Simon würde jetzt gehörig ins Schleudern geraten. Ganz sicher hatte er noch nie von diesem «Kino» oben am Rotsteinkogel gehört. Sie selbst war auch noch nicht dort gewesen, wusste aber, dass hier auf einem Hochplateau wie in einem Kino mehrere Reihen mit Klappsesseln aus Stahl und Holz festmontiert waren, von denen man einen weiten Blick über das Etschtal auf die umliegenden Gipfel hatte. Irgendwo dort oben musste sich also dieses Kreuz mit den drei Querbalken befinden. Offenbar stand es an exponierter Stelle am Rand eines Felsvorsprungs. Kein Problem, sie war schwindelfrei. Jetzt musste sie es nur noch finden.

*

Annika orientierte sich auf der Karte. Sie wollte so nah und so schnell wie möglich mit dem Auto hinfahren. Deshalb schieden die beiden offiziellen Parkplätze an den Gasthöfen Grüner Baum und Alpenrose aus; sie war nicht zum Wandern hier. Stattdessen fuhr sie die Landstraße ein Stück weiter Richtung Hafling, um dann rechts abzubiegen und sich unter Missachtung des Schildes, das die Durchfahrt nur für Anrainer gestattete, dem Rotsteinkogel auf direktem Weg zu nähern. Schließlich parkte sie neben einem Holzstapel auf einer Almwiese. Sie stieg aus und vergewisserte sich, dass sie alles dabeihatte. Die große Taschenlampe steckte sie in den Gürtel ihrer Jeans. Dann hängte sie sich die Tasche mit dem Geld um und marschierte los. Es waren nur noch wenige Meter bis zum ausgeschilderten Pfad, der hinauf zum Knottnkino führte. Letzte Touristen kamen ihr entgegen. Zwei Männer, der eine mit Rucksack, der andere mit Tirolerhut, eine Frau mit Knie-bundhose und runtergerollten roten Strümpfen, und ein Jun-ge, der eine Baseballkappe mit dem Schirm nach hinten trug. Annika zeigte ihnen das Foto mit dem Kreuz. Es wäre nicht zu verfehlen, sagte man ihr, sie müsse sich oben nur links halten. Allerdings würde es bald dunkel, sie solle doch besser morgen wiederkommen. Annika bedankte sich und lief rasch weiter. Was die Feriengäste wohl dachten? Wahrscheinlich ver-muteten sie ein romantisches Schäferstündchen in mondheller Nacht. Tatsächlich war fast Vollmond, aber das Schäferstünd-chen würde ganz sicher nicht romantisch werden.

Sie war ein wenig außer Puste, als sie oben ankam. Das Pla-teau des Rotsteinkogels war dicht mit Nadelbäumen bestan-den, zwischen denen kleine Trampelpfade in alle Richtungen führten. Geradeaus ging es zum Knottnkino mit den Klapp-sesseln. Aber da wollte sie nicht hin. Sie hielt sich links und ging jetzt langsamer, um ihren Atem zu beruhigen.

Vorne tat sich eine Lichtung auf. Da stand es, das große, mächtige Kreuz mit den drei Querbalken. Dahinter ein wei-ter Blick ins Tal, tief unten einige verstreute Bauernhöfe, wo die ersten Lichter angingen. In der Ferne war das Dorf Vöran mit seinem Kirchturm zu sehen. Der Boden war steinig, mit einigen Wurzeln überzogen und losen Zweigen bedeckt. Sie schluckte. Hier also sollte sie die Tasche ans Kreuz hängen.

Und dann abhauen! Hinter ihr knackte es im Wald. Aber zu sehen war niemand. Ein bisschen unheimlich war das schon. Langsam kroch die Nacht herbei, im Westen verlosch die rötliche Färbung des Abendhimmels, gleichzeitig strahlte der bleiche Vollmond immer heller. Fehlte nur noch der Ruf eines Käuzchens oder das Vorbeihuschen einer Fledermaus.

Annika gab sich einen Ruck. Es machte wenig Sinn, länger zu warten. Sie nahm die Tasche mit dem Geld von der Schulter, sah sich nochmals um, dann trat sie langsam vor ans Kreuz. Kurz dahinter war der steile Abgrund. Wie weit es da wohl runterging? Bestimmt einige hundert Meter. Erneut blickte sie zurück zu den Bäumen. War da ein Schatten, der sich bewegte? Nein, ihre Phantasie spielte ihr einen Streich.

Auf der Rückseite des Fotos stand, sie solle die Tasche ans Kreuz hängen. So ein Spaßvogel, sie war ja keine drei Meter groß und konnte noch nicht mal den untersten Querbalken erreichen. Gott sei Dank war der Trageriemen lang genug, um ihn einmal um den Längsbalken zu schlingen. Viel Halt hatte die Tasche nicht. Aber es würde keinen Sturm geben. Aus dem Tal strich nur eine leichte, warme Brise herauf.

Und jetzt? Jetzt hieß es, von dem Geld Abschied nehmen. Jedenfalls wollte sie den Anschein erwecken, dass sie schweren Herzens den Rückzug antrat. Sie hauchte der Tasche über die Hand einen Kuss zu, dann drehte sie sich um und eilte durch den Wald zurück Richtung Weg, der hinunter ins Tal führte. Dabei versuchte sie, möglichst viele Geräusche zu machen. Nach knapp zwei Minuten blieb sie stehen. Sie verhielt sich still und spitzte die Ohren. Nichts zu hören. Und zu sehen war auch nichts. Annika ging in die Knie, zog die Beretta aus der Weste und entsicherte sie. Dann schlich sie zurück.

62

Als Hieronymus Pletzer am nächsten Morgen aufwachte, war es viel später als sonst. Er rieb sich die Augen und musste sich erst einmal orientieren. Dann fiel ihm ein, dass er gestern Abend eine Schlaftablette genommen hatte. Oder zwei? Beim Aufstehen war ihm leicht schwindlig, er musste sich an der Wand abstützen. Immerhin hatte er durchgeschlafen, seit langem wieder mal. Wenn es stimmte, was auf dem Beipackzettel stand, sollten sich auch seine Angstzustände gebessert haben. Aber dafür reichte eine einzige Nacht wohl kaum aus. Außerdem müssten sich seine aktuellen Probleme in Luft auflösen. Seine Panikattacken und Schlafstörungen kamen ja nicht von irgendwo, sie lagen in dem hässlichen Stress begründet, dem er ausgesetzt war. Der vergiftete Wein, die Lösegeldzahlungen, der Schuss im Weinberg, die Drohung, ihn umzubringen ... Das alles war zu viel für ihn. Eine Tablette konnte da nicht wirklich helfen. Auch nicht zwei.

Annika war offenbar schon aufgestanden, er hatte nichts davon bemerkt. Auch wusste er nicht, wann sie gestern Abend heimgekommen war. Er hatte die Tabletten eingeworfen, da war es gerade dunkel geworden. Wenn sich seine Frau mit einer Freundin traf, wurde es häufig später, das kannte er schon.

Er blickte aus dem Fenster und sah, dass ihr Porsche weg war. Hatte sie heute früh einen Termin? Kosmetik, Friseur,

Massage? Er konnte sich nicht erinnern. Jetzt brauchte er erst mal eine kalte Dusche.

Später versuchte er, Annika auf dem Handy zu erreichen. Eine automatische Ansage teilte ihm mit, dass die Teilnehmerin vorübergehend nicht erreichbar sei. Das sah ihr wieder mal ähnlich. Regelmäßig vergaß sie, ihren Akku aufzuladen. Da machte es auch keinen Sinn, ihr eine SMS zu schicken. Er ging hinunter in die Küche, um einen starken Kaffee aufzusetzen.

*

Emilio stellte fest, dass er in Phinas Bett lag. Er streckte sich und gähnte laut. Sie war natürlich längst am Schaffen. Er erinnerte sich an den gestrigen Abend, auch daran, dass er kurzfristig den sündigen Gedanken eines fröhlichen Dreiers gehabt hatte. Dazu war es Gott sei Dank nicht gekommen. Phina reichte völlig. Er lächelte versonnen vor sich hin. Dann dachte er an den wunderbaren Lammrücken mit Kräuterkruste. Und an den Cabernet mit dem langen Abgang. Zumindest kulinarisch hatten sie wirklich einen großartigen Dreier gehabt. So sollte es sein, und nicht anders.

Ihm fiel ein, dass er sich nach dem Essen nicht an der Aufräum- und Abwaschaktion in der Küche beteiligt hatte. Stattdessen hatte er mit dem Tabletcomputer gespielt und aus Spaß seine Peilsender überprüft. Mara und Phina hatten ihm dieses Paschaverhalten durchgehen lassen, was wahrscheinlich an der sedierenden Wirkung des Cabernet lag. Er erinnerte sich, dass er sich über den Standort eines seiner Fahrzeuge gewundert hatte. Emilio stand auf, um sein Tablet zu suchen. Er fand es schließlich im Bad. Er wollte nicht wissen, wie es dahin gekommen war. Er setzte sich auf den Wannenrand und öffnete die App mit den Peilsignalen. Das war merkwürdig, wirklich merkwürdig. Schon gestern Abend hatte er sich keinen Reim darauf machen können, wieso Annikas Porsche zu dieser Unzeit in totaler Abgeschiedenheit oben am Tschögglberg parkte. Noch weniger verstand er, warum der Wagen jetzt immer noch dort stand. Hatte sie vielleicht einen Motorschaden? Was noch immer nicht erklären würde, was sie in diese Einsamkeit geführt hatte. Selbst bei maximaler Vergrößerung war kaum eine Straße zu erkennen.

Emilio ging in sein Zimmer, wo er sein Handy schließlich unter seiner Hose fand, die mit dem Hemd auf dem Boden lag. Er rief Hieronymus an und fragte, ob er Annika sprechen könne. Hieronymus, der eigenartig langsam redete, erzählte ihm, dass seine Frau ausgeflogen sei. Er wisse gerade auch nicht, wo sie sei. Sobald sie wiederkäme, würde er ihr gerne ausrichten, dass Emilio angerufen habe.

Emilio bat um ihre Handynummer, dann könne er sich ja direkt mit ihr in Verbindung setzen.

Hieronymus antwortete schleppend, dass das nicht gehen würde. Offenbar sei ihr Akku leer, man könne sie gerade nicht erreichen, er habe es auch schon versucht. Dennoch nannte er Emilio die Nummer.

Emilio wollte den Mann nicht beunruhigen, er schien sowieso etwas neben der Spur zu sein. Deshalb fragte er mit bewusst beiläufiger Stimme, wann Hieronymus seine Frau das letzte Mal gesehen habe.

Gestern, am späten Nachmittag, bekam er zur Antwort, so genau wisse er das nicht mehr. Sie habe sich später mit einer Freundin getroffen, und er selbst sei mit einer Schlaftablette ins Bett gegangen. Womöglich habe er auch zwei genommen.

Das würde erklären, warum sein Kopf immer noch wie benebelt sei.

Emilio dachte, dass das auch erklärte, warum er gar nicht wissen wollte, weshalb er sich für Annikas Verbleib interessierte. Womit ihm eine fadenscheinige Erklärung erspart blieb.

Er wechselte das Thema und versprach, sich noch heute über die Investoren schlauzumachen, die hinter dem Weinbergskauf steckten. Natürlich würde er diese Spur ganz eilig verfolgen. Das habe absolute Priorität.

Nach Beendigung des Gesprächs sah er wieder auf seinen Tabletcomputer und auf das unveränderte Peilsignal von Annikas Porsche. Er probierte ihre Handynummer, doch ihr Anschluss war tatsächlich vorübergehend nicht erreichbar. Emilio traf die spontane Entscheidung, die Prioritäten zu verschieben. Es gab keinen echten Grund dafür, die Investoren wären wirklich wichtiger, ihnen sollte er auf den Zahn fühlen. Er hatte jedoch ein dummes Gefühl. Und er hatte keine Lust, den ganzen Tag mit einem dummen Gefühl herumzulaufen.

*

Nach einem schnellen Frühstück verabschiedete er sich von Phina und Mara; die eine fand er im Weinberg, die andere in der Vinothek. Dann fuhr er über Bozen und Terlan die wunderbar gelegene und mit vielen Serpentinen gesegnete Panoramastraße hinauf nach Vöran. Eine Oldtimer-Rallye kam ihm entgegen, Haflingerpferde wurden über die Straße geführt. Postkartenidylle. Aber dafür hatte er heute keinen Sinn. Später musste er einige Male stehen bleiben, um auf dem Tabletcomputer den richtigen Weg zu finden. Beim Eggerhof bog er rechts ab. Dass die Straße nur für Anrainer erlaubt war, ignorierte er. Schließlich entdeckte er Annikas Porsche auf einer Wiese neben einem Holzstapel. Er parkte und machte den Motor aus.

Emilio nahm den Porsche in Augenschein. Er war abgeschlossen. Im Fußraum konnte er ein Paar leichte Sommerschuhe erkennen. Auf dem Beifahrersitz lag eine aufgeschlagene Wanderkarte. Er hätte sie sich gerne genauer angeschaut. Er spielte mit dem Gedanken, seinen Wagenheber zu holen und die Seitenscheibe einzuschlagen, aber dann würde erstens die Alarmanlage losplärren, und zweitens gab es dafür keinen Anlass. Er erinnerte sich an Marios Worte: Annika sei ihrem Mann nicht treu, hatte er gesagt. Was lag also näher, als dass sie sich hier mit einem Liebhaber getroffen hatte. Aber wo? Es gab ja nur Bauernhöfe, Almwiesen und Wanderwege. Bislang hatte sie ihrem Mann die treue Ehefrau vorgespielt und ihm keinen Anlass zur Eifersucht gegeben. Vielleicht war Hieronymus etwas naiv, das mochte sein, aber vermutlich war Annika noch nie ohne eine gute Ausrede über Nacht weggeblieben. Sie konnte ja nicht ahnen, dass ihr Mann Schlaftabletten nehmen würde. Emilio kratzte sich am Kinn. Das Ganze ging ihn nichts an, er sollte sich in sein Auto setzen und sich um die suspekten Investoren kümmern. Wenn da nur nicht dieses dumme Gefühl wäre. Im Laufe seines Berufslebens hatte er einen siebten Sinn dafür entwickelt, wenn etwas nicht stimmte.

Emilio presste die Nase gegen die Scheibe und versuchte, auf der Wanderkarte etwas zu erkennen. Vielleicht hatte Annika eine Markierung vorgenommen. Er hatte zuvor am Wegesrand Schilder mit Namen von Almgasthöfen gesehen, die Leadner Alm zum Beispiel, die Wurzer oder die Völaner Alm.

Aber sie schienen weiter weg, und er wusste nicht, ob man dort nächtigen konnte. Dass Annika die ganze Nacht in einem Heustadl verbracht hatte, wollte er nicht glauben. Und die nahe liegenden Höfe? Wenn sie dorthin gewollt hätte, gäbe es für sie keinen Grund, auf der Wiese zu parken, sie hätte auch direkt vor die Tür fahren können.

«Schönes Auto, gell?»

Emilio drehte sich um und sah eine Wandersfamilie vor sich, die frohgemut zu Berge zog. Der eine Mann hatte einen Tirolerhut auf, die Frau trug rote Kniestrümpfe, und der Bub hatte eine umgedrehte Baseballkappe auf dem Kopf.

«Das ist Geschmackssache», antwortete Emilio. «Mir ist mein alter Geländewagen lieber.»

«3,8 Liter Hubraum, 355 PS, von null auf hundert unter fünf Sekunden», sagte der Bub voller Bewunderung. «Geile Karre.»

Emilio verstand nicht, warum sich Jungs, deren Führerscheinprüfung noch in weiter Ferne lag, so viel Spezialwissen zu Sportwagen aneigneten, die sie vermutlich nie besitzen würden. Er wusste, dass Hieronymus das Auto für Annika geleast hatte, zum Kauf fehlten ihm die Mittel. Aber es lag ihm offenbar am Herzen, seine Frau glücklich zu sehen.

«Gehört einer Bekannten von mir», sagte Emilio, um dem Verdacht vorzubeugen, dass er sich an einem fremden Auto zu schaffen machte.

«Seht's, da habe ich doch recht gehabt», sagte der Mann mit dem Tirolerhut, der seiner Mundart nach aus Bayern stammte.

«Womit hatten Sie recht?», fragte Emilio, der plötzlich neugierig wurde.

«Dass der jungen Frau der Porsche gehört, das habe ich mir gleich gedacht.»

«Der jungen Frau?»

«Ist Ihre Bekannte blond?»

«Stimmt, das ist sie. Warum? Haben Sie sie gesehen?»

«Ja, gestern Abend, wie wir vom Knottnkino runtergelaufen sind, da ist sie uns entgegengekommen.»

«Und als wir später den Porsche gesehen haben, da dachten wir, dass das bestimmt ihr Auto ist.»

«Wir haben ihr gesagt, dass das mit dem Knottnkino keinen Sinn mehr macht, weil's bald dunkel wird. Aber sie ist trotzdem rauf.»

«Knottnkino? Das ist nicht wirklich ein Kino?», fragte Emilio, der mit dem Namen nichts anfangen konnte.

Der Tirolerhut lachte und deutete nach links oben. «Das ist der Rotsteinkogel, von dort oben hat man einen gewaltigen Blick über das Etschtal bis zu den Ötztaler Alpen. Weil's so schön ist, kann man sich wie in einem Kino auf Sessel setzen und die Landschaft als Naturfilm genießen.»

Emilio schüttelte verständnislos den Kopf. «Und da wollte die Annika rauf? Das kann ich gar nicht glauben.»

«Haben wir auch nicht verstanden. Wenn es dunkel ist, gibt's ja nichts zu sehen.»

«Aber sie wollte doch gar nicht zum Kino», sagte die Frau.

«Richtig», bestätigte der Mann, «da hast recht, Schatzi.»

Emilio zog fragend die Augenbrauen hoch.

«Na ja, sie hat uns ein Foto von dem Bergkreuz gezeigt, da wollte sie hin. Sie hat nicht gewusst, wo es ist, aber wir haben es ihr erklärt.»

«Bergkreuz?»

Der Mann mit dem Tirolerhut kniff die Augen zusammen und sah hinauf zum Rotsteinkogel. «Eigentlich müsste man das Kreuz von hier sehen. Aber wohl doch nicht.»

«Ein ganz komisches Kreuz», sagte der Bub. «Es ist riesig groß und hat drei Querbalken.»

Die Frau deutete auf ihre Uhr. «Entschuldigen Sie, aber wir müssen weiter. Wir wollen noch zur Vöraner Alm, sind eh spät dran.»

«Ja, wir müssen los. Schöne Grüße an Ihre Bekannte.»

Der Bub klopfte zum Abschied auf den Porsche. «Geile Karre. Heckmotor, sechs Zylinder.»

Emilio sah den Wandersleuten hinterher. Hatte er zuvor nur ein dummes Gefühl gehabt, so hatte er jetzt ein richtig flaues, ein mulmiges, ein vorahnungsschwangeres Gefühl, das ihm überhaupt nicht gefallen wollte. Ihm fehlte für alles jegliche Erklärung. Seine Ratlosigkeit gefiel ihm am allerwenigsten. Er sah auf seine Halbschuhe, die mit ihren glatten Ledersohlen wenig geländetauglich waren. Aber hinauf zu diesem merkwürdigen Knottnkino und dem dreibalkigen Kreuz würden sie es wohl schaffen.

*

Alles halb so wild, dachte er, als er schließlich oben ankam. Zwar war ihm das Wandern in den Bergen ein Gräuel, dessen Sinnhaftigkeit sich ihm nie erschließen würde, aber der Rotsteinkogel war ein besserer Spaziergang. Der Weg hatte zum Teil Geländer und Stufen. Da kamen auch fußlahme Senioren hinauf, sofern das Herz mitmachte. Er hatte zu seinem Vergnügen sogar einige Touristen in Bergstiefeln überholt. Manchmal staunte er über seine Kondition. Sogar sein lädiertes Bein machte solche Eskapaden klaglos mit. Weshalb es trotzdem keinen Grund gab, mit dieser Form der Leibesertüchtigung zu beginnen.

Nach kurzem Umherirren fand er das beschriebene Kreuz. Es stand an herausragender Stelle recht nah am Abgrund. Emilio, der seit Kindheit unter einer geminderten Form der Akrophobie litt, wagte sich nur ganz behutsam vor. Dann hielt er sich am Kreuz fest und blickte sich konzentriert um. Hier also hatte Annika bei einbrechender Dämmerung hingewollt. Und von hier war sie nicht zurückgekehrt.

Er zog sich auf ungefährlicheres Terrain zurück, fischte sein Handy aus der Tasche und rief Hieronymus an. Ob er mittlerweile was von Annika gehört habe? Nein, lautete die Antwort. Hieronymus ergänzte, dass er langsam begänne, sich Sorgen zu machen.

«Wird schon nichts passiert sein», sagte Emilio. Dass er genau entgegengesetzter Meinung war, behielt er für sich.

Im Anschluss probierte er erneut, Annikas Handy zu erreichen. Wieder ohne Erfolg. Entweder war wirklich der Akku leer, oder es gab einen anderen Grund. Er überlegte, dass eine Ortung über das Mobilfunknetz wohl nicht möglich war, wenn das Handy seinen Geist aufgegeben hatte. Gleiches dürfte für eine Lokalisierung über GPS zutreffen. Also machte es keinen Sinn, Mariella auf der Quästur anzurufen und seine Vertraute um einen kleinen Freundschaftsdienst zu bitten. Wenn seine Vorahnung zutraf, brauchte es auch keine technische Hilfe, dann würde er Annika auch so finden. Allerdings hoffte er inständig, dass er sich täuschte. Vielleicht verrannte er sich in eine Wahnidee? Vielleicht, aber wohl eher nicht.

Emilio lief den Weg zurück ins Tal. Dort angekommen, ging er auf der Straße so weit zurück, bis er hoch oben das Kreuz sehen konnte. Mit den Augen folgte er der direkten Linie nach unten. Sie endete zwischen den Nadelbäumen, die den Rotsteinkogel am Fuß säumten. Emilio stöhnte. Warum einfach, wenn es nicht auch kompliziert ging? Er versuchte, sich die Stelle zu merken. Dann stieg er über einen Zaun und lief über eine Wiese. Er erreichte die Bäume und fragte sich, ob er wirklich mit unpassender Kleidung und ungeeignetem Schuhwerk in so wenig übersichtliches Gelände vordringen sollte. Nein, natürlich nicht. Folgerichtig beschloss er, genau das zu tun. Er stieg über Wurzeln und schob Zweige zur Seite. Es ging immer steiler bergauf. Er rutschte aus, musste sich an Bäumen und Geäst festhalten. Immer wieder blickte er in die Höhe. Nach seiner Schätzung musste er sich jetzt ziemlich genau unter dem Kreuz befinden. Allerdings gab es auch weiter oben vereinzelte Bäume. Der Weg dorthin war ihm verwehrt, er war ja keine Gämse. Und auch kein Reinhold Messner.

Emilio sah sich konzentriert um. Plötzlich erstarrte er. Er hielt sich für abgebrüht, dennoch spürte er einen Kloß im Hals. Eine ganze Weile tat er nichts anderes, als einfach zu verharren und auf den verrenkten Leichnam zu blicken. Er konnte das Gesicht sehen, es bestand kein Zweifel an der Identität. Vor ihm lag Annika Pletzer. Sie war durch die Bäume gerauscht, die ihren Sturz wohl kaum gebremst hatten, und dann auf dem Waldboden aufgeschlagen. Sie hatte eine dunkle Joggingjacke an und trug Bergstiefel. Ihr Anblick war ziemlich unerfreulich.

Er dachte an den weit oben gelegenen Felsen und fragte sich, was sie dort gemacht hatte. Suchte man mit einem Bild nach einem Kreuz, um sich dann von dort in selbstmörderischer Absicht in die Tiefe zu stürzen? Hatte es ein gewaltsames Zusammentreffen mit einer anderen Person gegeben? Oder war sie einfach ausgerutscht? Nein, das ganz bestimmt nicht. Emilio fiel ein, dass er es in der Vergangenheit schon mal mit einem Sturz von einem Gipfelkreuz zu tun gehabt hatte. Auch damals war es kein Unfall gewesen. Merkwürdig, wie sich die Ereignisse wiederholten. Er schlug eine gedankliche Kapriole. Könnte ihr Tod etwas mit dem vergifteten Wein und der Erpressung ihres Mannes zu tun haben? Nach den Regeln der Wahrscheinlichkeit sprach einiges dafür. Eine mögliche Erklärung hatte er allerdings nicht. Und nicht den leisesten Schimmer einer Ahnung, wo und wie es einen Zusammenhang geben könnte.

Emilio nahm sein Handy, um *Commissario* Sandrini von der Bozener Kriminalpolizei anzurufen, stellte aber fest, dass er kein Netz hatte. Er machte einige Fotos, um dann mit der gebotenen Vorsicht den Rückweg anzutreten. Es war eine alte Bergsteigerweisheit, dass die meisten Unglücke beim Abstieg passierten, vor allem in Halbschuhen mit Ledersohlen.

Nach wenigen Metern blieb er stehen. Am Boden vor ihm schimmerte es metallisch. Er bückte sich und erkannte eine Pistole.

Emilio hatte unter seinen schlechten Eigenschaften eine, die ihn schon häufig in Schwierigkeiten gebracht hatte. Er tat gerne Dinge, die weder erlaubt noch besonders klug waren – und ohne die geringste Ahnung, wofür sie je von Vorteil sein könnten. Das jetzt war wieder so ein Fall. Er konnte nicht widerstehen. Also nahm er sein Taschentuch und zog es vorsichtig durch den Abzugsbügel der Pistole, die er als eine Beretta identifizierte. Er ließ die Waffe in seine Jackentasche gleiten und beschloss, sie einfach zu vergessen. Vorläufig jedenfalls.

Als er unversehrt wieder bei seinem Auto eintraf, rief er Mariella in Sandrinis Vorzimmer an. Er hatte Glück, der *Commissario* weilte auf keiner Fortbildung. Er wurde sofort durchgestellt. In wenigen Worten berichtete er von dem Leichenfund und der Identität der Toten. Er versprach, auf das

Eintreffen der Polizei zu warten. Auch solle er die Tote nicht anrühren, aber das verstehe sich ja von selbst.

Nun, dieser Anweisung würde er Folge leisten, aber nur, weil er sich nicht ein zweites Mal in Gefahr bringen wollte. Dabei interessierte es ihn brennend, ob Annika das Bild mit dem Kreuz noch bei sich hatte. Und ob ihr Handy deshalb den Dienst quittiert hatte, weil es beim Aufprall zu Bruch gegangen war. Oder ob es einfach daran lag, dass dort kein Empfang war?

Er versteckte die gefundene Pistole in einer Box unter der Rückbank seines Autos. Dann ging er zu Annikas Porsche und entfernte den Peilsender. Auch den verstaute er in den Untiefen seines Fahrzeugs. Bei der Gelegenheit fand er eine Schachtel mit Zigarillos. Obwohl sie reichlich trocken waren und krümelten, zündete er sich einen an. Er lehnte sich an seinen Landy und wartete. Es dauerte, und so hatte er viel Zeit, um nachzudenken. Er spielte verschiedene Szenarien durch, aber es gelang ihm nicht, eine auch nur annähernd plausible Theorie zu entwickeln. Schließlich hörte er Sirenen und sah in der Ferne die ersten Blaulichter. Mit der friedlichen Bergidylle würde es gleich vorbei sein.

63

Emilio ärgerte sich über sich selbst. Statt gemütlich in der Stube einer Buschenschänke zu sitzen, bei Spinatknödel und Vernatsch, schlug er sich mit ignoranten Polizeibeamten herum. Selbst *Commissario* Sandrini, der seinen Verstand noch einigermaßen beieinander hatte und ihm wohlgesonnen war, nervte mit seinen Fragen. Das Schlimmste aber war die Erkenntnis, dass er sich die Suppe selber eingebrockt hatte. Warum hatte er nach Annikas Auto gesucht und dann seine geliebten alten Budapesterschuhe bei der Pirsch durch den Wald ruiniert, um schließlich ihre Leiche zu finden? Wer hatte ihm gesagt, dass er das tun sollte? Und warum hatte er danach die Polizei verständigt? Selbst schuld.

Natürlich hätte er nicht anders handeln können. Auf Befragen erklärte er nur das Nötigste, was Sandrini auf die Palme brachte. Aber Emilio war seit jeher der Meinung, dass Informationen grundsätzlich bei ihm selbst am besten aufgehoben waren. Warum sollte er der Bozener Kriminalpolizei alles verraten, was er wusste?

Sandrini schüttelte missbilligend den Kopf. Er hatte von Emilio immer noch keine hinreichend logische Erklärung dafür bekommen, auf welche Weise er zunächst Annikas Auto und dann ihre Leiche gefunden hatte. Schließlich beruhigte sich der *Commissario* und ließ es dabei bewenden, jedenfalls vorläufig. Er glaubte an einen Selbstmord, der infolgedessen keiner besonderen Ermittlungsarbeit bedurfte. Emilio bestätigte ihn in dieser Auffassung, denn es war eine bekannte Tatsache, dass Südtirol die höchste Selbstmordrate in ganz Italien aufwies, was zwar keiner verstand, aber es war nun mal so. In Wahrheit hielt Emilio einen Suizid für ausgeschlossen, doch der *Commissario* wusste nichts von Annikas Begegnung mit der Wandergruppe aus Bayern und ihrer Suche nach dem Kreuz mit den drei Querbalken. Dass bei Annikas Leichnam das Foto nicht gefunden wurde, löste bei Emilio wilde Spekulationen aus, die er allerdings hinter einem gelangweilten Pokerface zu verbergen wusste. Außerdem war da noch die Pistole, die er gefunden hatte. Nach ihrem einwandfreien Zustand zu schließen, hatte sie nicht lange im Wald gelegen – wahrscheinlich fast auf die Sekunde die gleiche Zeit wie Annika. Jetzt müsste er nur noch wissen, ob auf der Waffe Fingerabdrücke waren, und wenn ja, von wem. Falls sie von Annika stammen sollten, würde er das selber herausfinden, dazu brauchte er keine kriminaltechnische Abteilung.

Zum Abschied ließ sich Sandrini sogar zu einem Dank hinreißen. Weil er wusste, dass Emilio fließend Italienisch sprach, tat er dies in seiner Muttersprache. Er sei sich zwar noch immer über seine wahren Beweggründe im Unklaren. Aber dennoch: *Grazie mille!*

64

Die Polizeibeamten kamen zu Hieronymus, ohne vorher anzurufen, wenn auch zusammen mit einer Psychologin, die Erfahrung bei der Überbringung schlechter Nachrichten hatte. Doch natürlich konnte auch sie nicht verhindern, dass er nach einer anfänglichen Schockstarre einen Schwächeanfall erlitt. Sie mussten einen Arzt kommen lassen, der seinen Kreislauf per Infusion stabilisierte. An eine Befragung war nicht zu denken, von Hieronymus war keine Erklärung zu erwarten. So blieb die Frage offen, was seine Frau bewogen haben könnte, am frühen Abend auf den Rotsteinkogel zu wandern. Später wehrte er sich dagegen, ins Krankenhaus gebracht zu werden. Eine Mitarbeiterin aus dem Büro versprach, auf ihn aufzupassen. Er bekam eine Beruhigungsspritze und legte sich auf ein Sofa im Wohnzimmer.

*

In seinem Kopf ging alles durcheinander. Es gab Momente, da konnte und wollte Hieronymus nicht glauben, dass Annika tot war. Sekunden später schlug ihm die Realität wie ein nasser Waschlappen ins Gesicht. Er glaubte zu spüren, wie sein Herz stolperte. Er war bestürzt und fassungslos und voller Trauer. Das überraschte ihn. Natürlich, Annika war seine Frau gewesen, er hatte sie begehrt und war stolz auf sie, aber eine romantische Liebe verband sie nie. Trotzdem konnte er sich ein Leben ohne sie nicht vorstellen. Er würde nie mehr ihr Lachen hören, ihren sinnlichen Körper spüren, ihre Haut riechen. Auch würde er sich nie mehr mit ihr streiten können oder eifersüchtig sein – selbst das würde ihm fehlen. Vor ihm lag ganz plötzlich ein großes Nichts. Ihr Tod erwischte ihn in einer denkbar ungeeigneten Phase. Er war schon vorher mit den Nerven am Boden gewesen. Der vergiftete Wein, die Erpressung, der Schuss im Weinberg, das bereits gezahlte Lösegeld, die erneute Forderung, die Todesdrohung … Hieronymus versuchte, seinen Atem zu beruhigen. Jetzt hatte er genau zwei Optionen: entweder aufzugeben und fatalistisch alles über sich ergehen zu lassen. Oder sich zusammenzureißen und dem Schicksal die Stirn zu bieten. Die erste Möglichkeit wäre die zweifellos einfachere. Er würde einige Flaschen aus dem Regal mit dem Lagrein Riserva trinken. Danach wäre er zumindest betrunken, was zwar keine Lösung darstellte, aber die Realität vergessen ließ. Mit etwas Glück erwischte er eine der vergifteten Flaschen, in diesem Fall wäre er tot. Auch das löste keine Probleme, doch wenn man tot war, konnte es einem egal sein. Alternativ müsste er versuchen, so schnell wie möglich wieder auf die Beine zu kommen. Er würde die Lösegeldaktion irgendwie durchziehen. Mit oder ohne Emilios Hilfe. Danach hätte er immer noch Zeit, Annika zu beweinen. Ihm schoss durch den Kopf, was die Polizei gesagt hatte: dass Emilio Annikas Leiche gefunden hatte. Warum ausgerechnet er? Und konnte es sein, dass die Polizei mit ihrer Vermutung richtiglag, dass Annika Selbstmord begangen und sich deshalb vom Felsen gestürzt hatte? Er wollte das nicht glauben. Sie hatte doch ein schönes, unbeschwertes Leben geführt. Weil sie keine Kinder hatten, was womöglich an ihm lag, waren ihnen viele Probleme eines

Familienalltags erspart geblieben. Und er hatte versucht, all ihre Wünsche zu erfüllen, im Rahmen seiner Möglichkeiten, sogar etwas darüber hinaus. Warum also sollte sie sich umbringen? Oder hatte sie eine schlimme Krankheit, von der er nichts wusste? Er verwarf diesen Gedanken. Sie war so vital und lebensbejahend gewesen wie niemand sonst.

Hieronymus probierte, sich aufzusetzen. Ihm war schwindlig, aber wenn er sich an der Lehne festhielt, ging es. Er hatte sich gerade dafür entschieden weiterzumachen. Er würde sich nicht unterkriegen lassen. Und er würde um Annika trauern, wie es sich gehörte. Auf ihre Art war sie eine Traumfrau gewesen. Ob sie ihm immer treu gewesen war, darauf würde er nicht wetten. Dennoch: Falls es mal einen Seitensprung gegeben haben sollte, wollte er nichts davon wissen. Mit ihrem Tod waren alle Sünden gebüßt.

65

Als Emilio bei Phinas Weingut ankam, das seit geraumer Zeit sein Zuhause war, ging er zur Vinothek, wo er seine beiden Damen im angeregten Gespräch antraf. Seine beiden Damen? Nun ja, in gewisser Weise. Die eine mehr, die andere weniger. Oder besser: die eine in der Gegenwart, die andere in der Vergangenheit. Insofern war keine Bigamie gegeben. Die Begrüßungsküsse verteilte er gerecht.

«Wie findest du meinen Vorschlag?», fragte Phina.

Emilio schaute sie verständnislos an. Dann merkte er, dass die Frage nicht an ihn gerichtet war.

Mara zögerte mit der Antwort. «Dein Angebot klingt phantastisch», sagte sie schließlich, «aber ich weiß nicht, ob ich das kann.»

«Du kannst es bestimmt, da bin ich mir ganz sicher», erwiderte Phina, die wie immer eine unerschütterliche Zuversicht ausstrahlte.

«Darf ich wissen, worum es geht?», fragte Emilio.

«Klar darfst du das, wir haben keine Geheimnisse vor dir.»

Mara lächelte. «Nur einige wenige, aber die gehen dich nichts an.»

«Erzähl erst mal von dir», sagte Phina zu ihm, «wie war dein Tag?»

«Geht so», antwortete er lapidar. «Und, was habt ihr so getrieben?»

Phina sah ihn kess an. «Gearbeitet, was sonst?»

«Ich war kurz in Bozen», berichtete Mara, «um in der Apotheke Medikamente zu holen, die ich bestellt hatte. Da hat mich fast der Schlag getroffen.»

Phina sah sie überrascht an. «Ah geh, das hast du noch gar nicht erzählt. Was ist passiert?»

«Ich bin meinem Exfreund in die Arme gelaufen.»

«Der Volltrottel, der dich nach deinem Unfall Knall auf Fall verlassen hat?»

«Ja, genau der. Spaziert einfach so über den Waltherplatz.»

Phina schüttelte empört den Kopf. «Du hättest ihn damals auf den Mars schießen sollen, dann könnte er dir jetzt nicht mehr begegnen.»

«Wir haben uns ins Café Walther gesetzt und einen Cappuccino getrunken.»

«Bist narrisch?», protestierte Phina. «Du hättest ihm eine Watschn geben sollen und dann wortlos weitergehen.»

Emilio grinste. «Jetzt weiß ich wenigstens, was auf mich in einer vergleichbaren Situation zukäme.»

Phina drohte ihm im Spaß mit dem Finger. «Nichts weißt du. Dich würde ich zuvor kaltlächelnd mit dem Traktor überfahren.»

«Du bist ein Herzchen.»

«Hat sich dein Verflossener wenigstens entschuldigt?», fragte Phina.

«Nein, hat er nicht. Aber er hat sich gefreut, dass es mir bessergeht.»

«Arschloch.»

«Na ja, ich weiß nicht.»

«Was macht er in Südtirol? Lebt er wieder hier? Du hast ja erzählt, dass er ein gebürtiger Südtiroler ist.»

«Er hat gesagt, dass er in Bozen wohnt, mehr weiß ich nicht.»

«Warum hast du nicht gefragt, ob er verheiratet ist? Vielleicht hat er Kinder? Womit verdient er sein Geld?»

Mara zuckte mit den Schultern. «Ich hab ihn nicht gefragt, ich hab mehr von mir erzählt.»

«Das genau hättest du nicht tun sollen. Ich glaub, du brauchst mal ein intensives Coaching», stellte Phina fest. «Vor allem, was den Umgang mit Scheißkerlen betrifft.»

«Mara ist eben ein lieber Mensch», konstatierte Emilio.

«Liebe Menschen kommen vielleicht in den Himmel, aber im Leben nicht allzu weit.»

«Was war das für ein Vorschlag, den du Mara gemacht hast?», wechselte Emilio das Thema.

«Ich suche einen neuen Repräsentanten für meine Weine in Süddeutschland», antwortete Phina. «Mara wäre für den Job wie geschaffen. Ich würde mich unheimlich freuen.»

Er nickte. «Klingt gut, sehr gut sogar. Das kannst du ganz sicher, Mara, davon bin ich überzeugt.»

«Du hättest wieder was zu tun. Ohne dass du an feste Arbeitszeiten gebunden wärst. Gib mir deine Hand und schlag ein!»

Mara zögerte. «Darf ich nicht noch etwas darüber nachdenken?»

«Nein», sagte Phina energisch. «Du musst dir abgewöhnen, immer über alles nachzudenken. Es gibt Entscheidungen, die muss man treffen, so oder so. Punkt. Aus. Amen!»

Emilio wusste, dass Phina ihr natürlich Bedenkzeit einräumen würde. Auch würde sie verstehen, wenn sich Mara nicht traute. Aber sie hatte das sichere Gespür, dass Mara einen sanften Tritt in den Hintern brauchte.

Mara blickte hilfesuchend zu Emilio. «Was meinst du? Soll ich wirklich?»

«Ich sagte doch gerade, das kannst du ganz sicher. Ich an deiner Stelle würde einschlagen, und zwar sofort, bevor es sich Phina anders überlegt.»

Phina reichte ihr die Hand und sah sie auffordernd an.

Mara gab sich einen Ruck und schlug ein. «Überredet. Ich mach's.»

Phina drückte so fest zu, dass Mara ihr Gesicht verzog.

«War doch gar nicht so schwierig, oder? Im Leben braucht man eine Perspektive, erst recht in deiner Situation.»

«Hoffentlich enttäusche ich dich nicht.»

«Quatsch, warum denn? Meine Weine verkaufen sich wie von selbst. Wirst sehen, ist ganz leicht. So, und jetzt stoßen wir auf unsere neue Geschäftsbeziehung an. Emilio, du darfst mittrinken, du bist quasi unser Zeuge. In Südtirol ist ein Handschlag mindestens so rechtskräftig wie ein notarieller Vertrag.»

Emilio übernahm die Rolle des Mundschenks. Sie stießen an und sahen sich tief in die Augen.

«Auf unsere Zukunft», sagte Phina. «Im Leben gibt es viel Ärger, aber es kann auch ganz okay sein.»

«Es kann, muss aber nicht», murmelte Emilio lauter als beabsichtigt.

Nachdem sie alle getrunken und den Deal gewissermaßen besiegelt hatten, mit einem Sauvignon aus allerbester Lage und von einem vorzüglichen Jahrgang, fragte Phina: «Warum kann, muss aber nicht? Hast du gerade deinen Melancholischen? Es gibt auch gute Tage im Leben, heute ist so einer.»

«Für uns schon.»

Phina sah Emilio fragend an. «Für wen denn nicht?»

Er leerte das Glas und goss aus der Flasche nach.

«Nun mach's nicht so spannend!»

«Für Hieronymus ist's kein guter Tag, und erst recht nicht für Annika.»

«Warum? Hat's Knatsch in der Ehe, trennen sich die beiden?»

«Annika ist tot», sagte Emilio.

Phina sah ihn fassungslos an. «Annika? Das gibt's doch gar nicht. Was ist passiert?»

«Ich weiß nicht, was passiert ist. Jedenfalls ist sie tot.»

«Nun sag schon!»

«Ich hab ihre Leiche gefunden, am Fuße des Rotsteinkogels.»

«Du hast sie gefunden? Wieso gerade du?»

«Weil ich nach ihr gesucht habe, aber das ist eine andere Geschichte. Offenbar war Annika gestern Abend am Berg und ist von dort einige hundert Meter runtergestürzt.»

«Annika am Berg? Was hat sie denn dort gemacht? Ich kenn sie nur in High Heels und in Bozen Prosecco trinkend.»

Emilio grinste schief. «Da sieht man mal wieder, dass es in der Stadt sicherer ist als in der freien Natur. In Bozen hätte sie nur umknicken und sich den Knöchel verletzen können.»

«Man kann auch von einem Auto überfahren werden.»

«Aber nicht in der Fußgängerzone.»

«Wer war diese Annika?», fragte Mara.

«Die Frau von dem Winzerkollegen mit dem vergifteten Wein», antwortete Phina. «Jung, schön und blöd.»

«Blöd war sie nicht», widersprach Emilio.

«Natürlich war sie das, sonst hätte es sie ja wohl kaum vom Berg runtergehauen. War's ein Unfall?»

Er zuckte mit den Schultern. «Keine Ahnung. *Commissario* Sandrini glaubt an Selbstmord.»

«Warum sollte sie sich umbringen? Die hatte doch ein schönes Leben.»

«Ja, warum sollte sie?»

Er rieb nachdenklich mit dem Zeigefinger über den Rand seines Weinglases.

«Ich kenn dein Gesicht. Du glaubst an ein Verbrechen, stimmt's?»

«Noch glaube ich gar nichts, aber möglich wäre es.»

«Wir gehen heute trotzdem zu dritt zum Abendessen», schlug Mara vor. «Wir haben was zu feiern. Ich darf euch einladen.»

«Bravo», sagte Phina, «so gefällst du mir besser. Keine Selbstzweifel, sondern Freude an unserem Vertrag.»

«Aber ich bezahl», grummelte Emilio, «vorausgesetzt, Mara bringt nicht ihren komischen Heini mit.»

«Welchen Heini?»

«Den du auf den Mars geschossen hast», antwortete Phina an ihrer Stelle, «den gibt's nicht mehr.»

66

Pfarrer Anton kniete in seiner Kirche und betete. Er war allein mit sich und dem lieben Gott. Weil ihm die Knie weh taten und auch das altersschwache Kreuz, nicht das heilige Kreuz Christi, sondern jenes im Bereich seiner Lendenwirbelsäule, fasste er sich kurz. Er sprach noch schnell ein Vaterunser, dann stand er stöhnend auf. Der Herr hatte ihm ein langes Leben geschenkt, aber nicht daran gedacht, seinen Bandscheiben ewige Jugend zu verleihen.

Er schlurfte in die Sakristei, wo unter anderem die liturgischen Gewänder, Hostienschalen und Altarkerzen aufbewahrt wurden. Auch der Messwein für die heilige Kommunion lagerte hier. Er nahm einen kleinen Kelch, wischte ihn mit einem Zipfel seiner Kutte sauber, füllte etwas Rebensaft hinein und bekreuzigte sich. Dank dir Herr für deine Gnade und für die Schöpfung des Weinstocks, dessen Trauben es vermögen, die Qualen zu lindern und den Geist zu öffnen.

Er setzte sich auf einen Schemel und nahm ein altes Fotoalbum zur Hand, in dem er schon zuvor geblättert hatte. Ihm ging Emilios Besuch nicht aus dem Kopf und seine merkwürdigen Fragen zu Hieronymus Pletzer. Ob es in seinem früheren Leben jemanden gegeben habe, der ihn aus einer womöglich tiefen Kränkung heraus hassen könnte. Was hatte der Baron damit gemeint? Wer könnte zu einem solchen Groll Anlass haben? Pfarrer Anton kannte viele Bibelzitate zum Thema, die aber seinem Gedächtnis nicht auf die Sprünge halfen. Trotzdem: Seit dem Gespräch mit Emilio rumorte es ganz leise in seinem Hinterstübchen. Er glaubte, sich vage zu erinnern, dass es etwas im Leben des Hieronymus gegeben hatte. Aber was? Nichts Schlimmes, sonst würde es ihm schneller einfallen. Die Hoffnung, dass ihm der Messwein auf die Sprünge helfen würde, erwies sich als ebenso trügerisch wie vergeblich. Das Blättern in dem alten Album mit Fotos von Trauerfeiern und Eheschließungen, von Erstkommunion und der Empfängnis der Taufe brachte ihn auch nicht weiter. Wenn da nur nicht dieser vage Schatten einer Erinnerung wäre. Oder war es nur ein Trugbild, um ihn zu narren? Er nahm noch einen Schluck vom Messwein und blätterte weiter. Er ließ sich bei der Betrachtung der Bilder viel Zeit, sein Gedächtnis vertrug keine Eile. Plötzlich hielt er inne. Lange blickte er auf ein Foto, das schon vergilbt war. Sein Gefühl hatte nicht getrogen, da hatte es im Leben des Hieronymus tatsächlich ein Vorkommnis gegeben, das traurig war und nicht in seiner Schuld lag. Könnte daraus ein Grimm entstanden sein, der nach so langer Zeit Vergeltung suchte? Der Pfarrer trank wieder vom Messwein. Er verschluckte sich und musste husten. Lag hier die Wurzel des Übels, nach der Emilio gesucht hatte? Das konnte er sich nicht vorstellen. Dennoch beschloss er, Emilio anzurufen. Nicht gleich, aber später. In baldiger Bälde.

67

Emilio hatte das schon länger nicht mehr gemacht, aber er wusste noch, wie es geht. Was er dazu brauchte, hatte er sich besorgt. Vor ihm auf dem Tisch lag die Pistole, die er gefunden hatte. Mit einem weichen Pinsel trug er einen Toner auf, der jenem in einer Druckerkartusche nicht unähnlich war. Die Pistole hielt er mit einem Bleistift, den er in den Lauf gesteckt hatte. Es funktionierte. Dort, wo die Hautrillen feine Schweißspuren hinterlassen hatten, blieb das Pulver haften. Die Abdrücke waren zum Teil verwischt, aber einige Fingerkuppen präsentierten sich in ihrer ganzen unverwechselbaren Schönheit. Jetzt musste er sie nur noch mit einer Klebefolie abnehmen und ein Foto mit dem Smartphone machen, dann wäre er fertig – allerdings nicht klüger. Auf irgendeine Weise musste er sich die Fingerabdrücke von Annika besorgen. Dann könnte er schon mal ausschließen, dass das ihre Pistole war. Oder es stellte sich das Gegenteil heraus. Was ihn wundern würde. Warum eigentlich? Eine kleine Beretta passte gut zu einer Frau. Also sollte er nicht überrascht sein, wenn das ihre Abdrücke waren. Nur musste er dann in eine ganz andere Richtung denken. Nun, man würde sehen. Eines wusste er mit Gewissheit: Im Magazin fehlte eine Patrone. Aber auch dieses Detail war vielseitig interpretierbar.

*

In den nächsten Minuten bekam er gleich mehrere Anrufe. Erst hatte er zu seiner großen Überraschung den greisen Pfarrer Anton am Apparat. Zu seiner noch größeren Überraschung deutete dieser an, dass ihm etwas eingefallen sei, aber er wolle nicht am Telefon darüber sprechen. Außerdem sei es ganz weit hergeholt und habe ganz bestimmt nichts zu bedeuten. Er habe am späten Nachmittag Zeit für ein Gespräch. Emilio versprach vorbeizukommen. Am liebsten hätte er sich gleich ins Auto gesetzt. Ereignisse, die ganz bestimmt nichts zu bedeuten hätten, weckten stets seine instinktive Neugier. Aber zunächst musste er einen anderen Besuch tätigen. Hieronymus wollte ihn sehen. Seinen Wunsch konnte er nicht abschlagen. Er hatte ihm schon am Telefon sein Mitgefühl ausgesprochen.

*

Einen beschissenen Job hatte er sich da ausgesucht, dachte Emilio, als er eine knappe Stunde später auf dem Weingut Pletzerhof vorfuhr. Es machte keinen Spaß, immer wieder auf Menschen zu treffen, die kurze Zeit später entweder tot waren oder den Verlust einer nahestehenden Person zu beklagen hatten. In der Regel kam ja beides zusammen. Wo es eine Leiche gab, existierten auch Hinterbliebene. Im aktuellen Fall hieß die Tote Annika und ihr trauernder Ehemann Hieronymus. Wenigstens gab es keine kleinen Kinder. Die Tragödie könnte durchaus noch größer sein.

Er traf Hieronymus in seinem Büro an. Das war typisch. Oft flüchteten geschockte Menschen in ihre Arbeitsroutine. Natürlich ohne wirklich zu arbeiten, dazu waren sie nicht fähig. Hieronymus versuchte, einen gefassten Eindruck zu machen. Es glückte ihm nicht wirklich.

Emilio blieb nicht erspart zu berichten, wie er Annikas Leiche gefunden hatte. Natürlich mogelte er sich an den Fakten vorbei. Weder erzählte er von dem Peilsender noch von den Wanderern, die Annika am Abend begegnet waren – und auch nicht von dem Bild mit dem Kreuz. Hieronymus war so schlecht drauf, dass er gar nicht merkte, wie dünn Emilios Geschichte war. Aber selbst *Commissario* Sandrini war ja nichts anderes übriggeblieben, als sie zu akzeptieren, trotz seiner Zweifel.

Seltsamerweise hatte sich auch Hieronymus den Gedanken an einen Selbstmord zu eigen gemacht. Auch wenn er sich überhaupt nicht vorstellen konnte, was Annika dazu veranlasst haben könnte. Er habe nie etwas von Depressionen bemerkt, sie sei ganz im Gegenteil immer voller Lebensfreude gewesen. Zugegeben, am letzten Nachmittag habe sie etwas verstört und angespannt gewirkt, aber dem habe er keine Bedeutung beigemessen. Er habe ja gerade genug Probleme mit sich selbst. Die Verabredung mit einer alten Schulfreundin sei womöglich geschwindelt gewesen, von einer Ursula habe er noch nie gehört. Vielleicht habe Annika einen Arzttermin gehabt und eine schlimme Diagnose erhalten, spekulierte er. Zum Beispiel Krebs im Endstadium. Daraufhin habe sie sich in einer Kurzschlussreaktion umgebracht. So etwas könne er sich vorstellen.

Ihr gemeinsamer Hausarzt wisse nichts von einer Krankheit, räumte er auf Emilios Nachfrage ein. Aber womöglich sei sie bei einem Spezialisten gewesen. Der Hausarzt habe sich bereit erklärt, bei Kollegen und in der Klinik nachzuforschen.

Emilio war erleichtert. Er hatte schon befürchtet, dass Hieronymus ihn um diesen Gefallen bitten würde. Er hätte den Auftrag ablehnen müssen. Oder nur so tun, als ob. Denn er war sich hundertprozentig sicher, dass Annika nicht freiwillig aus dem Leben geschieden war und gesünder war als sie alle miteinander.

Als Nächstes kamen sie notgedrungen auf den vergifteten Wein und die anstehende Lösegeldzahlung zu sprechen. Notgedrungen deshalb, weil heute Mittwoch war, der Tag, an dem sich der Erpresser wieder melden wollte.

«Ich hab das Geld im Wandsafe», sagte Hieronymus mit gequälter Stimme. «Ich werde zahlen, und dann ist hoffentlich Ruhe. Wegen mir können wir den Wein auch wegschütten, ist doch jetzt alles egal.»

«Der Tod relativiert vieles», bemerkte Emilio. «Aber einen kleinen Versuch sollten wir schon noch machen, um dein Geld zu retten und den Erpresser zu packen. Nur weil wir das letzte Mal gescheitert sind, müssen wir ja diesmal nicht erneut den Kürzeren ziehen.»

«Ich weiß nicht. Der Typ dreht durch, wenn er was merkt. Dann erschießt er mich.»

Er hing also doch noch am Leben, dachte Emilio. Nach dem Tod seiner Frau war das ein gutes Zeichen.

«Ich agiere im Hintergrund. Gib mir nur Bescheid, sobald er sich meldet, und sag mir, was er vorhat.»

Hieronymus nickte zögerlich. «Einverstanden, mach ich. Aber bitte sei vorsichtig.»

Emilio sah auf die Uhr. «Ich muss leider gehen. Brauchst du Unterstützung, oder kann man dich alleine lassen?»

«Ich bin nicht alleine, ich hab doch meine Leute. Mir geschieht schon nichts. Gestern hab ich Herzschmerzen gehabt …»

«Kein Wunder.»

«Aber jetzt geht's schon wieder. Komm, ich bring dich raus zum Auto.»

«Musst du nicht, ich kenn den Weg.»

«Weiß ich, aber ich war noch nicht am Briefkasten.»

*

Emilio stand bei ihm, als er die Post rausnahm. Vielleicht gab
es eine Nachricht vom Erpresser. Wohl eher nicht. Mittlerweile bevorzugte dieser Textnachrichten von einem anonymen
Prepaid-Handy. Umso überraschter war er, als ihm Hieronymus mit bebender Hand einen Umschlag zeigte. Der sah zwar
ganz anders aus als jene mit den ersten Erpresserbriefen. Auch
gab es keine Ähnlichkeit bei der Schrift, in der die Adresse geschrieben war. Ein Absender fehlte. Was irritierte, war auch
nicht, dass die Post ausdrücklich und ganz persönlich an Hieronymus gerichtet war, mit dem Zusatz: «Vertraulich!» Vielmehr verstörte, was schräg über den Umschlag geschrieben
stand: «Warnung: Erst hinsetzen, dann aufmachen!»

Natürlich wollte Hieronymus diesem Rat nicht folgen. Er
riss den Umschlag auf und entnahm ihm einige Fotos. Seine
Reaktion lief in mehreren Phasen ab: Erst erstarrte er, dann
begann er heftig zu zittern. Schließlich fasste er sich ans Herz
und sank mit einem Stöhnen zu Boden.

Emilio versuchte vergeblich, ihn zu halten. Einem Re-
flex folgend, hob er die Fotos auf, die Hieronymus entglitten
waren. Er brauchte nur einen kurzen Blick darauf zu werfen,
um ihre gesundheitsgefährdende Brisanz zu erkennen. Dann
steckte er die Bilder und den Umschlag in seine Jackentasche.
Er winkte einem Arbeiter, der gerade vorbeikam. Während
Emilio Hieronymus' Puls fühlte, wurde bereits die Rettung
verständigt. Franz Egger eilte herbei. Gemeinsam trugen sie
Hieronymus in die Wohnung und legten ihn mit leicht erhöh-

tem Oberkörper auf ein Sofa. Zwischendurch machte er die Augen auf. Sie irrlichterten mit geweiteten Pupillen umher. Er hatte eine fahle Gesichtsfarbe, und auf der Stirn stand der kalte Schweiß.

*

Gott sei Dank ließ die Hilfe nicht lange auf sich warten. Rettungssanitäter und Notarzt kümmerten sich um den Patienten. Der Befund war ebenso schnell wie eindeutig: dringender Verdacht auf Herzinfarkt!

Wenig später war Hieronymus auf dem Weg ins Krankenhaus, und Emilio stand im verlassenen Wohnzimmer. Er zog die Fotos aus seiner Tasche und betrachtete sie genauer. Ihre künstlerische Qualität war lausig, doch das war egal. Man sah eine nackte Annika, wie sie in gewagter Position auf einer Kommode und im Bett den Ehebruch vollzog. Zwar war der Mann nur von hinten zu sehen und auf keinem Bild auch nur ansatzweise zu erkennen, aber dass es sich nicht um ihren Gatten handelte, stand außer Frage.

Emilio kontrollierte den Umschlag. Da waren nur die Fotos drin gewesen, kein Brief. Nachdenklich schob er das kompromittierende Material zurück in seine Jackentasche. Kein Wunder, dass Hieronymus aus den Latschen gekippt war. Erst der Tod seiner geliebten Frau, dann der geschmacklose Beweis ihrer Untreue. Blieb die Frage, was das sollte. Was hatte der Absender beabsichtigt? Nun, vielleicht genau das, was jetzt eingetreten war. Das war perfide, gemein, hinterhältig – und herzlos.

Wäre es nicht unlogisch, hätte man denken können, es handele sich um den Erpresser und eines seiner Psychospielchen.

Aber das machte keinen Sinn, weil ein Hieronymus auf der Intensivstation kein Lösegeld bezahlen konnte. Vielleicht hatte er die kardiologische Wirkung der Fotos unterschätzt? Das mochte sein. Dennoch wäre es ein vernunftwidriger Schachzug.

Weil er schon mal hier war, nutzte Emilio die Gelegenheit. Er ging hinauf in den ersten Stock, wo das Schlafzimmer lag und die beiden Badezimmer. Er wusste, dass Annika ihr eigenes hatte. Es war nicht schwer zu identifizieren. Er fand in einem Wandschrank eine Schachtel mit Medikamenten. Psychopharmaka waren keine darunter, weder Antidepressiva noch andere Substanzen, die von suizidgefährdeten Patienten eingenommen wurden. Es wunderte ihn nicht. Mit spitzen Fingern nahm er eine Puderdose, die über eine wunderbar glatte Oberfläche verfügte, auf der man fast mit bloßen Augen Annikas Fingerabdrücke erkennen konnte. Zusammen mit einem gelackten Nageletui verstaute er sie in seiner Jacke. Ihm fiel noch ein Kamm mit Haarresten ins Auge. Der musste auch dran glauben. Womöglich brauchte er mal einen DNA-Abgleich? Er hatte keine Ahnung, wofür. Aber die Sicherung von kriminaltechnisch verwertbarem Material konnte bei ihm zur Manie werden. Beim Verlassen der Wohnung tat er nach kurzem Zögern noch etwas: Weil Hieronymus' Handy einsam und verlassen auf dem Couchtisch lag, steckte er es ein. Diesmal nicht ohne Hintergedanken. Heute war Mittwoch. Wenn sich der Erpresser bei Hieronymus melden sollte, könnte er an seiner statt reagieren. Am vierstelligen Sperrcode würde es nicht scheitern. Hieronymus hatte ihm die vorangegangenen Textnachrichten regelmäßig zum Lesen gegeben. Man musste kein brillanter Beobachter sein, um sich den Code zu merken: Viermal die Eins sprang ins Auge.

68

Apathisch auf dem Rücken liegend, versuchte Hieronymus, sich über seine Situation klarzuwerden. Über eine Nasenbrille bekam er Sauerstoff, er hing an mehreren Schläuchen, und über seinem Kopf vernahm er regelmäßige Pieptöne. Aber er fühlte sich nicht unwohl dabei. Er hatte das beruhigende Gefühl, dass ihm hier nichts passieren konnte. Er wusste nicht genau, was ihm widerfahren war, nur dass er einen Herzinfarkt erlitten hatte, war in sein Bewusstsein vorgedrungen. Oder war es ein schwerer Infarkt? Die Medikamente, die man ihm verabreichte, benebelten ihn. Doch, doch, er hatte Glück gehabt, jetzt erinnerte er sich. Irgendein Blutgefäß im Herzmuskel hatte dichtgemacht, aber es sei nicht allzu viel Herzmuskelgewebe abgestorben, hatte man ihm gesagt. Er hatte einen Herzkatheter bekommen, das verschlossene Gefäß hatte man irgendwie wieder aufgemacht, und jetzt hatte er einen Stent. War das schlimm? Ihm fiel ein, dass der Lieferant seiner Barriquefässer auch einen Stent bekommen hatte, ungeachtet dessen lief er wieder Halbmarathon. Er durfte also optimistisch sein. Sportlichen Ehrgeiz hatte er sowieso keinen.

Hieronymus versuchte erneut, sich zu konzentrieren. Wo hatte ihn der Herzinfarkt ereilt, wie war er hierhergekommen? Langsam lief der Film rückwärts. Er sah sich auf dem Parkplatz vor seinem Weingut stehen und einen Umschlag öffnen. Als ihm die Fotos mit Annika vor seinem geistigen Auge erschienen, bekam er einen heißen Kopf, und er hörte, wie sich der Piepton der Überwachungsapparatur beschleunigte. Annika, seine Annika – nackt und mit einem fremden Mann. Dabei war sie doch tot? Herabgestürzt von einem Felsen. Hatte sie sich deshalb umgebracht? Aus Scham und schlechtem Gewissen?

Er versuchte, die Gedanken an die Bilder zu verdrängen, sie taten ihm nicht gut. Emilio war bei ihm gestanden, daran erinnerte er sich noch. Ab da hatte er einen Filmriss. Und jetzt lag er hier. Matt und hilflos. Er hatte keine Schmerzen. Er war zur Untätigkeit verdammt. Vielleicht war das gut so. Kein Stress mit der Erpressung. Der vergiftete Wein, der Tod seiner Frau ... Er gab den Versuch auf, sich erinnern zu wollen. Er wollte von alldem nichts wissen. Nicht jetzt, ein andermal vielleicht, aber bitte nicht jetzt. Der Piepton verlangsamte sich. Er wollte seinen Frieden. Außerdem war er müde, unendlich müde.

69

Emilio saß sinnierend auf dem Balkon vor seinem Zimmer; entgegen seiner Gewohnheit lag er nicht unten auf der Terrasse im Liegestuhl. Er wollte vermeiden, dass jemand seine gesammelten Schätze, die er vor sich auf einem Tischchen ausgebreitet hatte, zu Gesicht bekam: die Pistole, in der ein Schuss fehlte; die Puderdose; das gelackte Nageletui; den Gefrierbeutel mit dem Kamm und den Haarresten – und das stibitzte Handy. Annikas Fingerabdrücke hatte er abgenommen, beim Vergleich mit jenen auf der Waffe tat er sich trotz Lupe schwer. Die Papillarlinien schienen ihm identisch, aber manche waren verwischt und er war sich nicht hundertprozentig sicher. Könnte sein, aber vielleicht auch nicht? Ein Ergebnis mit Fragezeichen half ihm nicht weiter. Nach einer kurzen Denkpause rief er in der Bozener Quästur im Vorzimmer von *Commissario* Sandrini an. Er ließ sich von Mariella bestätigen, dass sie alleine war, ihr Chef sei gerade unterwegs. Er fragte, ob er weiterhin auf ihre Verschwiegenheit zählen könne. Sie zierte sich, was vermutlich daran lag, dass er ihr noch nicht erklärt hatte, wieso ausgerechnet er Annikas Leiche gefunden hatte. Und ob es einen Zusammenhang mit seinen heimlichen Recherchen gab, bei denen sie ihm geholfen hatte.

Als ob sie Gedanken lesen könnte, erwähnte sie, dass die Enduro, für die er sich aus unerfindlichen Gründen interessiert hatte, wieder aufgetaucht sei. Eine Gruppe von Jugendlichen hatte sie geklaut, um damit Geländefahrten zu unternehmen. Jetzt sei sie kaputt.

Wenn es aber um laufende Ermittlungen ginge, fuhr sie fort, höre ihre Unterstützung auf. Sie wolle nicht ihren Job aufs Spiel setzen. Er müsse sich deshalb schon direkt mit Sandrini in Verbindung setzen.

Emilio hatte den Eindruck, dass sie beleidigt war. Er hätte zumindest persönlich bei ihr vorbeischauen und von ihren Maronenplätzchen naschen müssen. Dafür aber fehlte ihm heute die Zeit.

Er versuchte, so charmant und reizend zu sein, wie es ihm nur möglich war. Außerdem erklärte er, dass sie nicht mehr tun müsse, als einen Kontakt zu jemandem herzustellen, der im Hause für den Vergleich von Fingerabdrücken zuständig sei. Und er versprach, etwaige ermittlungsrelevante Erkenntnisse umgehend dem *Commissario* mitzuteilen.

Schließlich gab sie nach. Wenige Minuten später sprach er mit dem Daktyloskopieexperten vom Erkennungsdienst der Kriminalpolizei, der sich dank Mariella kooperationswillig zeigte. Emilio schickte ihm die Fotos der zu vergleichenden Fingerabdrücke direkt von seinem Smartphone.

Das Ergebnis würde dank moderner Computertechnik nicht lange auf sich warten lassen.

Nach einem Blick auf die Uhr dachte er, dass es Zeit wurde für Pfarrer Anton. Am späten Nachmittag solle er kommen, hatte er gesagt. Das erlaubte einen gewissen Spielraum. Erstens war er überaus neugierig, was dem Diener Gottes eingefallen war. Zweitens wollte er es nicht zu spät werden lassen, falls sich der Erpresser wieder auf Hieronymus' Handy melden sollte.

*

327

Wie schon das letzte Mal saßen sie im Pfarrhaus beim Messwein zusammen. Emilio dachte, dass er sofort mit dem Trinken aufhören würde, wenn er später auch so eine von roten und blauen Äderchen durchzogene Knollennase bekommen würde. Sie erinnerte ihn an einen sprießenden Blumenkohl. Der Pfarrer schien aber nicht darunter zu leiden und becherte fröhlich vor sich hin. Die Nase war also vielleicht doch kein Hinderungsgrund, man durfte nur nicht eitel sein.

Emilio gab Anton alle Zeit, die er zu brauchen schien. Beim dritten Becher Messwein, den sich der Pfarrer zu Gemüte führte, beschlichen Emilio allerdings ernste Zweifel ob der Sinnhaftigkeit seines Besuches.

Er machte mehrere Versuche, den greisen Pfarrer an Hieronymus zu erinnern und an mögliche Vorkommnisse in der Vergangenheit. Stattdessen drückte Anton sein tiefes Bedauern über das Ableben der liebreizenden Annika Pletzer aus. Er zitierte den Evangelisten Matthäus: «Selig sind, die reinen Herzens sind; denn sie werden Gott schauen.»

Emilio dachte an die Fotos und stellte die Reinheit von Annikas Herzen in Frage.

Nun wünschte Anton dem Hieronymus alles Gute und Gottes Segen für die Überwindung seines Herzinfarktes bis zur völligen Wiederherstellung seiner Gesundheit. «Siehe, ich will ihr Genesung und Heilung bringen. Jeremia, 33,3.»

Emilio unterdrückte ein Stöhnen. Er war im Begriff, jede Hoffnung fahren zu lassen.

Plötzlich und unerwartet griff der Pfarrer zu einem Album, das sich als Sammlung alter, teils vergilbter und verblichener Bilder erwies. Er hätte eine Seite eingemerkt. Anton zeigte Emilio ein Foto, auf dem ein kleiner Junge zu sehen war, in kurzen Lederhosen und kariertem Hemd – und mit einem Verband am Kopf und dem rechten Arm in Gips.

«Das ist der Hieronymus Pletzer», sagte der Pfarrer. «Wie ich das Foto gesehen hab, ist's mir wieder eingefallen.»

«Hat er einen Unfall gehabt?», fragte Emilio.

Anton nickte und nahm einen Schluck. «Der Bub hat Glück gehabt. Er ist einem Ball hinterher und auf die Straße gerannt. Ein Auto ist gekommen und hat gerade noch ausweichen können, sodass er nur gestreift wurde. Sonst wäre er tot gewesen, der kleine Hieronymus.»

Emilio dachte, dass das wirklich ein besonderes Vorkommnis war und der Anton stolz auf sein Gedächtnis sein durfte. Aber leider war das nichts, womit er was anfangen konnte. Er hatte sich etwas anderes vorgestellt. Irgendein Ereignis, das erklären würde, warum den Hieronymus jemand bis heute hassen könnte und auf späte Vergeltung bedacht war. Der kleine Hieronymus hatte einen Schutzengel gehabt. Schön für ihn.

Der Pfarrer kratzte sich an der Stirn. «Das war eine richtige Tragödie. Jawohl, das war es», stellte er fest.

«Wieso?», fragte Emilio, der nun doch neugierig wurde.

«Das Auto ist beim Ausweichen von der Straße abgekommen und frontal gegen einen Baum gekracht. Die junge Frau, die am Steuer saß, ist dabei schwer verletzt worden. Wie durch ein Wunder ist dem Baby nichts passiert. Es lag in einem Korb vor dem Beifahrersitz. Dem Herrn sei gedankt.»

«Was ist aus der Frau geworden?»

Anton schüttelte traurig den Kopf. «Ich sag doch, das war eine Tragödie. Sie ist im Jahr darauf gestorben. Sie war aus Latsch im Vinschgau. Dort hat's eine kleine Trauerfeier gegeben.»

«Ist sie an den Folgen des Unfalls gestorben?»

«Ich denk schon. Sie hat sich von den Verletzungen nie richtig erholt. Ich hab den Vater vom Hieronymus auf die Trauerfeier begleitet, das war für ihn ein schwerer Gang.»

«Kann ich mir vorstellen. Was ist aus ihrem Mann geworden?»

«Da hat's keinen gegeben.»

«Aber das Baby im Korb?»

«Ein Kind der Sünde. Der Balg hatte keinen Vater.»

Emilio dachte, dass die Geschichte tatsächlich tragisch war. Aber wie könnte sie ihm weiterhelfen?

«Die Frau hat Josepha geheißen», sagte Anton. «Josepha Schmiedinger. Ich hab den Namen rausgesucht, ich hätt ihn nicht mehr gewusst. Vierundzwanzig Jahre war sie alt, wie sie gestorben ist. So ein junges Madel.»

«Was ist mit ihrer Familie, ihren Eltern, Geschwistern?»

«Die Josepha stammte aus schwierigen Verhältnissen. Ich kann mich an keine Familie erinnern.»

«Keine Familie? So was gibt's in Südtirol?»

Anton nickte ernst. «Bei uns gibt es alles Elend dieser Welt, nur nicht so häufig wie woanders, aber es gibt es. Glaub mir, mein Sohn, ich weiß, wovon ich spreche.»

Emilio dachte nach. «Was ist eigentlich aus ihrem Baby geworden?», fragte er.

«Ich glaub, die Josepha hat eine Tante in Bayern gehabt, die hat den Balg genommen.»

«Wie hieß das Kind mit Vornamen?»

«Kann mich nicht erinnern. Ich könnte den Namen rausfinden, über meinen seelsorgerischen Bruder in Latsch. Aber warum interessiert's dich?»

Emilio zuckte mit den Schultern. «Weiß ich auch nicht,

aber ich würde es gerne wissen. Wenn's geht, auch den Namen und Wohnort der Tante.»

«Mein lieber Baron, du bist ein überaus neugieriger Mensch.»

«Ich weiß, aber meine Neugier ist ohne Hintersinn und frei von Sünde.»

Der Pfarrer lächelte. «Das soll ich dir glauben? Aber ich werde es versuchen.»

Emilio betrachtete noch eine Weile das Bild des kleinen Hieronymus mit Verband und Gipsarm. «Haben die Pletzers ein Schmerzensgeld bezahlen müssen?», fragte er schließlich. «Der Hieronymus war ja schuld am Unfall.»

«Das weiß ich nimmer. Der Bub war ja ganz klein. Ich glaub, da gibt's noch keine Schuldfähigkeit, auch keine Verpflichtung, ein Schmerzensgeld zu zahlen. Aber das sind die irdischen Gesetze, mit denen kenn ich mich nicht aus.»

Jetzt nahm auch Emilio noch einen Schluck vom Messwein. Der Gedanke war tatsächlich absurd, dass das Unglück von damals was mit den heutigen Ereignissen zu tun haben könnte. Aber es wäre nicht zum ersten Mal in seinem Ermittlerleben, dass ihn erst das scheinbar Abwegige und Unbegreifliche auf die richtige Spur gebracht hätte. Jedenfalls würde er an der Geschichte dranbleiben – freilich ohne sich allzu viele Hoffnungen zu machen.

70

Emilio fuhr auf den nächsten Parkplatz, als sich auf der Rückfahrt der Erpresser meldete. Er las auf Hieronymus' Handy die Textnachricht, die schon deshalb interessant war, weil der Absender offenbar nicht wusste, dass Hieronymus mit einem Herzinfarkt im Krankenhaus lag. Woraus sich die Schlussfolgerung ergab, dass der Mann nicht aus dem engeren Umfeld stammen konnte.

«Hast du das Geld bereit? Übergabe heute Abend. Keine Tricks.»

Emilio war sich unsicher, ob und wie er antworten sollte. Nach kurzer Überlegung schrieb er: «Bin im Krankenhaus. Herzinfarkt. Auf dem Wege der Besserung. Brauche einige Tage Terminaufschub. Das Geld habe ich besorgt.»

Die Antwort ließ auf sich warten. Offenbar hatte der Erpresser nicht mit einem derartigen Zwischenfall gerechnet. Der Infarkt machte ihm einen Strich durch die Rechnung.

«Lüg mich nicht an. Stimmt das mit dem Herzen?»

«Leider ja. Sie können im Weingut nachfragen.»

«Geschieht dir recht!», kam spontan die Antwort.

Was war das denn? Freute der sich gar über den Herzinfarkt? Dabei brachte das doch seine Pläne durcheinander. Emilio versuchte, sich in den Mann hineinzuversetzen. Es machte keinen Sinn, jemandem die Daumenschrauben anzuziehen, der handlungsunfähig im Krankenhaus lag. Auch wäre es nicht zielführend, ihn erneut mit dem Tod zu bedrohen. Sein Opfer starb im ungünstigsten Fall von selbst, dann war das Lösegeld für immer verloren. Etwaige Rachegefühle wären zwar befriedigt, das schon. Aber mit einer Prämie von zweihunderttausend Euro machte das entschieden mehr Spaß.

«Kann ein anderer das Lösegeld überbringen?»

Emilio grinste. Dem guten Mann schwammen gerade die Felle davon. Dass der Gebrauch von Handys auf einer Intensivstation verboten war, kam ihm offenbar gar nicht in den Sinn.

«Ich vertraue keinem so viel Geld an.»

«Was ist mit dem Baron Emilio?»

Jetzt musste er herzhaft lachen. Vor kurzem hatte der Erpresser noch gefordert, dass er sich aus allem raushalten solle. Jetzt fiel ihm niemand anderes ein. Warum eigentlich? Was war mit Annika? Sie könnte das Geld überbringen? Was lag näher, als die Ehefrau zu beauftragen? Bis jetzt war nichts von ihrem Tod in der Zeitung gestanden. Im Radio hatte es nur eine Nachricht vom Unfall am Rotsteinkogel ohne Namensnennung gegeben. *Commissario* Sandrini hatte eine zweitägige Nachrichtensperre verhängt. Die Götter wussten, warum. Bei einem Selbstmord machte das keinen Sinn. Hatte vielleicht auch Sandrini seine Zweifel? Jedenfalls schien der Erpresser zu wissen, dass sie nicht mehr lebte, sonst würde er logischerweise Annika als Geldbotin vorschlagen. Das war interessant, ausgesprochen interessant.

«Emilio ist verrückt», tippte er grinsend als Antwort. «Aber ich sprech mit ihm. Geht aber frühestens morgen.»

«Okay. Melde mich. Morgen Abend will ich das Geld sehen. So oder so. Ende! Smiley.»

Emilio legte das Handy auf den Beifahrersitz, im gleichen Moment klingelte sein eigenes. Gott, wie er diese Geräte hasste. Er sehnte sich zurück in jene Zeit, als man sich noch Briefe schrieb und einen Anrufe nur auf dem Festnetz erreichten.

Der Daktyloskopieexperte von der kriminaltechnischen Abteilung war dran. Seine Auskunft war ebenso kurz wie eindeutig: Die zu vergleichenden Fingerabdrücke seien identisch.

Emilio bedankte sich und legte auf. Also stammte die Pistole von Annika, davon war er zunächst nicht ausgegangen. Womöglich hatte sie einen Schuss abgefeuert. Es wäre spannend zu wissen, ob an ihrer Hand Schmauchspuren festzustellen waren. Stellte sich die Frage: Was war da oben am Berg passiert? Alles andere, aber ganz bestimmt kein Suizid.

*

Er wollte gerade losfahren, da klingelte sein Handy schon wieder. Emilio widerstand der Versuchung, es in hohem Bogen aus dem Fenster zu werfen. Sandrini war dran. Schon bei der Begrüßung merkte er, dass der *Commissario* ausgesprochen schlechte Laune hatte und auf ihn nicht gut zu sprechen war. Wie er zu den Fingerabdrücken der verstorbenen Annika Pletzer käme?, brüllte er in den Apparat. Er verlange umgehenden Aufschluss über seine eigenmächtig geführten Ermittlungen.

Emilio war weniger überrascht, dass seine Kontaktperson im Erkennungsdienst die Information mit den Fingerabdrücken intern weitergegeben hatte. Allerdings hatte er nicht damit gerechnet, dass sie die Fingerabdrücke der toten Annika im System hatten und diese so schnell mit seinen Mustern abgleichen würden.

Er käme ihm mit seinem Anruf zuvor, log Emilio mit ruhiger Stimme. Gerade habe er vorgehabt, sich beim *Commissario* zu melden. Er könne in einer Dreiviertelstunde in seinem Büro sein. Ob das genehm sei?

Sandrini sagte, dass er wegen ihm seinen Dienstschluss verschieben würde. Er solle sich beeilen.

*

Als Emilio eintraf, war auch Mariella noch da. Sie zuckte hilflos mit den Schultern und sagte, dass sie nichts dafürkönne. Aber sie habe ihn gewarnt.

Er lächelte und meinte, dass das nichts mache. Er habe den Anruf erwartet. Was nicht stimmte, sich aber gut anhörte. Emilio fragte leise, ob ihr Chef was von den Erpressungen wisse, für die er sich interessiert habe.

Mariella schmunzelte. Nein, das habe sie ihm verschwiegen. Aber für diese Diskretion wäre Emilio ihr eine Einladung zum Abendessen schuldig.

Das täte er mit dem größten Vergnügen, versicherte dieser.

Sie konnte ihre Freude kaum verbergen. Dann deutete sie zu Sandrinis Tür und forderte ihn auf reinzugehen. Der Alte würde sonst durchdrehen.

*

Sandrini, mit dem er sonst gut zusammenarbeitete und der schon oft von ihm profitiert hatte, verweigerte ihm den Handschlag.

«Woher haben Sie Annikas Fingerabdrücke?», blaffte er ihn an. «Was soll der Vergleich? Was verheimlichen Sie mir?»

Emilio setzte sich ganz entspannt auf den Besucherstuhl. Wohl wissend, dass den *Commissario* seine Ruhe noch weiter erregte. Bedächtig holte er einen Gefrierbeutel mit der Pistole aus der Tasche. Er legte sie dem verdutzten *Commissario* auf den Arbeitstisch.

«Ich will Ihnen hiermit ganz offiziell ein Beweisstück übergeben. Auf der Beretta befinden sich die Fingerabdrücke von Annika Pletzer. Außerdem fehlt ein Schuss.»

Sandrini starrte auf die Waffe. «Wo haben Sie die her?»

«Ich hab sie im Wald in unmittelbarer Nähe von Annika Pletzers Leiche gefunden», antwortete er wahrheitsgemäß.

Sandrini bekam einen roten Kopf. «Und da haben Sie die Pistole einfach eingesteckt? Sind Sie von allen guten Geistern verlassen? Dafür wäre unsere Spurensicherung zuständig gewesen …»

«Der Meinung bin ich auch», unterbrach ihn Emilio mit einem Lächeln. «Es ist mir ein Rätsel, wie Ihre Leute die Pistole übersehen konnten.»

«Sie meinen, Sie wollen sagen, also, äh …»

«Dass ich gestern noch mal in den Wald am Rotsteinkogel gegangen bin und mich etwas umgesehen habe. Da habe ich die Pistole gefunden, etwa hundert Schritte vom Fundort der Leiche entfernt. Ich konnte mir nicht vorstellen, dass sie Ihrer Spurensicherung entgangen sein könnte. Das habe ich eigentlich ausgeschlossen, Sie verstehen?»

Sandrini sah ihn entgeistert an. «Meine Leute haben die Pistole übersehen? Das darf doch nicht wahr sein! Beschäftige ich denn nur noch Blinde?»

«Natürlich wollte ich erst auf Nummer sicher gehen, bevor ich Sie mit einem Beweisstück behellige, das kein gutes Licht auf Ihre Mitarbeiter wirft», sagte Emilio. Dabei hatte er den Anflug eines schlechten Gewissens, weil die Spurensicherung ja nichts dafürkonnte, nun allerdings einen gehörigen Anschiss bekommen würde. Aber es ging nicht anders, manches Mal war man sich selbst am nächsten.

«Ich wollte den Waffenfund nicht gleich an die große Glocke hängen», fuhr er fort, «deshalb war Mariella so freundlich, mir bei der Identifikation der Fingerabdrücke weiterzuhelfen. Sie ist eine Perle.»

«Eine Perle? Ja, das ist sie. Nur zu dick.»

Emilio dachte, dass sie womöglich an der Tür lauschte.

«Wenn wir davon ausgehen, dass Annika Pletzer im Besitz dieser Pistole war», kombinierte Emilio, «und vor ihrem Sturz daraus geschossen hat, was durch eine Schmauchspuranalyse nachweisbar sein sollte, dann scheidet ein Selbstmord wohl aus.»

«Außer, sie wollte sich erschießen und hat ihren Kopf verfehlt», versuchte es Sandrini mit einem gequälten Scherz. «Erst dann ist sie gesprungen.»

Emilio merkte, dass der *Commissario* schon wieder auf seiner Seite war. Das hatte er gut hinbekommen. Was eine kleine Korrektur der zeitlichen Abfolge so alles bewirken konnte …

Jetzt wollte der *Commissario* von Emilio aber jedes Detail wissen. Vor allem, wie und wieso er Annikas Auto und dann ihren Leichnam gefunden hatte.

Emilio sah Sandrini eine Weile schweigend an. Dann beugte er sich nach vorne und verschloss seine Lippen mit dem Zeigefinger.

«Das muss unter uns bleiben, versprochen?»

«Hängt davon ab.»

«Wie Sie wissen, liegt Hieronymus Pletzer mit einem Herzinfarkt auf der Intensivstation.»

«Armer Kerl, der Tod seiner Frau war zu viel für ihn.»

«Er wird es nie zugeben, aber von ihm hatte ich den Auftrag, seine Frau zu beschatten. Er wollte sichergehen, dass sie ihm treu war.»

«Und? War sie es?»

«Ich denke schon, jedenfalls habe ich sie bei keinem Seitensprung ertappt. Um sie besser verfolgen zu können, habe ich an ihrem Auto mit Zustimmung ihres Mannes einen Peilsender angebracht. Deshalb wusste ich, wo der Porsche geparkt war. Ort und Dauer kamen mir komisch vor, da habe ich nachgesehen.»

Sandrini nickte. «Jetzt verstehe ich. Das hätten Sie mir aber auch gleich sagen können.»

«Herr Pletzer hat mich ausdrücklich zum Stillschweigen verpflichtet.»

Emilio war froh, dass ihn der *Commissario* nicht fragte, warum er Annika dann ausgerechnet im Wald gesucht hatte. Da wäre ihm auf Anhieb keine vernünftige Erklärung eingefallen – bis auf die Wahrheit, aber die wollte er für sich behalten.

71

Phina und Mara saßen an einem netten Tisch im Restaurant Pillhof, das sich in einem historischen Ansitz an der Straße von Bozen nach Eppan befand. Langsam bekamen sie Hunger. Sie entschieden, nicht länger auf Emilio zu warten. Seine Unpünktlichkeit war ihnen beiden bekannt. Auch dass er nur selten auf die Idee kam, sein Zuspätkommen per Handy kundzutun. Weshalb es nichts ausmachte, wenn sie schon mal die Vorspeisen bestellten.

Sie plauderten angeregt, ohne dass sie ein spezielles Thema hatten. Ein paarmal erwähnten sie Emilio, auf den beide trotz gelegentlicher Frotzeleien nichts kommen ließen. Allenfalls mokierten sie sich über seine notorische Weigerung, einer sportlichen Betätigung nachzugehen. Dennoch hatte er Maras Leidenschaft fürs Mountainbiken toleriert. Und er hatte auch nichts dagegen, wenn Phina in aller Früh mit ihrem Rucksack zu einer Bergwanderung aufbrach.

Wie das denn mit Maras Exfreund gewesen sei?, fragte Phina. Ob der auch so ein Sportmuffel wäre.

Zunächst einmal stellte Mara richtig, dass Emilio ein ausgezeichneter Degenfechter sei und auch gut reiten könne – aber dazu halt keine Lust mehr habe. Dann beantwortete sie Phinas Frage und erzählte, dass ihr Freund ganz anders gewesen sei, sozusagen ein Kontrastprogramm zu Emilio. Er habe großen Wert auf Fitness gelegt und jeden Morgen Tai-Chi-Übungen gemacht oder wie ein Verrückter Liegestützen. Zum Mountainbiken habe sie ihn allerdings nicht überreden können – auch nicht dazu, mit ihr mal ein Gläschen Wein zu trinken.

«Ein Abstinenzler?» Phina lachte. «Als Partner für eine Sommelière nicht gerade die Idealbesetzung.»

«Das war kein Problem. Er war halt sehr auf seine Gesundheit bedacht und hat stattdessen irgendwelche Ayurveda-Tees getrunken. Gestört haben mich nur seine Räucherstäbchen. Mag ja sein, dass Vanille-Aromen Glückshormone freisetzen und Lavendel beruhigend wirkt, aber ihr penetranter Duft killt jeden Wein.»

«Ich hätte ihn rausgeschmissen», sagte Phina. «Oder zumindest seine Räucherstäbchen.»

«Er hat's ja irgendwann eingesehen und bleiben lassen.» Mara lächelte verkrampft und deutete auf ihre Nase. «Schon makaber. Jetzt wäre es egal, ich kann eh nichts mehr riechen.»

«Was hat er eigentlich beruflich gemacht?»

«Simon war Yogalehrer …»

«So, so, Simon hieß dein Verflossener. Endlich hat der Typ einen Namen.»

«Hab ich seinen Namen bislang nicht erwähnt? Ist mir gar nicht aufgefallen.»

«Das war das erste Mal. Aber ich kann's verstehen. Wenn mich jemand so jämmerlich im Stich gelassen hätte, würde ich seinen Namen auch nicht mehr über die Lippen bringen.»

«Aber um deine Frage zu beantworten: Simon ist ein ausgebildeter Yogalehrer mit ganz vielen Zertifikaten, auch aus Indien. Er hatte in München ein eigenes Studio. Da standen die Mädels Schlange.»

«Klingt doch gar nicht so uninteressant, dein Simon. Was ist mit dir, hast du auch Yoga gemacht?»

«Ich hab's angefangen, war mir aber zu langweilig, ist nicht mein Ding.»

«Für mich wär's auch nichts, ich muss mich in der Natur auspowern.»

«Na ja, ein paar Asanas gab es schon, die haben wir zu Hause praktiziert ...» Mara wurde unter ihrer Schminke rot.

Phina schmunzelte. «Ich glaub, ich weiß, was du meinst.»

Nach einer kurzen Pause fuhr sie fort: «Dein Simon ist aber trotzdem ein Trottel. Ich kann einfach nicht verstehen, warum er dich nach deinem Unfall Knall auf Fall verlassen hat.»

«Ich hab's doch auch nicht verstanden, verstehe es bis heute nicht.»

«Warum hast du ihn nicht danach gefragt, als du ihm in Bozen begegnet bist?»

Mara zuckte mit den Schultern. «Wahrscheinlich habe ich mich nicht getraut. Vielleicht hatte ich Angst vor der Antwort.»

«Was soll es für eine Antwort geben, vor der man sich fürchten müsste? Für sein Verhalten gibt es keine Entschuldigung. So einfach ist das.»

«Doch, doch, für mein Verhalten gibt es eine Entschuldigung», protestierte Emilio, der Phinas letzte Worte aufgeschnappt und auf sich bezogen hatte. Er lehnte seinen Gehstock an ein riesiges Weinregal und nahm Platz.

«Ich bitte untertänigst um Vergebung, aber *Commissario* Sandrini hat mich in sein Büro zitiert», erklärte er. «Wäre ich nicht gekommen, hätte er mich zur Fahndung ausgeschrieben.»

«Quatsch, das hätte er nie gemacht.»

Emilio grinste. «Na ja, das vielleicht gerade nicht. Aber ich musste wirklich zu ihm, das müsst ihr mir glauben. Kommen wir zu den wichtigen Dingen des Lebens. Welchen Wein trinken wir, und wo ist die Speisekarte?»

72

Emilio konnte nicht schlafen. Das kam bei ihm eher selten vor. Gab es dafür einen Grund? Plötzlich fiel ihm ein, was ihn nicht schlafen ließ. Ihm waren tausend Dinge durch den Kopf gegangen, aber zwei Fragen hatten ihn besonders beschäftigt: Was für ein Sinn steckte hinter dem Umschlag mit den verfänglichen Fotos? Und wie wahrscheinlich war es, dass ganz unabhängig voneinander zwei Menschen auf die Idee kamen, Hieronymus anonyme Botschaften zukommen zu lassen? Er erinnerte sich an ein Zitat von Aristoteles: «Zur Wahrscheinlichkeit gehört auch, dass das Unwahrscheinliche eintreten kann!» Da hatte der große Philosoph im Grundsatz recht. Aber im konkreten Fall, so sein Gefühl, wohl eher nicht. Emilio stand auf und holte aus der Schublade den ersten Erpresserbrief, den Hieronymus erhalten hatte. Und zum Vergleich den Umschlag, in dem die Fotos waren, ohne Begleitschreiben. Die Unterschiede waren so markant, dass sie gleich ins Auge fielen. Nicht nur der Umschlag selbst, auch die Schrift sah auf den ersten Blick ganz anders aus. «Warnung: Erst hinsetzen, dann aufmachen!» Diesmal nicht in Blockschrift, sondern in Groß- und Kleinschreibung. Was war mit dem großgeschriebenen W von «Warnung» und dem E von «Erst»? Die beiden Großbuchstaben kamen auch in dem Erpresserschreiben vor. Nun, sie glichen sich bei genauerer Betrachtung aufs Haar, vor allem das W mit der kur-

zen Mitte, was bei fortlaufenden Versalien eher ungewöhn-
lich war.

Klar, das war kein Beweis. Ebenso wenig wie der Humor,
der aus dieser albernen Warnung sprach, der aber sehr gut zu
Hieronymus' Erpresser passte, der sich schon mal über dessen
rotes Hemd lustig gemacht hatte und vom Motorrad Winke-
zeichen gab. Ein Beweis war es nicht, aber ein nachdrücklicher
Hinweis darauf, dass Aristoteles in diesem Fall danebenlag.
Nicht das allzu Unwahrscheinliche war wahrscheinlich, sondern ganz im Gegenteil: Die Absender waren identisch.

Emilio stellte fest, dass seine schlaftrunkenen Gedanken
gerade auch im Hinblick auf Aristoteles etwas konfus waren.
Aber seine Schlussfolgerungen schienen ihm plausibel. Was
ihn wieder zur ersten Frage zurückbrachte: Welchen Sinn
machte es, Hieronymus kompromittierende Fotos zu schicken – mit dem einzigen Hinweis, sich vor dem Öffnen des
Umschlags hinzusetzen? Tragischerweise hatte sich der Absender nicht getäuscht. Die Bilder hatten Hieronymus tatsächlich die Beine weggezogen. Aber den Herzinfarkt hätte er
auch im Sitzen erlitten.

Ausgehend von der Prämisse, dass es sich um ein und
dieselbe Person handelte, bestätigte sich sein Verdacht, den
er schon zuvor gehabt hatte. Dass es nämlich auch beim vergifteten Wein gar nicht primär um die Zahlung des Lösegelds
ging, sondern vor allem darum, Hieronymus Pletzer psychisch und physisch zu quälen. Emilio fiel das «Geschieht dir
recht» als Reaktion auf den Herzinfarkt ein. Da hatte der Erpresser nicht nachgedacht, sondern spontan seinem Gefühl
Ausdruck verliehen. Erst nach einer Pause hatte er nach einer
Lösung gesucht, wie er dennoch zu seinem Geld kommen
könnte. Jedenfalls hatte er Hieronymus keine gute Besserung

gewünscht. Warum nicht? Weil ihm daran gar nicht gelegen war, deshalb.

Emilio machte das Licht aus und ging in seinem Zimmer auf und ab. Was den Nachteil hatte, dass er davon nicht müder wurde, ganz im Gegenteil. Er zog die Vorhänge zurück, öffnete das Fenster und sah hinaus in die sternenklare Nacht. Er dachte an die Geschichte, die ihm der Pfarrer Anton erzählt hatte. Er stellte sich den kleinen Hieronymus vor, wie er einem Ball hinterherrannte und fast unter ein Auto geriet. Die Fahrerin wich reflexartig aus, verlor die Kontrolle über das Fahrzeug und krachte frontal gegen einen Baum. Hieronymus wurde nur gestreift, aber die junge Mutter am Steuer sollte nur noch ein Jahr leben. Josepha Schmiedinger, eine Frau «aus schwierigen Verhältnissen», was immer das auch bedeutete, mit einem unehelichen «Balg» vor dem Beifahrersitz. Wie es schien, war sie an den Folgen des Unfalls gestorben, das Kleinkind war daraufhin zu einer Tante in Bayern verfrachtet worden. Das «Kind der Sünde» war heute ein erwachsener Mann. Logischerweise einige Jahre jünger als Hieronymus. Was wohl aus ihm geworden war? Vielleicht wusste es der Pfarrer aus Latsch im Vinschgau? Aber wohl eher nicht.

Emilio wollte gerade das Fenster schließen, da wurde er aus dem Dunkeln angesprochen. «Kannst nicht schlafen?», fragte eine Stimme von links. Erst jetzt entdeckte er eine schemenhafte Gestalt auf dem angrenzenden Balkon.

«Mara, bist du das?»

«Nein, ich bin das Nachtgespenst.»

«Warum bist du wach?»

«Seit meinem Unfall habe ich Schlafstörungen, und mich quälen oft Albträume. Und du?»

Unfall, Schlafstörungen, quälende Albträume ... Der unglückseligen Josepha Schmiedinger war es wohl kaum anders ergangen.

«Ich kann wunderbar schlafen, aber mein Kopf lässt sich gerade nicht abschalten.»

«Du hast schon immer zu viel nachgedacht.»

«Findest du? Mir kommt es eher so vor, als denke ich zu wenig, und wenn, dann nur dummes Zeug.»

«He, was soll das Gebrabbel?», mischte sich eine Stimme von rechts ein, die eindeutig Phina zuzuordnen war. «Ich schlaf mit offenem Fenster.»

«Nicht besonders tief, wie es scheint», konstatierte Emilio. Er fand die Situation amüsant. Nun waren sie alle drei wach.

«Wollen wir uns unten in der Stube treffen und einen Schlummertrunk nehmen?», fragte er.

«Spinnst du, es ist nach Mitternacht.»

«Gerade deshalb würde uns ein Trunk zum Schlummern guttun.»

«Ich empfehle einen Blauburgunder», kommentierte Mara. «Seine weichen Tannine und die Phenole wirken entspannend.»

«Der enthaltene Alkohol schadet auch nicht.»

«Ärzte sagen, dass Alkohol die Schlafqualität mindert.»

«Ich kenne Ärzte, die trinken regelmäßig über den Durst.»

Phina kicherte. «Dein Simon würde jetzt Räucherstäbchen anzünden und einen beruhigenden Ayurveda-Tee aufgießen, hab ich recht?»

«Wer zum Teufel ist dieser Simon?», fragte Emilio, der mit dem Namen nichts anfangen konnte.

«Maras Exfreund …»

«Das bin doch ich?»

«Nein, der Mann, mit dem sie nach dir zusammen war.»

«Der hat Räucherstäbchen angezündet und Ayurveda-Tee getrunken? Mara, Mara, wie tief bist du gesunken.»

«Spar dir deinen Spott.»

«Komm, lass uns runtergehen und Phinas besten Blauburgunder köpfen.»

«Ich hab nichts davon, kann ihn ja nicht riechen, aber ich trinke trotzdem mit.»

«Braves Mädchen.»

«Okay, in fünf Minuten», stimmte Emilio zu. «Aber wir bleiben alle so, wie wir sind.»

«Das würde dir so passen.» Phina lachte. «Wie du weißt, schlafe ich nackt.»

73

Er wusste nicht, dass in dieser Nacht noch andere Menschen wach lagen. Er wusste vieles nicht, aber eines ganz sicher: Er hatte es nicht gewollt! Es quälte ihn, dass Annika zu Tode gekommen war. Ihm wurde abwechselnd heiß und kalt. Er bekam Zitteranfälle. Ihm stand kalter Schweiß auf der Stirn. An Schlaf war nicht zu denken. Annika lebte nicht mehr. Und er war schuld daran. Verdammt, er hätte sie nicht in diese Situation bringen dürfen. Er hatte sich das alles ganz anders vorgestellt. Er hätte es nicht zulassen dürfen. Aber jetzt war es zu spät.

Immer wieder erlebte er aufs Neue, was sich oben auf dem Rotsteinkogel zugetragen hatte. Er hatte sich hinter Bäumen verborgen gehalten und beobachtet, wie Annika den Weg zum Kreuz fand, dann dort den Trageriemen der Tasche ums Holz schlang und wieder ging. Er hatte ihr hinterhergesehen, sie aber im Wald und in der zunehmenden Dunkelheit bald aus den Augen verloren. Dann hatte er sie nur noch gehört, immer leiser, bis alles still wurde. Er hatte noch eine Weile gewartet, um schließlich zum Kreuz zu schleichen und die Tasche mit dem Geld an sich zu nehmen. Zu diesem Zeitpunkt war er immer noch der Meinung gewesen, dass er einen guten Übergabeort gewählt hatte. Annika war ein Geschöpf der Stadt, der Shoppingmalls und Boutiquen. Die Berge und die Natur waren für sie nicht mehr als eine nette Kulisse. Ein einsames Kreuz auf einem Kogel, nur wenige Meter vor einem steilen Abhang, bei einbrechender Nacht – da würde sie sich nicht wohl fühlen, so hatte er gedacht. Da würde sie möglichst schnell wieder das Weite suchen.

*

Sein Fehler war, dass er sich bei den letzten Schritten vor dem Kreuz nicht umgesehen hatte. Und als er ein Geräusch hörte, war es schon zu spät.

Er glaubte, alles wieder aufs Neue zu durchleben.

«Hände hoch und keine Bewegung!»

Annikas schrille Stimme ging ihm durch Mark und Bein. Zielte sie gerade mit einer Schusswaffe auf ihn? War das vorstellbar? Ganz bestimmt war das ein Bluff, ganz sicher. Annika und eine Pistole? Die Vorstellung war völlig abwegig, geradezu lächerlich.

Er drehte sich langsam um, mit der Absicht, sie zu beruhigen und ihr alles zu erklären.

Ihren überraschten Gesichtsausdruck würde er nie vergessen. Auch nicht die Pistole in ihrer Hand. Dann reagierte sie schon wieder völlig anders als erwartet. Mit einem wütenden Schrei stürzte sie sich auf ihn. Er versuchte, ihren Angriff abzuwehren, dabei wich er einige Schritte zurück, näher zum Abgrund. Als sich ein Schuss löste, der aber ins Leere ging, schlug er ihr die Pistole aus der Hand. Annika umklammerte ihn, versuchte, ihn zu würgen. Sie war viel stärker, als er sich das je hätte vorstellen können. Sie rammte ihm ihr Knie in den Schritt, was fürchterlich weh tat und ihn zu Boden stürzen ließ. Dabei kugelte Annika über ihn drüber – dann war sie weg.

Als er beim Aufrappeln merkte, dass ihn nur Zentimeter

vom eigenen Absturz trennten, verlor er vor Schreck fast die Balance. Auf allen vieren brachte er sich in Sicherheit.

Er fand eine große Taschenlampe, die Annika verloren hatte. Er nahm die Tasche mit dem Geld und verließ den Rotsteinkogel, so schnell wie er konnte. Unten angekommen, war es längst dunkle Nacht. Aber es gelang ihm, sich zu orientieren und zu dem Waldstück vorzudringen, wo sie nach ihrem Sturz aufgeschlagen sein musste. Im Schein ihrer Taschenlampe suchte er nach ihrem Körper. Er stolperte über Wurzeln, Äste schlugen ihm ins Gesicht, aber er gab nicht auf. Als er dann vor ihrem Leichnam stand, wurde ihm schlecht und schwindlig. Er musste sich schwer atmend an einem Baum festhalten und brauchte eine Weile, bis er wieder handlungsfähig war. Er durchsuchte ihre Taschen, bis er das Foto mit dem Kreuz und dem verfänglichen Text fand. Er steckte es ein. Mit einem letzten Blick auf ihr Gesicht nahm er Abschied.

*

Er wühlte sich aus dem schweißnassen Bett, ging ins Bad und nahm eine kalte Dusche. Aber dem Wasserstrahl gelang es nicht, seine Erinnerungen fortzuspülen. Er hatte Annika nicht umbringen wollen. Das war in seinem Plan nicht vorgesehen gewesen. Er verfolgte ganz andere Ziele. Er hatte sich alles so schön ausgedacht und mit kühler Überlegung und von langer Hand in die Tat umgesetzt. Anfänglich hatte auch alles geklappt. Bald aber hatten sich die ersten Komplikationen eingestellt. Dennoch hatte er noch lange geglaubt, alles unter Kontrolle zu haben. Was ein Irrtum war. Ein im Ergebnis tödlicher Irrtum. Mit Annika hatte es definitiv die Falsche getroffen!

74

Emilio war froh, als er den Krankenbesuch bei Hieronymus hinter sich hatte. Viel war mit ihm nicht anzufangen gewesen. Noch lag er auf der Intensivstation. An ihm hingen lauter Schläuche und Kabel, er wurde beatmet und war offenbar randvoll mit sedierenden Medikamenten. Nicht gerade ideale Voraussetzungen, um ein vernünftiges Gespräch zu führen. Er hatte ihm Mut zugesprochen und versichert, dass er sich um nichts Sorgen machen müsse. Er solle erst mal gesund werden, das sei im Augenblick das Wichtigste.

Emilio trat hinaus auf die Straße, setzte seine Sonnenbrille auf und dachte, dass er jetzt am liebsten eine Auszeit nehmen würde. Auf einem Berggasthof sitzen, in einem Buch lesen und Vernatsch trinken. All das, was Hieronymus in seiner jetzigen Situation nicht möglich war. Es war so wichtig, das Leben zu genießen, solange es möglich und man dazu in der Lage war. Heute allerdings gab es Wichtigeres. Der Genuss des Lebens würde bis morgen warten müssen. Er hatte das sichere Gefühl, dass es nicht länger dauern würde.

Wie zum Beweis läutete sein Handy. Pfarrer Anton war dran. Er müsse sich leider kurzfassen, wolle ihm aber mitteilen, dass er nichts habe in Erfahrung bringen können. Auch der Pfarrer in Latsch wisse nichts Genaueres über die Tante, die den kleinen Erdenbürger nach dem schrecklichen Tod seiner Mutter in Obhut genommen hatte.

Nun, das war eine veritable Enttäuschung. Vielleicht würde der Genuss des Lebens doch noch länger auf sich warten lassen.

Gleichwohl bedankte sich Emilio für den Anruf und für Antons Bemühungen. Er würde ihm bei Gelegenheit einen erneuten Besuch abstatten und zum Dank eine besondere Flasche vom Weingut Perchtinger mitbringen.

Emilio wollte schon auflegen, da fiel dem Pfarrer noch etwas ein. Immerhin habe er den Vornamen des kleinen Buben in Erfahrung gebracht. Simon habe er geheißen, so stünde es in der Geburtsbescheinigung. Simon Schmiedinger, in Latsch auf die Welt gebracht von einer Hebamme, Kind der Josepha, Vater unbekannt.

Emilio atmete tief durch. Vielleicht ging es jetzt doch voran? Jedenfalls hatte sich der Pfarrer Anton eine zweite Flasche Wein verdient. Nein, es sollte schon ein kompletter Karton sein.

Zum Abschied wurde ihm noch Gottes Segen zuteil. Wer weiß, wofür er gut war.

*

Eine halbe Stunde später parkte Emilio vor Phinas Vinothek. Auf der Fahrt war ihm alles Mögliche und Unmögliche durch den Kopf gegangen. Nicht zuletzt das von Aristoteles überlieferte Zitat, dass zum Wahrscheinlichen auch der Eintritt des Unwahrscheinlichen gehöre. Darüber hatte er ja schon in der letzten Nacht nachgedacht. Er erinnerte sich auch an ihren späten «Schlummertrunk» zu dritt in der Stube. Das war ausgesprochen nett gewesen. Hinterher hatten sie alle gut geschlafen.

Er ging hinüber zur Vinothek, wo er erwartungsgemäß Mara antraf. Gerade waren keine Besucher da. Er setzte sich auf einen Barhocker und ließ sich ein Glas Wasser reichen. Dann hielt er es nicht länger aus.

«Dein Exfreund hieß Simon und war ein gebürtiger Südtiroler, richtig?», kam er gleich auf den Punkt.

«Stimmt, aber warum interessiert's dich?»

«War sein Nachname Schmiedinger?»

Sie nickte. «Ja, Simon Schmiedinger. Spionierst du mir nach?»

Emilio langte sich an den Kopf. «Ich glaub's nicht. Jetzt brauch ich einen Schnaps!»

«Sag erst, ob du mir nachspionierst?»

«Natürlich nicht, warum sollte ich? Aber Aristoteles hatte recht.»

«Wie bitte?»

Er winkte ab. «Egal. Nicht dir spioniere ich nach, aber ihm. Wofür es vielleicht auch keinen Grund gibt. Was weiß ich? Aber mit dir hat es nichts zu tun, das kannst du mir glauben.»

Sie reichte ihm ein Schnapsglas, das er auf ex austrank.

«Erzähl mir von ihm! Ich weiß nur, dass er Räucherstäbchen mag und Ayurveda-Tee trinkt.»

«Was soll ich von ihm erzählen? Wir hatten eine schöne Zeit zusammen. Simon ist kein Softie, wenn du das meinst. Er ist Yogalehrer und achtet halt sehr auf seine Lebensweise. Wahrscheinlich ist Ayurveda-Tee tatsächlich gesünder als regelmäßiger Weinkonsum.»

«Unsinn, davon bekommt man Magenflöhe. Hat er mal von früher erzählt, von seiner Kindheit?»

«Nicht so gerne. Ich weiß nur, dass seine Mutter an den Folgen eines Verkehrsunfalls gestorben ist. Aufgewachsen ist er bei einer Tante, die aber auch nicht lange gelebt hat. Danach hatte er es wohl schwer, sich im Leben zurechtzufinden. Als junger Mann hat er einige Jahre als Sannyasi in einem indischen Ashram verbracht. Später ist er Yogalehrer geworden. In München hatte er ein eigenes Studio. Aber jetzt will ich wirklich wissen, warum du dich für ihn interessierst.»

«Weil die Möglichkeit besteht, dass er in meinen aktuellen Fall verstrickt ist.»

«Die Sache mit dem vergifteten Wein? Warum sollte er so was tun? Nein, das passt nicht zu ihm, dazu kenne ich ihn zu gut.»

«Wie gut kennst du ihn wirklich? Zum Beispiel weißt du bis heute nicht, warum er dich nach deinem Unfall verlassen hat.»

«Nein, das weiß ich nicht», gab sie zu. «Vielleicht wollte er nicht mit einem kranken Krüppel zusammenleben.»

«Kann schon sein. Aber vielleicht hat dein Unfall bei ihm irgendwas ausgelöst. Womöglich sind traumatische Erlebnisse aus seiner Kindheit plötzlich wieder aufgebrochen. War er denn immer so ausgeglichen und entspannt, wie man das von einem Yogalehrer erwartet?»

«Meistens schon, aber nicht immer. Obwohl er viel meditiert hat, um seinen Geist zu beruhigen und inneren Frieden zu finden, konnte er fürchterlich ausrasten. Irgendwas hat in ihm gebrodelt. Vor seinen Wutausbrüchen habe ich mich gefürchtet.»

«Hat er dich geschlagen?»

«Nein, das hätte er nie getan. Ich denke, er hat mich geliebt. Doch, doch, ganz sicher sogar.»

«Aber man verlässt niemanden, den man liebt.»

Sie sah ihn nachdenklich an. «Du hast mich auch verlassen», wandte sie ein.

«Du weißt, dass das nicht stimmt. Wir haben uns beide verlassen, was wahrscheinlich ein Fehler war. Aber wir haben uns nicht im Stich gelassen. Wir haben es beide so gewollt.»

Mara nickte. «Hast recht, weiß der Himmel, warum.»

«Du bist dem Simon in Bozen begegnet. Er wohnt hier, stimmt's?»

«Das hat er angedeutet, aber mehr weiß ich nicht.»

Emilio strich sich grübelnd über seine Bartstoppel. «Er hat dir nie erzählt, wie es zu dem Verkehrsunfall seiner Mutter kam?»

«Nein, nie. Das Thema war für ihn tabu. Vielleicht weiß er es auch gar nicht. Er muss da ja ganz klein gewesen sein.»

«Simon war ein Baby. Er war mit im Auto. Wie durch ein Wunder ist ihm nichts passiert. Erinnern wird er sich nicht daran, aber ich bin mir sicher, dass er ganz genau weiß, was damals passiert ist.»

«Mag sein, doch er hat niemals darüber gesprochen.»

Plötzlich fiel Emilio eine ganz andere Frage ein. Er sah den Motocrossfahrer vor sich, der seinem quergestellten Landy locker über die Wiese ausgewichen war und ihm dabei frech zugewunken hatte.

«Hatte der Simon ein Motorrad?», fragte er.

Mara nickte. «Ja, eine Enduro, dafür hatte er kein Auto.»

Peng, Volltreffer! Bis zu dieser Sekunde hatte er noch Zweifel gehegt, aber die Enduro passte einfach zu gut. Das geländetaugliche Motorrad war gewissermaßen das fehlende Mosaiksteinchen in seinem wilden Gedankenpuzzle.

«Hätte ich das nicht sagen sollen?», fragte sie. «Kannst du mir bitte erklären, was du mit deiner Fragerei bezweckst?»

«Ich versuche, mir ein Bild zu machen», antwortete er wahrheitsgemäß. «Ich höre auch schon auf. Tut mir leid, aber es war wichtig.»

«Wichtig für wen? Für dich, für Simon, für mich?»

Er zögerte mit der Antwort. «Das weiß ich noch nicht. Aber ich werde es herausfinden.»

75

Emilio hatte noch mit dem Gedanken gespielt, Mara die Nacktfotos mit Annika zu zeigen und sie zu fragen, ob es sich bei dem Mann, der nur von hinten zu sehen war, um Simon handeln könnte. Aber mit Rücksicht auf ihre angegriffenen Nerven hatte er davon Abstand genommen. Eine zweifelsfreie Identifikation wäre angesichts der Perspektive sowieso nicht möglich gewesen.

Jetzt war er auf seinem Zimmer und suchte im Computer nach einem Simon Schmiedinger in Bozen. Als weiteren Suchbegriff gab er Yoga ein. Das Ergebnis kam prompt. «Yogastudio MahaShakti. Der Weg zu mehr Gelassenheit und Wohlbefinden. Inhaber: Simon Schmiedinger.»

Na bitte, dann wäre auch das geklärt. Wieder einmal versuchte er, eins und eins zusammenzuzählen. Das war gelegentlich schwieriger, als man glauben mochte. Annika hatte mal erwähnt, dass sie zum Yoga ginge. Auch das würde also passen. Wenngleich es zwischen Bozen und Meran zweifellos noch andere Yogaschulen gab. Dennoch: Ausgehend von seiner Annahme, dass der Weinerpresser und der Absender der Nacktfotos identisch sein dürften, ergab eins und eins, also Motocrossmotorrad plus Yogaschule, in der Summe eins. Was nach seiner Arithmetik bedeutete, dass es sich tatsächlich um ein und dieselbe Person handelte. Und diese Person hatte einen Namen: Simon Schmiedinger.

Blieb die Frage nach dem Motiv. Vordergründig ging es ihm um Geld, das für ihn so etwas wie ein verspätetes Schmerzensgeld und eine Art Wiedergutmachung darstellen mochte. Der heute so geachtete und in seinen Augen vermögende Weingutsbesitzer Hieronymus Pletzer hatte als Kind den Tod seiner Mutter verschuldet, ihn nach Bayern zu einer womöglich ungeliebten Tante deportiert, hatte ihm eine schwierige Kindheit und Jugend beschert, das Trauma, durch Fremdverschulden ein Waisenkind geworden zu sein, inklusive. Für all das sollte der Hieronymus endlich eine «Entschädigung» zahlen. Und weil es dafür keinen Rechtsanspruch gab, konnte diese nur auf dem Weg einer Erpressung erfolgen.

Nun, das wäre gewissermaßen das rationale Motiv. Emilio versuchte, sich in die Person Simon Schmiedinger hineinzuversetzen. Wenn seine Vermutungen stimmten, dann gab es darüber hinaus einen psychologischen Antrieb. Rachegefühle waren im hohen Maße emotional: Der Verursacher von erlittenem Unrecht sollte dafür büßen. Also durfte man ihm seinen Wein vergiften, ihm mit Drohungen zusetzen und auf ihn schießen, um ihn einzuschüchtern. Und quasi als Krönung der Demütigung durfte man seine junge, attraktive Frau verführen und mit ihr wilden Sex haben. Was noch befriedigender war, wenn der gehörnte Ehemann davon erfuhr, am besten durch eindeutige Fotos. Dass er daraufhin einen Herzinfarkt bekam, war nicht zu erwarten gewesen, der nach Rache gierenden Seele dürfte es dennoch gefallen haben. Dem rationalen Motiv der Lösegeldzahlung war der Herzinfarkt freilich nicht zuträglich. Aber mit etwas Glück bekam Simon sein Geld trotzdem. Jedenfalls hegte er diese Hoffnung.

Emilio war da völlig anderer Ansicht.

Er bemühte sich, systematisch weiterzudenken. Bis zu diesem Punkt war alles stimmig. Wie war es dann aber zum Tod von Annika gekommen? Konnte ihr Ableben in Simons Interesse gelegen haben? Wohl kaum, denn sie hatte ihm nichts getan, ganz im Gegenteil. Zwar hätte er vermutlich auch ohne ihren Tod Hieronymus die Bilder zugespielt. Denn dass Simon sie selbst aufgenommen hatte, schien ihm mehr als plausibel. Er hätte also die Zerstörung ihrer Ehe in Kauf genommen. Das schon, aber gerade vor dem Hintergrund seiner persönlichen Vita und mit der Erfahrung des gewaltsamen Todes seiner Mutter dürfte er davor zurückschrecken, jemanden umzubringen. Oder auch nicht? Er war kein Tiefenpsychologe – und auch die fischten häufig im Trüben.

Emilio ging runter in die Küche und holte sich Wasser aus dem Kühlschrank. Sein heißgelaufener Kopf brauchte dringend eine Kühlung. Womit die Frage offenblieb, warum Annika sterben musste. Unterstellt, dass erneut Simon die Hände im Spiel hatte, konnte es sich um ein Unglück gehandelt haben. Emilio wusste von den Wanderern, dass Annika ein Bild von dem Kreuz bei sich hatte. Ein Bild, das später bei ihrem Leichnam *nicht* gefunden wurde. Und sie hatte eine Pistole mitgenommen. Ergo war unter dem Kreuz kein romantisches Rendezvous geplant gewesen. Hatte Simon womöglich auch sie erpresst? Mit den kompromittierenden Nacktfotos? Wollte er Geld von ihr, und war es dann bei der Übergabe zu einem tödlichen Zwischenfall gekommen? Nein, das machte keinen Sinn. Warum sollte er sich mit ihr auf einem Berg treffen? Das hätte er auch in seinem Yogastudio bei Duftkerzen und Ayurveda-Tee erledigen können. Außer, er hatte es klüger angestellt, und Annika hatte nicht gecheckt, dass Simon hinter der Erpressung steckte.

Emilio gestand sich ein, dass er sich mit seinen Spekulationen weit vorgewagt hatte. Er bewegte sich schon lange nicht mehr auf dem Boden der Fakten, sondern stocherte im Nebel von kühn ausgedachten Mutmaßungen. Das brachte ihn nicht wirklich weiter. Blieb die entscheidende Frage, was er als Nächstes zu tun gedachte. Nun, da gab es nicht viel zu überlegen. Er würde diesem Simon Schmiedinger einen Besuch abstatten und ihn zur Rede stellen. Aber vorher musste er was essen. Mit nüchternem Magen würde er der Herausforderung nicht gewachsen sein.

*

Bei leckeren Schlutzkrapfen mit einer Füllung aus Spinat und Topfen, dazu ein Krautsalat und ein Viertel Vernatsch erreichte ihn auf Hieronymus' Handy eine Textnachricht.

«Kurz nachgefragt: Wer übergibt mir heute Abend mein Geld?»

Emilio dachte, dass der Erpresser nervös wurde. Der Erpresser? Wenn er nicht völlig auf dem Holzweg war, hatte der einen Namen: Simon! Er widerstand der Versuchung, ihn direkt anzureden.

«Bin noch im Krankenhaus», antwortete er. «Habe den Baron beauftragt. Emilio holt sich später das Geld. Ich gebe ihm für weitere Anweisungen mein Handy.»

«Einverstanden. Nicht vergessen: zweihunderttausend Euro!»

«Liegen bereit!»

«Keine Tricks von Emilio. Sonst erschieße ich ihn.»

Emilio lächelte. «Ich sag's ihm.»

«Ende. Melde mich am Abend.»

Dazu würde es nicht kommen. Jetzt war er es, der den Zeitplan bestimmte. Aber vorher sollte er sich noch einen Marillenknödel mit frischen Waldbeeren gönnen.

76

Fast wäre er direkt vor die Haustür gefahren, dann fiel ihm ein, dass der Erpresser, den er in Gedanken nur noch Simon nannte, seinen Landy kannte. Infolgedessen war es klüger, in sicherer Entfernung zu parken und sich dem Yogastudio mit dem schönen Namen MahaShakti zu Fuß zu nähern.

Wie sich zeigen sollte, war das wirklich eine kluge Vorsichtsmaßnahme. Denn er war schon relativ nah am Haus, da sah er einen Mann heraustreten, der zum Foto im Internet passte. Groß, schlank, in weißen Jeans und hellem Baumwollhemd. In der Hand trug er einen Motorradhelm. Emilio suchte Deckung hinter einem Kleintransporter und folgte ihm mit den Augen. Sein Grinsen wurde immer breiter, als er sah, dass der Mann auf eine Motocrossmaschine zuging, diese startete und wegfuhr. Er hatte keine Tasche oder Rucksack dabei, es sah also nicht so aus, als ob er lange wegbleiben würde.

Emilio dachte, dass er in der Zwischenzeit einen Macchiato trinken könnte. Viel reizvoller war aber etwas anderes. Er legte die restlichen Meter zum Hauseingang zurück und betrachtete ein Schild, das auf das Yogastudio MahaShakti im obersten Stock hinwies. Gerade wollte er irgendwo klingeln, ganz sicher nicht bei dem Namen Simon Schmiedinger, da ging die Haustür auf, und eine Mutter mit Kind kam heraus. Er bedankte sich, trat ein und nahm den altertümlichen Aufzug. Oben angelangt, läutete er, aber niemand öffnete. Das

Türschloss war nicht besonders raffiniert – er hatte dabei, was er brauchte. In weniger als einer Minute war er drin. Er rief einige Male hallo, dann zog er hinter sich die Tür ins Schloss. Er lief langsam durch die großzügige Mansardenwohnung, die schräge Wände hatte und große Dachfenster. Er stellte fest, dass hier nicht nur das Studio untergebracht war, sondern im hinteren Teil auch die Privatwohnung. Es roch nach Räucherstäbchen. Er musste lächeln, weil er an Maras Erzählung dachte. Fehlte nur noch der ayurvedische Tee.

Emilio betrachtete die Bilder an der Wand. Auf einigen sah man Simon im Lotussitz vor indischer Tempelkulisse meditieren. Das machte bei seinen Schülern gewiss Eindruck; sie konnten ja nicht ahnen, wie es im Inneren ihres Gurus aussah.

Er öffnete einige Schränke und Schubladen, fand aber nichts, was von Interesse war. Hinter aufgerollten Yogamatten stieß er auf eine exotisch bemalte Truhe, die ihn schon deshalb in den Bann zog, weil sie mit einem Vorhängeschloss gesichert war. Das Schloss war fast so alt wie die Truhe und ging leichter auf als der Tankdeckel bei seinem Landy.

Emilio beglückwünschte sich zu seiner Spürnase. Gleich obenauf lag ein verknittertes Foto von dem dreibalkigen Kreuz. Er nahm es in die Hand und entdeckte, was auf der Rückseite geschrieben stand: «Knottnkino. Tasche an Kreuz hängen. Dann abhauen.»

Das war ebenso eindeutig wie aufschlussreich. Wie auch das meiste andere in der Truhe. So steckte in einem Futteral ein gepflegtes Jagdgewehr. Und es gab eine Schachtel mit Munition, die ihn an die Patrone unter seinem Scheibenwischer erinnerte.

Immer wieder lauschte er an der Tür, ob sich der rumpelnde Lift bewegte. Vielleicht nahm Simon aber auch die Treppe. Er wollte nicht überrascht werden. Zu dumm, dass es keine Fenster gab, von wo aus man auf die Straße sehen konnte.

Die Truhe erwies sich als wahre Schatzkiste. Er entdeckte einen Leinensack mit einem Bündel Geldscheinen, die Banderolen kamen ihm bekannt vor. Sofern Simon noch nichts ausgegeben hatte, waren das die hunderttausend Euro, die er von Hieronymus erpresst hatte. Ein schönes Erfolgserlebnis. Weitere fünfzigtausend fand er in einer schwarzen Nylontasche mit Reißverschluss und einem langen Trageriemen. Zwar gab es dafür keine zwingende Erklärung, aber sehr wohl eine Mutmaßung. Trotz der in diesem Fall ungeklärten Besitzverhältnisse hängte er sich die Tasche um, nahm den Leinensack und eilte zur Wohnungstür. Im Treppenhaus war immer noch nichts zu hören. Jetzt musste er schnell sein und etwas Glück haben. Er rannte die Treppen runter und spähte auf die Straße. Keine Enduro, kein Simon. Er hastete um die Ecken zu seinem Auto, verstaute das Geld unter einer Sitzbank und machte sich dann eilig auf den Rückweg. Er hielt die Sicherstellung der Barmittel für eine überaus zweckmäßige und vorausschauende Aktion. Falls sich die späteren Ereignisse seiner Kontrolle entziehen sollten, wovon er nicht ausging, hatte er das Diebesgut schon mal auf der Seite. Sozusagen eine privat initiierte «Beschlagnahmung» mit dem Ziel, die ursprünglichen Besitzverhältnisse wiederherzustellen.

Er atmete erleichtert durch, als er zurück in Simons Wohnung war. Diese Aktion hätte auch schiefgehen können.

Er interessierte sich erneut für die Truhe. Er stieß auf ein altes Album mit Zeitungsausschnitten von dem Unfall der Josepha Schmiedinger und ihrem Baby, ausgelöst von einem spielenden Kind, mit Fotos und ihrer Traueranzeige.

Emilio blätterte nachdenklich durch die Seiten. Schließlich

legte er das Album zurück. Er schloss die Truhe, hängte auch wieder das Schloss dran und ging in den großen Schulungsraum. Ob er im Lotussitz auf Simon warten sollte? Keine gute Idee, dabei würden ihm die Beine einschlafen, und er könnte später nicht mehr aufstehen. Abgesehen davon brachte er ihn überhaupt nicht zustande. Er holte aus der Küche einen Stuhl und platzierte sich so, dass ihn Simon bei seiner Rückkehr nicht sofort sehen würde, weil er quasi in seinem Rücken saß. Emilio spielte mit der Verriegelung seines Gehstocks. Hoffentlich ließ sich der gute Mann nicht allzu viel Zeit, er war nicht gut im Meditieren. Eher bestand die Gefahr, dass er einnickte. Und hoffentlich kam Simon alleine – was sie zu besprechen hatten, taugte nicht für fremde Ohren. Außerdem stand zu erwarten, dass ihre Unterhaltung nicht gänzlich harmonisch verlaufen würde.

77

Commissario Sandrini war bester Dinge. Endlich kam Bewegung in die Angelegenheit. Diesmal würde nicht der arrogante Baron die Nase vorne haben, sondern die Bozener Kriminalpolizei unter seiner kompetenten Führung. So, wie sich das gehörte.

Mariella stellte ihm ein Glas Wasser hin und eine kleine Schale mit Maronenplätzchen. Das Schlimme war: Er mochte sie, er war geradezu süchtig – nach den Plätzchen, nicht nach Mariella.

Vor ihm standen Mitarbeiter, die gerade Bericht erstattet hatten.

«Fassen wir also zusammen», sagte Sandrini. «Wir wissen aufgrund der leider nicht von uns sichergestellten Pistole, der darauf befindlichen Fingerabdrücke und der Schmauchspuren an der rechten Hand und dem Ärmel des Opfers, dass Annika Pletzer mutmaßlich weder verunfallt ist noch Selbstmord verübt hat. Wir müssen also von einem Gewaltverbrechen ausgehen.»

«Jedenfalls war mindestens eine zweite Person beteiligt», ergänzte einer aus seinem Team.

«Sehr scharfsinnig. Zu jedem Gewaltverbrechen gehört per Definition nicht nur ein Opfer, sondern auch ein Täter. Fahren wir fort. Wir haben die Aussage eines Bauern, der einen Schuss gehört hat. Derselbe Zeuge hat später im Waldstück, wo am nächsten Tag die Leiche gefunden wurde, ein Licht gesehen. Mutmaßlich hat der Täter nach der abgestürzten Annika Pletzer gesucht. Da ein Überleben aufgrund der Fallhöhe ausgeschlossen ist, muss er dafür einen Grund gehabt haben.»

«Den wir nicht kennen.»

«Korrekt. Nun wird's interessant. Ein Hüttenwirt, der nach Einbruch der Nacht mit dem Traktor ins Tal gefahren ist, hat beobachtet, wie aus besagtem Waldstück ein Mann mit einer Taschenlampe gekommen ist. Der habe ein Motorrad bestiegen und sei ohne Licht davongebraust.»

«Nach dem giftigen Motorengeräusch zu urteilen und dem, was er sehen konnte, habe es sich um ein Geländemotorrad gehandelt. Um eine sogenannte Enduro.»

«Sehr gute Polizeiarbeit», lobte Sandrini.

«Von einer Radarkontrolle wurde auf einem Streckenabschnitt bei Mölten eine Enduro mit überhöhter Geschwindigkeit geblitzt. Der Zeitpunkt passt zur Zeugenaussage.»

«Gute Polizeiarbeit», wiederholte Sandrini. Wobei nicht klar war, ob er damit seine Mitarbeiter oder sich selbst lobte.

«Jetzt fehlt noch die Identifikation des Halters der Maschine.»

Die Tür zum Büro ging auf. «Schon passiert. Wir haben den Namen des Halters. Schmiedinger, Simon Schmiedinger, wohnhaft in Bozen.»

Sandrini schlug mit der flachen Hand so kräftig auf den Tisch, dass das Wasserglas überschwappte.

«Bravo! Endlich klappt mal alles. Haben wir die Adresse?»

«Ja, die haben wir.»

Der *Commissario* stand auf und zog sich eilig sein Jackett an.

«Worauf warten wir? Los geht's!»

78

Emilio hörte den altersschwachen Aufzug, dann den Schlüssel in der Tür. Das Warten hatte ein Ende. Er hörte, wie die Wohnungstür wieder zugezogen wurde. Kein Gerede, Simon war offenbar alleine. Das passte, alles Weitere würde sich ergeben.

Simon betrat den großen Yogaraum, ohne ihn zu bemerken. Dabei saß Emilio völlig ungedeckt auf seinem Stuhl, aber halt mucksmäuschenstill und vor allem in Simons Rücken. Emilio hatte sich schon immer dafür interessiert, ob Menschen merkten, wenn sie von hinten beobachtet wurden. In diesem Fall müsste sich Simon jetzt umdrehen. Stattdessen ging er arglos weiter.

«Nicht erschrecken, ich bin's», machte sich Emilio bemerkbar.

Simon erstarrte, wirbelte dann panisch herum.

Emilio sah ihn lächelnd an. «Ich dachte, wir sollten uns mal kennenlernen. Dieses ewige Hin und Her mit Textnachrichten auf dem Handy ist so schrecklich unpersönlich.»

Simon schien den ersten Schock überwunden zu haben. «Was fällt Ihnen ein? Wie kommen Sie in meine Wohnung?», schrie er.

«Ich darf mich vorstellen, mein Name ist …»

«Ich weiß, wer Sie sind. Emilio, der verrückte Baron. Noch mal: Was machen Sie in meiner Wohnung?»

«Sagte ich doch, ich will mit Ihnen plaudern, über das Leben im Allgemeinen, über Annika Pletzer, über Lösegeldzahlungen und den vergifteten Wein im Speziellen.»

Aus Simons Gesicht wich jede Farbe. Was aber nicht zu der Hoffnung berechtigte, dass er schlappmachen würde. Nach Emilios Erfahrung würde er sich, ganz im Gegenteil, gleich auf ihn stürzen.

«Keinen Schritt näher!», sagte Emilio, diesmal nicht im Plauderton, sondern mit scharfer Stimme. «Sonst muss ich Ihnen weh tun.»

Simon lachte hysterisch. «Sie wollen mir weh tun? Wie soll das gehen?»

Emilio zog den Degen aus dem Stockschaft. Er sprang auf und ließ ihn einige Male durch die Luft pfeifen, bevor er auf Simons Hals zielte.

Simon wich unwillkürlich zurück.

«Ich sehe, wir verstehen uns», sagte Emilio. «Sie halten etwas Abstand, und alles ist gut. Wo fangen wir an? Bei der Lösegeldübergabe heute Abend? Die sage ich hiermit ab, daraus wird nichts. Kommen wir zu Annika. Warum haben Sie die junge Frau vom Berg gestoßen? Das gehört sich nicht.»

«Ihren spöttischen Unterton können Sie sich sparen. Außerdem weiß ich nicht, wovon Sie sprechen.»

Mit der freien Hand zog Emilio das Foto mit dem Kreuz aus der Jackentasche. «Knottnkino. Tasche an Kreuz hängen. Dann abhauen!», las er vor.

Simon sah ihn zitternd an. «Sie waren an meiner Kiste? Dafür bringe ich Sie um.»

«Ich glaube nicht, dass Sie das tun werden. Ich halte Sie für keinen Mörder.»

«Was ist mit meinem Geld?»

«Was für ein Geld?», stellte sich Emilio dumm. «Befindet sich auch Geld in der Kiste?»

Simons Gesicht zeigte einige nervöse Zuckungen.

«Das auf dem Rotsteinkogel dürfte ein Unglück gewesen sein», fuhr Emilio fort. «Sie haben Annikas Temperament unterschätzt, stimmt's?»

Simon zögerte. «Da haben Sie recht», gab er schließlich zu.

Emilio dachte, dass das Gespräch langsam in Gang kam.

«Sie wollten Annika nichts antun», stellte er fest. «Es ging Ihnen ausschließlich um Hieronymus Pletzer, ihn wollen Sie fertigmachen, er soll bezahlen, für alles, was er Ihnen und Ihrer Mutter angetan hat. Damals, vor vielen Jahren, als Sie noch ein Baby waren und er ein dummes Kind.»

Simon sah Emilio mit großen Augen an. Vermutlich hatte er seit langem nicht darüber gesprochen. Und jetzt kam dieser «verrückte Baron» vorbei und legte den Finger in die Wunde.

«Woher, woher wissen Sie das?», stammelte er.

«Ich weiß es, das sollte genügen. Übrigens soll ich Ihnen schöne Grüße von Mara ausrichten», wechselte er das Thema mit einer Lüge. «Ist doch amüsant: Wir beide standen ihr mal näher.»

«Sie hat mir von Ihnen erzählt. Aber sie hat vergessen, Ihren bescheuerten Degen zu erwähnen.»

«Warum haben Sie Mara nach ihrem Unfall verlassen?»

Simon zögerte. «Ich könnte es erklären, aber ich will nicht.»

Emilio merkte, dass der äußere Eindruck trog. Simon war von der Situation zwar überrumpelt worden, hatte sich deshalb auch zu unbedachten Äußerungen hinreißen lassen, doch er würde nicht ewig so passiv bleiben.

Dann aber tat Simon etwas Unerwartetes: Er drehte Emilio langsam den Rücken zu und ging quer durch den Yogaraum in die Küche. Ob er sich jetzt einen Ayurveda-Tee machen würde? Oder wollte er mit einem Gemüsemesser gegen seinen Degen antreten?

Emilio folgte ihm gemächlichen Schrittes, den Degen nach unten hängend locker in der Hand.

Simon setzte sich an den Küchentisch und stützte den Kopf in die Hände. Jetzt wirkte er nicht mehr aggressiv, sondern eher schwermütig. Das ging schnell bei ihm, aber so was gab es. Emilio kannte solche abrupten Stimmungswechsel von Menschen mit einer bipolaren Störung.

«Der Hieronymus soll dafür büßen, dass er meine Kindheit zerstört hat. Ich hätte mir gewünscht, dass er an seinem Herzinfarkt verreckt wäre. Aber der Annika wollte ich nichts tun, das müssen Sie mir glauben. Da fühle ich mich schuldig.»

«Sie hätten sie nicht in Ihren persönlichen Rachefeldzug reinziehen dürfen. Haben Sie Annika mit den Nacktbildern erpresst?»

«Nicht direkt. Na ja, irgendwie doch. Ich wollte Geld von ihr. Das war eher ein Spiel. Vor allem wollte ich mit den Bildern dem Hieronymus eine reinwürgen.»

Okay, jetzt wusste er, woher das Geld in der Nylontasche kam.

«Was ist mit dem Wein?», fragte Emilio. «Wie viele Flaschen haben Sie vergiftet?»

Auf Simons gerade noch gequältem Gesicht machte sich ein schräges Grinsen breit. «Das würden Sie gerne wissen. Aber ich sag's nicht.»

«Vielleicht war es nur die eine?»

«Vielleicht, vielleicht aber auch nicht.»

«Und wenn ich heute Abend doch das Lösegeld vorbeibringe? Erfahre ich es dann?»

Jetzt schaute Simon wieder ganz ernst aus. «Zu spät, da bin ich längst weg.»

Emilio fragte sich, wie er sich wohl aus dem Staub machen wollte. Er würde ihn nicht gehen lassen.

Plötzlich sprang Simon auf, machte einen Satz auf den Küchentisch, öffnete das Dachfenster und turnte hinaus.

Emilio hätte ihn zwar von hinten abstechen können, aber das war keine Option. Jetzt würde der Mann über das Dach türmen, und er hatte das Nachsehen. Denn eines stand fest: Er würde ihm nicht folgen, das war nichts für ihn. Er legte den Degen weg, stieg auf den Küchentisch und sah zum geöffneten Fenster hinaus. Zu seiner Überraschung war Simon nicht geflohen. Er stand ganz ruhig auf dem schrägen Dach an der Regenrinne, drehte ihm den Rücken zu und sah hinauf zum Himmel.

Emilio fielen seine letzten Worte ein. «Da bin ich längst weg.» Er hatte ihn missverstanden.

«Simon, machen Sie keinen Unsinn!», sagte Emilio mit ruhiger Stimme. «Davon wird Annika auch nicht mehr lebendig. Kommen Sie wieder rein, und wir überlegen gemeinsam, was jetzt das Richtige ist. Sie geben dem Pletzer Hieronymus die hunderttausend Euro zurück und nennen uns die vergifteten Flaschen, dann verzichten wir auf eine Anzeige. Für den Tod an Annika müssen Sie sich verantworten. Aber ich kenne einen guten Anwalt.»

Simon drehte sich um und sah ihn an. «Sie wollen mir helfen? Ich glaube, Sie sind wirklich verrückt.»

Emilio hielt ihm die Hand entgegen. «Kommen Sie!»

Simon machte Anstalten, ihm zu folgen. Aber dann kam alles anders.

Emilio hörte ein Krachen, dann Stimmen und Schritte, die schnell näher kamen.

«Was ist da los?», fragte Simon vom Dach und wich zurück. Mit einem Fuß rutschte er aus, aber er behielt das Gleichgewicht.

«Ist er da draußen?», wurde Emilio von hinten angeherrscht. Die Stimme kannte er. Was hatte Sandrini hier zu suchen?

Schon stand der *Commissario* neben ihm auf dem Küchentisch.

«Bitte gehen Sie weg», sagte Emilio fast flehentlich.

«Ich denke nicht daran. Ist das der Simon Schmiedinger?»

«Ja, er will gerade wieder reinkommen.»

«Lassen Sie mich das machen!» Sandrini schob Emilio energisch zur Seite. «Wir sind für solche Situationen geschult.»

Emilio sah, wie sich Simon umdrehte, ihnen wieder den Rücken zukehrte und nach oben zum Himmel blickte. Dann kippte er langsam nach vorne.

«Herr Schmiedinger. Mein Name ist Sandrini …»

Es machte keinen Sinn weiterzureden. Das Dach war leer.

79

«Wir sind für solche Situationen geschult.»

Emilio hatte sich später nicht beherrschen können und *Commissario* Sandrini seine Meinung gegeigt. Hätte er sich rausgehalten, wäre Simon noch am Leben. Er war im Begriff gewesen, vom Dach zurück in die Wohnung zu kommen. Er hatte ihn so weit gehabt.

Emilio fuhr anschließend zu Theresas Villa nach Meran. Er wollte niemanden sehen. Er stellte fest, dass Greta bereits ganze Arbeit geleistet hatte, die Spitzendeckchen und der gesamte Nippes waren weg. Auch die dunklen Vorhänge. Sie war ein Schatz. Er goss sich einen Brandy ein, setzte sich ans Klavier und begann zögerlich zu spielen. Er wählte eine schwermütige *Nocturne* von Chopin. Er hatte keine Noten vor sich, sein Vortrag war miserabel. Aber er hatte keine Zuhörer, da war es egal. Und ihm tat es gut.

Nach einer Weile wechselte er zu Jazz, er improvisierte vor sich hin, wie er das in jungen Jahren als Barpianist getan hatte, die Stücke wurden schneller, seine Stimmung besserte sich zusehends. Hatte er Grund zu trauern? Nein, er hatte einen Kriminalfall gelöst. Auch das Geld hatte er wiederbeschafft. Was wollte er mehr? Dass sich der Täter das Leben genommen hatte, war nicht seine Schuld. Warum es ihn dennoch belastete, lag daran, dass er angefangen hatte, sich in ihn hineinzufühlen. Gleichwohl waren der Empathie natürliche Grenzen gesetzt, spätestens mit dem Tod Annikas hatte Simon alle Sympathien verspielt. Wie im Übrigen auch seine anderen Taten keine Entschuldigung verdienten.

Ihm fiel der vergiftete Wein ein. Mit dem Lagrein hatte alles angefangen. In diesem Punkt hatte er versagt. Hatte er wirklich? Er dachte nach. Simon hatte sein Geheimnis nicht preisgegeben. Er sah ihn vor sich, wie er auf seine Frage triumphierend geantwortet hatte: «Das würden Sie gerne wissen. Aber ich sag's nicht.» Ob vielleicht nur die eine Flasche vergiftet war, die er zur Beginn der Erpressung preisgegeben hatte? Auf diese Frage hatte sich Simon um eine klare Antwort gedrückt: «Vielleicht, vielleicht aber auch nicht.»

Emilio nahm noch einen Schluck vom Brandy. Er schaute aufs Etikett. Theresa hatte nicht nur beim Eierlikör einen guten Geschmack. «Vielleicht, vielleicht aber auch nicht?» Verbarg diese nichtssagende Antwort eine unbewusste Botschaft? Aber Mutmaßungen halfen nicht weiter.

Emilio klappte den Tastaturdeckel zu. Er war psychisch wieder so weit im Lot, dass er aufs Weingut fahren konnte, zu Phina und Mara.

*

Sie sahen ihn entsetzt an. Emilio zuckte hilflos mit den Schultern.

«Es ist leider so», sagte er, «Simon hat sich vom Dach gestürzt und das Genick gebrochen.»

Mara hielt die Hände vors Gesicht. «Aber warum? Ich versteh das nicht.»

«Steckt Simon hinter dem vergifteten Wein?», fragte Phina, schon wieder ganz ruhig.

«Ja, aber deshalb hätte er sich nicht umgebracht. Er trägt Schuld an Annikas Tod. Das hat er nicht gewollt, er wollte niemanden töten, schon gleich nicht Annika, mit der er eine Affäre hatte.»

«Und du bist ihm auf die Spur gekommen?»

«Leider nicht nur ich, sondern auch *Commissario* Sandrini. Wäre der zehn Minuten später da gewesen, wäre Simon noch am Leben.»

Phina nahm Mara in den Arm. «Nicht traurig sein. Er war ein Schuft.»

«Aber ich war mal mit ihm zusammen. Wir waren verlobt. Und jetzt ist er tot. Das trifft mich schon.»

«Ist ja klar, das versteh ich.»

«Und jetzt?»

Emilio rieb sich die Augen. «Jetzt ist es vorbei. Ich glaube, ich werde mich heute Abend betrinken.»

80

Hieronymus fühlte sich entschieden besser. Man hatte ihn von der Intensivstation in ein Einzelzimmer verlegt. Emilio saß an seinem Bett und berichtete, was während seiner Auszeit passiert war. Zuvor hatte ein Arzt gesagt, dass man ihn nicht mehr mit Samthandschuhen anfassen müsse, sein Gesundheitszustand sei stabil. Das immerhin war eine gute Nachricht.

Er brauchte eine Weile, bis er verstand, was ihm Emilio sagen wollte. Dass nämlich Annikas Yogalehrer hinter allem steckte. Jetzt sei er tot.

Ein Yogalehrer? Das machte doch keinen Sinn. Warum sollte ein Yogalehrer seinen Wein vergiften und ihn erpressen? War Emilio jetzt völlig durchgeknallt?

Dann erzählte Emilio eine Geschichte, die sich in seiner frühen Kindheit zugetragen hatte. Er erwähnte einen Autounfall, eine junge Mutter und ihr Baby. Dunkel erinnerte er sich. Nicht an den Vorfall selbst, da war er noch zu klein gewesen, aber daran, dass später darüber geredet wurde. Emilio deutete an, dass er selbst diesen Unfall verursacht hätte, beim Ballspielen. Das mochte sein, er wusste es nicht. Es war ihm auch egal. Damals war er ein kleines Kind gewesen. Der kleine Hieronymus von früher hatte nichts mit ihm heute zu tun, das war ein völlig anderer Mensch gewesen. Trug man nach Jahrzehnten Verantwortung für ein Unglück im zarten Kindesalter? Ein Unglück, an das er sich nicht einmal erinnern konnte. Nein, natürlich nicht.

Er begriff, dass aus dem Baby von damals besagter Yogalehrer geworden war. Auch dass er Simon Schmiedinger hieß und die Angelegenheit wohl mit anderen Augen gesehen hatte und auf Vergeltung aus war.

Emilio versuchte, Hieronymus die möglichen Beweggründe zu erklären, doch der hörte überhaupt nicht zu. Was interessierten ihn die Motive eines Geistesgestörten? Der Mann hatte seinen Wein vergiftet, er hatte ihn um hunderttausend Euro betrogen, er hatte auf ihn geschossen, er hatte mit seiner Frau ein Verhältnis angefangen, er war für ihren Tod verantwortlich … Gott sei Dank hatte er sich das Leben genommen. Am Ende hätte er vor Gericht noch mildernde Umstände bekommen. Dann hätte er ihn erwürgen müssen.

«Das ist doch eine gute Nachricht, oder?»

Hieronymus sah Emilio irritiert an. Er hatte nicht aufgepasst.

«Was ist eine gute Nachricht?», fragte er.

«Dass das Geld wieder da ist, das habe ich doch gerade erzählt.»

«Wirklich? Das ist ja großartig. Hat es die Polizei gefunden?»

Er sah, wie Emilio missbilligend eine Augenbraue in die Höhe zog. «Du solltest zuhören, wenn ich mit dir rede. Die Polizei weiß nichts davon, weder von der Erpressung noch von dem Geld. Ich habe es bei Simon sichergestellt und diskret in Verwahrung genommen.»

Hieronymus tat einen freudigen Jauchzer. Um sich dann umgehend zu fragen, ob er sich überhaupt freuen durfte, angesichts des Todes seiner Frau. Aber er konnte nicht anders.

Am liebsten wäre er aufgesprungen und hätte Emilio umarmt. Aber dazu war er nun doch zu schwach.

«Emilio, du bist phantastisch. Meine hunderttausend sind wieder da, einfach unglaublich.»

«Sogar etwas mehr», sagte Emilio.

Etwas mehr? Hieronymus langte sich an die Stirn. Wie konnte das sein? Stand er noch unter Medikamenten, oder warum konnte er Emilio geistig nicht folgen?

«Versteh ich nicht.»

«Das ist eine andere Geschichte», bekam er zur Antwort. «Ich erklär's dir, wenn du wieder ganz auf der Höhe bist.»

Er mochte es nicht, auf die Folter gespannt zu werden.

«Warum nicht gleich? Hast ja vom Arzt gehört, mein Gesundheitszustand ist wieder stabil.»

«Weil etwas anderes gerade wichtiger ist.»

Hieronymus fragte sich, was wichtiger sein könnte als sein Geld? Vor allem, wenn es sich auf wundersame Weise vermehrt hatte.

«Das wäre?»

Hieronymus fiel an seiner eigenen Stimme auf, dass sie sich anhörte wie die eines lallenden Alkoholikers. Vielleicht hatte Emilio recht, und er war doch noch nicht ganz auf der Höhe.

«Der vergiftete Wein ist wichtiger, über den möchte ich mit dir reden.»

Stimmt, der Wein, den hatte er glatt vergessen. Er stützte sich im Bett auf.

«Sag bloß, dieser Yogalehrer … Wie hieß er doch gleich?»

«Simon Schmiediger.»

«… also, dieser Simon hat dir die anderen Flaschen verraten, stimmt's?»

Zu seiner Enttäuschung schüttelte Emilio den Kopf.

«Nein, hat er nicht, leider.»

Er ließ sich zurück aufs Kopfkissen sinken. «Was gibt's dann zu reden? Das war's, oder?»

Er entdeckte in Emilios Gesicht ein rätselhaftes Lächeln.

«Ich habe eine Vermutung. Wenn sie stimmt, haben wir noch eine Chance.»

Hieronymus merkte, wie er immer müder wurde. Zwar interessierte ihn Emilios Vermutung, vor allem hörte er gerne, dass es noch eine Chance gab. Aber ihm fielen immer wieder die Augen zu.

«Können wir morgen darüber sprechen?», fragte er.

«Du musst mir nur dein Okay geben, dass ich alles auf eine Karte setzen darf. Wenn ich mich täusche, müssen wir den Wein wegschütten.»

Wegschütten? Hieronymus dachte, dass sie das sowieso müssten, also war es egal. Hauptsache, Emilio ließ ihn jetzt schlafen.

«Ich brauch die Hilfe von deinem Kellermeister …»

Er benetzte sich mit der Zunge die trockenen Lippen. «Einverstanden. Mach, was du willst.»

81

Emilios Idee war radikal und riskant, aber sie war nach seiner Meinung alternativlos. Entweder hatte Simon tatsächlich in drei weitere Flaschen das Gift injiziert, dann würden sie diese nie finden und müssten den Wein entsorgen. Das war's dann tatsächlich. Oder Simon hatte gelogen und nur eine einzige Flasche vergiftet, was für die Erpressung völlig ausreichte und auch erklärte, warum er nie die Position einer zweiten oder dritten Flasche preisgegeben hatte. Er hörte sich selbst fragen: «Vielleicht war es nur die eine?» Und darauf Simons sibyllinische Antwort: «Vielleicht, vielleicht aber auch nicht.»

Es gab eine einfache Möglichkeit herauszufinden, was stimmte. Nun, ganz so einfach war es nicht, denn zu diesem Zweck musste man alle Flaschen mit dem Lagrein händisch entkorken und den gesamten Inhalt in einen großen Stahltank gießen, dann von dort eine Probe entnehmen und im Münchner Labor untersuchen lassen. Laut Dominik war das Gift im Nanobereich nachweisbar, er könnte einen Fingerhut davon im Bodensee feststellen, hatte er gesagt. Also ließ sich mit einer einzigen kleinen Probe Klarheit verschaffen, was den gesamten Wein betraf. Wenn Emilio mit seiner Vermutung richtiglag, würde sich herausstellen, dass vom Lagrein keine Gefahr ausging. Und zwar nach erfolgter Laboranalyse mit absoluter Gewissheit. Weitere vergiftete Flaschen gab es nicht, Simon hatte geblufft. Also könnte der Lagrein mit bestem Gewissen sofort erneut auf Flaschen gezogen werden, was sich im Unterschied zum Entkorken mittels moderner Abfüllanlagen zügig erledigen ließ. Verkorken, etikettieren – und ab in die Auslieferung.

Ob die Weinqualität bei dieser Umfüllaktion Schaden nehmen würde, war in Emilios Augen irrelevant. Außerdem war der Lagrein vom großen Pellenardo zum Wein des Monats erkoren worden. Das Urteil des Weinpapstes wurde fast nie in Frage gestellt.

So, das war das positive Szenario. Alternativ würde sich im Wein aus dem Stahlfass das Gift nachweisen lassen. Damit hätten sie gewissermaßen die Arschkarte gezogen, und die Arbeit des Entkorkens hätten sie sich sparen können. Sonst aber hätte sich nichts geändert. Der Lagrein müsste entsorgt werden, diesmal nicht auf der Basis einer vagen Drohung, sondern weil man sich Gewissheit verschafft hatte.

Hieronymus hätte seinen Lagrein unwiederbringlich verloren.

Er selbst würde fortan mit der Erkenntnis leben müssen, dass er sich mit seiner Einschätzung getäuscht hatte. So was konnte passieren. Unfehlbar war nur der Papst. Und auch der lag zuweilen daneben.

Epilog

Emilio hatte seine beiden Damen zum Abendessen eingeladen. In Theresas Villa, die nun die seine war. In der Küche war Greta tätig. Sie verriet nicht, was es geben würde, aber die Gerüche waren vielversprechend.

Phina und Mara standen mit ihm an einem runden Mahagonitischchen und blickten auf eine Flasche Lagrein Riserva vom Weingut Pletzerhof.

«Ein exzellenter Tropfen», sagte er. «Von keinem Geringeren als Gianfranco Pellenardo zum Wein des Monats erkoren.»

Phina sah ihn misstrauisch an. «Und diesen Lagrein willst du uns heute einschenken, sehe ich das richtig?»

«Ja, denn unser Abend soll unvergesslich sein.»

«Weil wir dann tot umfallen?»

Mara wich einen Schritt zurück. «Igitt, ist das der Wein mit dem Gift?»

«Eben nicht», sagte Emilio. «Er wurde von Dominik im Labor geprüft und für absolut bekömmlich befunden. Da ist kein Gift drin, sieht man mal vom Alkohol ab. Simon hatte gebluvt. Es gab nur die eine vergiftete Flasche, keine weitere mehr.»

«Der Dominik ist Professor, der wird uns nicht anlügen.»

Emilio grinste. «Eine Flasche habe ich mit ihm gemeinsam getrunken. Uns ging es hinterher so gut, dass wir noch eine zweite geöffnet haben.»

Phinas Gesichtsausdruck blieb skeptisch. «Wie hat der

Wein die Tortur der Umfüllerei vertragen? Da geht der stärkste Lagrein in die Knie.»

Emilio machte sich daran, die Bouteille zu öffnen. «Erstens hätte ich mit Dominik wohl kaum eine zweite Flasche entkorkt, wenn er nicht vorzüglich gewesen wäre. Zweitens glaube ich, dass der Lagrein durch die Zwangsbelüftung fast noch besser geworden ist.»

Phina schüttelte ungläubig den Kopf.

«Und drittens könnt ihr euch gleich selbst von seiner Qualität überzeugen.»

«Ich nicht», sagte Mara und deutete auf ihre Nase, «ohne Geruchssinn scheide ich als Jurorin aus.»

«Entschuldige, das hab ich vergessen.»

«Macht nichts. Ich trink trotzdem mit.»

«Ich weiß schon vorher, dass mein Lagrein Riserva besser ist», stellte Phina fest.

Emilio goss lächelnd die Gläser ein. «Wir sind ja ein großartiges Team. Mara ist Sommelière, aber nicht in der Lage, den Wein zu beurteilen. Phina könnte es, hat sich aber schon vorher eine Meinung gebildet. Während ich den Lagrein gar nicht erst probieren muss, weil ich das bereits getan habe.»

Phina hob ihr Glas. «Dann bleibt nur, miteinander anzustoßen und Emilio zu gratulieren, dass er wieder mal alles richtig gemacht hat.»

Er sah sie zweifelnd an. «Mit dem Wein vielleicht. Aber sonst wohl eher nicht, denn dann wären Annika und Simon noch am Leben.»

«Quatsch. Das war doch nicht deine Schuld.»

«Das nicht, aber ich hätte es verhindern können.»

«Wie denn? Dass Annika eine Affäre hatte, ausgerechnet mit Simon, das konnte doch kein Mensch ahnen. Nicht mal du.»

«Wobei die Initiative von Simon ausgegangen ist. Er hat sich an Annika rangemacht, das war Teil seines Plans.»

«Aber sie hat sich bestimmt nicht lange geziert. Annika war eine Fremdgeherin, das hat jeder gemerkt, nur nicht ihr Mann.»

«Und jetzt ist sie tot. Die Lust am Seitensprung hat ihr das Genick gebrochen.»

«Im wahrsten Sinne des Wortes.»

«Makaber.»

Sie sahen sich eine Weile betreten an.

Dann gab sich Emilio einen Ruck. «Wir sollten auf andere Gedanken kommen», entschied er. «Trinken wir auf Tante Theresa, Gott hab sie selig. Sie würde den Lagrein mögen, davon bin ich überzeugt.»

Phina lächelte. «Oh ja, sie hatte ein Faible für mörderisch gute Jahrgänge.»

*

Postskriptum: Den Autor freut es, wenn sich Leserinnen und Leser von der Lektüre inspirieren lassen und etwa einen Lagrein Riserva verkosten oder zum Knottnkino wandern. Gleichwohl möchte er nicht dazu anregen, Menschen vom Rotsteinkogel in den Abgrund zu stoßen. Weshalb die betreffenden Kapitel so geschrieben sind, dass die Tat zwar plausibel erscheint, aber nicht in allen Belangen – bis hin zum Fundort der Leiche – den realen topographischen Gegebenheiten entspricht. Bleiben Sie also friedlich und genießen Sie frohen Herzens den phantastischen Ausblick!

ANHANG

Leser(innen) der beiden ersten Südtirol-Krimis mit Baron Emilio (*Tod oder Reben* und *Mord in bester Lage*) kennen Teile dieses Anhangs bereits. Aber er ist überarbeitet, ergänzt und aktualisiert. Bei den Weinen schlägt sich dies weniger nieder, denn hier gibt es eine erfreuliche Kontinuität auf hohem Niveau. Bei den Restaurants finden sich diverse Neuentdeckungen. Es zahlt sich aus, dass unser Protagonist Emilio viel herumfährt und lieber isst und trinkt, als in einem Kriminalfall zu ermitteln. Auch für diesen dritten Krimi-Anhang gilt: Er erhebt weder den Anspruch auf eine umfassende Darstellung, noch bemüht er sich in der Auswahl um Objektivität. Vielmehr stellt er einige Adressen vor, die bei einer weinaffinen und kulinarisch geprägten Reise als erste Orientierung dienen können. Allerdings, dem Thema und der Handlung geschuldet, unter Aussparung der großartigen Bergwelt der Dolomiten. Den Leser(inne)n kann nur empfohlen werden, auf eigene Erkundungsreise zu gehen. Südtirol ist für Menschen, die gerne essen und Wein trinken, ein Reiseziel voller lustvoller Entdeckungen.

Weine

Südtirol ist die nördlichste Weinregion Italiens. Weingeographisch kann man sich an einem Ypsilon orientieren: rechts oben der Schenkel mit dem Eisacktal bzw. dem Valle Isarco (u. a. Brixen und Klausen). Links oben vom Reschenpass kommend das westliche Etschtal (Vinschgau, Meran). Im Schnittpunkt Bozen (mit dem Magdalener Hügel). Und nach unten bzw. Süden auf der Landkarte links die Region Überetsch mit der berühmten Weinstraße (Strada del Vino) und Orten wie Eppan und Kaltern. Rechts parallel verlaufend und durch eine Hügelkette getrennt das tiefer liegende Unterland.

Charakterisiert wird Südtirol durch die Gegensätze der Alpen im Norden und den mediterranen Einfluss vom Süden. Obwohl Südtirol eine der kleinsten Weinbauregionen Italiens ist, ist es aufgrund der klimatischen Besonderheiten, der unterschiedlichen Höhen-, Hügel- und Steillagen sowie der Sonnenexpositionen, aber auch dank seiner vielfältigen Böden (z. B. vulkanischer Porphyr, Quarz, Kalk, Dolomitgestein) und der rund 5000 Weinbauern außerordentlich abwechslungsreich. Hinzu kommen große Temperaturunterschiede zwischen Tag und Nacht – was sich auf viele Rebsorten qualitätssteigernd auswirkt.

Neben den autochthonen (in Südtirol heimischen) Rebsorten Vernatsch, Gewürztraminer und Lagrein, haben in Südtirol auch viele internationale Trauben (wie Blau- und

Weißburgunder, Sauvignon, Cabernet und Merlot) eine lange Tradition. Insgesamt sind 20 verschiedene Rebsorten für Qualitätsweine (DOC) zugelassen.

Nach der Vernatsch-Krise in den 1970er Jahren hat sich das Weinland Südtirol neu orientiert und eine großartige Karriere absolviert. Es hat die größte Dichte an DOC-Weinen in ganz Italien. Die weißen Reben haben heute einen Anteil von deutlich über 50 Prozent. Gleichzeitig gibt es eine Rückbesinnung auf traditionelle Rotweine wie den Lagrein, der über ein erstaunliches Potenzial verfügt.

Andrian, Kellerei

Seit 2008 wird die älteste Kellereigenossenschaft Südtirols (gegründet 1893) von der Kellerei Terlan geführt (s. dort), präsentiert sich aber weiterhin als eigenständige Marke.
Weinempfehlungen: Tor di lupo Lagrein, Andrius Sauvignon, Anrar Blauburgunder u. a.

39018 Terlan, Silberleitenweg 7, Tel. 0471 257135,
office@kellerei-andrian.com, www.kellerei-andrian.com

Arunda Sektkellerei

Gilt als führende Sektkellerei Südtirols, hoch gelegen zwischen Bozen und Meran (über 1000 Meter), klassische Flaschengärung. Inhaber: Josef Reiterer.
Weinempfehlungen: Arunda Cuvée Marianna, Arunda Extra Brut Millesimato, Arunda Excellor, Arunda Talento Brut u. a.

39010 Mölten, Prof.-Josef-Schwarz-Straße 18, Tel. 0471 668033,
info@arundavivaldi.it, www.arundavivaldi.it

Baron Di Pauli

Der Kellerei Kaltern (s. dort) angegliedertes, traditions-
reiches Weingut der Familie Baron Di Pauli.
Weinempfehlungen: Gewürztraminer Exilissi, Weißweincuvée
Enosi, Kalterersee Kalkofen, Cabernet-Merlot Arzio

*39052 Kaltern a. d. Weinstraße, Kellereistr. 12, Tel. 0471 963696,
info@barondipauli.com, www.barondipauli.com*

Blauburgunder

Der Blauburgunder bzw. Pinot Nero ist synonym mit dem
französischen Pinot Noir (mit seiner Heimat im Burgund)
und dem deutschen Spätburgunder. Die anspruchsvolle
Rebsorte wird in Südtirol schon seit Generationen kultiviert und findet in entsprechenden Lagen (z. B. auf Kalk-
böden) ideale Bedingungen.

Bozen, Kellerei

Große Genossenschaftskellerei (Zusammenschluss
von Sankt Magdalena und Gries), die hochklassige und
vielfach ausgezeichnete Weine hervorbringt.
Weinempfehlungen: Lagrein Taber Riserva, Chardonnay
Kleinstein, Sauvignon Mock, Sankt Magdalener Huck
am Bach u. a.

*39100 Bozen, Grieser Platz 2, Tel. 0471 270909,
info@kellereibozen.com, www.kellereibozen.com*

Brigl, Josef

Das Weingut hat eine lange Tradition (bis ins 14. Jh.) und ausgezeichnete Lagen, die Weine sind entsprechend bekannt.

Weinempfehlungen: Lagrein Briglhof Riserva, Pinot Nero Kreuzbichler, Sauvignon u. a.

39057 Sankt Michael/Eppan, Tel. 0471 662419, brigl@brigl.com, www.brigl.com

Dipoli, Peter

Als Südtiroler Winzer von prägendem Einfluss erzeugt Peter Dipoli aufsehenerregende Weine mit viel Charakter. Sehenswerter Weinkeller.

Weinempfehlungen: Sauvignon Voglar, Merlot Fihl, Rotweincuvée Yugum

39044 Neumarkt, Villnerstr. 5, Tel. 0471 813400, www.peterdipoli.com

DOC

Die kontrollierte Ursprungsbezeichnung DOC ist die Abkürzung für *Denominazione di Origine Controllata*. Nirgendwo in Italien gibt es einen höheren Anteil an DOC-Weinen an der gesamten Weinproduktion einer Region: Über 98 Prozent aller Südtiroler Weine sind DOC-Weine.

Eisacktaler Kellerei

Die noch relativ junge Eisacktaler Genossenschaftskellerei hat einen ausgezeichneten Ruf v. a. bei Weißweinen, die in der Spitze unter «Aristos» firmieren. Kellermeister: Thomas Dorfmann.

Weinempfehlungen: Sylvaner Aristos, Kerner, Veltliner und Riesling Aristos, Gewürztraminer Passito Nectaris, Dominus (rot und weiß) u. a.

39043 Klausen, Leitach 50, Tel. 0472 847553, info@eisacktalerkellerei.it, www.eisacktalerkellerei.it

Erste + Neue

Der Name deutet nicht darauf hin, dass es sich auch hier um eine Genossenschaftskellerei handelt, zudem um eine besonders große. Im reichhaltigen Sortiment sind die Puntay-Weine hervorzuheben, die in Holzfässern ausgebaut sind. Sehenswerter Barrique-Keller.

Weinempfehlungen: Puntay Sauvignon, Puntay Lagrein Riserva, Prunar Pinot Bianco, Puntay Kalterersee Classico Superiore u. a.

39052 Kaltern a. d. Weinstraße, Tel. 0471 963122, info@erste-neue.it, www.erste-neue.it

Falkenstein

Bis auf 900 Meter Höhe reichen die Reben von Franz und Bernadette Pratzner am «Sonnenberg» über Naturns. Bekannt geworden ist das Weingut Falkenstein v. a. durch seinen Riesling, der als einer der besten südlich des Brenners gilt.

Weinempfehlungen: Riesling, Weißburgunder, Blauburgunder

39025 Naturns, Schlossweg 19, Tel. 0473 666054, info@falkenstein.bz, www.falkenstein.bz

Genossenschaftskellereien

In Südtirol gibt es rd. 5000 Weinbauern, die im Durchschnitt kaum mehr als 1 ha Rebfläche bewirtschaften. Aufgrund dieser kleinteiligen Struktur haben sich traditionell viele der Weinbauern in Kellereigenossenschaften zusammengeschlossen. Die ersten Gründungen erfolgten noch im 19. Jh. Heute gibt es in Südtirol 13 Genossenschaftsbetriebe, die über zwei Drittel der Weine produzieren. Dabei stehen sie für eine hohe Qualität. Zusammen mit den privaten Weingütern und den freien Weinbauern gehören sie zum «Konsortium Südtiroler Wein».

Gewürztraminer

Zwar wird die Herkunft der Traube kontrovers diskutiert, aber schon der Name verweist auf den Ort Tramin in Südtirol. Wird auch als Traminer Aromatico bezeichnet. Intensiv duftend, Gewürzaromen. International im Trend. Nach Rebfläche drittwichtigste Sorte in Südtirol.

Girlan, Kellerei

Traditionsreicher Genossenschaftsbetrieb, der sich in den letzten Jahren stark verjüngt hat. Kellermeister: Gerhard Kofler.

Weinempfehlungen: Chardonnay Flora, Weißburgunder Plattenriegl, Sauvignon Indra, Gewürztraminer Spätlese Pasithea, Vernatsch Gschleier u. a.

39057 Girlan, St.-Martin-Str. 24, Tel. 0471 662403,
info@girlan.it, www.girlan.it

Goldmuskateller

Die Rebsorte hat in Südtirol eine lange Tradition und verströmt einen charakteristischen Muskatduft. Wird meist süß als Dessertwein ausgebaut (s. Passito). In der trockenen Variante ein beliebter Aperitif.

Gottardi

Die Innsbrucker Weinhändlerfamilie Gottardi hat sich mit einem eigenen Weingut in der berühmten Südtiroler Lage Mazzon (s. dort) einen Traum verwirklicht. Alexander Gottardi konzentriert sich mit hohen Qualitätsansprüchen auf die Rebsorte, für die Mazzon berühmt ist: auf Blauburgunder.

Weinempfehlungen: Blauburgunder Mazzon

39044 Neumarkt/Mazzon, Gebirgsjägerstr. 17, Tel. 0471 812773, weingut@gottardi-mazzon.com, www.gottardi-mazzon.com

Haas, Franz

Bekannt u. a. für seinen ehrgeizigen Pinot Grigio und Pinot Nero.

Weinempfehlungen: Pinot Nero Schweizer (Künstleretiketten), Manna (Weißweincuvée), Gewürztraminer u. a.

39040 Montan, Villnerstr. 6, Tel. 0471 812280, sabine@franz-haas.it, www.franz-haas.it

Hoandlhof

Manfred «Manni» Nössing gilt im positiven Sinne als «weinverrückt». Die Weine seines Hoandlhof in Brixen sind entsprechend ausgefallen – und hochklassig.
Weinempfehlungen: Sylvaner, Kerner, Veltliner, Müller Thurgau u. a.

39042 Brixen, Weinbergstr. 66, Tel. 0472 832672,
manni.vino@tiscali.it, www.manni-noessing.com

Hofstätter

Traditionsreiches Weingut in Tramin, das zwar u. a. auch Gewürztraminer und Lagrein produziert, v. a. aber bekannt ist für seinen hochklassigen (und entsprechend teuren) Blauburgunder.
Weinempfehlung: Barthenau Vigna Sant'Urbano (Blauburgunder)

39040 Tramin, Rathausplatz 7, Tel. 0471 860161,
info@hofstatter.com, www.hofstatter.com

Kalterersee

Anbaugebiet rund um den Kalterersee. Die Rotweine aus dem DOC-Bereich werden aus der Vernatsch-Traube gekeltert. Oft besser als sein Ruf. Am besten jung und leicht gekühlt.

Kaltern, Kellerei

Ausgezeichnet aufgestellte Kellereigenossenschaft mit modernem Winecenter (s. dort), einer breiten Palette erfolgreicher Weine, dem angegliederten Weingut Baron di Pauli (s. dort) und biodynamischen Weinen unter der Marke Solos.

Weinempfehlungen: Moscato Giallo Passito Serenade, Cabernet Pfarrhof Riserva, Sauvignon Castel Giovanelli, Gewürztraminer Solos u. a.

39052 Kaltern a. d. Weinstraße, Kellereistr. 12, Tel. 0471 963149, info@kellereikaltern.com, www.kellereikaltern.com

Kerner

Kreuzung aus Trollinger (Vernatsch) und Riesling. Wird v. a. im Vinschgau und im Eisacktal angebaut.

Köfererhof

Der Köfererhof in Neustift ist sogar älter als das darunterliegende Kloster. Die Weinberge zählen zu den nördlichsten in Italien. Entsprechend liegt der Schwerpunkt bei Weißweinen.

Weinempfehlungen: Sylvaner, Pinot Grigio, Kerner, Veltliner u. a.

39040 Varna, Pustertalerstr. 3, Tel. 0472 836649, info@koefererhof.it, www.koefererhof.it

Kretzer

Steht in Südtirol für Roséweine wie z. B. den Lagrein Kretzer.

Kuenhof

Renommiertes Weingut im Eisacktal oberhalb von Brixen
(Peter Pliger). Biodynamischer Weinbau.
Weinempfehlungen: Riesling Kaiton, Sylvaner, Veltliner

39042 Brixen, Mahr 110, Tel. 0472 850546,
pliger.kuenhof@rolmail.net

Kurtatsch, Kellerei

Genossenschaft mit einer Vielzahl von Lagen rund um
Kurtatsch an der Weinstraße.
Weinempfehlungen: Gewürztraminer Brenntal, Müller Thurgau
Graun, Sauvignon Kofl, Cabernet Kirchhügel, Pinot
Bianco Hofstatt u. a.

39040 Kurtatsch, Weinstr. 23, Tel. 0471 880115,
info@kellerei-kurtatsch.it, www.kellerei-kurtatsch.it

Lageder, Alois

Alois Lageder gilt als Pionier der Südtiroler Qualitätsweine
sowie des biologisch-dynamischen und somit nachhaltigen
Weinbaus. Zu unterscheiden sind die beiden Linien Alois
Lageder und Tenutae Lageder (aus Einzellagen familien-
eigener Weinberge). Für die Verkostung des breiten Sorti-
ments empfiehlt sich die Weinschenke «Vineria Paradeis»
(s. dort) am alten Dorfplatz von Margreid.

Weinempfehlungen: Chardonnay Löwengang, Cabernet Löwengang, Cabernet Sauvignon Cor Römigberg, Weißburgunder Haberle, Rosso Mitterberg Cason Hirschprunn u. a.

39040 Margreid a. d. Weinstraße, Tel. 0471 809500, info@aloislageder.eu, www.aloislageder.eu

Lagrein

In Südtirol heimische (autochthone) Rebsorte. Ergibt dunkle Rotweine, die sich aktuell einer Renaissance erfreuen. Wurde früher häufig mit Vernatsch verschnitten. Bekannt auch als Rosé-Wein Lagrein Kretzer. Der hochwertige Lagrein Riserva muss vor dem Verkauf mindestens zwei Jahre gelagert werden – oft einige Zeit in Barriques oder im großen Holzfass, anschließend in Flaschen.

Laimburg, Landesweingut

Die Versuchsanstalt für Weinbau der Provinz Bozen produziert auch eigene Weine (z. B. Gewürztraminer, Lagrein). Sehenswerter Felsenkeller.

Weinempfehlungen: Pinot Bianco, Pinot Grigio, Oyèll Sauvignon, Barbagol Lagrein Riserva u. a.

39040 Auer, Laimburg 6, Tel. 0471 969500, laimburg@provinz.bz.it, www.laimburg.it

Loacker-Schwarhof

Loacker gilt in Südtirol als Vorreiter des biodynamischen und homöopathischen Weinbaus. Auf chemische Produkte

wird schon seit langem konsequent verzichtet. Die Reb-
flächen des Schwarhofs liegen in sonnenverwöhnter Lage
oberhalb von Bozen. Zur Familie gehört auch der bekannte
Süßwaren- und Waffelhersteller Loacker.

Weinempfehlungen: Lagrein Gran Lareyn, Merlot Ywain, Pinot
Nero Norital, Silvaner Ysac u. a.

39100 Bozen, St. Justina 3, Tel. 0471 365125, lo@cker.it, www.loacker.net

Manincor

Exquisites und traditionsreiches Weingut im Familienbesitz (Michael Graf Goëss-Enzenberg), oberhalb des Kal-
terersees an der Weinstraße gelegen. Mit spektakulärem
Weinkeller, der nahezu unsichtbar im Weinberg verborgen
ist (Führungen nach Anmeldung). Die Weinberge werden
zur Gänze biodynamisch bewirtschaftet. Mit drei Wein-
linien: Hand und Herz (abgeleitet aus Man-in-cor) sowie
Krone (extreme Selektion aus alten Reben).

Weinempfehlungen: Weißburgunder Eichhorn, Chardonnay
Sophie, Castel Campan, Reserve della Contessa, Pinot
Noir Mason, Cuvée Cassiano u. a.

39052 Kaltern a. d. Weinstraße, St. Josef am See 4, Tel. 0471 960230,
info@manincor.com, www.manincor.com

Mazzon

Liegt oberhalb von Neumarkt (im Südtiroler Unterland)
und gilt aufgrund des Klimas und der Bodenbeschaffenheit
als eine der besten Blauburgunder-Lagen Italiens. Renommierte Weinerzeuger wie Gottardi, Hofstätter, Franz Haas
und Nals-Margreid haben dort Parzellen.

Müller Thurgau

Vom Schweizer Hermann Müller aus dem Kanton Thurgau wurde die weiße Traube im deutschen Geisenheim aus Riesling mit Silvaner (bzw. Chasselas) gekreuzt. Wenn sie im Ertrag reduziert wird, kann sie hochwertige Tropfen hervorbringen – wie in Südtirol z. B. im Eisacktal.

Muri-Gries

Kellerei des Benediktinerklosters im Bozner Stadtteil Gries. Bekannt v. a. für Lagrein.
Weinempfehlungen: Lagrein Abtei Riserva, Bianco Abtei Muri, Lagrein Rosato (Kretzer), Abtei Muri Pinot Noir Riserva, Abtei Muri Rosenmuskateller u. a.

39100 Bozen, Grieser Platz 21, Tel. 0471 282287, info@muri-gries.com, www.muri-gries.com

Nals-Margreid

Nicht nur durch ihre Architektur bemerkenswerte genossenschaftliche Cantina mit 150 Hektar Rebfläche von Nals über Bozen bis nach Margreid im südlichen Unterland.
Weinempfehlungen: Pinot Bianco Sirmian, Pinot Grigio Punggl, Chardonnay Baron Salvadori u. a.

39010 Nals, Heiligenberg 2, Tel. 04716 78626, info@kellerei.it, www.kellerei.it

Neustift, Stiftskellerei

Stiftskellerei im Eisacktal mit langer Weintradition (bis ins 12. Jh.), eindrucksvollem Gemäuer, hochgelegenen Weinbergen und feinen Tropfen.

Weinempfehlungen: Riesling Praepositus, Sylvaner Praepositus, Kerner Praepositus, Müller Thurgau u. a.

*39040 Vahrn, Stiftstr. 1, Tel. 0472 836189,
info@kloster-neustift.it, www.kloster-neustift.it*

Niedermayr, Josef

Historisches Weingut im Familienbesitz, mit moderner Kellertechnik und einem großen Namen v. a. bei Süßweinen (Passito).

Weinempfehlungen: Passito Aureus, Lagrein Gries Blacedelle, Sauvignon Naun u. a.

*39057 Girlan, Jesuheimstr. 15, Tel. 0471 662451,
info@niedermayr.it, www.niedermayr.it*

Passito

Weine aus teilgetrockneten, fast rosinierten Trauben. Durch den Entzug von Wasser erhöhen sich die Zuckerkonzentration und der Alkoholgehalt. Nach diesem Verfahren entstehen ausgezeichnete Süß- bzw. Dessertweine.

Pergola

Die für Südtirol typische Reberziehung an horizontalen Stangen führt zwar zu schönen Laubengängen, ist aber für viele Rebsorten wenig geeignet, sodass sich die «Pergeln» auf dem Rückzug befinden. Bei Vernatsch aber weiter dominierend.

Puni Destillerie

Erste und (bisher) einzige Whisky-Destillerie Italiens am Fuße des Ortlermassivs im Vinschgau. Außergewöhnliche Architektur in Gestalt eines Kubus.

39020 Glurns, Punistr. 10, Tel. 0473 831616, info@puni.com, www.puni.com

Riserva

Diese Weine dürfen erst zwei Jahre nach der Weinlese in den Verkauf gehen, sind in der Regel höherwertiger und teurer – wobei nicht geregelt ist, wie der Ausbau und die Lagerung zu erfolgen hat (s. Lagrein).

Rosenmuskateller

Stammt ursprünglich aus Sizilien (Moscato Rosa) und bringt aromatische Süßweine hervor, die einen Rosenduft verströmen.

Sallegg, Castell

Vom hochherrschaftlichen Familiensitz des Grafen von Kuenburg kommt nicht nur vorzüglicher Kalterersee und Lagrein.

Weinempfehlungen: Kalterersee Bischofsleiten, Moscato Giallo

(Rosenmuskateller), Sauvignon, Lagrein Riserva, Lagrein
Rosé u. a.

*39052 Kaltern, Unterwinkl 15, Tel. 0471 963132,
info@castelsallegg.it, www.castelsallegg.it*

Sankt Magdalener

Der Rotwein wird aus der Vernatsch-Traube gekeltert und
kommt aus der Region Bozen (mit Karneid und Ritten).
Als Classico stammt er direkt aus dem Ortsanbaugebiet
von Sankt Magdalena.

Sankt Michael-Eppan, Kellerei

Hoch angesehene Kellereigenossenschaft in Eppan (Keller-
meister: Hans Terzer). Mit legendärem Sauvignon blanc.
Die Spitzengewächse etikettieren unter Sanct Valentin.
Weinempfehlungen: Sauvignon Sanct Valentin, Blauburgunder
Sanct Valentin, Chardonnay Sanct Valentin, Weißburgun-
der Schulthauser u. a.

*39057 Eppan a. d. Weinstraße, Umfahrungsstr. 17–19, Tel.
0471 664466, kellerei@stmichael.it, www.stmichael.it*

Sankt Pauls, Kellerei

Genossenschaftskellerei, deren Weine unter verschiedenen Labels (z. B. die hochwertige Linie Passion) auf
den Markt kommen, aber allgemein von guter Qualität
sind.
Weinempfehlungen: Sauvignon Passion, Gewürztraminer
Passion, Merlot Huberfeld, Weißburgunder Plötzner u. a.

39050 St. Pauls, Schloss-Warth-Weg 21, Tel. 0471 662183,
info@kellereistpauls.com, www.kellereistpauls.com

Schreckbichl, Kellerei

Traditionsreiche Kellereigenossenschaft in Girlan (Kellermeister: Wolfgang Raifer). Neben den Basisweinen gibt es
die höherwertige Praedium Selection sowie die Edellinie
Cornell.

Weinempfehlungen: Praedium Pinot Bianco, Lafòa Sauvignon,
Praedium Siebeneich Merlot Riserva, Sigis Mundus
Cornell Lagrein u. a.

39057 Girlan, Weinstr. 8, Tel. 0471 664246,
info@colterenzio.it, www.colterenzio.it

Strasserhof

Eines der nördlichsten Weingüter Südtirols, gelegen oberhalb des Klosters Neustift und bekannt für typisch Eisacktaler Gewächse.

Weinempfehlungen: Sylvaner, Veltliner, Müller Thurgau,
Riesling u. a.

39040 Vahrn, Unterrain 8, Tel. 0472 830804,
info@strasserhof.it, www.strasserhof.it

Stroblhof

Das Weingut mit dem gleichnamigen Hotel und Restau-
rant (s. dort) liegt über Eppan und ist v. a. bekannt für seine
Weißweine und Blauburgunder. Inhaber: Familie Hanni-
Nicolussi. Kellermeister: Andreas Nicolussi-Leck.

Weinempfehlungen: Weißburgunder Strahler, Chardonnay Schwarzhaus, Blauburgunder Pigeno, Blauburgunder Riserva (von alten Reben) u. a.

39057 Sankt Michael/Eppan, Pigenoer Weg 25, Tel. 0471 662250, weingut@stroblhof.it, www.stroblhof.it, www.stroblhof-eppan.com

Sylvaner

Die weiße Rebsorte (Silvaner) findet sich v. a. im Eisacktal, weil es dort ausreichend kühl und dennoch sonnig ist.

Terlan, Kellerei

Genossenschaftskellerei mit ausgezeichnetem Ruf und einigen Weinen, die nicht nur international bekannt sind, sondern fast schon Kultstatus genießen.

Weinempfehlungen: Sauvignon Quarz, Weißburgunder Vorberg, Lagrein Porphyr, Gewürztraminer Lunare u. a.

39018 Terlan, Silberleitenweg 7, Tel. 0471 257135, office@kellerei-terlan.com, www.kellerei-terlan.com

Tiefenbrunner

Schlosskellerei in Kurtatsch, die schon alleine mit dem Müller Thurgau Feldmarschall einen legendären Ruf genießt. Gemütliche Jausenstation.

Weinempfehlungen: Feldmarschall von Fenner zu Fennberg (Müller Thurgau), Chardonnay Linticlarus, Gewürztraminer Castel Turmhof, Lagrein Castel Turmhof u. a.

39040 Kurtatsch, Schlossweg 4, Tel. 0471 880122, www.tiefenbrunner.com

Törggelen

Im Herbst wird der neue, frisch gekelterte Wein zu gebratenen Kastanien oder einer deftigen Brotzeit getrunken. Torggl ist der alte Name für eine hölzerne Weinpresse und für den Raum im Weinbauernhaus, wo die neuen Weine verkostet wurden.

Tramin, Kellerei

Genossenschaftskellerei mit aufsehenerregender Architektur und breitem Sortiment (Kellermeister: Willi Stürz). Legendär sind die Gewürztraminer.

Weinempfehlungen: Gewürztraminer Nussbaumer, Gewürztraminer Terminum (Passito), Grauburgunder Unterebner, die Cuvées Stoan (weiß) und Loam (rot) u. a.

39040 Tramin a. d. Weinstraße, Tel. 0471 096633, info@cantinatramin.it, www.cantinatramin.it

Unterortl/Castel Juval

Das Weingut Unterortl gehört zum Schloss Juval im Vinschgau und ist damit im Besitz des berühmten Bergsteigers Reinhold Messner. Geführt wird das Weingut von Martin und Gisela Aurich, die v. a. für ihre Riesling- und Weißburgunderweine höchste Auszeichnungen erhalten.

Weinempfehlungen: Riesling Valle Venosta, Weißburgunder Valle Venosta, Juval Glimmet, Juval Gneis u. a.

39020 Kastelbell, Juval 1b, Tel. 0471 667580, familie.aurich@dnet.it, www.unterortl.it

Veltliner

Die weiße Traube (mit dem typischen «Pfefferl») ist v. a. aus Österreich bekannt, wird aber auch in Südtirol kultiviert, mit Schwerpunkt im Eisacktal.

Vernatsch

Noch immer rangiert die traditionsreiche Traube in Südtirol an erster Stelle hinsichtlich der angebauten Rebfläche, sie hat aber nicht mehr die Bedeutung wie in früheren Jahrzehnten. Die Rotweine sind leicht, trinkig und gerbstoffarm. Im Trentino heißt der Vernatsch Schiava. Mit ihm verwandt ist der deutsche Trollinger (leitet sich ab von: Tirolinger). Es gibt die Sorte in verschiedenen Unterarten wie Edel-, Groß- und Grauvernatsch.

Walch, Elena

International renommierte Weinerzeugerin, die auf konstant hohem Niveau elegante Weine kreiert. Im Park des Weinguts lädt das Bistrot zum Genuss der Tropfen und kleiner Köstlichkeiten.

Weinempfehlungen: Gewürztraminer Kastelaz, Lagrein Riserva Castel Ringberg, Weißweincuvée Beyond the Clouds, Sauvignon Castel Ringberg u. a.

39040 Tramin, Andreas-Hofer-Str. 1, Tel. 0471 860172, info@elenawalch.com, www.elenawalch.com

Waldgries

Im klassischen Sankt Magdalener-Gebiet liegt das im Familienbesitz (Plattner) befindliche historische Weingut, von dem hochgeschätzte Weine kommen.
Weinempfehlungen: Lagrein Mirell, Sankt Magdalener klassisch, Cabernet Laurenz, Sauvignon

39100 Bozen, Sankt Justina 2, Tel. 0471 323603, info@waldgries.it, www.waldgries.it

Winecenter Kaltern

Das moderne Informationscenter und Weingeschäft liegt direkt an der Weinstraße im Dorf Kaltern, gehört zur Kellerei Kaltern (s. dort). Informationsveranstaltungen. Weinverkostungen etc.

39052 Kaltern, Tel. 0471 966067, info@winecenter.it, www.winecenter.it

ESSEN UND TRINKEN

Südtirol ist ein Eldorado für Schlemmerreisende. Freunde einer zünftigen Jause (Marende) mit Speck, Schlutzkrapfen oder Knödel kommen in Buschenschänken genauso auf ihre Kosten wie Gourmets, die sich an Sternen und Hauben orientieren. Im Folgenden eine (aktualisierte) Auswahl von Empfehlungen. Manche der genannten Vinotheken und Gasthöfe kommen im Roman vor. Sie alle sind dem Baron Emilio (und dem Autor) persönlich bekannt. Auch gibt es wieder einige köstliche Rezepte, die authentischer nicht sein könnten, denn sie stammen aus bekannten Südtiroler Küchen.

Auener Hof (Sarntal)

Das Restaurant des Auener Hof im Sarntal gilt als höchstgelegener Michelinstern Italiens (Geschwister Gisela und Heinrich Schneider).

39058 Sarntal, Auen 21, Tel. 623055, info@auenerhof.it, www.auenerhof.it, Mo bis Sa ab 19 Uhr

Banco 11 (Bozen)

Direkt am Bozner Obstmarkt trifft man sich in der kleinen Weinbar Banco 11 (Stand 11) zu einem Sprizz oder einem Snack. Mit Feinkostladen.

39100 Bozen, Obstplatz 11, Tel. 0471 3496 238465, geschl. So

Batzen Häusl (Bozen)

In einem der ältesten Gasthäuser Bozens (ehemalige
Schänke des Deutschen Ordens) gibt es zwar auch Wein,
aber v. a. Bier aus dem eigenen Sudkessel – mit Garten.

39100 Bozen, Andreas-Hofer-Str. 30, Tel. 0471 050950, www.batzen.it

Baumann (Signat)

Ob hauchdünne Schlutzkrapfen oder Strauben (Teig-
kringel) zum Nachtisch – Mali Höller zeigt, wie's geht. Die
Wirtin ist berühmt für ihre authentische Küche. Draußen
mit Blick auf die Dolomiten, drinnen in gemütlichen
Stuben.

39054 Signat, Oberlaitach 6, Tel. 0471 365206

Binderstube (Völs am Schlern)

Modern gestaltetes Zirbelholz-Ambiente mit einer ambitio-
nierten Küche, die v. a. für ihre Nudelgerichte bekannt ist.

39050 Völs am Schlern, Dorfstr. 10, Tel. 0471 725089, geschl. So

Blindprobe Sensorium (Völs am Schlern)

Hier werden Wein- und Sensorikseminare angeboten,
die in völliger Dunkelheit stattfinden. Die «Blindprobe»
steigert die Geschmacks- und Geruchswahrnehmung.
Gleichzeitig wird das Weinwissen vertieft.

39050 Völs am Schlern, Kirchplatz 5, Tel. 0335 254780,
Kontakt in Deutschland: Jörg Linke, 85662 Hohenbrunn, Dorfstr. 19,
Tel. 08102 895868, www.blindprobe.com

Buchteln mit Pfirsichblättersoße

(Rezept vom Romantik Hotel Turm in Völs am Schlern,
s. dort)
Buchteln heißen woanders auch Ofen- oder Rohrnudeln
und zählen in Südtirol zu den klassischen Nachspeisen.
Stefan Pramstrahler verrät ein Rezept mit Pfirsichblättersoße. Dazu seine Getränkeempfehlung: Zwetschgen-
schnaps!

Zutaten: Für den Teig: 500 g Mehl, Salz, 30 g Hefe, ⅛ l Milch,
Mehl, Zucker, 70 g Butter, 70 g Zucker, 2 Eier, abgeriebene
Schale von ½ Zitrone, Aprikosenmarmelade, 100 g Butter,
Puderzucker. Für die Pfirsichblättersoße: 3 Eidotter, 50 g
Zucker, ¼ l Milch, geriebene Zitronenschale, 5 Pfirsich-
blätter, 2 EL geschlagene Sahne.

Zubereitung: Das Mehl in eine angewärmte Schüssel sieben,
1 Prise Salz zufügen, in die Mitte eine Mulde drücken,
die Hefe hineinbröseln und mit der lauwarmen Milch
und nur etwas Mehl zu einem Vorteig verrühren. Etwas
Zucker und Mehl über den Vorteig stäuben, mit einem
Tuch zudecken und an einem warmen Ort gehenlassen.
Die geschmolzene, abgekühlte Butter mit Zucker, Eiern
und Zitronenschale verrühren, zum Hefevorteig geben,
alles mit dem verbliebenen Mehl verrühren und kräftig
schlagen, bis sich der Teig vom Rand löst. Mit einem Tuch
bedeckt nochmals gehenlassen. Den Teig auf einer be-
mehlten Fläche 6 mm dick ausrollen und in Quadrate von
10 cm schneiden. Etwas Marmelade in die Mitte geben,
die Teigecken zusammendrücken, sodass ein kleiner
Beutel entsteht. Diese in flüssige Butter tauchen, dicht
nebeneinander in eine gebutterte Backform setzen und

mit einem Tuch bedeckt gehenlassen. Die Buchteln mit geschmolzener Butter bestreichen und im vorgeheizten Ofen bei 200 Grad 30 bis 45 Min. hellbraun backen. Während der Backzeit noch einmal mit Butter bepinseln.

Während die Buchteln backen, die Pfirsichblättersoße zubereiten: Eidotter und Zucker mit einem Schneebesen schaumig schlagen. Währenddessen die Milch mit etwas Zitronenschale und den Pfirsichblättern aufkochen, durch ein Sieb passieren und unter ständigem Rühren zum Eidotter gießen. Die Soße in einen Topf geben, auf den Herd stellen und unter ständigem Rühren erhitzen. Die Soße darf auf keinen Fall kochen. Sobald sie cremig ist, vom Herd nehmen und mixen. Etwas auskühlen lassen und mit geschlagener Sahne verfeinern.

Anrichten: Die Buchteln mit Puderzucker bestäuben und dazu die Soße warm oder kalt servieren.

Elephant (Brixen)

Traditionsadresse in Brixen (seit 1695) mit gepflegtem Ambiente und klassischer Küche. Auch bei Durchreisenden ein beliebter Stopp. Restaurant und Hotel.

39042 Brixen, Weißlahnstr. 4, Tel. 0472 832750, www.hotelelephant.com

Enovit (Bozen)

Angesagte Weinbar mit runder Theke, gut sortierten Regalen und einigen Tischen im Nebenraum für kleine Gerichte.

39100 Bozen, Dr. Streiter Gasse 30, Tel. 0471 970460, geschl. Sa Nachmittag & So

Finsterwirt, Künstlerstübele (Brixen)

Das traditionsreiche Restaurant im Herzen der Altstadt ist eine Brixener Institution. Mit einer bemerkenswerten Weinauswahl (Vinothek AdlerVinum).

39042 Brixen, Domgasse 3, Tel. 0472 835343, www.finsterwirt.com, geschl. So Abend & Mo

Fischbänke (Bozen)

Die Bruschetteria des Cartoonkünstlers Rino Zulla (Cobo) hat keine Gasträume, sie befindet sich im Freien unter großen Schirmen rund um vier Marmortheken (über die früher Fisch verkauft wurde), hat einen charmant provisorischen Charakter – und Kult-Status.

39100 Bozen, Dr. Streiter Gasse 26, Tel. 0471 971714, geschl. So

Fischerwirt (Durnholz)

Die Anreise im Sarntal hinauf zum Durnholzer See dauert, aber lohnt sich nicht nur für Wanderer: Denn im modern gestalteten Fischerwirt (Fam. Premstaller) lockt eine gute (Fisch)Küche, mit feinen Weinen und Blick auf den See.

39058 Sarntal, Durnholz 16, Tel. 0471 625523, www.fischerwirt.it, geschl. Mo

Hidalgo (Burgstall)

Das Restaurant hat sich einer leichten mediterranen Küche verschrieben mit z. B. köstlichen Risotti und Spezialitäten vom Grill. Im bemerkenswerten Weinkeller lagern Tausende von Flaschen.

39014 Burgstall bei Meran, Romstr. 7, Tel. 0473 292292, www.restaurant-hidalgo.it

Johnson & Dipoli (Neumarkt)

In Neumarkt finden Weinreisende zielsicher den Weg zur Vinothek mit Restaurant von Vincenzo de Gasperi, mit dem sich vortrefflich über die Südtiroler Weine diskutieren lässt.

39044 Neumarkt, Andreas-Hofer-Str. 3, Tel. 0471 820323

Juval, Schlosswirt (Kastelbell-Tschars)

Zum Schloss Juval von Reinhold Messner gehörender Gasthof (nur zu Fuß oder mit dem Shuttlebus erreichbar), der auf Produkte aus eigenem Anbau oder unmittelbarer Nachbarschaft setzt. Die Weine stammen von Messners Weingut Unterortl (s. dort).

39020 Kastelbell-Tschars, Juval 2, Tel. 0473 668056, www.schlosswirtjuval.it, geschl. Mi und in den Wintermonaten

Kaiserkron (Bozen)

Renommiertes Restaurant mit kreativer Küche, gehobener Bistro-Atmosphäre und kleiner Terrasse unter weißen Markisen.

39100 Bozen, Musterplatz 1, Tel. 0471 303233, www.kaiserkron.it

Kalbswangen in Blauburgunder

(Rezept vom Romantik Hotel Turm in Völs am Schlern, s. dort)
Für die Kalbswangen (für 4 Personen) wird ein Südtiroler Blauburgunder benötigt, den Stefan Pramstrahler natürlich auch als Weinbegleitung empfiehlt.

Zutaten: 4 Kalbswangen, Salz, Pfeffer, 1 TL Senf, 1 TL Mehl, 1 EL Olivenöl, 4 Schalotten, 1 Karotte, ½ Stange Staudensellerie, 1 Knoblauchzehe mit Schale, 1 Prise Zucker, 1 Lorbeerblatt, Salbei, Rosmarin, 1 TL Tomatenmark, ½ l Blauburgunder, Kümmel, Zitronenschale, 200 g geschälte Perlzwiebeln, 50 g Bauchspeck, Butter, 200 g geschälte neue Kartoffeln, Bohnenkraut.

Zubereitung: Das Fett von den Kalbswangen entfernen, salzen, pfeffern und mit Senf bestreichen. Die Wangen gut einmehlen und in einer gusseisernen Kasserolle mit Olivenöl anbraten. Die grob geschnittenen Schalotten, Karotte, Sellerie, Knoblauchzehe und Zucker dazugeben. Das Gemüse mit den Kräutern goldgelb anrösten. Das Fett, das sich in der Kasserolle angesammelt hat, mit einem Löffel abschöpfen. Tomatenmark dazugeben und umrühren, mit Rotwein ablöschen. Bei kleiner Hitze zugedeckt 1½ Stunden kochen. Wenn die Soße zu stark einkocht, mit etwas Gemüsebrühe oder Wasser aufgießen.
Zum Schluss den Kümmel und die geriebene Zitronenschale dazugeben und die Soße durch ein Spitzsieb passieren. Die Perlzwiebeln mit dem gewürfelten Speck und etwas Butter in einer Pfanne goldgelb anrösten, salzen und pfeffern. Die gekochten Kartoffeln zu den Perlzwiebeln geben und etwas schwenken. Das Bohnenkraut

dazugeben und alles 10 Min. bei 180 Grad in den Ofen
geben.

Anrichten: Die goldgelben Perlzwiebeln mit den Kartoffeln
auf die Teller verteilen, die Kalbswangen in die Mitte
setzen und mit der kräftigen Blauburgundersoße über-
ziehen.

Kloatzenschlutzer

(Rezept vom Romantik Hotel Turm in Völs am Schlern, s.
dort)
Die Kloatzenschlutzer des Stefan Pramstrahler sind eine
Köstlichkeit – bedürfen aber womöglich einer sprach-
kundlichen Erläuterung: Kloatzen sind Dörrbirnen,
Schlutzer bzw. Schlutzkrapfen ähneln den italienischen
Ravioli, Marillen sind Aprikosen, und Bockshörndlmehl
kommt vom Johannisbrotbaum.

Zutaten: Für den Schlutzerteig: 200 g Weizenmehl, 100 g
Roggenmehl, 2 Eigelb, 2 Eier, Salz. Für die Füllung: 200 g
Kloatzen, 40 ml Rahm, 1–2 EL Zucker, 1 EL Marillenmar-
melade, 1 TL Zimt, 1 Schuss Williams.

Zubereitung: Die Kloatzen entstielen, mit heißem Wasser
aufgießen und 3 bis 4 Stunden weichen lassen. Aus Mehl,
Eiern und Salz einen Teig kneten, in Klarsichtfolie wickeln
und 1 Stunde ruhen lassen. Die Kloatzen aus dem Wasser
nehmen und mit Rahm, Zucker, Marillenmarmelade und
Zimt pürieren oder im Mixer zerkleinern und mit Williams abschmecken. Den Teig dünn ausrollen und Kreise
mit einem Durchmesser von etwa 10 cm ausstechen. In
die Mitte etwa 1 Teelöffel Kloatzenfüllung geben, die
Ränder mit Wasser bestreichen, zusammenklappen und

gut andrücken. Die Schlutzer in leicht gesalzenem Wasser
5 bis 10 Min. kochen.

Anrichten: Auf Tellern anrichten, mit Zimt und Zucker
bestreuen und mit brauner Butter begießen. Statt die
Schlutzer mit Zimt und Zucker zu bestreuen, kann man sie
auch in Mohnbutter schwenken oder in Bockshörndlmehl
wälzen.

Kohlern (Bozen)

Von Bozen geht es hoch hinauf, entweder mit dem Auto
(und der Schwierigkeit, es zu parken) oder mit der Seilbahn. Oben hat man einen grandiosen Ausblick – und
im weithin bekannten Gasthof Kohlern gibt's dazu eine
regionaltypische Küche.

*39100 Bozen (Kohlern), Tel. 0471 329978, www.kohlern.com,
geschl. Mo*

Kuppelrain (Kastelbell)

Zu den besten Restaurants Südtirols wird regelmäßig Jörg
Trafoiers Kuppelrain in Kastelbell im Vinschgau gezählt.

*39020 Kastelbell, Bahnhofstr. 16, Tel. 0473 624103,
www.kuppelrain.com, geschl. So & Mo*

Lagreintagliolini mit Gorgonzolasoße

(Rezept vom Muchele in Burgstall, s. dort)
Die leckeren Lagreintagliolini (Bandnudeln) aus der Küche
des Muchele werden mit einer Gorgonzolasoße, blanchier-
ten Birnen und gerösteten Walnüssen zubereitet. Typisch

südtirolerisch (und perfekt auf die Romanhandlung abgestimmt) ist die Verwendung der Rotweinsorte Lagrein.

Zutaten: Für die Tagliolini: 200 g Mehl, 100 g Hartweizenmehl, 3 Eier, 8 cl Rotweinreduktion (ca. 1 l Lagrein).
Für die Gorgonzolasoße: 200 ml Sahne, 100 ml Milch, Salz, Pfeffer, 100 g Gorgonzola. Außerdem Birnen und Walnüsse.

Zubereitung: Für die Tagliolini: Alles zusammen kräftig verkneten, bis ein homogener Teig entsteht, ausrollen und in kleine Streifen schneiden. Für die Gorgonzolasoße die Zutaten bei niedriger Temperatur schmelzen, abschmecken und fein passieren. Die Birnen schälen, in Würfel schneiden und im Wasser (mit etwas Zitrone und Zucker) blanchieren. Die Walnüsse zerkleinern und in einer Pfanne ohne Fett ein wenig rösten. Die Tagliolini in Salzwasser kurz kochen, zur Gorgonzolasoße geben und auf kleiner Flamme etwas einziehen lassen.

Anrichten: Auf einem heißen Teller anrichten, Birnen und Walnüsse darüberstreuen und servieren.

Laurin (Bozen)

Zum altehrwürdigen Parkhotel im Zentrum Bozens zählen ein lauschiger Park, eine legendäre Bar und ein gepflegtes Restaurant – mit stimmungsvoller Terrasse und einer Küche, die die kulinarische Brücke schlägt von Südtirol zum mediterranen Italien.

39100 Bozen, Laurinstr. 4, Tel. 0471 311291,
www.laurin.it, geschl. So Mittag

Messner (Jenesien)

Deftige Südtiroler Klassiker gibt's im einfachen, aber authentischen Gasthof Messner auf Jenesien am Südhang des Tschögglbergs.

39050 Jenesien, Glaning 3, Tel. 0471 281353, geschl. Mo

Miil (Tscherms)

Zum Kränzelhof in Tscherms bei Meran gehört das Restaurant «MiilErlebnis». In den alten Gemäuern wurde einst Getreide gemahlen, heute gibt's ein modernes Interieur und eine kreative Küche.

39010 Tscherms, Gampenstr. 1, Tel. 0473 563733, www.kraenzelhof.it, geschl. So & Mo

Muchele (Burgstall)

Das Hotel Muchele der Ganthalers ist ebenso stylisch wie lässig-familiär – und hat ein ambitioniertes Restaurant, das auch externe Gäste willkommen heißt (Reservierung erwünscht). Für die Leser dieses Buches gibt's zwei köstliche Rezepte: «Lagreintagliolini mit Gorgonzolasoße» und «Ziegenkäseflan mit Radicchiomarmelade» (s. dort).

39014 Burgstall, Maiergasse 1, Tel. 0473 291135, info@muchele.com, www.muchele.com

Noafer (Jenesien)

Der Gasthof liegt hoch über Bozen in Jenesien und ist nicht nur zur Törggelen-Zeit im Oktober und November ein beliebtes Ausflugsziel für eine mittägliche Marende.

39050 Jenesien, Glaning 37, Tel. 0471 266539, geschl. Di & Juli/August

Oberwirt (Marling)

Die kreative Küche des traditionsreichen Hauses erfreut nicht nur Hotelgäste, sondern wird auch sonst von Feinschmeckern hochgeschätzt. Gemütliche Stuben, Gartenterrasse und große Weinauswahl.

39020 Marling bei Meran, St.-Felixweg 2, Tel. 0473 222020, info@oberwirt.com, www.oberwirt.com

Paradeis (Margreid)

Die modern gestylte «Vineria Paradeis» gehört zum Weingut Alois Lageder (s. dort), dort werden nicht nur die Weine des Hauses präsentiert, sondern auch Delikatessen angeboten und kleine, feine Gerichte.

39040 Margreid, Sankt Gertraudplatz 5, Tel. 0471 809580, www.aloislageder.eu, geschl. So

Patscheiderhof (Signat)

Almgasthof oberhalb von Bozen, inmitten von Weinbergen, mit phantastischem Blick ins Tal, mit Terrasse, alter Gaststube und beliebten Klassikern – von Rohnenknödel bis Schlutzkrapfen.

39050 Signat, Tel. 0471 365267, patscheiderhof@rolmail.net,
www.patscheiderhof.com, geschl. Mo Abend & Di

Pillhof (Frangart)

Angesagte Vinothek mit hochklassigen Weinen nicht nur
aus Südtirol, außerdem kreatives Restaurant (italienisch-
international) in einem modern gestalteten Ansitz. Tische
auf mehreren Ebenen und im Innenhof.

39010 Frangart, Boznerstr. 48, Tel. 0471 633100, www.pillhof.com,
Mo bis Fr 16–24 Uhr (warme Küche 18–22 Uhr), Sa 11–16 Uhr

Pöder, Heinrich (Ultental)

Auf der Suche nach dem besten Speck in Südtirol ver-
schlägt es Kenner ins abgelegene Ultental zu Heinrich
Pöder. Er züchtet seine eigenen Schweine und zerlegt sie
nach dem Schlachten selbst. Mit uraltem Gewölbekeller, in
dem der Speck viel Zeit für seine Reifung bekommt.

39010 St. Pankraz, Aussererbhof, Tel. 0473 787147

Pretzhof (Sterzing)

Von Sterzing finden Freunde der authentischen Südtiroler
Küche den Weg hinauf zum gemütlichen und romantisch
gelegenen Pretzhof (Ortsteil Wiesen), wo Ulli und Karl
Mair mit Produkten aus eigener Landwirtschaft und mit
ausgesuchten Weinen für kulinarisches Wohlbefinden
sorgen.

39040 Sterzing-Wiesen, Tel. 0472 764455,
www.pretzhof.com, geschl. Mo & Di

Rafenstein (Bozen/Jenesien)

Direkt neben der mächtigen Burgruine Rafenstein, mit dem Auto zu erreichen über die Straße nach Jenesien, findet sich dieser gemütliche Landgasthof (Hildegard Unterkofler) mit Stuben und Terrasse – und vielen Stammgästen, die aus Bozen hochkommen.

39100 Bozen, Rafensteinerweg 38, Tel. 0471 971697, geschl. Di

Romani, Ansitz (Tramin)

Stimmungsvolles Restaurant in Tramin mit historischem Kellergewölbe, charmanter Terrasse und einer verfeinerten regionalen Küche (Armin Pernstich).

39040 Tramin, Andreas-Hofer-Str. 23, Tel. 0471 860010, www.ansitzromani.com, geschl. So & Mo

Siegi's (Kaltern)

Kleine Weinbar mit Lokal und Speisekarte von der Schiefertafel (im Zentrum von Oberplanitzing).

39052 Kaltern, Oberplanitzing 56, Tel. 0471 665721, info@siegis.it, www.siegis.it, Mo bis Sa 17:30–24 Uhr

Signaterhof (Signat)

Von Bozen hinauf zum Ritten geht es links ab zum Signaterhof (Familie Lobiser), der für seine traditionelle, aber raffiniert verfeinerte Südtiroler Küche bekannt ist. Mit Terrasse und alter Gaststube.

39050 Signat, Tel. 0471 365353, www.signaterhof.it, geschl. Sa Abend & So

Sissi (Meran)

Am oberen Ende der Genuss- und Preisskala rangiert seit Jahren das Gourmetrestaurant von Andrea Fenoglio.

39012 Meran, Galileistr. 44, Tel. 0473 231062, sissi@andreafenoglio.com, www.sissi.andreafenoglio.com, geschl. Mo & Di mittags

Stadele (Lana)

Modern gestaltetes Restaurant in Lana, mit kreativer (Fusion-)Küche und großer Weinauswahl.

39011 Lana, Aichweg 2, Tel. 0338 2702860, www.stadele.eu, geschl. Mi & Do

Stroblhof (Eppan)

Oberhalb von Eppan und in Nähe der berühmten «Eislöcher» gelegen. Nicht nur Hotel und Weingut (s. dort), sondern auch ein beliebtes Ausflugslokal. Für dieses Buch gibt's vom Stroblhof ein leckeres Rezept: «Tortelloni mit Schaftopfen und Bärlauchsud» (s. dort).

39057 Eppan, Pigenoerstr. 25, Tel. 0471 662250, www.stroblhof.it, geschl. Mo

Tortelloni mit Schaftopfen und Bärlauchsud

(Rezept vom Stroblhof in Eppan, s. dort)
Das leckere Tortelloni-Rezept stammt vom Chefkoch (Roland Lamprecht) des Stroblhofs in Eppan. Weil der Stroblhof nicht nur Restaurant und Hotel ist, sondern auch

ein renommiertes Weingut, versteht sich von selbst, dass Rosmarie Hanni und Andreas Nicolussi-Leck als Weinbegleitung einen hauseigenen Weißburgunder Strahler empfehlen.

Zutaten: Für den Teig: 250 g Weizenmehl 00, 250 g Hartweizenmehl, 2 Eier, 11 Eigelbe,1 Prise Salz. Für die Füllung: 300 g Schaftopfen, Thymian, Zitronenschale, Salz, Pfeffer. Für den Bärlauchsud: 2 festkochende Kartoffeln, 2 Schalotten, 1 Knoblauch, Thymian, 400 ml Gemüsefond, Salz, Pfeffer, Olivenöl, 1 Bund Bärlauch. Zum Anrichten: etwas Schaftopfen, Ofentomaten.

Zubereitung: Zutaten für den Nudelteig zu einem geschmeidigen Teig verarbeiten. Mit Klarsichtfolie bedecken und 1 Stunde ruhen lassen. Schaftopfen in einem Sieb abtropfen lassen. Mit Thymian, Zitronenschale, Salz und Pfeffer abschmecken. Teig mit der Nudelmaschine sehr dünn ausrollen. Mit einem Metallring Kreise im Durchmesser von ca. 7 bis 8 cm ausstechen, etwas Topfen auf die obere Hälfte geben, Ränder mit Wasser bestreichen und Tortelloni formen. Kartoffeln schälen und in feine Scheiben schneiden. Schalotten in feine Ringe schneiden und in etwas Olivenöl dünsten, Kartoffeln und Knoblauch dazugeben und kurz mitdünsten. Mit Gemüsefond aufgießen, Thymian dazugeben und ca. 15 Min. köcheln lassen. Mit Salz und Pfeffer abschmecken und fein mixen. Kartoffelsud auskühlen lassen. Dann Bärlauchblätter dazugeben und alles auf hoher Stufe mixen. Tortelloni in reichlich Salzwasser ca. 5 bis 6 Min. kochen.

Anrichten: Bärlauchsud kurz erwärmen, in tiefe Teller gießen und Tortelloni dazugeben. Mit Ofentomaten und Schaftopfen garnieren.

Trenkerstube (Dorf Tirol)

Zum noblen Hotel Castel gehört das nicht minder feine (kleine) Restaurant Trenkerstube, das bei Gourmets in hohem Ansehen steht.

39019 Dorf Tirol, Hotel Castel, Keschtngasse 18, Tel. 0473 923693, www.hotel-castel.com, geschl. So & Mo

Turm, Romantik Hotel (Völs)

Das vielfach ausgezeichnete Restaurant des Romantik Hotels Turm verwöhnt nicht nur Hotelgäste, sondern steht auch externen Feinschmeckern offen. Für dieses Buch gibt der Hausherr und Küchenchef Stefan Pramstrahler dankenswerterweise drei Rezepte preis: «Kloatzenschlutzer», «Buchteln mit Pfirsichblättersoße» und «Kalbswangen in Blauburgunder» (s. dort).

39050 Völs am Schlern, Kirchplatz 9, Tel. 0471 725014, info@hotelturm.it, www.hotelturm.it

Turmwirt (Gufidaun)

In einem alten Geschichtsschreiberhaus im kleinen Ort Gufidaun bei Klausen bietet die Wirtin Maria Gasser (Wein- und Käse-Sommelière) ihren Gästen eine Südtiroler Küche mit mediterranen Anklängen.

39043 Klausen, Tel. 0472 844001, www.turmwirt-gufidaun.com, geschl. Mi & Do

Vinum Hotels Südtirol

Im April 2015 sind die Vinum Hotels Südtirol gegründet worden (Präsident: Hansjörg Ganthaler). Die 29 Hotels, die sich alle in den Südtiroler Weinanbaugebieten befinden, verbindet die außerordentliche Leidenschaft für den Wein und den Genuss, die sie gerne mit ihren Gästen teilen. So werden u. a. Verkostungen, Weinseminare, Weinbergwanderungen und Kellereiführungen angeboten.

39100 Bozen, Pfarrplatz 11, Tel. 0471 999960, info@vinumhotels.com, www.vinumhotels.com

Vögele (Bozen)

Alteingesessenes Restaurant in Bozen mit regionaler Küche und gemütlichen Stuben.

39100 Bozen, Goethestr. 3, Tel. 0471 973938, www.voegele.it, geschl. So

Ziegenkäseflan mit Radicchiomarmelade

(Rezept vom Muchele in Burgstall, s. dort)
Beim «Probeessen» im Muchele (Küchenchefin: Evelin Frank) gab es den köstlichen Ziegenkäseflan vor den Lagreintagliolini (Rezept s. dort). Dass sich als Weinbegleitung für beide Gänge ein Lagrein empfiehlt, ergibt sich fast zwingend aus den Tagliolini.

Zutaten: Für den Ziegenkäseflan: 125 g Ziegenfrischkäse, 125 g Mascarpone, 500 ml Sahne, 300 g Eiweiß, Salz, Pfeffer, etwas Limettensaft. Für die Radicchiomarmelade: 2 Köpfe Radicchio, 1 Schalotte, 500 ml Rotwein, 100 ml Portwein, 100 g Zucker.

Zubereitung: Ziegenkäse mit Eiweiß mixen, Mascarpone dazugeben und weitermixen, bis es glatt ist. Flüssige Sahne dazugeben. In ausgebutterte Förmchen geben und bei 90 Grad ca. 30 Min. dämpfen. Für die Radicchiomarmelade den Radicchio und die Schalotte klein schneiden, mit Rotwein, Portwein und Zucker in einen kleinen Topf geben und alles zusammen etwa 1,5 Stunden köcheln lassen.

Anrichten: Die Marmelade auf den Teller streichen, den Flan daraufsetzen und mit Südtiroler Schüttelbrot servieren.

Zur Rose (Eppan)

Vielfach ausgezeichnetes Feinschmeckerrestaurant im Zentrum von Eppan. In der Küche Herbert Hintner, im Service seine Frau Margot. Umfangreiche Weinkarte. Degustationsmenü.

39057 Eppan, Josef Innerhoferstr. 2, Tel. 0471 662249, www.zur-rose.com, geschl. So & Mo mittags

Der Autor bedankt sich bei allen, die ihm bei seinen Recherchen geholfen, das Manuskript auf Fehler durchgesehen und wertvolle Informationen beigesteuert haben. Ganz besonders bei Gräfin Sophie und bei Marianne. Für die zur Verfügung gestellten Rezepte ein herzliches Dankeschön an Stefan Pramstrahler (Romantikhotel Turm, Völs am Schlern), an Rosmarie und Andreas Nicolussi-Leck mit Chefkoch Roland Lamprecht (Stroblhof, Sankt Michael/Eppan) und an die Familie Ganthaler mit Chefköchin Evelin Frank (Muchele, Burgstall).

Alle Angaben in diesem Buch wurden vom Autor mit größter Sorgfalt zusammengestellt. Sollten sich dennoch Fehler eingeschlichen haben, bittet er dies zu entschuldigen. Außerdem unterliegen insbesondere Telefonnummern sowie Angaben zu Weingütern und Restaurants häufigen Veränderungen. Der Autor kann keine Verantwortung für die Richtigkeit der Angaben übernehmen. Was die handelnden Personen im Roman betrifft, so sind diese frei erfunden. Jede Ähnlichkeit oder Namensgleichheit mit lebenden Personen wäre rein zufällig und unbeabsichtigt.

Besuchen Sie den Autor auf seiner Website:
www.michael-boeckler.de

Weitere Titel von Michael Böckler

Baron Emilio von Ritzfeld-Hechenstein

Tod oder Reben

Mord in bester Lage

Mörderischer Jahrgang

Falscher Tropfen

Julie Masson
Pastis für den Commissaire

Es ist ein herrlicher Sommertag, doch ein Leichenfund lässt
Lucien Lefevres Laune unter den Gefrierpunkt sinken. Da
alle Kollegen im Urlaub sind, muss der Commissaire auf
sein Feierabendritual – den geliebten Pastis – verzichten.
Ausgerechnet in dem stillen Küstenort Contis Plage hat das
Meer den Körper eines Mannes freigegeben, der erkennbar
nicht freiwillig gestorben ist.

Lefevre macht sich auf die Suche nach der Wahrheit. Und
steht einer eingeschworenen Dorfgemeinschaft gegenüber,
in der jeder ein Geheimnis vor ihm zu verbergen sucht …

320 Seiten

Das für dieses Buch verwendete Papier ist FSC®-zertifiziert.